民國文化與文學研究文叢

十一編

李　怡 主編

第3冊

民國廣東與中國現代文學（下）

李怡、黎保榮 主編

國家圖書館出版品預行編目資料

民國廣東與中國現代文學（下）／李怡、黎保榮 主編 — 初版
— 新北市：花木蘭文化事業有限公司，2019〔民 108〕
目 4+226 面；19×26 公分
（民國文化與文學研究文叢 十一編；第 3 冊）
ISBN 978-986-485-789-0（精裝）
1. 中國當代文學 2. 文學評論
820.9　　108011469

民國文化與文學研究文叢
十一編　第三冊　　ISBN：978-986-485-789-0

民國廣東與中國現代文學（下）

本書主編　李　怡、黎保榮主編
叢書主編　李　怡
企　　劃　四川大學中國詩歌研究院
總 編 輯　杜潔祥
副總編輯　楊嘉樂
編　　輯　許郁翎、王筑、張雅淋　美術編輯　陳逸婷
出　　版　花木蘭文化事業有限公司
發 行 人　高小娟
聯絡地址　235 新北市中和區中安街七二號十三樓
　　　　　電話：02-2923-1455／傳真：02-2923-1452
網　　址　http://www.huamulan.tw 信箱 hml 810518@gmail.com
印　　刷　普羅文化出版廣告事業
初　　版　2019 年 9 月
全書字數　581878 字
定　　價　十一編 12 冊（精裝）新台幣 23,000 元

民國廣東與中國現代文學（下）

李怡、黎保榮 主編

目次

上冊

第八屆「西川論壇」開幕式致辭　李怡

第一編：民國文學形態、觀念與史料

再造民國與作家南下——《廣州民國日報》及副刊之考察　張武軍 …… 3

粵系第四軍與茅盾小說中的革命正統——民國軍事史視角下的左翼知識分子精神歷程考察　妥佳寧 …… 29

統一戰線中「藝術上的政治獨立」與民族主義立場——論抗戰時期延安文學方向的幾次轉變　田松林 …… 41

在「鋤頭」與「筆桿」之間——以延安魯藝詩人勞動書寫為中心的考察　李揚 …… 59

搏擊在虛空中——《呼蘭河傳》閱讀劄記　張均 …… 85

1928～1937年燕京大學場域中的女性寫作　王翠豔 · 97

促進、限制與突破：文學研究會的社會機制透視　李直飛 …… 115

寄宿學校體驗與「游離」詩人徐訏　高博涵 …… 131

從新發現的兩則史料看「吳宓贈書」　黃菊 …… 147

語言變革視閾中的《隔膜》版本考察　楊潔 …… 167

第二編：民國廣東與中國現代文學

《華商報》副刊與 1940 年代港粵文藝運動　顏同林 …… 183

「風景」的重新發現——以黃遵憲為例看晚清文人的南洋敘事　顏敏 …… 197

中　冊

由《古韻》看凌叔華的漢英雙語寫作——兼及其家庭敘述的影響和限度　布小繼 …………………… 215
僕僕風塵赴新都，時世紛繁能詩否？——李金髮與民國南京　趙步陽 ………………………………… 229
他的國：梁啟超 1902 年幻想小說譯介與創作漫談　錢曉宇 ……………………………………………………… 253
民國時期廣東女作家草明的中短篇小說創作　教鶴然 ……………………………………………………… 267
病與藥：從吳趼人的「艾羅補腦汁」廣告談起　胡安定 ……………………………………………………… 281
中共中央長江局戰時政策與穆木天的詩歌創作　陳瑜 ………………………………………………………… 291
凌叔華小說的錯位現象研究　曾仙樂 …………… 303

第三編：民國廣東與當代廣東詩歌

梁宗岱對「象徵」中國化的獨特解讀　張仁香 …· 317
被壓制者的敘事：從底層視角看當代女性詩歌的「軟性抵抗」寫作　何光順 ………………………… 327
月光與鐵的訴說：鄭小瓊詩歌印象　趙金鐘 …… 345
關於城市的現代性反思——以楊克詩歌為中心的考察　張麗鳳 ………………………………………… 355
詩意瞬間與敘述干預——以陳陟雲詩作為例探討抒情詩中的時間敘述　吳丹鳳 ………………………… 365
民間文學獎的獨立性、國際化與經典建構——以「詩歌與人・國際詩歌獎」為中心　周顯波 …· 379
蒲風新詩理論的價值與缺失　楊俏凡 …………… 389

第四編：民國廣東魯迅與世界魯迅

廣州魯迅與在朝革命　邱煥星 ………………………… 401
廣州體驗、「名士」流風與魯迅的「革命政治學」陳紅旗 ………………………………………………………… 423

下　冊

魯迅與北新書屋　胡余龍 …… 435
《野草》命名來源與「根本」問題　符傑祥 …… 457
「社會主義元年」的中國形象建構——以電影《祝福》為中心　李哲 …… 477
邊緣處的表達——再談《在酒樓上》的「魯迅氣氛」　周維東 …… 503
原魯迅：伊藤虎丸與日本魯迅研究的問題與方法意識　王永祥 …… 525
《狂人日記》主題再辨析　劉衛國 …… 541
魯迅《青年必讀書》一文及其論爭的博弈論分析　張克 …… 559
論魯迅之於「五四新文學傳統」的反諷意義　張冀 …… 573
「五四」前後中國知識分子生存困境的縮影——欠薪、索薪與魯迅《端午節》的寫作　盧軍 …… 597
魯迅《漢文學史綱要》名義重釋——以「漢文學」為中心　李樂樂 …… 621
附錄一：張中良教授閉幕式學術感言　張中良 …… 647
附錄二：不閉幕的是時間　黎保榮 …… 649
附錄三：「民國廣東與中國現代文學」全國學術研討會會議手冊 …… 651

魯迅與北新書屋

胡余龍
（四川大學文學與新聞學院）

摘要：

過去研究者非常關注魯迅對北新書局的態度，卻忽視了對魯迅與北新書屋二者關係的考察。從預先籌備到最終關閉，北新書屋幾乎貫穿了魯迅的整個廣州時期。通過梳理魯迅與北新書屋之間的一些重要史實，一方面可以勾勒出北新書屋的基本歷史輪廓，另一方面能夠提供理解廣州時期魯迅思想的另一種角度。北新書屋承載了魯迅對青年、讀書、革命等諸多方面的理想和規劃，它的倒閉象徵著魯迅理想的破滅和規劃的落空。

關鍵詞：魯迅；北新書屋；青年；讀書；革命

目前爲止，學界對於北新書屋的出版研究〔註 1〕、對於北新書局創始人——李小峰的個案研究〔註 2〕、對於魯迅與北新書局的關係研究〔註 3〕已有不少

〔註 1〕例如胡硯捷：《北新書局研究》，上海師範大學碩士學位論文，2017 年。陳樹萍：《北新書局與中國現代文學》，華東師範大學博士學位論文，2006 年。陳樹萍：《北新書局新文學書籍出版研究——經典、暢銷與滯銷》，載《南京師範大學文學院學報》，2008 年第 3 期。陳樹萍：《北新書局：新文化運動的推動者》，載《新文學史料》，2006 年第 1 期。朱金順：《也說北新書局成立的時間——兼對〈北新書局：新文化運動的推動者〉一文略作補充》，載《新文學史料》，2007 年第 3 期。韓元春：《民國中小型出版機構書刊出版經驗探微——北新書局的發展經驗與啓示》，載《出版廣角》，2016 年第 17 期。顏浩：《民間化：現代同人雜誌的出版策略——20 世紀 20 年代的〈語絲〉雜誌和北新書局》，載《北京社會科學》，2005 年第 2 期。楊茜：《民國時期北新書局通俗書刊出版轉向研究》，載《蘭臺世界》，2015 年第 25 期。

〔註 2〕例如陳樹萍：《李小峰：漸行漸遠的新文學出版家》，載《淮南師範學院學報》，2011 年第 1 期。李中法：《「催促新的產生」——李小峰的編輯生涯》，載《出版史料》，2006 年第 4 期。李中法：《關於李小峰》，載《新文學史料》，2002 年第 1 期。王建輝：《李小峰與北新書局》，載《出版廣角》，2001 年第 8 期。

學術成果，然而北新書屋至今仍有諸多史實和細節等著我們去梳理。北新書屋設立在廣州市芳草街四十四號二樓的一間小屋裏，主要由魯迅創辦和操持，1927 年 3 月 15 日正式開業，維繫到當年 8 月中旬結束。根據魯迅的書信和日記記載，魯迅早在 1927 年 1 月就開始籌備北新書屋，直到當年 10 月份才徹底完結相關事務。也就是說，從預先籌備到最終關閉，北新書屋幾乎貫穿了魯迅的整個廣州時期。如果想要全面、深入地理解廣州時期魯迅的思想質地和前後變化，北新書屋是一個繞不開的「結」。此外，鑒於眼下學界對於北新書屋的研究尚不充實，通過梳理魯迅與北新書屋的關係，一方面可以釐清北新書屋的基本史實，另一方面能夠提供理解廣州時期魯迅的另一種角度。在筆者看來，北新書屋承載了魯迅對青年、讀書、革命等諸多方面的理想和規劃，北新書屋的最終倒閉象徵著（至少是廣州時期）魯迅的理想的破滅和規劃的落空。

一、創立北新書屋的原因

關於北新書屋的創立原因，過去主要有兩種說法：一種說法認爲魯迅有感於廣州文藝氛圍太差，「爲了給青年輸送精神糧食」〔註 4〕而設立北新書屋；另一種說法則認爲是孫伏園「以爲廣州的文壇太寂寞了，想『挑撥』一下，從外面運些傢夥來」〔註 5〕，但是他很快前往武昌，北新書屋只得由魯迅接手。第二種說法出自許廣平，基本上是她一家之言，本文不準備探討。而且按照通常觀點，北新書屋爲魯迅而非孫伏園所創立，筆者基本贊同這一觀點。第一種說法基本上成爲了學界的常識，雖然有一定道理，但存在可待商榷的餘地。

我們需要追問的第一個問題是：廣州的文藝氛圍眞的那麼差嗎？

如果回到民國歷史情境之中，不難發現廣東出版業並非像通常印象中的那麼糟糕。根據相關統計，民國初年僅僅廣州市便有百餘家書局。等到大革命時期，廣東出版業迎來進一步發展，「據不完全統計，大革命時期廣東的出

〔註 3〕例如陳樹萍：《天然的盟友與「對抗性聯盟」——論魯迅與北新書局的始終》，載《山西師大學報》（社會科學版），2008 年第 5 期。梁偉峰：《透視魯迅與北新書局的版稅風波》，載《魯迅研究月刊》，2007 年第 1 期。王媛：《從偏愛到疏離——魯迅與北新書局關係透視》，載《出版科學》，2006 年第 5 期。

〔註 4〕林誌浩：《魯迅傳》，北京出版社，1981 年版，第 230 頁。

〔註 5〕景宋：《北新書屋》，《魯迅在廣州》，山東師範學院聊城分院，1977 年版，第 76 頁。

版機構有 115 家，出版圖書約 582 種」；此前發展較爲滯後的雜誌業在本時期也取得顯著成績，「從 1923 年到 1927 年大革命失敗的短短四年多時間裏，目前可知的刊物便有 200 餘種」〔註 6〕，而且產生過全國性影響。廣州是當時廣東省的圖書出版中心，在大革命時期不僅「出版發行了大量的政治性圖書和學術專著」〔註 7〕，而且引入了《新青年》、《嚮導》等外地出版的報刊。由此可以看出，本時期廣州的圖書雜誌出版業還是可圈可點的，而其文藝環境也不是通常認爲的基本上是一無所有。但必須承認的一點是：廣州的圖書雜誌確實多數帶有強烈的時事政治色彩，「革命性」和「戰鬥性」是其突出特徵。大革命失敗後，廣州出版業的確陷入低潮之中，「劫後的廣州，出版界除了幾種新聞紙及宣傳品以外一切出版物都好像在停頓的狀態」〔註 8〕，但是大革命時期的廣州出版業有過短暫的春天，而廣州文藝環境也並非一般認爲的那麼差。

既然如此，那麼我們很自然地要追問第二個問題：一般認爲魯迅有感於廣州文藝氛圍太差而創立北新書屋，這種理解與魯迅的表述之間是否存在偏差？

魯迅剛到廣州不久，在給學生韋素園的信裏寫道：「本地出版物，是類乎宣傳品者居多；別處出版者，《現代評論》倒是寄賣處很多。北新刊物也常見，惟未名社者不甚容易見面。」〔註 9〕由此可見，在魯迅看來廣州當地的出版物確實不多，而且以政治宣傳爲主；但是其他地方出版的、運送到廣州的出版物並不少，《現代評論》和北新書局的刊物就很常見，而北新書局更是當時的「新文藝書店的老大哥」，所以怎麼能斷言魯迅認爲廣州文藝氛圍很差呢？魯迅之所以說廣州文藝狀況「實在沉靜得很」，其實主要指的是由當地自己創辦的文藝出版物太少，並不是指在廣州公開發行的文藝出版物太少，所以魯迅才會對中山大學的學生說：「我要問廣州許多青年那裡去了？」〔註 10〕魯迅的

〔註 6〕廣東省地方史志編纂委員會編：《廣東省志·出版志》，廣東人民出版社，1997 年版，第 95～96、117 頁。

〔註 7〕廣東省地方史志編纂委員會編：《廣東省志·出版志》，廣東人民出版社，1997 年版，第 117 頁。

〔註 8〕何思敬：《卷頭語》，原載《國立第一中山大學語言歷史學研究所週刊》，1928 年第 1 卷第 11～12 期，第 245 頁。

〔註 9〕魯迅：《致韋素園 270126》，《魯迅全集》第十二卷，人民文學出版社，2005 年版，第 16 頁。

〔註 10〕林霖記：《魯迅先生的演說——在中山大學學生歡迎會席上》，《魯迅在廣東》，北新書局，1928 年版，第 86 頁。

言下之意是希望廣州青年勇敢地站出來，擔負建設廣州文藝的職責，創辦文藝出版物，以此來盡可能改變「廣東是舊的」的境況。

人們之所以會認爲魯迅創立北新書屋是有感於糟糕的廣州文藝現狀，跟畢磊、魯迅各自說過的一段話密切相關。

1925 年 1 月 25 日下午，畢磊陪同魯迅出席中山大學的歡迎會，事後他如是追憶魯迅的演講內容：「魯迅先生劈頭一句話對我們說，就是『廣州地方實在太沈寂了。』同志，這是何等教魯迅先生南來以後失望的一件事啊！並且這實在是教每位熱情南來的同志失望的。你們看，北京有著烘烘烈烈的火，上海也有著烘烘烈烈的火，在廣州的文壇上，幾乎可說如同一塊沙漠連什麼都沒有，有的，只是冷靜，只是沈寂。」〔註 11〕這段話很明顯地表現出魯迅對廣州文藝狀況的強烈不滿，林霖記錄的《魯迅先生的演說——在中山大學學生歡迎會席上》一文裏有類似的記載。但是對這段話，應該結合當時的歷史語境，而不是僅僅從字面上去理解。魯迅批評廣州文藝環境很差，一方面如上文所說，魯迅是在批評廣州本地的文藝出版物太少，想要激勵中山大學學生積極創造出廣州文藝的新局面；另一方面可能帶有某種目的性。魯迅曾經明確批評全國文藝環境不甚理想，他在 1927 年 9 月 25 日寫給李霽野的信中說道：「創造社和我們，現在感情似乎很好。他們在南方頗受壓迫了，可歎。看現在文藝方面用力的，仍只有創造，未名，沉鐘三社，別的沒有，這三社若沉默，中國全國眞成了沙漠了。南方沒有希望。」〔註 12〕魯迅離開廣東之前，只跟創造社廣州分社成員告別，這次告別令魯迅不禁感慨萬千，讓他進一步確證創造社跟他在文藝追求上的相通之處。魯迅之所以給李霽野寫下這封信，一方面是表達對創造社成員的不捨，另一方面也是在確認和鼓勵自己在文藝建設上的夥伴和戰友。

1927 年 4 月 8 日，魯迅前往黃埔軍官學校，做題爲《革命時代的文學》的演講，說了這麼一段話：「廣東報紙所講的文學，都是舊的，新的很少，也可以證明廣東社會沒有受革命影響；沒有對新的謳歌，也沒有對舊的輓歌，廣東仍然是十年前底廣東。不但如此，並且也沒有叫苦，沒有鳴不平；止看見工會參加遊行，但這是政府允許的，不是因壓迫而反抗的，也不過是奉旨

〔註 11〕堅如：《歡迎了魯迅以後》，《魯迅在廣東》，北新書局，1928 年版，第 19 頁。
〔註 12〕魯迅：《致李霽野 270925》，《魯迅全集》第十二卷，人民文學出版社，2005 年版，第 76 頁。

革命。」〔註 13〕魯迅的著眼點並不只是廣州乃至廣東文藝氛圍究竟如何，而是從新文學／舊文學的二元對立的角度來談論廣東報紙上所刊載的文學作品，並由此探測出廣東革命形勢一如十年前的不利情形。也就是說，廣東民眾是否被普遍動員到革命運動之中，這才是魯迅最關心的問題。既然魯迅是想通過文藝考察當地社會情況，那麼魯迅有感於廣州文藝氛圍很差而創立北新書屋的說法，當然也有一定的道理，然而似乎並不是最深層的原因。

重新回到魯迅寫給韋素園的那段話。魯迅說《現代評論》和北新書局的刊物在廣州很常見，而未名社的刊物則很難見到——這恐怕才是魯迅想要創立北新書屋的最幽微的心理動因。緊接著，魯迅又說「舊曆年一過，北新擬在學校附近設一售書處，我想：未名社書亦可在此出首」，而且是「待他們房子租定後，然後直接交涉」〔註 14〕。魯迅做事向來雷厲風行，在看到了廣州文藝市場的潛力以後，魯迅顯得有些興奮，甚至是迫切。魯迅想要借北新書屋來拓寬未名社刊物的銷路，並不意味著魯迅帶有他所抨擊書賈的「惟利是圖」和「不純潔」〔註 15〕，況且他是爲了幫助未名社，而不單是爲了自己的利益。從客觀層面講，魯迅之所以有如此表現，主要是由民國時期的文學出版環境所決定的：「在晚清民國時期，我國僅出版過文學書籍的作家和翻譯家人數就多達 4500 餘人。如此龐大的一個作家群體，所爭取的文學市場份額（經濟資源）總量卻不及美國一家雜誌的十分之一，其緊張程度可想而知。」〔註 16〕正因爲作家、作品多，而文學市場又極其有限，所以魯迅在看到了未名社的發展機遇之後，其興奮之情不言而喻。這也是人之常情，無損於魯迅的偉大。

魯迅之所以創立北新書屋，除了想要拓寬未名社刊物的銷路，還出於幫助北新書局進一步擴大銷售市場的考慮。這一點不難理解，需要說明的是魯迅產生這種想法的原因。得從魯迅與李小峰的公私關係說起。北新書屋之名明顯仿自上海（及北京）的北新書局，魯迅與北新書局的老闆李小峰既是商業合作的好夥伴，亦是相識多年的老朋友。李小峰是魯迅在北大的學生，他

〔註 13〕魯迅：《而已集・革命時代的文學》，《魯迅全集》第三卷，人民文學出版社，2005 年版，第 440 頁。
〔註 14〕魯迅：《致韋素園 270126》，《魯迅全集》第十二卷，人民文學出版社，2005 年版，第 16 頁。
〔註 15〕魯迅：《華蓋集・並非閒話（三）》，《魯迅全集》第三卷，人民文學出版社，2005 年版，第 163 頁。
〔註 16〕鄧集田：《中國現代文學的出版平臺——晚清民國時期文學出版情況統計與分析（1902～1949）》，華東師範大學博士學位論文，2009 年，第 5 頁。

在新潮社和之後的北新書局工作期間，都得到了魯迅的鼎力支持。而魯迅及其同仁，十分需要北新書局這樣一個新文學出版平臺。李小峰和魯迅之間，以北新書局爲中介，互相成就了彼此。魯迅有一段非常有名的自述：「我以爲我與北新，並非『勢利之交』，現在雖然版稅關係頗大，但在當初，我非因北新門面大而送稿去，北新也不是因我的書銷場好而來要稿的。所以至去年止，除未名社是舊學生，情不可卻外，我決不將創作給與別人，《二心集》也是硬扣下來的，並且因爲廣告關係，和光華交涉過一回，因爲他未得我的同意。不料那結果，卻大出我的意料，我只得將稿子售給第三家。」〔註 17〕在魯迅去廣州之前，廈門大學泱泱社主辦的《波艇》月刊創刊號四處尋求出版而不得，最後魯迅請李小峰幫忙才能夠公開發行。也許正是因爲離開廈門之前承受了李小峰的義舉，魯迅才會在廣州爲自己所開書店取名爲北新書屋，而且轉售北新書局和未名社的書籍，頗有投桃報李之意：「我到上海後，看看各出版店，大抵是營利第一。小峰卻還有點傻氣。前兩三年，別家不肯出版的書，我一介紹，他便付印，這事我至今記得的。雖然我所介紹的作者，現在往往翻臉在罵我，但我仍不能不感激小峰的情面。情面者，面情之謂也，我之亦要錢而亦要管情面者以此。」〔註 18〕魯迅說李小峰「傻氣」、「胡塗」，並不是貶低，而是褒獎，「在唯利是圖的社會裏，多幾個呆子是好的。」〔註 19〕即便魯迅後來說李小峰「糊塗透頂」，也並非是針對李小峰而言的，而是表達對北新書局的強烈不滿。〔註 20〕當然，由於未名社與北新書局的密切合作關係，在很大程度上可以這樣說：魯迅創立北新書屋，爲未名社考慮同時也是爲北新書局考慮，爲北新書局考慮同時也是爲未名社考慮。

二、青年・讀書・革命

上文提到，魯迅創立北新書屋的一個重要原因是對廣州革命形勢的不滿。在魯迅的思考中，青年始終佔據著重要位置。魯迅對青年的關心、重視和扶助眾所周知，至於如何培養青年、幫助青年培養獨立思想一直是魯迅在求索的主要問題之一。青年的思想在相當程度上由他們所讀的書籍塑

〔註 17〕魯迅：《致李小峰 330102》，《魯迅全集》第十二卷，人民文學出版社，2005 年版，第 357 頁。

〔註 18〕魯迅：《致章廷謙 271226》，《魯迅全集》第十二卷，人民文學出版社，2005 年版，第 99 頁。

〔註 19〕許廣平：《魯迅和青年們》，原載《文藝陣地》，1938 年第 2 卷第 1 期，第 398 頁。

〔註 20〕許廣平：《魯迅回憶錄》，長江文藝出版社，2010 年版，第 192 頁。

造，這是魯迅堅持辦刊物、寫文章的重要原因。而且魯迅不僅自己如此，還熱心幫助青年辦刊物、發文章，希望他們用文藝來針砭時弊，一起反抗社會的黑暗：「我早就很希望中國的青年站出來，對於中國的社會，文明，都毫無忌憚地加以批評，因此曾編印《莽原週刊》，作爲發言之地，可惜來說話的竟很少。」〔註21〕魯迅素來認爲青年是中國的希望，認爲他們是「新時代的創造者」〔註22〕，因而對之期望值很高，鼓勵他們勇於擔當社會責任和發出自己的聲音：「願中國青年都擺脫冷氣，只是向上走，不必聽自暴自棄者流的話。能做事的做事，能發聲的發聲。」〔註23〕

遺憾的是，青年的閱讀環境遠遠沒有魯迅設想的那麼好，魯迅爲此感到惱怒不已：「中國國粹、雖然等於放屁、而一群壞種、要刊叢編、卻也毫不足怪。該壞種等、不過還想吃人、而竟奉賣過人肉的偵心探龍做祭酒、大有自覺之意。」〔註24〕這還是新文化運動以後的情形。幾年後，魯迅應《京報副刊》之邀寫下飽受爭議的《青年必讀書》，其中一點重要考慮是公開提出「對胡適『整理國故』的尖銳批評」〔註25〕，阻止舊思想捲土重來。魯迅在廣州時期同樣非常重視青年的讀書問題，這跟廣州的社會情形息息相關：「廣州是革命的策源地，以前大家是忙著去革命的，大部分的學生（或可以說是全部）都不注意於讀書，是以出版界再沉靜也沒有的。魯迅告訴中大學生說，喊著總比睡著好，眞是實情。」〔註26〕即便是在離開廣州以後，魯迅仍舊非常關心當地青年的讀書問題，例如他在給廖立峨的信中寫道：「廣州中大今年下半年大約不見得比上半年好。我想，你最好是自己多看看書。靠教員，是不行的，即使將他們的學問全都學了來，也不過是『瞠目呆然』。倘遇有可看的書，我當寄上。」〔註27〕

〔註21〕魯迅：《華蓋集・題記》，《魯迅全集》第三卷，人民文學出版社，2005年版，第4頁。

〔註22〕許廣平：《魯迅和青年——在團中央的講話》，《許廣平文集》第一卷，江蘇文藝出版社，1998年版，第513頁。

〔註23〕魯迅：《熱風・四十一》，《魯迅全集》第一卷，人民文學出版社，2005年版，第341頁。

〔註24〕魯迅：《致錢玄同》180705，《魯迅全集》第十一卷，人民文學出版社，2005年版，第363～364頁。

〔註25〕邱煥星：《錯位的批判：魯迅與「青年必讀書」論爭》，載《文學評論》，2011年第3期，第154頁。

〔註26〕愚民：《關於廣州出版界》，原載《開明（上海1928）》，1931年第35期，第15頁。

〔註27〕魯迅：《致廖立峨 271021》，《魯迅全集》第十二卷，人民文學出版社，2005年版，第82頁。

雖然魯迅一直在苦苦掙扎，但是現實狀況並沒有因爲他的努力而發生根本性轉變。尤其是在「革命文學」的時代巨浪面前，魯迅的個人力量顯得如此渺小。從 1920 年代開始，「革命」成爲眾多政黨的政治訴求和宣傳旗號，其中以國民黨主張的「國民革命」、共產黨倡導的「階級革命」與青年黨提倡的「全民革命」爲代表。不僅如此，「革命」還成爲政黨爭取和籠絡青年的重要手段，事實上也取得了不錯的效果：「無論是三民主義、共產主義，還是國家主義，也無論是國民革命、階級革命，還是全民革命，在 1920 年代各自都獲得了一大批青年知識分子的支持和響應。」〔註 28〕在這種大環境下，儘管廣州時期的魯迅對革命十分警惕，甚至不肯輕易將「革命」作爲一個褒義詞或中性詞使用，然而大量「革命文學家」的存在和蠱惑，使得魯迅不得不考慮如何引導和培養青年的問題：

> 刊物的暫時要碰釘子，也不但遇到檢查員，我恐怕便是讀書的青年，也還是一樣。先已說過，革命地方的文字，是要直截痛快，「革命！革命！」的，這才是「革命文學」。我曾經看見一種期刊上登載一篇文章，後有作者的附白，說這一篇沒有談及革命，對不起讀者，對不起對不起。但自從「清黨」以後，這「直截痛快」以外，卻又增添了一種神經過敏。「命」自然還是要革的，然而又不宜太革，太革便近於過激，過激便近於共產黨，變了「反革命」了。所以現在的「革命文學」，是在頑固這一種反革命和共產黨這一種反革命之間。〔註 29〕

「革命文學家」準確把握住大眾尤其是青年的革命心理需求，利用「革命」的旗號來滿足個人私欲，他們對於革命的文字宣傳根據形勢發展隨機應變，令青年們難以辨別、防不勝防。以至於青年錯誤地生出了一種不直接寫出「革命」二字的文章便不革命的觀念，文章的作者甚至還要爲此公開道歉！當時的青年乃至社會對革命的理解過於激進和偏狹，這無疑是非常危險的。在此情況下，「讀什麼書」不再是簡單的、個人化的興趣與選擇，而是引導社會風氣和青年思想的一種有效手段。魯迅爲了幫助青年避免落入革命的思想陷阱之中，展開了多方面的努力，除了上課和演講以外，其中最突出的三點

〔註 28〕王奇生：《革命與反革命：社會文化視野下的民國政治》，社會科學文獻出版社，2010 年版，第 91 頁。

〔註 29〕魯迅：《而已集・扣絲雜感》，《魯迅全集》第三卷，人民文學出版社，2005 年版，第 507 頁。

行動是創立北新書屋、扶助南中國文學社和支持社會科學研究會。對於中國文學社、社會科學研究會的組織經過及其與魯迅的關係，已有學者進行過詳細的爬梳〔註 30〕，本文著重論述魯迅如何通過北新書屋引導青年讀書，從而對他們的思想產生影響。

三、作爲媒介的書刊

「在井底蛙主持的地方不能謀發展，魯迅先生才另覓途徑。那麼他的培養新書業，實在是不得已的。文學的宣傳，在同惡勢力的作戰上，只是武器之一；要出陣得先自己打刀鑄劍，要種花得先自己開墾荒地，魯迅先生太苦了！」〔註 31〕然而再苦，魯迅也得這樣做下去，創辦北新書屋正是魯迅在這方面的一次重要嘗試。魯迅通過寫信讓上海北新書局郵寄書刊，從而在北新書屋售賣北新書局和未名社的刊物。魯迅在日記和書信裏記載了大量與之相關的信息，通過梳理這些信息，可以看出魯迅認爲青年應該讀什麼書，從而獲得哪些思想資源。與此同時，還能通過北新書屋的銷售業績，窺測廣州青年對於魯迅和北新書屋所售書刊的反應，進而從側面表明魯迅創立北新書屋的現實作用。

1927 年 3 月 17 日，魯迅收到了北新書局郵寄《莽原》、《墳》、《象牙之塔》等書刊。〔註 32〕魯迅日記對此也有記載：「收未名社所寄《墳》六十本，《出了象牙之塔》十五本，又北新書局所寄書九包。」〔註 33〕

3 月 24 日、4 月 7 日，魯迅分別在日記裏寫道：「午後收上海北新局所寄書籍二十六包」、「收北新滬局所寄書二十二包。」〔註 34〕可惜的是，魯迅具體收到什麼書籍現已無從考證。

4 月 9 日，魯迅告訴李霽野：「前回寄來的書籍，《象牙之塔》，《墳》，《關於魯迅》三種，俱已賣完，望即續寄。《莽原》合本業即賣完，要者尚多，可

〔註 30〕李偉江：《魯迅粵港時期史實考述》，嶽麓書社 2007 年版，第 9～12 頁。

〔註 31〕許欽文：《魯迅先生與新書業》，原載《青年界》，1936 年第 10 卷第 4 期，第 4 頁。

〔註 32〕魯迅：《致李霽野 270317》，《魯迅全集》第十二卷，人民文學出版社，2005 年版，第 24～25 頁。

〔註 33〕魯迅：《日記十六》，《魯迅全集》第十六卷，人民文學出版社，2005 年版，第 13 頁。

〔註 34〕魯迅：《日記十六》，《魯迅全集》第十六卷，人民文學出版社，2005 年版，第 14、17 頁。

即寄二十本來，此事似前信也說過……《窮人》賣去十本，可再寄十本來。《往星中》及《外套》各賣去三本。《白茶》及《君山》如印出，望即各寄二十本來。《黑假面人》也如此。托羅茲基的文學評論如印成，我想可以銷路較好。」〔註 35〕由此可以看出北新書屋的生意還算不錯，至少在魯迅看來是比較可觀的，言語之中含有暗自得意的色彩。同日，魯迅寫給臺靜農的信也包含這種樂觀情緒：「《莽原》合本，來問的人還不少。其實這期刊在此地是行銷的，只是沒有處買。第二卷另本，也都售罄，可以將從第一期至最近出版的一期再各寄十本來……（以後每期各寄卌本）」〔註 36〕4 月 20 日，魯迅寫給李霽野的信同樣如此：「《象牙之塔》賣完了，連樣本都買了去。」〔註 37〕

4 月 30 日、5 月 30 日，北新書局也曾向北新書屋較大規模地郵寄書籍：「下午收上海北新書局所寄書籍三十二包，又未名社者計八包」、「收北新局船運之書籍十一捆，即函覆。」〔註 38〕魯迅收到的書籍名稱同樣暫時無從查找。

通過以上記載可以看出，在短短數個月的營業時間裏，北新書屋跟北新書局往來頻繁，銷售了北新書局和未名社的許多書刊，至少是在小範圍內改善了一部分青年的閱讀環境。而且通過北新書屋比較不錯的銷售業績，可以看出廣州青年對於北新書屋所售書刊還是較有興趣和熱情的，魯迅由此能夠參與部分青年的思想塑形過程。在上述所引魯迅的日記和書信中，北新書局郵寄到北新書屋的書刊，除了魯迅作品和《莽原》雜誌以外，以國內和蘇聯的文學作品爲主，具體包括：韋叢蕪的長詩《君山》（1927 年未名社出版），臺靜農編的文選《關於魯迅》（即《關於魯迅及其著作》，1926 年未名社出版），蘇聯戲劇集《白茶》（1927 年未名社出版），俄國陀思妥夫斯基的小說《窮人》（1926 年未名社出版），俄國安德列夫的劇本《黑假面人》（1926 年未名社出版），俄國安德列夫的劇本《往星中》（1926 年未名社出版），俄國果戈理的中篇小說《外套》（1926 年未名社出版），日本廚川白村的隨筆《象牙之塔》（又

〔註 35〕魯迅：《致李霽野 270409》，《魯迅全集》第十二卷，人民文學出版社，2005 年版，第 26 頁。
〔註 36〕魯迅：《致臺靜農 270409》，《魯迅全集》第十二卷，人民文學出版社，2005 年版，第 28 頁。
〔註 37〕魯迅：《致李霽野 270420》，《魯迅全集》第十二卷，人民文學出版社，2005 年版，第 30 頁。
〔註 38〕魯迅：《日記十六》，《魯迅全集》第十六卷，人民文學出版社，2005 年版，第 19、23 頁。

名《出了象牙之塔》，1926 年未名社出版）等。此外，儘管蘇聯托洛茨基的《文學和革命》直到 1928 年才由未名社出版，但至少可以看出魯迅認爲青年應該閱讀這本書，從中汲取文學、革命、革命文學的正確觀念。北新書屋之所以大量出售蘇聯文學作品，既跟當時向蘇聯學習國內風氣有關，也有著魯迅自己的思考：「中國社會沒有改變，所以沒有懷舊的哀詞，也沒有嶄新的進行曲，只在蘇俄卻已產生了這兩種文學。」〔註 39〕魯迅認爲廣東社會從根本上講依然是舊的，表現到文藝上便是同時缺少「對舊的輓歌」和「對新的謳歌」。要想改變這一狀況，使得廣東文藝土壤里長出「懷舊的哀詞」和「嶄新的進行曲」兩種新文學作品，很有必要向已經擁有了這些作品的蘇聯看齊。所以魯迅引導廣州青年閱讀蘇聯文學作品，既是爲了改善廣州文藝狀況，更是爲了改善廣州革命形勢。

儘管魯迅反覆強調自己不願做青年的導師，而且不認爲眞的存在青年的導師，但是上海北新書局向北新書屋郵寄的書刊都是經過魯迅事先思考，然後在信裏寫下書目的，其中既有魯迅自己的作品，也有其他魯迅認爲青年可以讀、應該讀的書刊。在北新書屋銷售的書刊裏，國內外的書刊都有，不管它們看上去有多麼大的差異，但無疑都是魯迅精心挑選給廣州青年的精神食糧。也就是說，魯迅以北新書屋爲媒介，通過引導青年讀書的方式，來培養心目中的理想青年。魯迅不只是用言語來提點青年，更是用行動來改善現狀。

四、「皇皇然若喪家」的「新月」

對於如何經營北新書屋，魯迅有著自己的想法，通過剛才梳理出來的售賣書籍可以有一個大致的判斷。另外，我們還可以從魯迅對待新月社、新月書店和《新月》月刊的態度，從側面加深對剛才那個問題的瞭解。1927 年，大部分新月社成員從北京移至上海，創辦新月書店，並於次年 3 月發行《新月》月刊。

相比魯迅對待上海北新書局的態度而言，魯迅始終非常瞧不起新月社、新月書店和《新月》月刊的做法和業績。魯迅在 1927 年 8 月 17 日寫給章廷謙的信裏提到：「《語絲》中所講的話，有好些是別的刊物所不肯說，不敢說，不能說的。倘其停刊，亦殊可惜，我已寄稿數次，但文無生氣耳。見新月社

〔註 39〕魯迅：《而已集・革命時代的文學》，《魯迅全集》第三卷，人民文學出版社，2005 年版，第 440 頁。

書目，春臺及學昭姑娘俱列名，我以爲太不值得。其書目內容及形式，一副徐志摩式也。吧兒輩方攜眷南下，而情狀又變，近當又皇皇然若喪家，可憐也夫。」〔註40〕魯迅認爲新月社的近況「皇皇然若喪家」，不僅蔑視新月社所出的「一副徐志摩式」的書目，還深爲春臺、學昭也在上面發文而感到不值。魯迅之所以對新月社如此不屑，主要是因爲新月社的「文無生氣」，即文章缺少奮發、強健、實幹之精神，過度沉醉於自我感傷之中。所以後來魯迅又說：「新月書店的目錄，你看過了沒有？每種廣告都飄飄然，是詩哲手筆。」〔註41〕同樣是在寫給章廷謙的信裏，魯迅提到：「新月書店我怕不大開得好，內容太薄弱了。雖然作者多是教授，但他們發表的論文，我看不過日本的中學生程度。眞是如何是好。」〔註42〕魯迅指責新月書店的文章內容太過薄弱，認爲它們只達到了日本中學生的作文水平，辛辣的諷刺折射出魯迅自己的文章觀和讀書觀。即便是移居到上海以後，魯迅仍舊對《新月》不依不饒：「《新月》忽而大起勁，這是將代《現代評論》而起，爲政府作『諍友』，因爲《現代》曾爲老段諍友，不能再露面也。」〔註43〕魯迅此前多次抨擊「現代評論派」甘當「政府諍友」的做法，現在認爲《新月》在重蹈覆轍，是對當局者的諂媚逢迎、對文藝和社會的不負責任。

正是因爲魯迅一貫看不起新月社、新月書店和《新月》月刊，所以在北新書局出版徐志摩的散文集《落葉》、聘請陳翰笙擔任編輯主任時，魯迅將之作爲北新書局即將走向滅亡的徵兆：「北新被捕已經魚爛，如徐志摩陳什麼（忘其名）之侵入，如小峰春臺之爭，都是坍臺之徵。」〔註44〕

通過魯迅對待新月社、新月書店和《新月》月刊的態度，可以看出「新月」的文藝作品是不會進入到北新書屋的貨架上的，這些「飄飄然」、「內容太薄弱」、「徐志摩式」（或曰「詩哲式」）、「政府諍友」的文字是魯迅歷來所反感和痛斥

〔註40〕魯迅：《致章廷謙 270817》，《魯迅全集》第十二卷，人民文學出版社，2005年版，第65頁。
〔註41〕魯迅：《致章廷謙 270919》，《魯迅全集》第十二卷，人民文學出版社，2005年版，第70頁。
〔註42〕魯迅：《致章廷謙 271226》，《魯迅全集》第十二卷，人民文學出版社，2005年版，第99頁。
〔註43〕魯迅：《致章廷謙 290817》，《魯迅全集》第十二卷，人民文學出版社，2005年版，第200～201頁。
〔註44〕魯迅：《致章廷謙 270717》，《魯迅全集》第十二卷，人民文學出版社，2005年版，第51頁。

的，不會位居魯迅心中的青年閱讀書目之列。魯迅讓青年閱讀的文章，富含生命的氣息、行動的意志和血性的擔當，從這一點上說，魯迅在廣州時期延續了北京時期的注重培養青年的「行」而非「言」的思想觀念〔註 45〕。

五、《做什麼》還是《這樣做》？

可惜的是，經過數月的努力，魯迅所取得的成效甚微，廣州青年在讀書問題上依舊是跟著社會風氣搖擺，缺乏個人獨立的見解和判斷：「未名社出版物，在這裡有信用，但售處似乎不多。讀書的人，多半是看形勢的，去年郭沫若書頗行，今年上半年我的書頗行，現在是大賣戴季陶講演錄了。這裡的書，要作者親到而闊才好，就如江湖上賣膏藥者，必須將老虎骨頭掛在旁邊似的。」〔註 46〕魯迅「抱著夢幻而來」，最終卻夢碎得如此徹底！其實早在「四·一五」政變以後，中山大學的讀書氛圍再次惡化，「老文章」再次虎踞，魯迅夢碎的萌芽當時已經顯露出來：「中大當初開學，實在不易，因內情糾紛，我費去氣力不少。時既太平，紅鼻蒞至，學者之福氣可謂好極。目前中大圖書館徵求家譜及各縣志，廈大的老文章，又在此地應用了，則前途可想。」〔註 47〕

更爲可悲的是，儘管魯迅一心想要爲改善青年的閱讀環境做點事情，可是其中有一些人接近魯迅的目的並不單純，他們想要攀附魯迅的「青年的吸鐵石」〔註 48〕的社會聲望來服務於自己所屬的團體。當然，這種做法不一定是錯誤的或污濁的，畢竟所有的人都被各自的社會身份所規約和牽制。魯迅在從廈門輾轉到廣州的過程中，非常明顯地感受到了這一點，他調侃自己莫名其妙成爲學生們眼裏的「名人」、「公物」和「招牌」，不堪輿論重負的魯迅直言：「我想，不得已，再硬做『名人』若干時之後，還不如倒下去，舒服得多。」〔註 49〕正是因爲這重因素的存在，雖然魯迅非常支持青年辦刊物

〔註 45〕魯迅：《華蓋集·青年必讀書》，《魯迅全集》第三卷，人民文學出版社，2005 年版，第 12 頁。
〔註 46〕魯迅：《致臺靜農 270925》，《魯迅全集》第十二卷，人民文學出版社，2005 年版，第 74 頁。
〔註 47〕魯迅：《致章廷謙 270530》，《魯迅全集》第十二卷，人民文學出版社，2005 年版，第 35 頁。
〔註 48〕許廣平：《魯迅和青年們》，原載《文藝陣地》，1938 年第 2 卷第 1 期，第 390 頁。
〔註 49〕魯迅：《致許廣平 270105》，《魯迅全集》第十二卷，人民文學出版社，2005 年版，第 4 頁。

及從事其他文藝活動，但是同時對青年保有一定的警惕，尤其是對於部分青年有意或無意地借他之名創辦刊物，魯迅表現得比較謹愼。例如報紙上有一則新聞引起了魯迅的重視，他還特地裁剪並保存：「自魯迅先生南來後，一掃廣州文學之寂寞，先後創辦者有《做什麼》，《這樣做》兩刊物。聞《這樣做》爲革命文學社定期出版物之一，內容注重革命文藝及本黨主義之宣傳。」〔註 50〕畢磊主編的《做什麼》，主要宣傳共產黨的策略和方針；而孔聖裔主編的《這樣做》，主要配合國民黨的反共政策。過去人們通常認爲魯迅認可《做什麼》而牴觸《這樣做》〔註 51〕，事實上魯迅並沒有表現出明確的情感判斷：

> 開首的兩句話有些含混，説我都與聞其事的也可以，説因我「南來」了而別人創辦的也通。但我是全不知情。當初將日報剪存，大概是想調查一下的，後來卻又忘卻，擱下了。現在還記得《做什麼》出版後，曾經送給我五本。
>
> 《這樣做》卻在兩星期以前才見面，已經出到七八期合冊了。第六期沒有，或者説被禁止，或者説未刊，莫衷一是，我便買了一本七八合冊和第五期。看日報的記事便知道，這該是和《做什麼》反對，或對立的。〔註 52〕

單從字義上看，魯迅並沒有表現出對其中一種刊物的肯定或否定，而是同時撇清了他跟兩種刊物的關係，公開聲明他沒有直接參與這兩種刊物的創辦，至多不過是因爲別人送或自己買的緣故，使得他手裏有一些往期的《做什麼》和《這樣做》。但是通過魯迅對畢磊的看似冷靜平淡實則包含追念之情的回憶性文字，不難看出魯迅對《做什麼》是沒有敵意的，儘管他拒不承認自己跟《做什麼》的創辦有任何關聯。而且魯迅直到寫作《怎麼寫》的這一刻都還在猜想畢磊應該是共產黨員，由此可以推測畢磊在與魯迅往來的過程中沒有透露自己的黨派身份。這種做法能夠減輕魯迅的心理戒備，增強魯迅對他的好感，也符合畢磊慣用的跟魯迅交往的策略風格。在初見魯迅之前，畢磊便有所準備，至少對魯迅的性情做了一些調查，陳延年還特地提醒他：「魯

〔註 50〕魯迅：《三閒集・怎麼寫》，《魯迅全集》第四卷，人民文學出版社，2005 年版，第 20～21 頁。

〔註 51〕張競：《魯迅在廣州》，廣東人民出版社，1977 年版，第 69 頁。

〔註 52〕魯迅：《三閒集・怎麼寫》，《魯迅全集》第四卷，人民文學出版社，2005 年版，第 21 頁。

迅是熱愛青年的，你要活潑一點，要多陪魯迅到各處看一看。」〔註 53〕在上級授意和自行揣悟下，畢磊初步瞭解了魯迅的脾性，抓住了魯迅眞誠關心青年的性格特點，在日常交流中潛移默化地向魯迅宣傳共產黨的方針思想。當然，從整體上看，畢磊對魯迅的態度還是比較眞誠、熱心的，要不然魯迅也不會跟他有那麼多往來，日後還用煽情的筆墨緬懷他，因爲魯迅早已看穿畢磊經常送給他的《少年先鋒》「分明是共產青年所作的東西」。相比之下，魯迅對《這樣做》則沒有什麼好感，但似乎也看不出帶有明顯的敵意。即便指出了《做什麼》和《這樣做》是兩種對立抗爭的刊物，魯迅也只是客觀地陳述事實，沒有做過多地評論。根據魯迅自己的表述，他在看過通訊欄以後，失去了閱讀《這樣做》的興趣，只是翻了翻目錄，調侃了其中一篇名爲《郁達夫先生休矣》的文章，之後便轉移到其他話題上。

概言之，無論是否有私交成分摻雜其中，魯迅並沒有對《做什麼》和《這樣做》的表現出明顯的好惡，而且是同時撇清了跟它們的創辦之間的關係。魯迅從內心深處不願意當青年的敵人或絆腳石，但是也不甘被人利用。魯迅很清楚，如果他被人爲地跟《做什麼》和《這樣做》扯上聯繫，那麼必定會有更多的青年閱讀這兩種刊物：「在雜誌上，只要登著魯迅先生的文章，銷路就可以保險。只要有兩種魯迅先生的書，開起書店來就總可以發達；所謂『文壇權威』，並非沒有道理。」〔註 54〕至於青年因此受到何種影響是難以預料的，而魯迅並不想冒這個風險。

六、魯迅與李小峰、鍾敬文

魯迅之所以對青年如此警惕，一方面是因爲此前所受到的來自青年的攻訐，另一方面是因爲跟北新書屋有關的青年讓他感到有些不放心，其中以鍾敬文和李小峰爲代表。

從 1927 年 4 月中下旬開始，魯迅把北新書屋作爲自己的收信地址之一，還專門在信裏解釋：「這是一間小樓，賣未名社和北新局出板品的地方。」〔註 55〕

〔註 53〕張競：《魯迅在廣州》，廣東人民出版社，1977 年版，第 12 頁。林誌浩的《魯迅傳》（北京出版社，1981 年版，第 223 頁）有類似記載。

〔註 54〕許欽文：《魯迅先生與新書業》，原載《青年界》，1936 年第 10 卷第 4 期，第 3 頁。

〔註 55〕魯迅：《致李霽野 270420》，《魯迅全集》第十二卷，人民文學出版社，2005 年版，第 30 頁。

但是到了六月中上旬，魯迅指定的寄信地址發生了變化，可能是因爲當時就有了關閉北新書屋的念想：「在這月以內，如寄我信，可寄『廣九車站，白雲樓二十六號二樓許寓收轉』，下月則且聽下回分解可也。」〔註 56〕就在郵寄了這封信不久後，魯迅眞正萌生了關閉北新書屋的念頭：「這裡的北新書屋，我想關閉了，因爲我不久總須走開，所以此信到後，請不必再寄書籍來了。」〔註 57〕

在李小峰的牽線下，鍾敬文嘗試找魯迅商量把北新書屋改造成北新書局的廣州分局，卻被魯迅堅決拒絕了：「近日有鍾敬文要在此開北新分局，小峰令來和我商量合作，我已以我情願將『北新書局』關門，而不與聞答之。鍾之背後有鼻。他們鬼祟如此。天下那有以鬼祟而成爲學者的。我情願『不好』，而且關門，雖將愈『不好』，亦『聽其自然』也耳。」〔註 58〕魯迅眞正確定關閉北新書屋的時間，應該是在七月中旬，其中就有鍾敬文的原因，魯迅想要盡早斷了他的念想：「這裡的『北新書屋』我擬於八月中關門，因爲鍾敬文（鼻之傀儡）要來和我合辦，我則關門了，不合辦。」〔註 59〕這裡所說的「鼻」，跟「鼻子」、「紅鼻」、「鼻公」一樣，指的都是顧頡剛。魯迅與顧頡剛的嫌怨由來已久，及至魯迅從廈門大學來到中山大學，矛盾進一步激化。魯迅在廣州時期在寫給章廷謙、孫伏園、臺靜農、江紹原等朋友的多封書信裏辛辣地諷刺顧頡剛，尤其是在 1927 年 7 月底 8 月初得到顧頡剛的信，要求魯迅「暫勿離粵，以俟開審」〔註 60〕，更是令兩人的矛盾尖銳到不可調和的狀態。魯迅對顧頡剛的怨恨情緒直到上海時期仍舊沒有消退的趨勢：「至於鼻公，乃是必然的事，他不在廈門興風，便在北平作浪，天生一副小娘脾氣，磨了粉也不會改的。」〔註 61〕

〔註 56〕魯迅：《致章廷謙 270612》，《魯迅全集》第十二卷，人民文學出版社，2005 年版，第 38 頁。

〔註 57〕魯迅：《致李霽野 270630》，《魯迅全集》第十二卷，人民文學出版社，2005 年版，第 42 頁。

〔註 58〕魯迅：《致章廷謙 270707》，《魯迅全集》第十二卷，人民文學出版社，2005 年版，第 46 頁。

〔註 59〕魯迅：《致章廷謙 270717》，《魯迅全集》第十二卷，人民文學出版社，2005 年版，第 51 頁。

〔註 60〕魯迅：《日記十六》，《魯迅全集》第十六卷，人民文學出版社，2005 年版，第 31 頁。

〔註 61〕魯迅：《致章廷謙 300222》，《魯迅全集》第十二卷，人民文學出版社，2005 年版，第 222 頁。

鍾敬文早在 1927 年 1 月 22 日就拜訪過魯迅，此後在 2 月 27 日、3 月 11 日又去過魯迅家裏〔註 62〕，他當時與魯迅並未交惡。鍾敬文與魯迅的關係惡化看似突然，其實早已埋下伏筆。鍾敬文在《記找魯迅先生》一文裏說道「把顧頡剛兄從廈門大學寄來的一封信，先行拆著。原來是報告魯迅先生來粵消息的話……顧頡剛所以給我這個消息，大概是因爲兩月前，我曾去信問他『魯迅先生是否要來粵』」〔註 63〕，據此可知鍾敬文與顧頡剛素有往來，而魯迅與顧頡剛矛盾叢生，因爲這層緣故，魯迅自然會懷疑和疏遠鍾敬文。根據已有材料，當時魯迅並不清楚鍾敬文與顧頡剛的關係，所以才有了日後的另外兩次面談。但是當魯迅搞清楚了這一點以後，他對鍾敬文的態度自然會發生轉變，甚而以「鼻之傀儡」來指代後者。

因爲懷疑鍾敬文是顧頡剛的傀儡，所以魯迅不僅拒絕他的建立北新書局廣州分局的提議，還對他編選的《魯迅在廣東》一書都不大看得起：「《魯迅在廣東》我沒有見過，不知道是怎樣的東西，大約是集些報上的議論罷。但這些議論是一時的，彼一時，此一時，現在很兩樣。」〔註 64〕有趣的是，該書是上海北新書局在 1927 年 7 月出版的，魯迅對此更是感到不滿：「北新出了一本《魯迅在廣東》，好些人向我來要，而我一向不知道。」〔註 65〕

因爲北新書局不斷出現新情況，魯迅對李小峰的態度也發生著微妙的變化。正如前文所說，魯迅在北京時期、廈門時期與李小峰保持了友好、和諧的關係。及至廣州時期，魯迅與李小峰的書信聯繫頻仍。儘管如此，並不是說魯迅與李小峰之間一點罅隙也沒有。魯迅不僅猜忌過李小峰，還懷疑過其他與北新書局有關的人：「春臺小峰之爭，蓋其中還有他們的糾葛，但觀《北新週刊》所登廣告，則確已多出關於政治之小本子，而陳翰笙似大有關係，或者現代派已侵入北新，亦未可知，因凡現代派，皆不自開闢，而襲取他人已成之局者也。」〔註 66〕在 1927 年 7 月 28 日、12 月 26 日寫給章廷謙的另

〔註 62〕魯迅：《日記十六》，《魯迅全集》第十六卷，人民文學出版社，2005 年版，第 3、10、12 頁。

〔註 63〕鍾敬文：《記找魯迅先生》，《魯迅在廣東》，北新書局，1928 年版，第 5 頁。

〔註 64〕魯迅：《致翟永坤 270919》，《魯迅全集》第十二卷，人民文學出版社，2005 年版，第 67～68 頁。

〔註 65〕魯迅：《致章廷謙 270919》，《魯迅全集》第十二卷，人民文學出版社，2005 年版，第 70 頁。

〔註 66〕魯迅：《致章廷謙 270707》，《魯迅全集》第十二卷，人民文學出版社，2005 年版，第 46 頁。

外兩封書信裏，魯迅也談到了這件事情，所持觀點基本一致，增加了一些細節：

> 小峰和春臺之戰，究竟是如何的內情，我至今還不了然；即伏園與北新之關係，我也不了然。我想，小 and 春之間，當尚有一層中間之隔膜兼刺戟品；不然，不至於如此。我以爲這很可惜，然而已經無藥補救了。至於春臺之出而爲叭兒輩效力，我也覺得不大好，何至於有深仇重怨到這樣呢？〔註 67〕
>
> 伏園和小峰的事，我一向不分明。他們除作者版稅外，分用淨利，也是今天才知道的。我但就從來沒有收清過版稅。即如《桃色的雲》的第一版賣完後，只給我一部分，說因當時沒錢，後來補給，然而從此不提了。我也不提。而現在卻以爲我『可以做證人』，豈不冤哉！叫我證什麼呢？〔註 68〕

根據上述引文可知，對於李小峰與孫福熙的內鬥、孫伏園和李小峰對北新書局版稅的使用、現代派陳翰笙侵入北新書局、李小峰與「鼻子傀儡」鍾敬文的合作往來等大小事件，魯迅並不完全瞭解情況。但有一點是可以確定的，魯迅爲此感到非常不安，甚至帶有些許惱怒，而且對北新書局的印象越來越差，對李小峰也不如以前那樣信任。

但是總體上，魯迅還是與李小峰保持了比較友好的關係，從魯迅在尚未動身去上海之前，將李小峰的地址作爲自己的收信地址這件小事可以窺測一二。〔註 69〕即便是日後經歷了版稅風波，魯迅仍舊保持著與李小峰的往來，繼續把自己的一部分文稿交給上海北新書局。

七、軋賬：漫長的告別

儘管中間發生了這麼多事情，但至少對於北新書屋，魯迅充滿了不捨之情，既有對北新書屋的不捨，也有對廣州青年的擔憂，還有對理想未酬的惋惜。「在動身的前夕，魯迅抽空料理北新書屋的存書，不忘用精神糧食滋養

〔註 67〕魯迅：《致章廷謙 270728》，《魯迅全集》第十二卷，人民文學出版社，2005 年版，第 55 頁。

〔註 68〕魯迅：《致章廷謙 271226》，《魯迅全集》第十二卷，人民文學出版社，2005 年版，第 99 頁。

〔註 69〕魯迅：《翟永坤 270919》，《魯迅全集》第十二卷，人民文學出版社，2005 年版，第 68 頁。

南國的文藝青年。他在幾個青年的熱情幫助下，把它全部廉價交給共和書局」〔註 70〕，魯迅之所以有如此表現，是在爲廣州青年做最後的考慮，也是在爲自己做階段性的告別。

魯迅爲北新書屋耗費了大量心血，通過前文梳理魯迅爲北新書屋而與北新書局的往來，不難看出這一點。而且魯迅爲北新書屋投注的時間，要比通常的認知要久。雖然北新書屋直到 3 月 25 日才正式開業，但是魯迅爲此籌備了不少時間。魯迅在 1927 年 2 月 23 日的日記裏寫道：「下午收未名社所寄書十三包。」〔註 71〕魯迅讓未名社郵寄這麼多書，明顯是爲以後的北新書屋所準備的，也就是說，魯迅萌生創辦北新書屋之意要早於這一天。雖然北新書屋在 8 月份就結束了，但是直到 10 月份，魯迅才徹底做完相關事宜。北新書屋承載了魯迅的幻夢，當幻夢破碎之際，任憑魯迅的內心有多麼強大，他難免會感到淒涼與不捨。

魯迅沒想過憑藉經營北新書屋來爲自己謀私利——事實上他不僅沒有成功謀利，還虧損了一筆錢——但他在客觀上充當了北新書屋的會計。尤其是魯迅決定關閉北新書屋之後，需要清理以往所有的帳目，耗費了他許許多多的精力。

1927 年 6 月 30 日，魯迅在寫給李霽野的信中第一次提出準備關閉北新書屋的計劃，並且已經開始整理北新書屋的帳目：「從北新書屋寄上錢百元，寄款時所寫的寄銀人和收銀人，和信面上所寫者同。」〔註 72〕7 月 2 日，魯迅將最近北新書屋代售未名社書刊的錢郵寄給未名社成員：「上午寄霽野及靜農信並北新書局賣書款百元。」〔註 73〕8 月 12 日，魯迅收到了上海北新書局發至廣州北新書屋代售書籍的總賬單：「得上海北新局書總帳，一日發。」〔註 74〕

即便是在北新書屋關閉以後，魯迅還要爲軋賬的事情操心，而且軋賬的結果是他自己虧損了將近八十元：「北新書屋賬等一二天再算詳賬云云，而

〔註 70〕林誌浩：《魯迅傳》，北京出版社，1981 年版，第 248 頁。

〔註 71〕魯迅：《日記十六》，《魯迅全集》第十六卷，人民文學出版社，2005 年版，第 9 頁。

〔註 72〕魯迅：《致李霽野 270630》，《魯迅全集》第十二卷，人民文學出版社，2005 年版，第 41 頁。

〔註 73〕魯迅：《日記十六》，《魯迅全集》第十六卷，人民文學出版社，2005 年版，第 28 頁。

〔註 74〕魯迅：《日記十六》，《魯迅全集》第十六卷，人民文學出版社，2005 年版，第 33 頁。

至今未有照辦者，因爲我太忙。能結帳的只有我一個人。其實是早已結好，約欠八十元。我到郵局去匯款時，因中央銀行擠兌之故，票價驟落，郵局也停止匯兌了，只得中止，一直到現在。這一筆款只能待我到上海時再寄。」〔註 75〕

直到 10 月 14 日，廣州北新書屋的帳目才最終告一段落：「書帳早已結好，和寄來的一張差不多。因爲那邊的郵局一時停止匯兌，所以一直遲至現在。今從商務館匯上八十元，請往瑠璃廠一取（最好並帶社印）。這樣，我所經手的書款，算是清潔了。」〔註 76〕魯迅日記裏也有記載：「下午寄未名社信並書款八十元。」〔註 77〕這是北新書屋代售未名社刊物的尾款。

除此之外，轉交北新書屋同樣耗費了魯迅不小的精力：「近來因結束書店，忙了幾天。」〔註 78〕具體說來，8 月 13、14、15 日，魯迅分別在日記裏記載：「下午同廣平往共和書局商量移交書籍」、「上午收共和書局信」、「上午至芳草街北新書屋將書籍點交於共和書局，何春才、陳延進、立峨、廣平相助，午訖，同往妙奇香午飯。」〔註 79〕

魯迅爲北新書屋軋賬的過程不可謂不漫長，爲轉交北新書屋的事宜也耗費了不小的氣力，他對北新書屋的情感投入也體現在其中。魯迅創辦北新書屋，不僅沒有賺到錢，反倒虧損了一些存款，更爲重要的是沒能實現他最初的期許，那時的魯迅也許多多少少會感到些許愴然。

大革命失敗後，廣州出版業陷入暫時的低潮。兩三年後，廣州的出版環境得到了明顯的改善，不僅擁有商務印書館、中華書局、世界書局、共和書局、啓智書局、北新書局、開明書店、神州國光社、泰山書店、廣州圖書消費合作社、萬人書店等頗具影響的書店，還出版了《萬人雜誌》、《中華雜誌》、《萬人月報》、《讀書週刊》、《細語》、《十日》、《X 旬刊》、《火星》、《時代》、《向

〔註 75〕魯迅：《致李霽野 270925》，《魯迅全集》第十二卷，人民文學出版社，2005 年版，第 75 頁。

〔註 76〕魯迅：《致臺靜農、李霽野 271014》，《魯迅全集》第十二卷，人民文學出版社，2005 年版，第 78 頁。

〔註 77〕魯迅：《日記十六》，《魯迅全集》第十六卷，人民文學出版社，2005 年版，第 41 頁。

〔註 78〕魯迅：《致江紹原 270817》，《魯迅全集》第十二卷，人民文學出版社，2005 年版，第 66 頁。

〔註 79〕魯迅：《日記十六》，《魯迅全集》第十六卷，人民文學出版社，2005 年版，第 33、33、34 頁。

日葵》、《星星》等雜誌——其中有不少是文藝雜誌。〔註 80〕這樣的局面是廣州時期魯迅翹首以盼的，然而他沒能親歷。在大革命時期，廣州並不是沒有文藝出版物，但是本地的文藝出版物實在太少，魯迅創立和經營北新書屋既是爲了改善這種局面（包括文藝建設和革命運動兩方面），也是爲了給未名社和上海北新書局鋪路。對於魯迅而言，北新書屋絕非僅僅只是一個書刊出版和營銷的機構。北新書屋是魯迅將腦海中的想法付諸實踐的一次嘗試，雖然最終失敗了，但是它的確改善了一部分廣州青年的閱讀環境；而且通過引導他們的閱讀行爲，魯迅得以潛移默化地影響廣州青年的思想觀念。儘管北新書屋的存在歷史不過半年光景，但是其中所蘊含的歷史文化信息值得深入挖掘下去。如果將北新書屋放置在民國時期廣州文藝出版史之中進行，也許能夠更加清晰地看到北新書屋的歷史價值，從而更加深入、全面地認識廣州時期魯迅的精神世界和文學史地位。

作者簡介：

胡余龍，1992 年出生，男，湖北潛江人，四川大學文學與新聞學院中國現當代文學專業 2017 級博士生，研究方向爲現代中國文學與文化。

〔註 80〕《出版界消息》，原載《讀書月刊》，1931 年第 1 卷第 5 期，第 186 頁。

《野草》命名來源與「根本」問題

符傑祥
（上海交通大學人文學院）

1927年4月26日深夜，在廣州白雲樓上，當魯迅爲自己在1924年到1926年間所寫的系列「野草」編集時，寫下了這樣奇異的「題辭」：

> 當我沉默著的時候，我覺得充實；我將開口，同時感到空虛。
>
> 過去的生命已經死亡。我對於這死亡有大歡喜，因爲我藉此知道它曾經存活。死亡的生命已經朽腐。我對於這朽腐有大歡喜，因爲我藉此知道它還非空虛。
>
> 生命的泥委棄在地面上，不生喬木，只生野草，這是我的罪過。
>
> 野草，根本不深，花葉不美，然而吸取露，吸取水，吸取陳死人的血和肉，各各奪取它的生存。當生存時，還是將遭踐踏，將遭刪刈，直至於死亡而朽腐。
>
> 但我坦然，欣然。我將大笑，我將歌唱。
>
> ……

和同時期爲編集所寫的《墳・題記》、《熱風・題記》、《朝花夕拾・小引》等敘事性、說明性的序文不同，《野草》的「題辭」完全是抒情性的、詩意性的。《彷徨》的題辭借用了屈原《離騷》中的兩小段詩句來代言，不是自題，而是他引，也極具抒情色彩，但遠無《野草・題辭》的詩意飽滿與奇崛瑰麗。《野草》極富現代主義風味的「題辭」與多篇正文一樣，遍佈詩意的抒情與象徵的暗示，激烈而陰鬱，幽深而曲折。如果說魯迅在《吶喊・自序》一類的序文爲自己的創作緣起與寫作背景提供了一種明白清楚的交待與說明，那麼《野草・題辭》則以一種另類詩意的方式繼續著「難以直說」〔註1〕的矛盾

〔註1〕魯迅：《二心集・〈野草〉英文譯本序》，《魯迅全集》第4卷，人民文學出版社2005年版，第365頁。

與含混。有意味的是，即便如此，《野草・題辭》也因「地火在地下運行，奔突」的意象與「燒盡一切」的危險暗示，在印第七版時遭遇國民黨書報檢察官的恐慌與抽禁〔註 2〕。的確，《野草》詩意的題辭與其正文一樣，是魯迅文學以致現代中國文學史上極爲奇異與罕見的一種存在。但無論如何難解，詩意的題辭總歸還是題辭。事實上，魯迅在書信中也把《野草》的「題辭」稱爲「題詞」、「序文」〔註 3〕。題辭作爲序跋類的一種文體，又稱「題詞」、「題記」、「題跋」、「引」等〔註 4〕，是有著點題性、啓發性、回顧性、總結性的功能與意義的。那麼對《野草》來說，其中解讀魯迅創作起源之類的線索，也應該隱伏在「題辭」的「一叢野草」中吧。

「生命的泥委棄在地面上，不生喬木，只生野草，這是我的罪過。」「野草，根本不深，花葉不美」。《野草・題辭》激揚沉鬱，慷慨決絕，低徊高突，反覆詠歎，涉筆「野草」，意象繁複，有八處之多。「只生野草，這是我的罪過」，「根本不深，花葉不美」，在魯迅文學特有的一種贖罪般的懺悔與自省的語氣中，「題辭」提示了一個涉及「根本」卻常被忽略的問題：雖然「根本不深，花葉不美」，但「我自愛我的野草」，那麼，「這一叢野草」的根脈在哪裏，「根本」又是什麼？當魯迅在集結出版之際，以「去罷，野草」來結束自己的「題辭」，同時也意味著對隱含讀者開啓了「來罷，野草」的閱讀召喚。那麼，魯迅的「這一叢野草」由何而「來」，又是如何生長出來的呢？

一、「野草」的命名

「題辭」的詩性文字與隱秘幽曲，與《野草》的多數篇目風格一致、意境一致，這意味著《野草》的閱讀過程，同樣伴隨著一種「危險的愉悅」。面

〔註 2〕關於《野草・題辭》被刪禁事，魯迅在書信中曾兩次提及。其在 1935 年 11 月 23 日給邱遇的信中說：「《野草》的題詞，係書店刪去，是無意的漏落，他們常是這麼模模糊胡的——，還是因爲觸了當局的諱忌，有意刪掉的，我可不知道。」在 1936 年 2 月 19 日給夏傳經的信中又說：「去年上海有這麼一個機關，專司秘密壓迫言論，出版之書，無不遭其暗中殘殺，直到杜重遠的《新生》事件，被日本所指謫，這才暗暗撤消。《野草》的序文，想亦如此，我曾向書店說過幾次，終於不補。」魯迅：《351123 致邱遇》，《魯迅全集》第 13 卷，第 589 頁；《360219 致夏傳經》，《魯迅全集》第 14 卷，第 33 頁。

〔註 3〕魯迅：《351123 致邱遇》，《魯迅全集》第 13 卷，第 589 頁；《360219 致夏傳經》，《魯迅全集》第 14 卷，第 33 頁。

〔註 4〕金宏宇：《文本周邊：中國現代文學副文本研究》，武漢大學出版社 2014 年版，第 80 頁。

對《野草》的「寫作草圖」及其「兩悖性」〔註5〕，詩意的奇異同時也是一種晦澀的歧義，充滿風險與挑戰。但也許正是這種風險與挑戰所潛含的創造性與可能性，又會引誘和刺激更多新的創造性與可能性。這也難怪，自第一篇《秋夜》開始發表，當時就有文學青年如高長虹、章衣萍等人在感到「既驚異而又幻想」〔註6〕的同時，「也不敢真說懂得」〔註7〕。儘管難懂，但這並不妨礙「靈魂的冒險」，薄薄的一冊《野草》在問世九十餘年來，由「一叢野草」迅速蔓延爲一片草原，滋生了更多的解讀與研究成果。不同於面向大眾的雜感與小說創作，《野草》面向自我的心靈獨語方式在寫作藝術與意識上都是高度精英化的。魯迅亦曾對文學青年坦言：「他的哲學都包括在他的《野草》裏面。」〔註8〕那麼，如何面對魯迅的詩與哲學呢？借用魯迅在其所翻譯的《苦悶的象徵》一書中的話來說：「要明白或一事物的本質，便該先去追溯本源。」〔註9〕事實上，「尋其本」，探其源，亦是魯迅早在論文伊始就已確立的思想與方法，一如其青年時代對「興業振兵」之說與晚清科學主義的批判：「特信進步有序，曼衍有源，慮舉國惟枝葉之求，而無一二士尋其本，則有源者日長，逐末者仍立拔耳。」〔註10〕

日本學者柄谷行人在論日本現代文學的起源問題時曾指出，當某種風景一經確立，其「起源」便會被忘卻，理解也隨之會發生「顛倒」〔註11〕。尋找「野草」的「根本」，便是在事實上將顛倒的理解重新回轉過來，探求魯迅創作《野草》的本源或起源問題。魯迅爲「這一叢野草」所寫的「題辭」已有九十年的歷史，對「野草」文本結果的種種解讀與研究可謂豐饒，積累總量也遠遠超過「一叢野草」。但對於「野草」從何而來的「根本」問題，至今尚難於說清，仍有繼續追問的必要。比如《野草》從何讀起，哪篇是核心之作，就一直充滿爭議。聶紺弩在 1940 年代就認爲，《墓碣文》「是《野

〔註5〕張光昕：《〈野草〉：寫作的草圖》，《東嶽論叢》2017 年第 2 期。

〔註6〕高長虹：《走到出版界：1925 年，北京出版界形勢執掌圖》，《狂飆》週刊 1926 年 11 月 17 日第 5 期。

〔註7〕衣萍：《古廟雜談（五）》，《京報副刊》1925 年 3 月 31 日。

〔註8〕衣萍：《古廟雜談（五）》，《京報副刊》1925 年 3 月 31 日。

〔註9〕廚川白村：《苦悶的象徵》，魯迅譯，《魯迅著譯編年全集》第 5 卷，人民出版社 2009 年版，第 353 頁。

〔註10〕魯迅：《墳・科學史教篇》，《魯迅全集》第 1 卷，第 33 頁。

〔註11〕柄谷行人：《日本現代文學的起源》，趙京華譯，三聯書店 2003 年版，第 24 頁。

草》的最好的自序」〔註 12〕；近年則有學者認爲，《秋夜》有「奠定基調的重要作用」，「是《野草》世界的眞正開端」〔註 13〕；同時也有學者表示，《希望》才是解讀《野草》的「核心」〔註 14〕。這些討論各有道理，也觸及了《野草》詩學的根本問題。不過，如果從文本發生學的層面來探尋《野草》的根脈，其實不必拘泥於《野草》發表之後的文本，不妨目光遠大，去回溯《野草》發表之前，亦即「野草」萌芽時期的前文本。一個作家的任何文本都可能是一種根脈相連、「家族相似」的互文本。近觀與細讀《野草》當然是必要與重要的，不過當我們適當遠視與回眸，以外觀內，以遠觀近，也許會看到一副更爲清晰完整的詩學景象或文學氣象。《野草》的第一篇當然是《秋夜》，但往前追溯，在《秋夜》發生之前更遠的詩學時間，也不妨說，「野草」的生根萌芽是從魯迅的第一篇詩學文章《摩羅詩力說》及其奠定的詩學精神開始的。

對《野草》的「根本」如何認識，決定了我們如何認識作爲「根本」的《野草》。《野草》是悲觀還是樂觀，是黑暗還是光明，是消極還是積極，是虛無還是反抗，是革命還是愛情，是寫實還是象徵，是現實的還是哲學的？即如作爲書名的「野草」意象，其象徵與隱喻意義歷來也是眾說紛紜。其中最爲極端的兩種是政治索隱與情愛索隱〔註 15〕。惟革命論者將「野草」視爲「野火燒不盡」的象徵，「吸取露，吸取水」被認爲是「吸取時代進步思潮的營養」，「吸取陳死人的血和肉」被認爲是「吸取過去眾多革命先驅者流血犧牲的經驗教訓」，那麼，「這一叢野草」便成了因革命而生、爲革命而死的「野草」。也有唯情論者將「野草」視爲情愛世界的象徵：「『野花草』不僅在《野草》中是魯迅的私典，而且在漢語言文學中也是一個公認的用以指婚外戀情的隱喻。」「富於暗示意味的書名『野草』，」由此「暗示部分散文詩所涵蓋的情愛道德主題。」〔註 16〕此後更有人熱衷破解詩人／私人隱秘，將整部《野草》視爲「表現婚外戀情的愛情散文詩集」，而「野草」即是「愛情散文詩集

〔註 12〕聶紺弩：《略談魯迅先生的〈野草〉》，《野草》月刊 1940 年 10 月 20 日第 3 期。

〔註 13〕張潔宇：《獨醒者與他的燈：魯迅〈野草〉細讀與研究》，北京大學出版社 2013 年版，第 35 頁。

〔註 14〕汪衛東：《探尋「詩心」：〈野草〉整體研究》，北京大學出版社 2014 年版，第 30 頁。

〔註 15〕朱崇科：《〈野草〉文本心詮》，人民出版社 2016 年版，第 12 頁。

〔註 16〕李天明：《難以直說的苦衷：魯迅〈野草〉探秘》，人民文學出版社 2000 年版，第 120 頁。

的書名」〔註 17〕。臆測是先有了魯迅與許廣平、朱安之間的婚愛糾葛，才有了《野草》近乎情書與懺悔書的創作。那麼，「這一叢野草」便成了由情而生、爲情所困的「野花草」了。是革命經典，還是情愛私典？當抽象豐富的詩意被各執一端、過於現實的種種概念或觀念拘束與限定，不由讓人發問，這是否切合魯迅爲「野草」命名的本意？

值得注意的是，魯迅自發表第一篇《秋夜》開始，就給自己的系列散文詩擬好了「野草」的名字。這種提前命名的方式也是《野草》讓人覺得「驚異」之處，以致有學者覺得不可思議：「作家零星發表作品的結集，通常是在結集時才起個書名，別人是這樣，魯迅一般也是這樣，但《野草》這個書名，卻是發表第一篇作品時就定下了。」「至於魯迅爲何一開始就把預計中的散文詩集命名爲《野草》，是一個頗費思量卻又難以解釋的問題。」〔註 18〕《秋夜》寫於 1924 年 9 月 15 日，發表在《語絲》週刊 1924 年 12 月 1 日的第 3 期，標題是「野草　一　秋夜」。9 月 24 日同時完成兩篇《影的告別》與《求乞者》，與此前引起撤稿風波的《我的失戀》10 月 3 日修改稿一起交給《語絲》，三篇同時發表於《語絲》週刊 1924 年 12 月 8 日的第 4 期，標題分別爲「野草　二　影的告別」，「三　求乞者」，「四　我的失戀——擬古的新打油詩」。因爲是同期連載，「三」與「四」前沒有再加「野草」總標題。其標題格式並非《魯迅著譯編年全集》所列的「副題作《野草》二～四」〔註 19〕。「野草」是正題，並非副題，和「秋夜」一樣，「影的告別」、「求乞者」、「我的失戀」都是「野草」之下的小標題。從第五篇《復仇》開始，《野草》的標題方式才改爲「復仇　野草之五」，「復仇」成爲正題，「野草之五」變成了副題。此後一直到最後一篇《一覺》，都延續了文題在先、「野草」在後的標題格式。從《野草》最初發表在《語絲》上的標題方式的微妙變化來看，「野草」是從一開始就佔據了正題的位置的。這說明，魯迅在發表第一篇《秋夜》時，就已先有了「野草」的題目。

對於《野草》在成書前的命名，有學者推斷說：「在 1924 年 9 月 15 日深夜寫下《秋夜》之前，魯迅應該並沒有創作一部散文詩集的打算。」「《秋夜》從寫出到拿給《語絲》的這段時間，魯迅創作系列散文詩的想法終於形成，

〔註 17〕胡尹強：《魯迅〈野草・題辭〉破解》，《浙江學刊》2002 年第 6 期。
〔註 18〕王彬彬：《〈野草〉的創作緣起》，《文藝研究》2018 年第 2 期。
〔註 19〕王世家、止菴編：《魯迅著譯編年全集》第 5 卷，第 283 頁。

並且把最後結集的書名也想好了。」〔註 20〕這種判斷有事實，也有推想。魯迅至於是否一開始就有將「野草」系列集結成書的想法，不好輕下結論，但將自己的散文詩創作從一開始就定名爲「野草」系列，說明魯迅還是有充分的自覺的，並非「一時衝動的產物」〔註 21〕。在魯迅前後，現代作家的散文詩系列在發表時往往使用「散文詩三則」、「散文詩十章」之類的標題，比如劉半農的《詩三首》〔註 22〕，王統照的《散文詩十章》〔註 23〕之類。散文詩在發表單篇文章時也常常是在題目下注明文體，如劉半農的《餓》，發表在刊載《野草》系列的同一刊物《語絲》1926 年 2 月 15 日第 66 期上，標題爲「餓（散文詩）」。再如法國詩人波德萊爾（Charles Pierre Baudelaire，1821～1867）的散文詩《巴黎的憂鬱》在五四時期的譯介：張定璜翻譯的《鏡子》，標題是「Baudelare 散文詩鈔 鏡子」〔註 24〕，和魯迅的《再論雷峰塔的倒掉》一同發表在《語絲》1925 年 2 月 23 日第 15 期上。周作人翻譯的《窗》，標題是「窗（散文詩）」〔註 25〕。焦菊隱翻譯的《月亮的恩惠》，標題是「月亮的恩惠（散文詩）」〔註 26〕。只有魯迅的標題比較例外，不用文體，而用意象。以《秋夜》爲例，是「野草 一 秋夜」，而非「散文詩鈔 秋夜」或「秋夜（散文詩）」。相對而言，魯迅似乎更重意象，而非文體。或者說，魯迅對散文詩這種從西方譯介過來的新文體是保持著一種相對開放與實驗的態度的。

以最具爭議的「野草」之四《我的失戀》爲例，該詩進入「野草」系列，起因在於早前發生的《晨報》撤稿事件，的確具有很大的偶然性。《我的失戀》副題爲「擬古的新打油詩」，對東漢張衡的《四愁詩》有一種後現代式的戲仿色彩。據魯迅回憶說，這是不滿「當時『阿呀阿唷，我要死了』之類的失戀詩盛行」而「開開玩笑的」〔註 27〕。其體式半新半舊，半古半今，始於「打油」，終於嘲諷，與《野草》總體格局似乎不太協調。學界對《我的失戀》是否爲「混入」，是否爲「意外」，是有不同聲音的〔註 28〕。不過我們如果從另

〔註 20〕王彬彬：《〈野草〉的創作緣起》，《文藝研究》2018 年第 2 期。
〔註 21〕王彬彬：《〈野草〉的創作緣起》，《文藝研究》2018 年第 2 期。
〔註 22〕劉復：《詩三首》，《文學旬刊》，1924 年 4 月 21 日第 118 期。
〔註 23〕王統照：《散文詩十章》，《文藝春秋》1948 年第 7 卷第 4 期。
〔註 24〕波德萊爾的英文拼寫 Baudelaire 漏一字母「i」，原題如此。
〔註 25〕波特來耳：《窗》，仲密譯，《婦女雜誌》1922 年第 8 卷第 1 號。
〔註 26〕波特萊爾：《月亮的恩惠》，焦菊隱譯，《文學旬刊》1923 年 12 月第 19 期。
〔註 27〕魯迅：《三閒集・我和〈語絲〉的始終》，《魯迅全集》第 4 卷，第 170 頁。
〔註 28〕張潔宇：《獨醒者與他的燈：魯迅〈野草〉細讀與研究》，第 76 頁。

一方面來看，《我的失戀》進入《野草》，也並非毫無道理。魯迅的「野草」系列整體上是以意象優先、文體爲次的，除了《我的失戀》是「擬古的新打油詩」，其他篇目如《過客》是「詩劇」，《狗的駁詰》、《立論》近乎「寓言」，《死後》則帶有小說筆法。在表面上玩世不恭、插科打諢的遊戲色彩之下，《我的失戀》表現出一種反世俗、反感傷的諷刺性與解構性，以「貓頭鷹」、「赤練蛇」之類惡的象徵回贈「百蝶巾」、「玫瑰花」之類美的禮物，有著一種反唯美、反浪漫的強烈的惡魔性與蠻野性。這種文體風格，這種文學傾向，是內在於《野草》的詩學精神的。

《野草》目前留下的惟一一頁手稿就是《我的失戀》第四首。根據相關考證，從詩幅所鈐印章爲上海西泠印社吳德光 1931 年 6 月刻所治仿漢白文「魯迅」印來看，這幅詩稿應該是 1931 年以後的題贈稿，並非發表時的原稿。文字有三處與原詩不同：「欲往從之兮」原爲「想去尋她兮」，「仰頭」原爲「搖頭」，「何以贈之」原爲「回她什麼」。詩稿收藏人津島文子是當時「在上海開業的助產士」。在 1932 年、1936 年的日記中，魯迅有三處提到她，其中 1932 年的兩處提到她爲周建人夫人王蘊如生女來診視等事〔註 29〕。雖然不能確定收藏人津島文子是否就是受贈人，但從日記來看，應該是魯迅在 1932 年爲感謝津島文子所書贈的。從詩稿的情愛主題來看，也比較適合女性題贈對象。《我的失戀》作爲《野草》中惟一保存下來的手稿，惟一書送日本友人的題贈品，說明魯迅的態度是極爲珍視與在意的。《我的失戀》幾經修改，已由隨意變得認眞，形式也相對整飭。雖有遊戲色彩，但也絕非可有可無之作。從另一方面來說，「開開玩笑」也是對當時愛情詩過度氾濫在形式與內容上的雙重挑戰，是反庸俗情詩的情詩搗亂，是反文體概論的文體犯規。就此而論，《我的失戀》不是不顧文體，而是挑戰邊界，實驗探索，相對開放。否則，「野草」守著「藝術之宮」內「麻煩的禁令」〔註 30〕，拘謹呆滯，不越雷池，又何「野」之有，「野」在何處呢？

《野草》的寫作從 1924 年延續到 1926 年，期間或急或緩，或斷或續，或密或疏。至於爲什麼從一開始就擬定「野草」題名，作爲系列文章發表，

〔註 29〕參閱王世家：《讀〈我的失戀〉（四首之四）詩稿箚記》，《魯迅研究月刊》2014 年第 1 期；喬麗華：《館藏魯迅詩歌手稿題記》，上海魯迅紀念館編：《上海魯迅紀念館藏魯迅手稿選》，上海人民美術出版社 2017 年版，第 136～137 頁。

〔註 30〕魯迅：《華蓋集·題記》，《魯迅全集》第 3 卷，第 4 頁。

其實從魯迅寫作與編集的風格來看也不難理解。比如，在寫作《野草》期間，魯迅也寫作了雜感《忽然想到（一）》、《忽然想到（二）》等十一個系列，《無花的薔薇之一》、《無花的薔薇之二》等三個系列。再如《咬文嚼字》以及後來的《「題未定」草》《門外文談》等，也都是系列寫作。區別只在於，因爲篇幅關係，魯迅沒有專門編集，和其他雜文一起收入《華蓋集》、《華蓋集續編》、《且介亭雜文二集》等其他集子中了。再如《怎麼寫》、《在鐘樓上》的「夜記之一」、「夜記之二」系列，魯迅自言「原想另成一書」〔註31〕，「夜記」書名也是一開始就想好了的，大概是因爲「夜記」系列篇目過少，沒有完成，就收入別的文集《三閒集》中了。魯迅在《野草》時期寫作的《朝花夕拾》十篇文章，也是系列寫作。從第一篇《狗，貓，鼠》開始，其副標題就是以「舊事重提之一」這樣的形式開始的。和《野草》一樣，後來也編成了書，只不過把書名改爲「朝花夕拾」罷了。爲什麼改名「朝花夕拾」，其中的一個原因我以爲是和「野草」相對的，「朝花」對「野草」，兩個集子一爲回憶記，一爲散文詩，標題相當。魯迅自言有「對過對」的「積習」〔註32〕，編集很注意整體和配對，比如《吶喊》對《彷徨》，《三閒集》對《二心集》，《僞自由書》對《準風月談》，《南腔北調集》對未完成的《五講三噓集》。「朝花」對「野草」是意象的一致，字數並不整齊。如果從字數與題目來看，《朝花夕拾》與另一部小說集《故事新編》也是相對的。

魯迅編集還有另外兩個原則：文體基本一致，發表刊物一致。比如《野草》的文章，全部是交給《語絲》發表的，《朝花夕拾》的文章則完全交給《莽原》來發表。《朝花夕拾》集結出版時，魯迅也交給了編《莽原》的北平未名社，作爲其所編的《未名新集》之一出版。未名社還曾提出承接《野草》出版的建議，被魯迅拒絕，仍交有《語絲》「老闆」〔註33〕之稱的李小峰主持的北新書局出版，列入其所編的《烏合叢書》之一。可見，魯迅在寫作、發表、編集與出版方面都是很注意的，分得比較清楚。《野草》是先有了一個總題名，和其他多數文集先有創作後有書名的情形有所不同。但《野草》並非孤例，《朝花夕拾》與《故事新編》的編集也是如此。所以對魯迅來說，《野草》的散文詩集先有了一個「野草」的命名，雖然特異，但也不奇怪，不難理解。因此，

〔註31〕魯迅：《三閒集・序言》，《魯迅全集》第4卷，第5頁。
〔註32〕魯迅：《南腔北調集・題記》，《魯迅全集》第4卷，第427頁。
〔註33〕魯迅：《三閒集・我和〈語絲〉的始終》，《魯迅全集》第4卷，第172頁。

眞正的問題不是爲什麼一開始有了「野草」的命名，然後才有《野草》的成書，而是爲什麼一開始有了「野草」這樣一個命名？或者說，爲什麼是「野草」，而不是其他？

二、「野草」的由來

《野草》的命名，並不僅僅是取一個名字那樣簡單，它事關「野草」從何處來的「根本」問題。對於「野草」這個名字的由來，日本學者秋吉收有一個新的發現，這要從成仿吾在《創造週報》1923 年 5 月創刊號上所發表的一篇文章《詩之防禦戰》說起〔註 34〕。作爲創造社的批評家，成仿吾的早期詩論是主張文學「以情感而生命」而反對「理智的創造」的，觀點激進，用語極端：「像吃了智慧之果，人類便墮落了一般，中了理智的毒，詩歌便也墮落了。我們要發揮感情的效果，要嚴防理智的叛逆！」〔註 35〕從重抒情、非理性的詩學觀出發，成仿吾對文學研究會的詩人詩作做了盛氣淩人、近乎謾罵的否定與攻擊，其中數次以「野草」爲喻：

> 現在試把我們目下的詩的王宮一瞥，看它的近情如何了。
>
> 一座腐敗了的宮殿，是我們把它推翻了，幾年來正在重新建造。然而現在呀，王宮内外遍地都生了野草了，可悲的王宮啊！ 可痛的王宮！
>
> 空言不足信，我現在把這些野草，隨便指出幾個來說說。
>
> 一、胡適的嘗試集……這簡直是文字的遊戲……這簡直不知道是什麼東西。……
>
> 二、康白情的草兒……我把它抄下來，幾乎把腸都笑斷了。……虧他想得周到，寫得出來。……
>
> 三、俞平伯的冬夜（及雪朝第三集）……這是什麼東西？ ……
>
> 四、周作人（雪朝第二集）……這不說是詩，只能說是所見，倒虧他知道了。
>
> 五、徐玉諾的將來之花園……這樣的文字在小說裏面都要說是拙劣極了。……
>
> 我現在手寫痛了，頭也痛了！ 讀者諸君看了這許多名詩，也

〔註 34〕秋吉收：《成仿吾與魯迅〈野草〉》，擬刊《濟南大學學報》2018 年第 3 期。
〔註 35〕成仿吾：《詩之防禦戰》，《創造週報》1923 年 5 月第 1 號。

許已經覺得眼花頭痛，我要在這裡變更計劃，不再把野草一個個拿來洗剝了。

…………

至於前面的那些野草們，我們應當對於它們更爲及時的防禦戰。它們大抵是一些淺薄無聊的文字；作者既沒有絲毫的想像力，又不能利用音樂的效果，所以它們總不外是一些理論或觀察的報告，怎麼也免不了是一些鄙陋的嘈音。詩的本質是想像，詩的現形是音樂，除了想像與音樂，我不知道詩歌還留有什麼。這樣的文字也可以稱詩，我不知我們的詩壇終將墮落到什麼樣子。我們要起而守護詩的王宮，我願與我們的青年詩人共起而爲這詩之防禦戰！〔註 36〕

這篇文章同時也批評了「周作人介紹的所謂日本的小詩」，宗白華與冰心爲代表的「所謂哲理詩」，「這兩種因爲他們的外樣比前面的那些野草來得漂亮一些，他們的蔓延頗有一日千里之勢。」〔註 37〕在秋吉收看來，成仿吾以輕蔑與輕佻的語氣痛斥新詩的創作爲「野草」，對胡適、周作人、俞平伯等文學研究會成員的詩作做了極爲惡劣的攻擊：「成仿吾完全沒有看到他人爲革新、開拓所付出的努力，只是一味地嘲笑般地全然否定，不是『仇敵』也會感到厭惡。」〔註 38〕普通讀者尚且反感，更何況，這些輕率惡意的攻擊還包括周氏兄弟之一的周作人呢。此後，成仿吾又在《創造》季刊 1924 年 2 月第 2 卷第 2 期上發表了一篇《〈吶喊〉的評論》，指責魯迅的小說「庸俗」、「拙劣」。成仿吾這一時期的詩學觀游移而含糊，但總體傾向是爲藝術而藝術和唯美主義的，所以批評周氏兄弟的兩篇文章都先後有「詩的王宮」、「純文藝的宮殿」這樣的語詞。但和其唯美主義詩學觀相反的是，成仿吾攻擊性的批評文字極爲惡劣，以至於當時《文學旬刊》上有人暗射其爲「黑松林裏跳出來的李逵」，亂掄「板斧」的「黑旋風」〔註 39〕。顯然，魯迅對成仿吾「掄板斧」的飛揚跋扈印象深刻，倍感厭惡，以致十多年後，魯迅在編《故事新編》時，仍念念不忘，再次提到對成仿吾批評的「不能心服」與「輕視」：「這時我們的批評

〔註 36〕成仿吾：《詩之防禦戰》，《創造週報》1923 年 5 月第 1 號。

〔註 37〕成仿吾：《詩之防禦戰》，《創造週報》1923 年 5 月第 1 號。

〔註 38〕秋吉收：《成仿吾與魯迅〈野草〉》，擬刊《濟南大學學報》2018 年第 3 期。

〔註 39〕梁實秋：《梁實秋致成仿吾》，成仿吾：《成仿吾致梁實秋》，《創造週報》1923 年 8 月 5 日第 13 號。

家成仿吾先生正在創造社門口的『靈魂的冒險』的旗子底下掄板斧。」〔註40〕「掄板斧」的出處即源於1923年的論戰。據茅盾在1979年發表的回憶文章，他當時看到成仿吾批評《吶喊》的文章後「很覺失望」，其中提到：「當時魯迅讀了這篇評論後，勸我們不要寫文章與之辯論，因爲如果辯論，也不過是聾子對話。」〔註41〕魯迅所讀的評論是指《〈吶喊〉的評論》這篇文章，而非此前的《詩之防禦戰》，秋吉收的考證將此弄混了。那麼，魯迅有沒有讀過《詩之防禦戰》，讀過之後又有怎樣的反應呢？

從攻擊新詩爲「野草」的《詩之防禦戰》來看，其文末注明是寫於1923年5月4日，距魯迅1924年9月15日寫作《野草》第一篇《秋夜》之前，約有一年四個月的時間。值得注意的是，魯迅在《語絲》1924年11月17日的創刊號上發表著名的《論雷峰塔的倒掉》一文時，還同期發表了另一篇不太有名的小雜感《「說不出」》，諷刺了某一類「批評家」，只會大肆掃蕩文壇，卻拿不出像樣的創作，「掃蕩之後，倘以爲天下已沒有詩」，只會做出「說不出」一類空洞可笑的詩句。魯迅在文中寫道：「我以爲，批評家最平穩的是不要兼做創作。假如提起一支屠城的筆，掃蕩了文壇上一切野草，那自然是快意的。」這篇文章針對的是一種傾向，並非是成仿吾個人。〔註42〕但從其中的「屠城」、「掃蕩」、「野草」等字眼來看，也有對成仿吾在《詩之防禦戰》中掃蕩詩壇的不點名的回應。在此後1929年12月22日所寫的回憶文章《我和〈語絲〉的始終》一文中，魯迅再次提及了創造社當年的「攻擊」：「至於創造社派的攻擊，那是屬於歷史底的了，他們在把守『藝術之宮』，還未『革命』的時候，就已經將『語絲派』中的幾個人看作眼中釘的」〔註43〕。這篇文章當時引起了郭沫若的注意與反駁。儘管認爲魯迅的批評有事實錯誤，郭沫若的回應文章《「眼中釘」》還是確認了魯迅所指的事實：「仿吾批評過魯迅的《吶喊》，批評過周作人的小詩。」〔註44〕郭沫若所說的成仿吾對周氏兄弟

〔註40〕魯迅：《故事新編・序言》，《魯迅全集》第2卷，第353頁。

〔註41〕茅盾：《茅盾回憶錄》，孫中田、查國華編：《茅盾研究資料》（上），知識產權出版社2010年版，第216、217頁。

〔註42〕《魯迅全集》2005版在《「說不出」》一文中的注釋中指出，魯迅的批評是針對周靈均在1923年發表的《刪詩》一文的，該文和和成仿吾的《詩之防禦戰》一樣，對新詩做了全盤否定。《集外集・「說不出」》，《魯迅全集》第7卷，第42頁。

〔註43〕魯迅：《三閑集・我和〈語絲〉的始終》，《魯迅全集》第4卷，第174頁。

〔註44〕郭沫若：《「眼中釘」》，《拓荒者》月刊，1930年5月第4、5期。

的批評，就是《〈吶喊〉的評論》與《詩之防禦戰》這兩篇文章。這也說明，魯迅是熟知《詩之防禦戰》的「野草」之說的，《「說不出」》就是一種反批評的批評。有意味的是，魯迅在同期發表《論雷峰塔的倒掉》一文時，是有「魯迅」署名的，這篇《「說不出」》只有一個題目，沒有作者署名。魯迅曾經勸茅盾不要寫文章與成仿吾辯論，自己現在卻忍不住提筆反擊，之所以用不署名的方式回刺一下，表達不滿，大概是魯迅也不想再因此發生無謂的爭論吧。秋吉收注意到這篇文章對《詩之防禦戰》的回應關係，他由此指出：

> 成仿吾的《詩之防禦戰》中說「新詩的王宮內外遍地都生了『野草』（雖說算不上惡劣的詩）了，……詩壇是會墮落的」，以這種極端的口吻來侮辱「野草」，進而促使魯迅如此強烈的反應。將自己的詩集冠以「野草」之名，進而對成仿吾宣告，他所謂的最低劣的「野草」正是自己唯一的「詩草」。〔註45〕

這就是說，魯迅的《野草》書名是爲了反擊成仿吾對新詩的攻擊的。正像《三閒集》的書名也是拜成仿吾所賜一樣〔註 46〕，是成仿吾的攻擊催生了「野草」這樣的命名。魯迅在《野草》時期還自謙不是詩人，「於詩又偏是外行」〔註 47〕，卻因此寫出代表中國現代散文詩最高成就的《野草》來，也算是成仿吾的另一貢獻吧。《「說不出」》發表在《秋夜》之前，相距月餘，從某種意義上說，《「說不出」》也不妨看作《野草》的一個前引。

當時文壇對成仿吾的「野草」之說，有普遍的反感與惡感，不只是周氏兄弟。不妨再舉兩個可爲旁證的例子。1923 年 7 月 9 日《時事新報・學燈》上有一篇署名素數的文章，對成仿吾直接表示了不滿：「近來評壇上，時常發現盛氣逼人的強者。」「在過去的詩內，雖不無很壞的，也不致無一首完成的。草兒內的《鴨綠江以東》，《天亮了麼》，冬夜內的《淒然》，女神內的《勝利的死》，卻總是不朽的詩。說草兒是一堆草，說冬夜只是一堆野草，也總太抹煞事實吧！」〔註 48〕北京大學微波社編過一個深受魯迅影響的文學刊物《微

〔註45〕秋吉收：《成仿吾與魯迅〈野草〉》，擬刊《濟南大學學報》2018 年第 3 期。

〔註46〕魯迅文中說：「編成而名之曰《三閑集》，尚以射仿吾也。」魯迅：《三閑集・序言》，《魯迅全集》第 4 卷，第 6 頁。

〔註47〕魯迅：《詩歌之敵》，《文學週刊》1925 年 1 月 17 日第 5 期。

〔註48〕素數：《「新詩壇上一顆炸彈」》，原載《時事新報・學燈》1923 年 7 月 9 日。引自邵華等編：《郭沫若研究資料》（中），知識產權出版社 2010 年版，第 648 頁。

波》，在 1925 年 5 月 27 日第一期的編者《閒話》中有這樣的話：「我們的喊叫，只願是出自自己的本心，是罪惡的歌也好，是讚美之辭也好，甚而是文學界的幾棵惡草也好」〔註 49〕。這兩篇文章所回敬的「野草」、「惡草」之說，始作俑者，應該就是成仿吾的《詩之防禦戰》。

從命名的角度，我們也可以理解魯迅在《野草》回顧性、總結性的「題辭」中爲什麼會說：「野草，根本不深，花葉不美」。「不深」，「不美」，就是對成仿吾的一種回擊。而這種回擊，除了命名的表層原因，還包含了對創造社「詩的王宮」、「純文藝的宮殿」之類「爲藝術而藝術」的美學觀的反批評。魯迅的文學觀、美學觀在後來有更爲明白清楚的表達：

> 自然，做起小說來，總不免自己有些主見的。例如，說到「爲什麼」做小說罷，我仍抱著十多年前的「啓蒙主義」，以爲必須是「爲人生」，而且要改良這人生。我深惡先前的稱小說爲「閒書」，而且將「爲藝術的藝術」，看作不過是「消閒」的新式的別號。所以我的取材，多採自病態社會的不幸的人們中，意思是在揭出病苦，引起療救的注意。〔註 50〕

魯迅這篇文章雖然談的是小說創作，但美學觀與詩學觀作爲《野草》的根本，和《吶喊》、《彷徨》是一致的。魯迅對成仿吾「野草」說的不滿與回應，從根本上說是「爲人生」與「爲藝術」兩種美學觀、詩學觀的衝突與分歧。「不深」，「不美」，就是直面黑暗、腐朽、墳墓與死亡，就是關注「病態」與「不幸」，就是「揭出病苦，引起療救」。如《秋夜》中的棗樹：「默默地鐵似的直刺著奇怪而高的天空」；如《這樣的戰士》中的「戰士」，「走入無物之陣」，「他舉起了投槍」；如《淡淡的血痕》中「叛逆的猛士出於人間」：「他屹立著，洞見一切已改和現有的廢墟和荒墳，記得一切深廣和久遠的苦痛，正視一切重疊淤積的凝血」；如《一覺》中的「被風沙打擊得粗暴」的魂靈：「因爲這是人的魂靈，我愛這樣的魂靈；我願意在無形無色的鮮血淋漓的粗暴上接吻。」《野草》之「野」，就是一種反「詩的王宮」、反「純文藝的宮殿」的美學觀與詩學觀，就是一種魯迅早在日本留學時期就已確立的摩羅詩學精神。「這一叢野草」，是在貧瘠荒涼的中國大地上野蠻生長、頑強生存的一種向死而生、反抗絕望的力量，是在黑暗的天空下發出笑聲，一種「只要一叫

〔註 49〕引自陳潔：《魯迅北京時期的文學課堂》，《新文學史料》2018 年第 1 期。
〔註 50〕魯迅：《南腔北調集・我怎麼做起小說來》，《魯迅全集》第 4 卷，第 526 頁。

而人們大抵震悚的怪鴟的眞的惡聲」〔註 51〕。這種惡聲，是一種反美學的美學，一種反現代的現代。魯迅在寫作《野草》時期對此有酣暢淋漓的詩意表達：「我以爲如果藝術之宮裏有這麼麻煩的禁令，倒不如不進去；還是站在沙漠上，看看飛沙走石，樂則大笑，悲則大叫，憤則大罵，即使被沙礫打得遍身粗糙，頭破血流，而時時撫摩自己的凝血，覺得若有花紋，也未必不及跟著中國的文士們去陪莎士比亞吃黃油麵包之有趣。」〔註 52〕正如有學者所論，魯迅的《野草》是以眞取代美，以眞改寫詩，是反優雅、反高貴、反浪漫、反神聖的〔註 53〕。這樣的美學觀，這樣的詩學觀，可以讓我們發現，《野草》的創作即便是「在碰了許多釘子之後」，即便心情「頹唐」〔註 54〕，也正如魯迅論廚川白村一樣，「確已現了戰士身而出世」〔註 55〕。這種直面黑暗、反抗絕望的詩學精神，可以讓我們再次觸及魯迅詩學深埋於地下的「根本」之處，再次看到魯迅首篇詩學文章《摩羅詩力說》在時代風雨澆灌中所萌芽出來的一種「摩羅」精神，所生長出來的一種「精神界之戰士」的形象：「立意在反抗，指歸在動作」，「不爲順世和樂之音」，「爭天拒俗」，「剛健不撓」〔註 56〕。

三、野草的「根本」

反擊成仿吾的「野草」說，揭示了「野草」命名的緣起，但無法回答《野草》創作起源的「根本」問題。緣起畢竟是一種外部刺激，不是《野草》的「根本」所在，無法解釋創作內部的問題。要眞正解決這一問題，還必須回到魯迅自己的文本那裡去。

有學者注意到，「野花草」在《野草》中「是一個重要的意象群，頻繁出現在諸多散文詩中。」如《過客》中的「野百合、野薔薇」，《一覺》中的「野薊」，《失掉的好地獄中》的「曼陀羅花」等等〔註 57〕。可惜的是，這一發現因爲糾纏於狹隘的情愛隱喻觀念，無法深入辨析，反倒誤入歧途。也有學者注意到，魯迅的「野草」和最後一篇《一覺》中的「淺草社」有共鳴關係。

〔註 51〕魯迅：《集外集．「音樂」？》，《魯迅全集》第 7 卷，第 56 頁。
〔註 52〕魯迅：《華蓋集．題記》，《魯迅全集》第 3 卷，第 4 頁。
〔註 53〕張潔宇：《獨醒者與他的燈：魯迅〈野草〉細讀與研究》，第 33 頁。
〔註 54〕魯迅：《書信集．341009 致蕭軍》，《魯迅全集》第 13 卷，第 224 頁。
〔註 55〕廚川白村：《〈出了象牙之塔〉後記》魯迅譯，《魯迅著譯編年全集》第 6 卷，第 468 頁。
〔註 56〕魯迅：《墳．摩羅詩力說》，《魯迅全集》第 1 卷，第 68 頁。
〔註 57〕李天明：《難以直說的苦衷：魯迅〈野草〉探秘》，第 120 頁。

魯迅在兩三年前得到馮至送給他的《淺草》雜誌，其創刊號上的卷首小語提到「黃土裏的淺草」：「在這苦悶的世界裏，沙漠盡接著沙漠，矚目四望——地平線所及，只一片黃土罷了。是誰播撒了幾粒種子，又生長得這般鮮茂？」同期刊登的《曼言之一》也寫道：「散佈於大地的：不是花卉，更不是樹木，只是些不知名的小草。」論者據此認爲：「魯迅之所以把自己的系列散文詩比喻爲『野草』，是由於魯迅當時對中國的精神文化生態的強烈的荒原體驗。」〔註 58〕魯迅的「野草」的確與文學青年的「淺草」有共鳴關係，也很早就有一種啓蒙理想遭遇失敗的荒原與曠野體驗。不過，魯迅的荒原感並非是發生在寫作《野草》時期，也並非魯迅詩學的「根本」。事實上，早在魯迅的第一篇詩學文章《摩羅詩力說》中，就已出現了一種吶喊「援吾人出於荒寒」的「精神界之戰士」的寂寞之聲。

「野草」，到底是花是草？在魯迅這裡，花與草並不是一種對立的關係，而是一種對置的關係。正如魯迅自己也稱「野草」爲「花」一樣：「大半是廢弛的地獄邊沿的慘白色小花，當然不會美麗。」〔註 59〕這也對應了「題辭」中的「野草，根本不深，花葉不美」。對照「題辭」，仔細辨析《野草》諸文本，可以發現，在諸多的花草意象中，魯迅的喜愛與態度是有位階和差別的。魯迅愛憐《秋夜》中的「極細小的粉紅花」，也欣賞《好的故事》中如夢如幻般的「大紅花和斑紅花」，但更喜歡一種帶有摩羅氣息與強力意志的「野花草」。在魯迅的「野草」世界裏，也只有這一類「野花草」，魯迅才賦予其一種超越的和別樣的美。

首先，這些「野草」的生存是在一種特異的「野外」，它們不是生長在「我的四方的小書齋」，而是生長在「後園」，生長在「野地裏」，生長在「墳地」，生長在「旱乾的沙漠中間」，生長在「在荒寒的野外，地獄的旁邊」。其次，這些「野草」的形態，是「根本不深，花葉不美」的。曼陀羅花是「花極細小，慘白可憐」；「繁霜夜降」下的病葉是「獨有一點蛀孔，鑲著烏黑的花邊，在紅，黃和綠的斑駁中，明眸似的向人凝視」；「野薊經了幾乎致命的摧折，還要開一朵小花」；「草木在旱乾的沙漠中間，拚命伸長他的根，吸取深地中的水泉，來造成碧綠的林莽」……這類野草都受過傷，飽受摧殘，然而意志頑強，「拚命伸長」，有著一種野性、蠻性的生存意志和強悍力量。有學者稱

〔註 58〕田建民：《〈野草・題辭〉新解》，《中國現代文學研究叢刊》2017 年第 6 期。
〔註 59〕魯迅：《二心集・〈野草〉英文譯本序》，《魯迅全集》第 4 卷，第 365 頁。

「野草」爲「貧弱的中國文藝園地裏的一朵奇花」〔註 60〕，這種比喻是準確的，這不僅是「奇花」的意象出自《野草》，更是因爲準確把握了「野草」所散發的一種魯迅所特有的摩羅式的、尼采式的美學氣息。至於有學者將《野草》的「這一叢野草」譬爲「一叢帶露的鮮花」〔註 61〕，我想，「鮮花」不是魯迅寫作《野草》的本意，而更多是一種敬仰性、修辭性的美化與描述吧。

《野草》的創作當然不是作者一夕之間的靈感衝動，就如《秋夜》中棗樹所知道的：「小粉紅花的夢，秋後要有春；他也知道落葉的夢，春後還是秋。」「野草」從生根發芽，到拼命生長，生而又死，死而又生，是經歷過無數春秋變換、風霜磨礪的。《野草》文本之前有沒有萌芽期的「前野草」的文本，有沒有一條生長的線索？當然是有的，「野草」不會無根，無根也不會生長。且不說淵源很近的 1919 年發表的《自言自語》系列，如果我們仔細回溯，就可以發現，其實魯迅很早之前就開始在文章中使用「野草」意象。這些意象不是淵源最近的，如《自言自語》系列；卻是淵源最深的，如《摩羅詩力說》諸篇。

據筆者初步考證，涉及「野花草」意象的文字，最早出現在魯迅寫於 1907 年的第一篇詩學文章《摩羅詩力說》中：

> 蓋文明之朕，固孕於蠻荒，野人狉獉其形，而隱曜即伏於內。文明如華，蠻野如蕾，文明如實，蠻野如華，上徵在是，希望亦在是。

在這裡，魯迅用「華」、「蕾」這一草木生長的比擬來闡發尼采的「不惡野人，謂中有新力」的「確鑿不可移」的眞言，張揚一種作爲文明之根的野性力量。因爲使用的是古奧的文言文——「文明如華，蠻野如蕾，文明如實，蠻野如華」——沒有直接用「野花」、「野草」這樣白話的意象，但已經呼之欲出，將「野草」的意象呈現出來了。幾乎與此同時，魯迅在周作人口譯的幫助下，筆述了匈牙利學者賴息論裴多菲的一篇《裴彖飛詩論》。而匈牙利詩人裴多菲（Petöfi Sándor，1823～1849），也正是魯迅在《摩羅詩力說》中以專節方式大力稱揚、無比神往的愛國詩人。在此後《野草》時期的文章和翻譯裏，裴多菲的名字又多次出現。如 1925 年所做《雜憶》、《詩歌之敵》，如同

〔註 60〕李素伯：《小品文研究》，新中國書局 1932 年版，引自張夢陽：《中國魯迅學通史》下卷，廣東教育出版社 2002 年版，第 18～19 頁。

〔註 61〕孫玉石：《〈野草〉研究》，北京大學出版社 2007 年版，第 1 頁。

年所譯《A.Petöfi 的詩》、《A.Petöfi 的詩（二）》等，更不用提魯迅在《野草》的《希望》之篇借裴多菲之口，創造性地發出「絕望之爲虛妄，正與希望相同」的心聲了。

《裴彖飛詩論》和《摩羅詩力說》一同發表於 1908 年 8 月 5 日的《河南》月刊第 7 號上，篇末沒有注明翻譯日期，但可以判斷是在《摩羅詩力說》之後完成的。該文嚴格來說不是翻譯，而是帶有晚清豪傑譯風尚的譯作，其中有魯迅自己改寫與創作的成分。比如文章開頭，便是一段按語式的說明：「往作《摩羅詩力說》，曾略及匈加利裴彖飛事。獨恨文字差絕，欲異國詩趣，翻爲夏言，其業滋艱，非今茲能至。」可以看出，《裴彖飛詩論》是魯迅在寫完《摩羅詩力說》之後的一種補充。文章談到裴多菲的詩歌，「愛戀爲多」，「情切詩歌」，有「自然」之美，其中比擬說：「正猶在山林川水中，處處見自然景色耳。自稱曰無邊自然之野華，當夫。」〔註 62〕第一次開始出現「野華」字眼。文中的許多用詞如「荒寒」之類，與《摩羅詩力說》一致，均是魯迅的手筆。這在裴多菲詩論中第一次出現的「野華」，關涉愛與死，悲苦與反抗，是和魯迅所召喚的「精神界之戰士」的摩羅詩學精神息息相關的：

> 今索諸中國，爲精神界之戰士者安在？有作至誠之聲，致吾人於善美剛健者乎？有作溫煦之聲，援吾人出於荒寒者乎？〔註 63〕

在《野草》諸篇中，不難聽到摩羅詩力說的種種回聲。所論裴多菲「妙怡人情，而譏刺深刻」的文字，在魯迅此後的《野草》諸篇中也不難見到。魯迅早期文章中關於植物的比擬還有很多，在與《摩羅詩力說》同時期發表的文言論文《文化偏至論》、《科學史教篇》、《破惡聲論》諸篇中，此類文字也隨處可見：

> 人有讀古國文化史者，循代而下，至於卷末，必淒以有所覺，如脫春溫而入於秋肅，勾萌絕朕，枯槁在前，吾無以名，姑謂之蕭條而止。（《摩羅詩力說》）
>
> 誠以人事連綿，深有本柢，如流水之必自原泉，卉木之茁於根，倏忽隱見，理之必無。（《文化偏至論》）
>
> 特信進步有序，曼衍有源，慮舉國惟枝葉之求，而無一二士尋其本，則有源者日長，逐末者仍立拔耳。（《科學史教篇》）

〔註 62〕賴息：《裴彖飛詩論》，魯迅譯，《魯迅著譯編年全集》第 1 卷，第 298 頁。
〔註 63〕魯迅：《墳・摩羅詩力說》，《魯迅全集》第 1 卷，第 102 頁。

本根剝喪，神氣旁皇，華國將自槁於子孫之攻伐，而舉天下無違言，寂漠爲政，天地閉矣。（《破惡聲論》）

特於科學何物，適用何事，進化之狀奈何，文明之誼何解，乃獨函胡而不與之明言，甚或操利矛以自陷。嗟夫，根本且動搖矣，其柯葉又何侂焉。（《破惡聲論》）

爲什麼魯迅喜歡以植物的根本與枝葉關係爲喻，來討論詩學、文明與民族文化的關係？其背後的知識裝置是什麼？有學者在研究《朝花夕拾》時發現，這「與魯迅早年留學日本時所吸取的德國文化民族主義思潮大有關係，名字暗含著 18 世紀末德國興起的將民族比喻爲植物的有機論典故。」文章指出：「青年魯迅和那些日本作家的『民族之聲的文學爲基礎的民族主義』、『摩羅詩人』的見解和呼籲——詩人、文學是對民族精神的表現等，繼承的是赫爾德的思想遺產。」〔註 64〕魯迅以文學藝術表現民族精神的觀念，將「民族」比喻爲植物的有機論觀念，都是源自德國批評家、哲學家赫爾德（Johann Gottfried von Herder，1744～1803 年）系列思想的啓發。這種發現，從根本上揭示了魯迅思維方式中以植物爲喻的「圖式」來源與建構。《摩羅詩力說》如此，《朝花夕拾》如此，《野草》也是如此。當魯迅將寫作稍晚於「野草」系列的「舊事重提」系列更名爲「朝花夕拾」，我想他一定是有意的，而且一定是在《野草》編訂之後。從 1927 年 4 月 26 日寫完《野草・題辭》，到 5 月 1 日寫完《朝花夕拾・小引》，相隔數日，一「花」一「草」之間，魯迅以文學的方式，構建了一個黑暗與光明、希望與絕望相糾葛、相交織的超現實的「我的後園」，來安頓那些和自己一樣的「被風沙打擊得粗暴」的靈魂。

在「剪刀加漿糊」的學習與接受中，魯迅也以反抗的主體性構建了自己的和屬於自己的詩學與思想。同樣是以植物爲比擬，魯迅顯然更喜歡「野花」、「野草」這樣「蠻野」而強悍的意象，而非「粉紅花」、「大紅花和斑紅花」之類嬌豔柔弱的形象。這其中就貫穿著魯迅自己所構建、頌揚的一種「所欲常抗」、「好戰崇力」的強力意志與摩羅精神。在摩羅詩學那裡，赫爾德學說與尼采學說、摩羅詩力的精神融匯交流，已經完全融合爲魯迅自己的思想了。魯迅曾經兩次翻譯《查拉圖斯特拉如是說》的片段內容，其中引述過尼采的「自沉」說〔尼采：《察拉圖斯忒拉的序言》，魯迅譯，《魯迅著譯編年全集》

〔註 64〕李音：《從「舊事重提」到「朝花夕拾」》，《文學評論叢刊》2012 年 12 月第 14 卷第 2 期。

第 3 卷，第 460 頁。〕。對魯迅來說，《摩羅詩力說》何嘗不是一種詩學理想的自況，《野草》又何嘗不是一種詩學精神的自況？此前有「自言自語」，此後有「題辭」爲證：「我自愛我的野草」。

在《魯迅與日本人》一書中，伊藤虎丸曾提出留日時期存在著一個構成魯迅原型的「原魯迅」問題。那麼，我們也不妨說，《摩羅詩力說》所構建的摩羅詩學精神，其實也構成了一個「原野草」的詩學原型的存在。摩羅詩學召喚「精神界之戰士」、反抗絕望的詩質決定了魯迅所有的創作特質。隨著種子萌芽生根，魯迅在《摩羅詩力說》之後的所有創作都是一個開枝散葉、不斷生長的過程。小說如此，雜文如此，散文詩也是如此。

對於《野草》的發生，過去或者認爲是時代的產物，是黑暗社會與革命政治的現實反映；或者認爲是個人的產物，是精神危機或情感困境的內心折射。這些自然都是各有道理的。魯迅的《野草》當然有現實的投影，有自我的投射，但問題是，外緣不是根本，也不等於根本。社會現實與個人遭遇，都還是一種外部刺激，猶如「野草」生長中遭遇的風雨雷鳴，它刺激「野草」的生長，卻不會代替「根本」的功能，也無法回答「根本」何在、「根本」爲何的問題。借用魯迅之喻：「夫外緣來會，惟須彌泰嶽或不爲之搖，此他有情，不能無應。」〔註 65〕「野草」因外緣而應變，但「根本」永遠在那裡，「或不爲之搖」，是不會改變的。無根，永遠不會有「野草」生長，而無論「野草」怎樣生長，根本都會在那裡。有根，「野草」有可能這樣生或那樣生，這時長或那時長，但總歸是會生長的。「根本不深，花葉不美」，這其中會有種種必然，也會有種種偶然。

從《摩羅詩力說》到《野草》，儘管遭遇了啓蒙理想挫敗後的「忘卻的辯證法」與「苦悶的象徵」〔註 66〕，魯迅早年的詩學理想在現實的挫傷中備受壓抑、有所扭曲與變形。但扭曲與變形並不意味著朽腐與變質。正如魯迅在《野草》時期給《墳》所寫的題記與後記中反覆所說的那樣，他無法忘卻那些澆灌自己詩學根基的摩羅詩人。對於魯迅來說，《野草》的「詩心」與「根本」，仍然是在壓抑與變形之後更具張力的「摩羅詩力」。和早期《摩羅詩力說》中單純的詩學熱情與理想相比，《野草》所閃耀的詩學精神更爲豐

〔註 65〕魯迅：《破惡聲論》，《魯迅全集》第 8 卷，第 22 頁。

〔註 66〕參見拙作：《忘卻的辯證法：魯迅的啓蒙之夢與中國新文學的興起》，《學術月刊》2016 年第 12 期。

富，也更爲深沉。但無論如何，可以確定無疑的是，這是從同一根系生長出來的。

本文爲國家社科基金重大項目「魯迅手稿全集文獻整理與研究」（A 卷）（12ZD167）、上海市哲學社會科學規劃課題「現代中國文學名家名作手稿校勘與研究（2017BWY010）」的階段性成果。

2018 年 3 月 18 日　改定

「社會主義元年」的中國形象建構
——以電影《祝福》爲中心

李哲
（中國社會科學院文學研究所）

作爲新中國第一部彩色故事片，電影《祝福》構成一個內涵複雜的複合型文本，它將1950年代中期電影人的國家認同、民族意識和階級情感精巧而充滿張力地編織在一起。在過去的電影史敘述中，人們常常把新中國電影視爲一個不斷被「政治」規訓、壓抑乃至中斷的過程。但事實上，1950 年代的中國電影人並不缺乏主動性，他們在因應政治意識形態的同時，也在與「國家」彼此互動，並在這種互動中生發出新的視聽美學，進而參與了國家意識形態乃至現實體驗和歷史感覺的塑造。因此，本文試圖通過對電影《祝福》攝製過程、傳播過程以及內部藝術結構的綜合分析，探討這個雙向互動的過程內部的複雜機制，並從一個側面呈現社會主義改造時期中國電影的歷史意涵。

一

電影《祝福》是爲紀念魯迅逝世二十週年的獻禮片，其劇本由夏衍創作於 1955 年，原本應由上海電影製片廠攝製，並已選定桑弧爲導演、白楊爲女主角。據桑弧本人回憶：「夏衍同志於 1955 年魯迅先生名作《祝福》改編爲電影劇本。上影廠領導把導演的任務交給了我，預定影片在 1956 年魯迅逝世 20 週年時上映。我們成立了籌備組，到浙東山區去體驗生活和選看外景。」〔註 1〕但在選景的過程中，桑弧接到了上影廠副廠長蔡賁的電話，被

〔註 1〕桑弧：《回顧我的從影道路》，《桑弧導演文存》，第 18 頁，北京大學出版社，2007 年 1 月第 1 版。

告知《祝福》的拍攝由上海電影製片廠轉移到北京電影製片廠。而在「轉廠」之後，《祝福》由原本的黑白故事片改爲彩色故事片，這爲整部電影的拍攝方式和最終呈現狀態帶來了根本性的變化。時任北影廠廠長的和總製片人的汪洋在籌備《祝福》拍攝時提及：「這部彩色影片從拍攝到印製拷貝，全部由我們自己動手來製作，這在中國電影歷史上，也還是第一次。」〔註2〕

顯然，彩色故事片的拍攝在中國電影史上並無前例，這給北影攝製組的工作提出嚴峻挑戰。首先就技術層面而言，彩色電影對攝製過程的各個環節都有新的要求。如在服裝上，「有些料子本來是灰色的，拍黑白片就不成問題，但拍彩色片時，這種灰色的料子拍出來就成了藍色的了，爲了選擇料子，美術師常常要反覆地研究才能最後決定。」〔註3〕演員化裝同樣如此，「彩色片的化裝必須盡可能地在演員臉上敷上很薄的油彩，以使演員的皮膚顏色能夠隱隱地透露出來。」〔註4〕這自然也包括對彩色電影成片質量至關重要的洗印工作，洗印師王雄即憶及：「當時沒有現在這樣高的機械化的洗印條件，而是用手工操作，一點一點的摸索，克服可很多困難……」〔註5〕伴隨著攝製各個環節的新技術要求，彩色故事片也帶來了整個攝製流程的巨大變化。攝影師錢江在談及《祝福》時著重提到了電影拍攝的「計劃性」：「由於季節、時間、布景的拆換等各方面的原因，必須將場次顛倒拍攝。……在外景的拍攝中，甚至在一天中也要做出三、四套計劃……由於電影製作上的這個特性，如果沒有細緻、周密的設計是很難進行工作的，特別是難以掌握整個影片格調的完整和統一。」〔註6〕而導演桑弧在多年後的回憶文字中同樣對「計劃性」的攝製工作有深刻印象：「導演的計劃性還有一個方面是要對影片總的節奏心中有數，常常是一個場景的兩個鏡頭的拍攝時間相隔很久，如《祝福》中祥林嫂從家裏逃出來，再逃下山去，這兩個鏡頭的拍攝就隔了很長時間，而且地點不同，演員的表演、動作節奏要掌握好，導演也要做到胸中有數，這才不至於在表演節奏上出現不協調。」〔註7〕

〔註2〕《彩色故事片〈祝福〉選定演員 即將開拍》，《大眾電影》，1956年。

〔註3〕記者：《〈祝福〉的美術工作片斷》，《大眾電影》第28頁。

〔註4〕錢江：《彩色故事片的攝影》，《電影藝術》，1957年第7期。

〔註5〕蘇叔陽、石俠：《燃燒的汪洋》，第259頁，中國電影出版社，1999年10月第1版。

〔註6〕錢江：《彩色故事片的攝影》，《電影藝術》，1957年第7期。

〔註7〕桑弧：《電影導演講稿》，《桑弧導演文存》，第163頁，北京大學出版社，2007年1月第1版。

由此可見，彩色故事片攝製各個環節的技術要求以及那種攝製流程本身都已遠遠超出了「藝術創作」的特定範疇，而具有了「工業生產」的基本屬性。如果在 1950 年代中期中國電影體制變革的脈絡中予以審視，那麼彩色故事片《祝福》及其充滿「計劃性」的攝製方式具有鮮明的歷史節點意義。事實上，「計劃性」的表述本身已經昭示了電影拍攝 1950 年代「計劃經濟」體制建立過程的內在關聯。1953 年是新中國「一五計劃」開始實施的年份，同年 9 月，《人民日報》正式公布了毛澤東提出的過渡時期的總路線。中國電影的發展自然也不能脫離這一背景：早在 1953 年初，蘇聯電影部即派出 5 人小組到北京，協助中國議定電影事業發展的第一個五年計劃。〔註 8〕同年 4 月 18 日，這個計劃草案正式公布。時任中國電影局副局長的陳荒煤在其編著的《當代中國電影》一書將 1953 年視爲中國電影「有重要轉折意義的一年」，正是在「初步制定並開始實施第一個五年計劃」以後，中國電影才開始「以蘇聯爲榜樣，建立健全了製片生產和事業管理的各項規章制度，開始對整個電影體制進行全面的調整和建設。」〔註 9〕1954 年 6 月，「以王闌西爲團長的中國電影工作者訪蘇代表團赴蘇訪問考察，回國後向中共中央呈報《電影工作者赴蘇訪問工作報告》，提出全面學習蘇聯電影事業及其他體制建設經驗的計劃和措施。」〔註 10〕同年秋，電影局又「決定汪洋爲團長，成蔭爲副團長，帶領赴蘇實習團到莫斯科電影製片廠實習。」〔註 11〕

值得一提的是，汪洋領銜的赴蘇實習團成員是由全國各個電影廠選拔，但在歸國後，實習團成員悉數留在北京，在汪洋的領導下參與組建了新的北京電影製片廠。〔註 12〕這個「新北影」的設想，本身也是中國電影「一五計劃」的專題任務之一，王闌西的報告中已有清晰表述：「五年計劃（草案）中籌備新建的北京電影製片廠必須早日進行設計，爭取於一九五七年完成，開始

〔註 8〕楊海洲、馮淑蘭編：《中國電影物資產業系統歷史編年紀》，第 62 頁，中國電影出版社，1998 年 10 月第 1 版。

〔註 9〕陳荒煤主編：《當代中國電影》，第 109 頁，中國社會科學出版社，1989 年 1 月第 1 版。

〔註 10〕范志忠：《電影大事記》，《百年中國影視的歷史形象》，第 340 頁，浙江大學出版社，2006 年 9 月第 1 版。

〔註 11〕蘇叔陽、石俠：《燃燒的汪洋》，第 224 頁，中國電影出版社，1999 年 10 月第 1 版。

〔註 12〕參見丁寧：《蘇聯與北京電影製片廠的初建》，《電影新作》，2013 年第 6 期。

攝製彩色片。」〔註 13〕而對汪洋等人而言，「新北影」正是以「中國的莫斯科電影製片廠」〔註 14〕爲藍本：「未來的北京電影製片廠，是我國最大的一個電影製片廠，規模宏大，建設工程按三個五年計劃分期進行。廠的面積約爲目前的中央新聞紀錄電影製片廠的二、三十倍。每年可生產彩色故事片二、三十部。」〔註 15〕由此可以說，《祝福》攝製的主體正是以中國電影赴蘇實習團成員組成的「新北影」，而這部彩色故事片攝製也正是赴蘇實習成果的技術實踐：「汪洋帶領的赴蘇學習人員重點學習的是彩色影片的製作。所以，到了北影廠以後，要投入生產，首先要考慮是如何把學到的東西在影片上表現出來。」〔註 16〕

在「一五計劃」和「學習蘇聯」的歷史脈絡中審視電影《祝福》，就會發現它的「轉廠」並不是偶然事件，考慮到上海在民國電影發展史中無可比擬的中心地位，《祝福》的「轉廠」也可視爲中國電影整體格局的重大變遷標誌。眾所周知，中國電影的產業是依託上海這個現代都市發展繁榮，而新中國成立後，新的電影事業體制開始逐步確立。但直到 1951 年前後，民國時期以上海爲中心建立的電影生產方式並未發生根本變化。此時，主管上海文教事業的夏衍、于伶等人也有長期在上海電影界工作的經歷，他們對上海的民營電影公司予以了政策和經濟上的支持，而並未太多干預電影藝術生產的具體過程。因此，文華、崑崙等民營公司依然在按既有的方式進行電影生產，而新興的東影、北影和上影雖爲國營，但其人員仍然是以民國時期的老上海電影人爲主體。但在 1951 年後，《武訓傳》、《我們夫婦之間》和《關連長》等民營公司攝製的影片相繼遭到批判，電影界也隨之展開了大規模的「整風運動」〔註 17〕。

〔註 13〕王闌西：《電影工作者赴蘇訪問團工作報告》，第 16 頁，《訪問蘇聯電影事業資料彙編》，文化部電影事業管理局編印，1955 年 5 月。

〔註 14〕蘇叔陽、石俠：《燃燒的汪洋》，第 233～234 頁，中國電影出版社，1999 年 10 月第 1 版。

〔註 15〕《北京、西安電影製片廠在籌建中》，《大眾電影》。

〔註 16〕蘇叔陽、石俠：《燃燒的汪洋》，第 255 頁，中國電影出版社，1999 年 10 月第 1 版。

〔註 17〕眾所周知，中國共產黨人一直非常注重電影藝術，早在建國前夕，中共中央宣傳部已經意識到：「電影藝術具有最廣大的群眾性與普遍的宣傳效果，必須加強這一事業，以利於在全國範圍內，及在國際上更有力地進行我黨及新民主主義革命和建設事業的宣傳工作。」 對他們而言，強調影片的宣傳意義，認爲「階級社會中的電影宣傳，是一種階級鬥爭的工具，而不是什麼別的東西」，但基於當時的情況，他們又奉行比較寬鬆的政治尺度，認爲「只要在宣傳上無害處，有藝術上的價值，就可以」594。

事實上，「批判」與「整風」暴露了以既有電影審美品格與執政黨意識形態之間存在牴牾，也意味著民營電影公司生產方式的諸多問題。此後，中國電影的管理者們逐漸意識到：「對私營電影製片業，我們雖然在經濟方面分別情況地給予了不同程度的扶助，但對其製片的思想領導卻是不夠的。」〔註 18〕而到了 1952 年，到了 1952 年，「中央人民政府文化部已經接受了各私營電影製片公司的紛紛請求，將這些私營電影製片公司改爲國營。在今年一月開始，上海原來的各私營電影製片公司已合併組成爲國營的上海聯合製片廠，此後全國電影製片事業已走入完全國家化的道路」〔註 19〕。

顯然，1953 年開始執行的電影「五年計劃」，正是上述「國家化」邏輯的進一步發展，而中國電影人師從蘇聯的目的，也正在於建立國家層面的「電影事業」體制。但需要指出的是，上文中提及的對電影製片的「思想領導」並不是對上映後影片的「批判」及針對電影人的「整風」，由於「電影是最有力和最能普及的宣傳工具，同時又是一個複雜的生產企業」〔註 20〕，因此對製片的「思想領導」並不僅僅局限於「思想」的方式，更是要將「思想」及執政黨的意識形態滲透到電影生產的各個環節。而這一點，也正是中國電影人向蘇聯取法的重要內容之一，赴蘇電影訪問團團長王闌西在歸國後提交的報告中即指出：「我們這次考察，主要的任務是深入瞭解蘇聯電影事業的領導和管理，因之，所有的訪問和考察都著重於電影事業各個方面的領導方針和管理方法。」〔註 21〕而汪洋領銜的中國電影赴蘇實習團也指出，要「學習蘇聯電影製片廠的管理、創作、生產技術、行政領導，著重生產領導方面，我們學的越多越好。」〔註 22〕

從這一點審視電影《祝福》的攝製過程，我們就不能只關注導演、演員、攝影、美工等攝製組成員的工作，還必須注意北影廠官員在其中起到的統籌、

〔註 18〕《文化部一九五〇年全國文化藝術工作報告與一九五一年計劃要點》，第 3 頁，《文化工作文件資料彙編》，中華人民共和國文化部辦公室編印。

〔註 19〕吳迪：《中國電影研究資料》（上卷），第 232 頁，文化藝術出版社，2006 年第 1 版。

〔註 20〕《加強黨對於創作領導的規定》，吳迪：《中國電影研究資料》（上卷），第 81 頁，文化藝術出版社，2006 年第 1 版。

〔註 21〕王闌西：《電影工作者赴蘇訪問團工作報告》，第 2 頁，《訪問蘇聯電影事業資料彙編》，文化部電影事業管理局編印，1955 年 5 月。

〔註 22〕蘇叔陽、石俠：《燃燒的汪洋》，第 224 頁，中國電影出版社，1999 年 10 月第 1 版。

調度作用。首先，在整個電影的籌備、拍攝及上映過程中，時任北影廠廠長的汪洋都扮演著不容忽視的角色，尤其是在浙江的外景拍攝因遭遇梅雨而陷入停頓時，正是汪洋果斷決定「把一部分外景搬到玉泉山和十三陵附近拍攝」〔註 23〕。因此，人們對汪洋的評價並非溢美之詞：「《祝福》影片上沒有汪洋的名字。汪洋才是眞正的幕後英雄。」〔註 24〕進而言之，汪洋及其領銜的北影廠背後，尚有諸多中國文化部、電影局的高層人物參與其中，這包括主管電影的文化部副部長（也是《祝福》的編劇）夏衍，電影局局長王闌西、副局長陳荒煤，以及蘇聯顧問茹拉甫廖夫等人。從現存的史料及當事人的回憶來看，上述諸人在劇本選擇、演員試鏡、外景拍攝、電影配樂等各個環節都有不同程度的參與。

這種文化部、電影局及製片廠官員深度參與電影製作的現象，意味著國家意志不再是外在於中國電影生產的力量，而開始深度參與電影事業自身的運作機制。如作爲文化部副部長的夏衍本人除了完成了改編劇本之外，也深度參與了《祝福》的拍攝，《燃燒的汪洋》一書提及，他對《祝福》的拍攝「非常關心，經常來樣片，尤其對影片中的音樂，他一再強調，要有民族情調，要用民族樂隊演奏。」〔註 25〕事實上，這種參與已經進入了電影生產的具體環節，鍾惦棐在《電影的鑼鼓》一文也提及，即使「祥林嫂手中的魚掉不掉？何時掉？」這類「藝術描寫的細節」也須「由行政決定」〔註 26〕。

但需要說明的是，國家意識形態對電影生產的滲透並非一個單向的過程，也並不能將其簡單視爲國家對電影的管制，這其中不能忽視中國電影人群體在因應國家形勢過程中的主動性和創造性。事實上，「電影事業國有化」以及國家對電影生產過程的「領導」恰恰爲電影人群體引「國家」爲奧援提供了新的契機。這種奧援大致體現在以下兩個方面：第一，由「國家」主導並深度參與的電影《祝福》實際上獲得了比從前民營公司更大的創作空間。例如，原本令電影人頭疼的劇本審查問題在《祝福》的攝製過程中得到有效

〔註 23〕蘇叔陽、石俠：《燃燒的汪洋》，第 18 頁，中國電影出版社，1999 年 10 月第 1 版。

〔註 24〕蘇叔陽、石俠：《燃燒的汪洋》，第 256 頁，中國電影出版社，1999 年 10 月第 1 版。

〔註 25〕蘇叔陽、石俠：《燃燒的汪洋》，第 259 頁，中國電影出版社，1999 年 10 月第 1 版。

〔註 26〕鍾惦棐：《電影的鑼鼓》，《陸沉集》，第 452 頁，中國電影出版社，1986 年 6 月第 1 版。

規避，而其重要原因即在於劇作者夏衍本身作爲文化部副部長的身份：「劇本的審查很簡單，因爲是夏衍親自改編的。爲了徵求意見，送到中宣部，也沒有提出什麼意見。」〔註 27〕其次，也正是借助國家權力的加持，電影人群體才能夠在攝製過程獲得巨大的政策優勢，並最大限度地調動人才、資源服務於電影拍攝。如前所述，由全國各個製片廠選拔的赴蘇電影實習團成員在歸國後悉數留在「新北影」，如果沒有國家意志的參與，這種情形是不可能出現的。同樣，也正是文化部及電影局管理者們的主導下，「新北影」才獲得了選擇電影劇本的絕對優先權：「電影局局長王闌西送來幾個劇本，讓汪洋等人挑選。汪洋同何文今、成蔭一起商量，大家的目光都集中在《祝福》上面了。」〔註 28〕也正是電影局決定，「將這項任務轉交給北影，仍調桑弧到北影來參加導演工作。至於攝製組其他人員，全部由北影配備。」〔註 29〕事實上，《祝福》攝製過程的成本之高、流程之複雜以及物資調動幅度之巨大都是新中國電影史上前所未有的。比如在拍攝祥林嫂尋找阿毛的鏡頭拍攝中，攝製組甚至動用了小型飛機製造視覺效果：「『祥林嫂尋找阿毛』這場戲是深秋季節，要求天氣陰霾，秋風凜冽。爲了這凜冽的秋風，特地借來一架小型飛機幫助颳風。」〔註 30〕而在因連日梅雨不得不返回北京拍攝時，攝製組甚至不惜工本地將那些具有紹興地方特色的道具用火車運走：「他們爲了加強影片的眞實感，特地將江南房屋的門窗、鍋碗，甚至龐大的烏篷船都運到北京，準備拍攝內景和外景時運用。」〔註 31〕從這個意義上說，《祝福》的攝製不啻爲一場「計劃」周密的大規模生產過程，它不僅對攝製組成員的「技術」提出新的要求，也對當時中國電影整體的物資產業生產力水平、資源調動幅度和組織動員能力提出嚴峻挑戰。如果沒有文化部、電影局及製片廠管理者們的參與、組織和協調，很難想像電影最終能夠按期完成。

綜上所述，以「新北影」爲主體、以赴蘇訪問團爲班底的彩色故事片《祝福》既是一場新技術實踐，也關聯著中國電影「國家體制」的建立——《祝

〔註 27〕蘇叔陽、石俠：《燃燒的汪洋》，第 256 頁，中國電影出版社，1999 年 10 月第 1 版。

〔註 28〕蘇叔陽、石俠：《燃燒的汪洋》，第 255 頁，中國電影出版社，1999 年 10 月第 1 版。

〔註 29〕蘇叔陽、石俠：《燃燒的汪洋》，第 255 頁，中國電影出版社，1999 年 10 月第 1 版。

〔註 30〕孟堯：《影片〈祝福〉拍攝外景的一天》，《大眾電影》，1956 年。

〔註 31〕記者：《〈祝福〉的美術工作片斷》，《大眾電影》，1956 年。

福》的生產、發行不再僅僅依託某個消費性的現代都市，而是依託一個正在建立且初具雛形的工業國家。如此，以「一五計劃」為契機，在意識形態上與共和國多有牴牾的中國電影作為一個「事業部門」嵌入了國家生產建設的總體過程，也為自己蕩開了一個塑造國家形象的影像空間和話語場域。只有在這種情形之下，原本充滿了異質性的電影才能夠真正成為整個國家的一部分。

二、「民族風格」

如前所述，以赴蘇實習團為基本班底的北影廠團隊在《祝福》的攝製中踐行了在蘇聯學習的新技術成果，也在攝製過程中規摹了蘇聯電影事業的整體流程。但一個值得注意的現象是，這種在技術、流程方面對蘇聯電影事業體制的規摹並未使得《祝福》成為一部蘇式風格的電影，恰恰相反，它的影像充滿了濃鬱的民族色彩。汪洋等人在籌備拍攝《祝福》就宣布：「我們在蘇聯雖然學了不少東西，但藝術創作還要依靠不斷的實踐。尤其是彩色片的色彩處理等等，還應該深入研究，發揚我國民族文化的優秀傳統，使我們的影片能具有自己民族的傳統和色彩。」〔註 32〕這裡說的非常明確，新技術本身並非目的，對於電影《祝福》，他們要「使之表現出魯迅先生原著的精神，並富有民族風格」。〔註 33〕而如果考察整個《祝福》的拍攝流程，就會發現對「民族風格」的追求貫穿始終，且得到了片廠、攝製組各方人員的高度認同。導演桑弧強調攝影「要採用新穎大膽而又富於民族繪畫色彩的處理」〔註 34〕，而這種美學風格在攝影師錢江那裡得到了全面踐行：「為了能夠較好地表達出魯迅原著的藝術風格，我在攝影的色彩運用上嘗試了使用暗淡的色調為基調，並且用比較強烈的光的對比以期達到再現魯迅先生『祝福』的藝術風格。」〔註 35〕而在表演方面，對民族化的追求同樣鮮明，為此，扮演衛老二一角的演員管宗祥甚至在試鏡時與蘇聯顧問發生激烈爭吵——在他看來，蘇聯顧問要求的衛老二形象太過「俄羅斯化」，而他則堅持要演出

〔註 32〕記者：《中國電影工作實習團回國——訪問汪洋、成蔭同志》，《大眾電影》，1956 年。

〔註 33〕《彩色故事片〈祝福〉選定演員 即將開拍》，《大眾電影》，1956 年。

〔註 34〕桑弧：《導演闡釋》，《〈祝福〉：從小說到電影》，第 134 頁，中國電影出版社，1959 年 9 月第 1 版。

〔註 35〕錢江：《彩色故事片的攝影》，《電影藝術》，1957 年第 7 期。

一個「中國流氓」的形象。〔註 36〕此外，電影配樂的民族風格也是一大亮點，如前文所述，正是時任電影局副局長的夏衍本人「建議請劉如曾同志作曲，並堅持用民族樂隊。」〔註 37〕那麼這裡的問題在於，《祝福》攝製組成員自覺追求的「民族風格」究竟有怎樣的意涵，而其發生又有怎樣的歷史淵源和現實語境？

首先需要指出的是，「民族風格」並非發端於 1950 年代，其源頭可追溯至 40 年代解放區的「民族形式」論爭，而毛澤東在《中國共產黨在民族戰爭中的地位》一文中的主張則常常被諸多文藝工作者引用：「洋八股必須廢止，空洞抽象的調頭必須少唱，教條主義必須休息，而代之以新鮮活潑的、為中國老百姓所喜聞樂見的中國作風和中國氣派。」〔註 38〕正如有學者所說的那樣，「正是在這次論爭過程中，一些並未進入五四新文學現代性視野的核心範疇，如『地方形式』、『舊形式『、『民間形式』等，開始成為構想更高形式的中國文學的基本構成部分」〔註 39〕。1949 年，第一次文代會召開，「延安文學的主題、人物、藝術方法和語言，以及解放區文學工作，開展文學運動和文學鬥爭的經驗，作為最主要經驗被繼承」〔註 40〕，而「民族形式」的追求也隨之在新中國文藝中延續下來。新中國文化部的管理者意識到「要發展文學藝術的民族形式，堅決反對盲目崇拜西洋、輕視民族遺產和民間文化的錯誤觀點」〔註 41〕，而時為文化部副部長的周揚更是在 1953 年的一篇發言中認為：「新的文學藝術是不能脫離民族的傳統而發展的，只有當它正確地吸取了自己民族遺產的精華的時候，它才能眞正成為人民的。」〔註 42〕

〔註 36〕管宗祥口述：《〈祝福〉——魯鎮的顏色》，《電影傳奇》，央視紀錄片。

〔註 37〕桑弧：《回顧我的從影道路》，《桑弧導演文存》，第 18 頁，北京大學出版社，2007 年 1 月第 1 版。

〔註 38〕毛澤東：《中國共產黨在民族戰爭中的地位》，《毛澤東選集》（第二卷），第 534 頁，人民出版社，1991 年 6 月第 2 版。

〔註 39〕賀桂梅：《「民族形式」建構與當代文學對五四現代》，《文藝爭鳴》，2015 年第 9 期。

〔註 40〕洪子誠：《中國當代文學史》，《中國當代文學史》，的 15 頁，北京大學出版社，1999 年 8 月第 1 版。

〔註 41〕《文化部一九五〇年全國文化藝術工作報告與一九五一年計劃要點》，第 30 頁，《文化工作文件資料彙編》，中華人民共和國文化部辦公室編印。

〔註 42〕周揚：《為創造更多的優秀的文學藝術作品而奮鬥——一九五三年九月二十四日在中國文學藝術工作者 第二次代表大會上的報告》，《人民日報》1953 年 10 月 9 日第 7 版。

但問題在於，由於「文藝」內部各個領域及門類的不同的屬性及功能，這種「民族形式」主張的落實情形並不是均衡的：相對於戲曲、音樂和美術而言，文學門類的「民族化」趨向並不那麼明顯，而電影這一嚴重依賴都市生活的藝術形式的「民族化」程度更是遠遠不及。事實上，建國初期的國營電影製片廠拍攝的大多數影片都帶有鮮明的紀實性，其主題常常是反映革命戰爭和國家建設的實踐，尤其在《武訓傳》批判後，電影局更是要求「各種影片題材的選擇，必經密切配合國家政治經濟文教建設上的需要，迅速反映國家建設事業和革命鬥爭中的偉大勝利。」〔註 43〕相比而言，反倒是民營電影公司延續了 1940 年代上海電影的傳統，拍出了一些相對具有「民族化」品格的作品，但這些作品大多關聯著都市社會的市民口味，很難對接源自解放區的「民族形式」。

既然新中國建立初期電影多以紀實性風格及宣傳教育功能為主導，那麼為何到了 1955 年，中國會出現《祝福》這類對「民族風格」予以自覺追求的電影呢？其中的原因自然有諸多方面，但其中一個最不可忽視的乃是新中國所處的國際語境及電影本身在國家間「文化交流」的特殊功能。在 1949 年建國後，「文化交流」在與社會主義陣營、各新興民族國家的關係中扮演極為重要的角色，甚至還在很大程度上開闢了與資本主義國家交往的民間渠道。在眾多的「文化交流」形式中，以影像為媒介的電影自然扮演了極為重要的角色。截至到 1956 年，中國電影交流已經非常頻繁。據陳忠經所說：「六年來，我國以非營業性方式和營業性方式輸出影片八十餘部，共二千一百多個拷貝，到了將近六十個國家，包括十二個美洲國家在內。在國際評選場合得獎的我國故事片和紀錄片有十五部。六年來我國翻譯成華語對白的外國影片共四百四十部，其中包括印度十部，日本四部，意大利三部。我們曾舉辦過蘇聯和人民民主國家的電影週或電影展覽，和印度電影週，今後還將陸續舉辦日本、法國等國的電影週。」〔註 44〕正是在這樣一種「文化交流」的大背景下，電影的民族性被凸現出來。中國蒙古族電影人亞馬參加捷克卡羅維·發利國際電影節的經歷表明了這一點，他在回國後寫的印象記中提及：「捷克電影節並不抑制民族電影，相反的，舉行卡羅維·發利電影節這件事本身就表

〔註 43〕文化部電影局：《1952 年電影製片工作計劃（草案）》，吳迪：《中國電影研究資料》（上卷），第 234 頁，文化藝術出版社，2006 年第 1 版。

〔註 44〕陳忠經：《進一步發展與各國人民的文化聯繫》，《人民日報》，1956 年 4 月 15 日，第 3 版。

現出對民族電影是採取扶植態度的。」〔註 45〕基於民族文化平等的觀點，亞馬提出：「每個國家人民生活的節奏、格調是和它們的傳統習慣、心理狀態、語言等民族特點相關聯著的。在東方電影中，中、印、日本、朝鮮等國家的電影是有自己的格調的，蒙古亦有其自己的格調，有些人對東方電影的格調，表現出一種不融洽的情緒，這顯然是偏頗的、不正確的。」由此也衍生出了電影創作的民族文化訴求——「優秀的藝術家們是善於吸收民族傳統的繪畫與音樂到自己作品裏邊來的」。〔註 46〕

在這種國際文化交流的語境中，原本強調意識形態宣傳意義和充滿紀實性的國產影片開始暴露出自己在藝術上的諸多問題，正如鍾惦棐所說：「電影的國際交往最多，因而它底成就和缺陷也最易從相互的比較中覺察出來。」〔註 47〕而時任中國電影局副局長的張駿祥更是在報告中指出：「這兩年來，我們的影片在蘇聯、波蘭是不十分受到歡迎的。雖然群眾不少，但主要還是出之於政治熱情。這次電影節儘管負責部門做了很大的宣傳，但觀眾並不十分踴躍，特別是一不久以前在蘇舉行的印度電影節的人山人海的情況對照之下，很令人難堪。」〔註 48〕他將國外電影同行對中國電影的意見做了如下轉達：「很多人提起希望我們的電影能有自己民族藝術的特點。羅姆說：『我提議貴國的電影藝術家應該多重視自己的藝術傳統，可以學習別國的影片，但不要去模仿。波蘭攝影師 S.吳爾說我們的影片看得出是模仿蘇聯片的，中國有悠久的文化傳統，應該而且一定能產生獨特的中國風格的電影。」〔註 49〕

具體到電影《祝福》而言，其攝製過程及其對「民族風格」的自覺追求自然也無法脫離上述國際文化交流的背景。如前文曾提及的那樣，電影《祝福》係爲紀念魯迅逝世二十週年的「獻禮片」，它改編自魯迅的同名小說，按照 1950 年代中期的電影題材分類，它應屬於「五四以來的文藝作品的改編」

〔註 45〕亞馬：《題材、樣式、民族特色——卡羅維·發利第九屆國際電影節隨記之二》，《中國電影》，1956 年 S2 期。

〔註 46〕亞馬：《題材、樣式、民族特色——卡羅維·發利第九屆國際電影節隨記之二》，《中國電影》，1956 年 S2 期。

〔註 47〕鍾惦棐：《論電影指導思想中的幾個問題》，第 20 頁，《中國電影研究資料：1949～1979（中卷）》（吳迪編），文化藝術出版社，2006 年 6 月第 1 版。

〔註 48〕張駿祥：《國外對我國影片的意見》，第 445 頁，《中國電影研究資料：1949～1979（上卷）》（吳迪編），文化藝術出版社，2006 年 6 月第 1 版。

〔註 49〕張駿祥：《國外對我國影片的意見》，第 445 頁，《中國電影研究資料：1949～1979（上卷）》（吳迪編），文化藝術出版社，2006 年 6 月第 1 版。

一欄。而如果在 1950 年代中期國際文化交流的語境中審視，無論「魯迅」還是「五四以來的文藝作品」都體現出鮮明的「民族化」傾向。

首先需要指出的是，在上世紀 50 年代「文化交流」的大背景下，魯迅的作品已經通過翻譯走向了各個國家，而他本人也逐漸成爲中國作家的代表以及與陀思妥耶夫斯、高爾基、顯克微支等人並列的「世界文化名人」。正是在魯迅逝世二十週年紀念大會之前幾個月的時間，也就是在電影《祝福》攝製期間，北京舉辦了「世界文化名人作品展覽」〔註 50〕。這其中紀念的主要人物包括席勒、密茨凱維支、孟德斯鳩、安徒生，而魯迅則作爲密茨凱維支的介紹者在展覽中出現：「我國最早介紹密茨凱維支的文章，一九零七年魯迅所寫的『摩羅詩力說』一文也在這裡展出。」〔註 51〕而從世界範圍來看，在此期間拍攝的《祝福》也並不是唯一一部紀念影片，該年的《大眾電影》雜誌設有「紀念 1956 年世界文化名人攝製有關影片」專欄，其中列舉了諸多與「文化名人」相關的電影：蘇聯拍攝了蕭伯納、迦梨陀娑的傳記片、蕭伯納的作品《他怎樣對她丈夫說謊》、奧地利攝製關於莫札特的音樂片、易卜生的名劇《培爾金特》以及陀思妥耶夫斯的作品《白癡》。〔註 52〕這些與「世界文化名人」紀念相關的電影，在 1956 年構成了彼此呼應的關係，它也在很大程度上呈現出電影《祝福》產生與傳播的國際化語境。1956 年 10 月 20 日召開的魯迅逝世二十週年紀念大會本身就是一場由眾多國家作家參加的國際性盛會，而正是在該日舉行的電影晚會上，《祝福》與文獻紀錄片《魯迅生平》對各國參會作家隆重上映。〔註 53〕但需要指出的是，無論是在各國作家眼中，還是在中國文藝工作者自身看來，他們所強調的並不是魯迅世界主義的一面，而是恰恰是民族主義的一面：「魯迅對於民族文化遺產的態度，和他提倡學習其他民族文化的優點的態度，是一致的。魯迅主張必須向世界各民族先進的科學和優美的文藝學習，但也屢次批評那些不問好歹，只要是歐美大國的東西就瞎眼吹捧的那些崇拜洋偶像的做法。」〔註 54〕

〔註 50〕《世界文化名人作品展覽開幕》，《人民日報》，1955 年 5 月 6 日，第 3 版。

〔註 51〕《世界文化名人作品展覽開幕》，《人民日報》，1955 年 5 月 6 日，第 3 版。

〔註 52〕《紀念 1956 年世界文化名人攝製有關影片》，《大眾電影》，1956 年。

〔註 53〕《首都紀念魯迅大會今日舉行　應邀參加大會的各國作家陸續到京》，《人民日報》，1956 年 10 月 19 日，第 1 版。

〔註 54〕茅盾：《魯迅——從革命民主主義到共產主義——在首都的魯迅逝世二十週年紀念大會上的報告》，《人民日》，1956 年 10 月 20 日，第 2 版。

與魯迅一樣，1950 年代中期文藝界對「五四」及《祝福》所屬的「五四以來文學」也有特定的「民族」意涵。1955 年，文化部黨組向中共中央宣傳部上報的《關於改進電影故事片生產的方案》中，大致擬定了五個方面的題材範圍，其中包括「現代題材」、「革命歷史題材」、「五四以來的文藝作品的改編」、「古典文學的改編」以及「各種著名戲曲的紀錄、改編，各種短片、諷刺喜劇、農村通俗短片」。〔註 55〕按照這個分類，電影《祝福》顯然屬於「五四以來的文藝作品的改編」。但值得注意的是，同時期與電影題材的相關表述常常將「五四」與其他題材相互混同。如 1953 年制定的《一九五四～一九五七年電影故事片主題、題材提示（草案）》，即有「關於文學名著、神話和民間傳說的改編」一項，提示指出：「我國有不少古典的以及現代的優秀的文學名著神話和民間傳說，這些作品在廣大的群眾中有著廣泛深刻的影響，……因此，把我國人民熱愛的優秀的文學作品和戲劇搬上銀幕，改編爲電影是一個迫切需要作的重大工作。」〔註 56〕在這裡所說的題材層面，「現代」與「古典」、「啓蒙」與「民間」之間已經沒有什麼清晰的界限。而電影局副局長陳荒煤在 1956 年的發言中，甚至將「現代」與「古典」劃歸爲同一題材：「中國古典文學與現代優秀文學的文學作品的改編，如《水滸傳》以及魯迅、茅盾、巴金、老舍、曹禺等作家的名著的改編。」〔註 57〕在這裡，魯迅等人的名字與《水滸傳》並列出現。在這種視閾中觀察，我們看到「五四」與「民間」的差別消失了，而電影本身實際上也爲汲取傳統文化遺產和種種民間文化的資源提供了前提。

事實上，電影《祝福》的「民族風格」正是由地方戲曲平移而來。眾所周知，電影《祝福》的原著者雖然是魯迅，但夏衍等人改編的直接藍本並非魯迅 1920 年代創作的那篇名爲《祝福》的小說，而是 1940 年代以後興起的各個地方戲曲。導演桑弧就曾經指出：「在普及的意義上，《祝福》恐怕也是魯迅先生小說中最爲群眾所熟悉的一個題材。十幾年來，進過電影（十年前

〔註 55〕《文化部黨組關於改進電影故事片生產的方案》，《中國共產黨宣傳工作文獻選編：1949～1956》，第 974 頁，學習出版社，1996 年 9 月第 1 版。

〔註 56〕《一九五四～一九五七年電影故事片主題、題材提示（草案）》（節錄），《中國電影研究資料：1949～1979（上卷）》（吳迪編），第 361 頁，文化藝術出版社，2006 年 6 月第 1 版。

〔註 57〕陳荒煤：《爲繁榮電影劇本創作而奮鬥》，《陳荒煤文集・電影評論（上）》，第 76 頁，中國電影出版社 2013 年版。

袁雪芬同志主演的越劇《祥林嫂》曾被搬上銀幕）和各種地方戲曲的搬演傳播，祥林嫂已經成爲我國人民所最感到親切和同情的一個故事人物了。」〔註58〕夏衍本人在爲紀念魯迅逝世二十週年選擇劇本時，顯然著重考慮了這一點：「《祝福》曾經幾次改編爲戲曲電影，其中成功的和失敗的地方，都可以供我參考。」〔註59〕值得一提的是，桑弧提到的袁雪芬是1940年代上海成名的越劇演員，她的越劇《祥林嫂》是最早將《祝福》搬上地方戲曲舞臺的作品。〔註60〕《祥林嫂》上演後引起巨大反響，尤其左翼人士「讚揚它是越劇改革的里程碑，是越劇從一個『庸俗』的地方戲向有尊嚴、具有社會意義之藝術轉變的轉折點。」〔註61〕此外，「《祥林嫂》還引起了中共高層領導的注意，促使中共對上海地下工作中的文化政策作出調整」，並最終促使周恩來「把地方戲納入黨的文化工作藍圖」。而在建國之後，周恩來大力提倡地方戲曲推廣，而袁雪芬領銜的雪聲劇團更是受到高度重視。事實上，對「民族風格」較早做出嘗試並取得成功的，正是由袁雪芬主演的越劇電影《梁山伯與祝英臺》，它被周恩來帶到了世界文化交流的舞臺上，以「中國的羅密歐與朱麗葉」之名享譽世界，並獲得了諸多國際電影節獎項，甚至美國喜劇電影大師卓別林對此片讚不絕口：「就是需要有這種影片，這種貫串著中國幾千年文化的影片。希望你們發揚自己民族的文化傳統和對美的觀念。」〔註62〕更值得一提的是，《梁山伯與祝英臺》導演桑弧、配樂作曲劉如曾都參與了電影《祝福》的攝製工作，其中，劉如曾「把大量的越劇和紹興大班的音樂素材運用在電影《祝福》上」〔註63〕，由此亦可看出電影《祝福》與地方戲尤其是越劇《祥林嫂》之間複雜的淵源。正因爲如此，電影《祝福》在諸多方面都受到了地方戲曲形式的影響，如祥林嫂逃出婆家的橋段，其鏡頭快、慢的更迭，即是借鑒了戲曲的節奏。而著名的「砍門檻」這一細節，更是從越劇

〔註58〕桑弧：《寫在〈祝福〉上映之前》，《大眾電影》，1956年。

〔註59〕夏衍：《瑣談改編》，《寫劇本的幾個問題》，第99頁，中國電影出版社，1980年12月第1版。

〔註60〕參見姜進：《詩與政治》，社會科學文獻出版社，2015年5月第1版。

〔註61〕姜進：《詩與政治》，第205頁，社會科學出版社， 2015年第1版。

〔註62〕桑弧：《回顧我的從影道路》，《桑弧導演文存》，第19頁，北京大學出版社，2007年1月第1版。

〔註63〕袁雪芬：《值得花畢生精力塑造的藝術形象——〈祥林嫂〉的改編和表演藝術》，《求索人生藝術的眞諦——袁雪芬自述》，第218頁，上海辭書出版社，2002年8月第1版。

《祥林嫂》中借鑒而言，夏衍本人就坦言：「這一細節的增加並非是出於我的創意。早在解放前攝製的、由袁雪芬同志主演的《祥林嫂》電影中，已經有了這一個場面，後來經常在舞臺上演出的越劇、評劇，也都把這個場面保留了下來。」〔註 64〕

正如賀桂梅所說：「對『「民族形式』問題的探查，則是在顯現此種主體性實踐置身的世界性（地方性）權力體系和關係結構。」〔註 65〕正是以這種充滿「地方色彩」的「民族風格」爲基礎，《祝福》開啓了它在世界各地的放映之旅。1957 年 6 月，《祝福》在莫斯科中國電影週公開放映，「蘇聯發行部門洗印了 500 套俄語譯製片拷貝，供不應求又加印 300 套，創下中國電影在蘇聯上映的最高紀錄。」〔註 66〕1957 年 7 月，桑弧等人攜《祝福》參加了捷克斯洛伐克舉行的第十屆卡羅維·發利國際電影節，並獲得評獎委員會的特別獎。〔註 67〕1957 年 9 月，中國電影代表團赴開羅參加中國電影節，上映的六部故事片中包括《祝福》。〔註 68〕1959 年 2 月，錫蘭舉行中國電影週，《祝福》再次上映。〔註 69〕同月，印度舉辦「亞非電影週」，代表中國的片目仍是《祝福》。〔註 70〕1960 年 10 月，《祝福》又古巴電影放映公司在哈瓦那放映。〔註 71〕1961 年 9 月，德國文聯舉行紀念魯迅電影報告晚會，「會上並放映了由魯迅原著改編的電影《祝福》」。〔註 72〕此外，《祝福》還在東南亞、墨西哥諸國上映，並通過贈送的方式進入英國、日本這類資本主義陣營國家。可以毫不誇張地說，《祝福》已經成爲中國電影「走向世界」的代表性作品。

〔註 64〕夏衍：《瑣談改編》，《寫劇本的幾個問題》，第 100 頁，中國電影出版社，1980 年 12 月第 1 版。

〔註 65〕賀桂梅：《「民族形式」建構與當代文學對五四現代》，《文藝爭鳴》，2015 年第 9 期。

〔註 66〕李亦中：《桑弧導演「十七年」電影創作再觀照》，《當代電影》，2014 年第 10 期。

〔註 67〕《卡羅維發利電影節閉幕「祝福」獲得特別獎》，《人民日報》，1957 年 7 月 23 日，第 5 版。

〔註 68〕《我電影代表團　赴開羅參加中國電影節》，《人民日報》，1957 年 9 月 17 日，第 4 版。

〔註 69〕《錫蘭舉行中國電影週》，《人民日報》，1959 年 2 月 13 日，第 4 版。

〔註 70〕《亞非電影週》，《人民日》，1959 年 2 月 25 日，第 5 版。

〔註 71〕《中國電影節在哈瓦那開幕 古巴民兵歡迎影片「平原游擊隊」》，《人民日報》，1960 年 10 月 18 日，第 5 版。

〔註 72〕《德文聯舉行紀念魯迅電影報告晚會》，《人民日報》，1961 年 9 月 23 日，第 6 版。

三、

亞非新興民族國家獨立和彼此之間的「文化交流」構成了 1950 年代中期中國電影「民族風格」的國際語境。但具體到《祝福》這部電影而言，「民族風格」究竟是什麼並非一個不言自明的問題。尤其是對中國這樣一個內部結構複雜的多民族國家而言，「民族性」的問題就更爲複雜。那麼，《祝福》這部作品究竟是在何種意義上滿足了人們對於「中國」的想像，又因何種呈現方式而具有了「民族風格」呢？

如前所述，電影《祝福》改編自越劇《祥林嫂》，也借鑒了地方戲曲的諸多形式和技法，這其實意味著它的「民族風格」在藝術呈現方面並不是落在「國家」的實體維度，而是落在了「地方性」的層面。這種「地方性」顯然不僅僅限於越劇這一地方戲曲的形式，事實上，電影《祝福》的影像空間得以在「地方性」的層面充分打開，浙東水鄉的地方風物和風俗被攝製組不遺餘力地搬上銀幕。電影中出現了諸多浙東尤其是紹興的地方風物，導演桑弧本人極爲重視地方風物的呈現，他已經意識到：「《祝福》中拉纖的纖道、裝著酒罈子的船、船上的魚鷹等等，像這類風土人情的細節就很能表達地域氛圍。」〔註 73〕對桑弧而言，這種道具上的「地方性」追求已經到了非常苛刻的程度，他甚至在之後的回憶中提及：「《祝福》中賀老六結婚的那晚，桌上放了幾個冷盤，當時農村只用藍邊碗，而不用盆子，但影片中疏忽了這點，如果是細心的觀眾就會覺得不符合江南農村的風俗習慣。」〔註 74〕當然，這種「地方性」呈現也得到了蘇聯電影技術的強力支持，即使在外景地轉至北京郊區的情況下，美工師池寧仍然通過各種方法制造了「江南水鄉」的情境：「他在北京所加工的江南水鄉和我們在紹興所拍的鏡頭銜接在一起，幾乎天衣無縫。」〔註 75〕與「風物」相比，電影《祝福》在「風俗」上的「地方性」呈現更爲突出，無論是魯四老爺家的「祝福」儀式還是賀家墺的「婚禮」民俗，都經過了非常精心的布置和調度，這一點也得到了評論家們的肯定：「出現在一些鏡頭中的魯鎮周圍的環境和自然景色，以及魯家幾次的祝福場面，

〔註 73〕桑弧：《電影導演講稿》，《桑弧導演文存》，第 161 頁，北京大學出版社，2007 年 1 月第 1 版。

〔註 74〕桑弧：《電影導演講稿》，《桑弧導演文存》，第 161 頁，北京大學出版社，2007 年 1 月第 1 版。

〔註 75〕桑弧：《回顧我的從影道路》，《桑弧導演文存》，第 161 頁，北京大學出版社，2007 年 1 月第 1 版。

更有著相當濃厚的地方色彩。」〔註 76〕而與「風物」的呈現相同，人們對「風俗」之眞實性的追求也是相當極端的，電影上映之後，甚至有來自紹興的觀眾給《大眾電影》來信，專門就《祝福》中的「禮俗」眞實性問題與導演及各攝製組成員商榷。〔註 77〕這種力求逼眞的「地方性」的風物與風俗實則生成某種極具詩性的「地方風景」，攝影師錢江即如此描述他鏡頭下是「浙東山村」：「深綠色的重重山巒被暮色籠罩著，整個世界都像披上一層青色的薄薄的青紗。近處是火紅的楓葉，金黃色的白楊夾雜在松竹之間，蜿蜒的山徑纏繞著起伏的山巒。山腳下溪流潺潺，閃爍著片片粼光、瑰麗的夕陽映紅了半片雲霞……」〔註 78〕如此，魯迅原著小說中具有高度理念性和構造性的「魯鎭」亦被呈現爲一個具有濃鬱江南情調的小鎭空間。

這裡需要指出的是，電影《祝福》對「地方性」的呈現並不意味著它成爲一幅單純的、毫無政治意味的「風情畫」。恰恰相反，《祝福》中的種種風物、風俗和風景都不是彼此游離的詩意片段，而是被組織在充滿了「政治經濟學」意味的歷史結構之中。那麼這裡首先要搞清楚的是，《祝福》的故事究竟屬於哪一個時代，哪一段歷史？對此，電影開頭的旁白似乎給出了非常明確的交待——「大約四十多年以前，辛亥革命前後」，這個具體的時間也連帶著具體的地點，即「在浙東的一個偏僻的山村裏」。按照這樣一個邏輯，充滿「地方風味」的「浙東」只要融入「辛亥革命」這樣一個時代就可以了。夏衍本人在《瑣談改編》中也提及：「我童年親身經歷過辛亥革命前後的那個動盪的時代，對時代氣氛不太生疏」〔註 79〕，在夏衍這裡，對「辛亥革命」時代的「親身經歷」和對「浙東」地方的熟悉都構成了創作劇本的優勢。但是，電影在藝術呈現的過程中卻出現了一個別具意味的現象，即「時間」與「空間」呈現的不均衡性。以片頭部分爲例，作爲地域空間的「浙東山村」被攝影師予以了充分的呈現，但是所謂「辛亥革命」的時代不僅找不到任何有關「革命」本身的陳述，甚至連時代的氣息、氛圍也無從談起。夏衍本人對電影「時代脈搏」的把握是非常重視的，在他看來，「一個巨大的政治事件，不

〔註 76〕金草：《電影劇本好，影片也好——略談影片〈祝福〉及其劇本》，《人民日報》，1956 年 10 月 22 日，第 7 版。

〔註 77〕孫越舫：《漫談《祝福》中的紹興習俗》，《大眾電影》，1956 年。

〔註 78〕錢江：《彩色故事片的攝影》，《電影藝術》，1957 年第 7 期。

〔註 79〕夏衍：《瑣談改編》，《寫劇本的幾個問題》，第 99 頁，中國電影出版社，1980 年 12 月第 1 版。

可能不反映在人們的生活中、語言中、行動中」〔註 80〕，從這個意義上說，劇本及電影本身對「辛亥革命」時代呈現的模糊性更凸顯了某種「症候」。不僅僅是作爲編劇的夏衍，攝製組成員對「辛亥革命」時代的理解也多有含混乃至彼此矛盾之處。導演桑弧在導演闡釋中說明：「我們假定故事的開始是在辛亥革命後一兩年的光景。男人可以不必拖髮辮，但在服裝樣式和後景設置上，仍宜於古舊一些，以便於較鮮明地傳達出作品的時代氣氛。」〔註 81〕而美術師池寧則「在設計祥林嫂的服裝時，美術師爲了使觀眾容易感受到時代的不同，把她的服裝的時間稍推前了一些，我們將在銀幕上看到祥林嫂穿著寬大有鑲邊的短褂，就是那一時代的特色。」〔註 82〕這裡需要指出的是，池寧「在設計服裝時，美術師參考了民國初年出版的吳友如畫寶，這個畫集紀錄了當代的現象和故事，雖說它比魯迅所描寫的時代略晚一些，但由於那時服裝樣式變化不大，有很大的參考價值。」〔註 83〕在這裡，髮辮的消失和服裝的古舊消解了「晚清」與「民國」時代之間的界限，「辛亥革命」本身也沒有任何「時代」特性。在這裡，髮辮的消失和服裝風格的「前移」實際上消解了「晚清」與「民國」之間的界限，而作爲歷史事件的「辛亥革命」本身已無任何「時代性」可言。這種錯位實際上反映出一個非常重要的問題，對《祝福》的編劇及攝製組成員而言，並不存在一個作爲近代史意義上的「辛亥革命」。甚至可以說，它所說的「辛亥革命」只是一個空殼，而所謂的「時代」乃是指馬克思主義社會進化史上的「封建時代」，而正如導演桑弧所說：「祝福』所描寫的社會本質，幾乎概括了中國的整個封建社會。」〔註 84〕

在桑弧等人這裡，「封建社會」帶有非常明確的政治指涉，它與「地方」分屬於不同的維度，前者構成了基於新民主主義革命史觀建構的敘事框架，而後者更多以攝影、美工、配樂、化妝的方式呈現爲充滿審美意味的「視聽效果」。但需要指出的是，儘管「地方」與「封建」屬於不同的維度，它們之間也存在完全不同的編碼方式，但攝製組成員們卻以非常巧妙的方式將它們

〔註 80〕夏衍：《寫電影劇本的幾個問題》，《寫劇本的幾個問題》，第 24 頁，中國電影出版社，1980 年 12 月第 1 版。

〔註 81〕桑弧：《〈祝福〉導演闡釋》，《〈祝福〉：從小說到電影》，第 134 頁，中國電影出版社，1959 年 9 月第 1 版。

〔註 82〕記者：《〈祝福〉的美術工作片斷》，《大眾電影》，1956 年第 15 期。

〔註 83〕記者：《〈祝福〉的美術工作片斷》，《大眾電影》，1956 年第 15 期。

〔註 84〕桑弧：《〈祝福〉導演闡釋》，《〈祝福〉：從小說到電影》，第 134 頁，中國電影出版社，1959 年 9 月第 1 版。

統一在一起。如在《祝福》劇本中，編劇夏衍設置了祥林嫂婆婆「坐在矮凳上勒烏桕」的場景。在這裡，「烏桕」是魯迅作品中出現過的意象，它是典型的浙東地方風物，而婆婆「勒烏桕」形成了一個充滿地方風味的民俗景觀。但由於中人衛老二這一角色的在場，有關烏桕的談話很快轉向了「年成」問題：「老天爺跟窮人作對，今年桕子又是小年。」由此，人與「風物」的關係被納入了人與人之間的「借貸關係」。

事實上，電影《祝福》在多處呈現出這種充滿冷酷意味的「借貸關係」，它衍生出了整部電影人物關係的基本框架。〔註 85〕需要指出的是，這種「借貸關係」雖然無處不在，但「貸入者」和「貸出者」卻異常明晰地分屬於階級的上下兩端，它實際上爲「地方」賦予了社會性，並在其中劃出了涇渭分明的人群畛域。這種按照「階級」劃分群體的方式顯然與魯迅原著大不相同，它爲電影注入了小說所沒有「政治經濟學」構造。首先，電影中祥林嫂的周圍出現了一系列的底層人物形象：祥林的弟弟阿根，魯四老爺家的僕人阿香，鄰居阿德嫂一家，即使原著中面目模糊的賀老六也被塑造成一個善良淳樸的獵戶。在這種情形之下，祥林嫂已經不再是魯迅筆下那個與魯鎮整體尖銳對峙的「孤獨個體」，而是具有了普遍性，成爲「階級群體」中的一員。這個「階級群體」的外延邊界可以不斷擴大，成爲一切勞動人民的表徵，正如蘇聯《眞理報》的影評所說的那樣：「『祝福』不只是描寫一個祥林嫂的命運，而是千百萬舊中國貧農婦女的命運。」〔註 86〕與祥林嫂所代表的勞動人民群體相比，電影中「剝削階級」一方的人物群體卻呈現出頗爲駁雜的面相。作爲「地主階級」代表人物的魯四老爺並未體現出應有的威嚴，以至於有評論家對此提出尖銳的批評：「魯迅在他的作品中提到這位魯四老爺大大地不滿意於康、梁的維新，足見這人，並不是只會抱水煙袋，只會在背後向太太提意見，而是一個雖無作爲、但對有作爲的人懷著滿腹牢騷的。魯四老爺之所以成爲魯四老爺，不僅因爲他是一個地主，而且是一個很激進的封建主義的衛道士。而銀幕上的魯四老爺，則只是個普普通通的『土老財』而已！」〔註 87〕鍾惦棐對魯四老爺「激進的封建主義的衛道士」的把握更多是從文化層面展開，而

〔註 85〕在《武訓傳》中，因爲對這種借貸關係中性乃至讚賞式的處理而被迅速批判。最終的《調查報告》中，武訓被否定也是考證其作爲一個「高利貸」盤剝者。
〔註 86〕《「祝福」影片在莫斯科獲好評》，《人民日報》，1956 年 6 月 15 日，第 5 版。
〔註 87〕鍾惦棐：《電影的鑼鼓》，《陸沉集》，第 452 頁，中國電影出版社，1986 年 6 月第 1 版。

電影恰恰是把對「封建主義」的描述落實到「政治經濟學」層面。如在祥林嫂逃到魯鎭時，魯四太太不顧魯四老爺的反對留下祥林嫂，是因爲「看她的手腳挺粗壯，模樣也還老實」。在這裡，電影《祝福》中的祥林嫂乃是一個令雇主滿意的雇工或「勞力」，所以儘管魯四老爺覺得「一個寡婦留下來不大好」，但並不能阻止四太太「讓她試試看」並最終留下的決定。正是這種「政治經濟學」邏輯，弱化了「衛道士」魯四老爺的權威，而把那些與「經濟」關聯更多的人物則被推向了前臺：與魯四老爺的威嚴低於吃齋念佛的魯四太太一樣，賀家墺的王師爺也比他服侍的趙七老爺更具威嚴，而那個實際地位極低的衛老二更是呈現爲一個超乎所有人之上的厲害角色。

事實上，電影《祝福》那種充滿詩性的「地方之美」正是在「封建社會」的敘事構造中產生。魯迅的原著小說《祝福》構成了一個「儒釋道吃人的寓言」，祥林嫂是一個「五四」意義上的「孤獨個體」，而與她對峙的魯鎭則是一個高度象徵性的空間。而電影《祝福》卻取消了小說的寓言性，它把祥林嫂的故事轉變爲某種「鬥爭」的現實映像，這種「鬥爭」在不同人物群體之間展開，而「人物」與「空間」整體的對峙則被悄然抹除。如此，電影中的故事「空間」喪失了「儒釋道」之象徵意味，而成爲某種現實映像。也正是以此爲前提，那個充滿「風物」和「風俗」的地方性空間才會有生成的可能——由此，「魯鎭」和「浙東山村」變成了作爲現實反映的「地方」。有評論者對電影開頭祥林嫂砍柴下山的場景做了如下評述：「影片的主人公祥林嫂背著柴薪走下山岡時，她沒有被這美麗的山色所吸引。她低著頭，拖著沉重的腳步，冷淡地走下山岡，走過小橋。這美麗的山巒，似乎與她無關。」〔註 88〕這個評論者敏銳地注意到「風景」之於人物的疏離關係，而這正意味著「個人」與「空間」之間對峙性關係的解除。

但這裡需要補充的是，「人物」與「空間」的對峙性關係的消除並不意味著兩者全然「無關」，恰恰相反，一種新的呼應關係被建立起來，正如攝影師錢江所說，浙東山區「環境的美」是用來襯托祥林嫂「內心的美和性格上的美」〔註 89〕。在這裡，看似與「風景」無關「人物」已經成爲「風景」的一部分。也就是說，充滿「地方性」的風景之「美」與祥林嫂這個人物形

〔註 88〕章抒：《〈祝福〉學習箚記》，《〈祝福〉：從小說到電影》，第 168 頁，中國電影出版社，1959 年 9 月第 1 版。

〔註 89〕錢江：《彩色故事片的攝影》，《電影藝術》，1957 年第 7 期。

象的自身之「美」是同質性的。這種「美」並不與「階級意識」彼此拮抗，而恰恰是「階級意識」發揮作用的結果。女主角白楊如此講述自己扮演祥林嫂的準備工作：「我在《祝福》中扮演祥林嫂，在下農村生活的過程中，和農村勞動婦女一起勞動，當她們的小學生，不僅汲取到了創作的養料，而且在生活中和她們的逐漸親近，更覺得勞動婦女淳厚而誠懇。她們那種終日勞動全副心意都放在生產上的那般勁頭，時刻打動著我。我這才認識到我以前即使對她們有所認識，那還是比較抽象的，逐漸我感受到勞動婦女的勤勞、淳厚的具體的品質，自己的思想感情就起著變化，眞正愛上了她們，眞正願意當好她們的學生。」〔註 90〕在這裡，演員在紹興鄉村采風的過程關聯著 1950 年代的「體驗生活」實踐，也內蘊著知識分子進行自我改造的意涵，正如白楊本人所說：「在教育工農兵的任務之前，就先有一個學習工農兵的任務。」〔註 91〕對包括演員在內的攝製組成員而言，「階級意識」引發了情感的變化，使得他們對祥林嫂這個人物的想像充滿了詩意。桑弧本人就在「導演闡釋」中提及：「在美工設計、服裝、道具各方面，要求簡單樸素，避免瑣碎和自然主義的傾向。例如祥林嫂和賀老六，儘管他們過的是非常貧困的生活，但他們的衣服和屋子內的陳設也不宜過於破爛髒污。這當然不是意味著要粉飾生活的眞實，而是要用詩意的概括來表現眞實。」〔註 92〕由此，他們對農村勞動婦女那種「勤勞、淳樸的具體品質」的認同也直接灌注到祥林嫂本人的塑造上，使得她確實成爲一個勤勞、淳樸的、理想化的勞動婦女形象。事實上，原著小說中那個陰鬱、幽暗的空間才轉變成了充滿詩意之美的「地方世界」，正在於人們將「地方」視爲祥林嫂這類「勞動者」的勞動之地和棲居之所。

在將祥林嫂和充滿詩意之美的地方世界設置爲一體同構的同時，衛老二、王師爺這類人物也就成爲它們共同的對立面，後者對祥林嫂的「壓迫」並不僅僅拘囿於道德層面上，桑弧在「導演闡釋」中如此講述他對衛老二這個角色的認識：「他的性格特徵應該綜合著鄉愿與狡詭的二種不同氣質，不是

〔註 90〕白楊：《要做無愧於毛澤東時代的演員》，《人民日報》，1960 年 8 月 10 日，第 8 版。

〔註 91〕白楊：《要做無愧於毛澤東時代的演員》，《人民日報》，1960 年 8 月 10 日，第 8 版。

〔註 92〕桑弧：《〈祝福〉導演闡釋》，《〈祝福〉：從小說到電影》，第 134 頁，中國電影出版社，1959 年 9 月第 1 版。

一個一望而知的窮凶極惡的所謂壞人。」〔註 93〕在《祝福》的影像文本中，衛老二和王師爺的造型更接近戲曲中的「丑角」形象，他們摧殘了祥林嫂的生活，更破壞了詩意的、勞動者棲居其間的「地方世界」。如在片頭祥林嫂砍柴下山的場景中，衛老二自畫幅左側突兀入鏡，攝影師將他龐大的背影置於前景位置，這爲浙東山村詩意的秋景抹上濃重的陰影。再比如，祥林嫂留在魯四老爺家後生活變得安穩，桑弧用她在河邊淘米洗菜的鏡頭表現了他對美好生活的渴望，她引入了鴨子戲水的鏡頭，且配以歡快的音樂，也正是在這時候，衛老二陰森的面龐再次以特寫鏡頭的方式入畫，隨後即是祥林嫂被「搶親」的兇暴畫面；而賀家墺婚禮的場景則更是如此，由於衛老二的出現及其各種言語行爲的表現，原本充滿地方民俗氣息的婚禮一下子暴露出凶蠻、粗野的本性。在這裡，這種沿著「階級」界限展開的種種衝突也正是電影《祝福》的戲劇性衝突，它們推動著故事敘事的發展，而那些地方性風景在這些「衝突」中被撕裂和破壞不僅沒有構成「審美」本身的消解，反而形成了某種「將人生的有價值的東西毀滅給人看」的悲劇效果。事實上，這種電影文本內部的裂隙正暗示出 1950 年代中國「民族」與「階級」兩套話語之間存在某種結構性矛盾。而《祝福》的攝製過程與其說是彌合這種話語矛盾的過程，倒不如說是將這種矛盾予轉換爲電影戲劇性張力的過程。從某種意義上說，正是「階級意識」本身將「民族」話語轉化爲充滿詩意的「地方性」情境，又進而將這種詩意的「地方性」情境納入了自身構造的歷史敘事之中。

結語　「過去的故事」

綜上所述，電影《祝福》處在新中國在 1956 年前後的現實語境之中，也深度勾連著彼時國內外的政治格局、經濟形勢和文化問題，因而具有非常重要的樣本意義。在新中國的歷史座標系中，1956 年無疑具有節點意義，社會主義「三大改造」正是於該年基本完成，這成爲新中國歷史步入社會主義階段重要標誌。需要強調的是，這裡所謂的「歷史節點」並不僅僅是後設的歷史敘述，也是彼時中國人切實的現實體驗和歷史感覺。基於此，電影《祝福》出現本身頗值得深思：在「社會主義元年」這一特殊的歷史時刻，爲什麼中國電影人群體會將目光投向遙遠的「辛亥」（故事發生的時間）和「五四」（小

〔註 93〕桑弧：《〈祝福〉導演闡釋》，《〈祝福〉：從小說到電影》，第 127 頁，中國電影出版社，1959 年 9 月第 1 版。

說創作的時間）？而1956年的現實體驗和歷史感覺又將如何重新定位「辛亥」與「五四」，乃至重塑整個中國的「新民主主義革命史」敘述？

事實上，魯迅的小說《祝福》創作於「五四」剛剛過去的1925年，其中多有對「傳統」宗法文明的痛切反思，自然也與之後新民主主義革命史觀中的「反封建」題旨多有契合。而在電影《祝福》中，「反封建」這一主題似乎也在延續。導演桑弧在《導演闡釋》中論及《祝福》的教育意義時即指出：「舊社會雖然已經被推翻了，但在某些人們的意識中，依舊有著賤視婦女或對於寡婦再嫁的不正確看法，因此我們還要爲肅清自己身上的封建思想的殘餘影響而努力。」〔註94〕也正爲此，他才把魯迅在《我之節烈觀》結尾處的「發願」打在了電影序幕的鏡頭上。

但正如桑弧本人所說，1956年的「封建思想」僅僅具有「殘餘影響」，而當下的現實也已經與魯迅截然不同：「魯迅先生離開我們整整二十年了。當中國人民今天以興奮豪邁的步伐向著建設一個偉大的社會主義國家前進的時候，我們追念先生生前對於人類和正義的深厚愛，我們不禁爲我們今天所獲得的自由幸福而歡呼。」〔註95〕演員白楊說得似乎更爲直白：「我們每個人都能夠親切地感受到，今天我們已經處在多麼英雄豪邁、前所未有的時代！……祥林嫂的時代早已過去，永不再有了。」〔註96〕正是基於此，編劇夏衍在電影的開頭與結尾處分別設置了與整部影片悲劇格調不相契合的畫外音，他解釋說：「爲了使生活在今天這樣一個幸福時代的觀眾不要因爲看了這部影片而感到過分的沉重，就是說，不必爲古人流淚。……我總覺得今天的青年人應該瞭解過去的那個悲痛的時代，但只應該爲了這個時代的一去不復返而感到慶幸，而不必再爲這些過去了的人物的遭際而感到沉重和悲哀。」〔註97〕

「反封建」的題旨與「封建」本身皆成了「一去不復返」的歷史，而其前提則是人們在「社會主義元年」獨特的現實體驗。在社會主義改造完成的興奮中，「農村」已經成爲一個發生了深刻變化的簇新空間，而《祝福》的

〔註94〕桑弧：《〈祝福〉導演闡釋》，《〈祝福〉：從小說到電影》，第126頁，中國電影出版社，1959年9月第1版。

〔註95〕桑弧：《寫在〈祝福〉上映之前》，《大眾電影》，1956年第15期。

〔註96〕白楊：《祥林嫂的時代永遠過去了！》，《大眾電影》，1956年第15期。

〔註97〕夏衍：《雜談改編》，《〈祝福〉：從小說到電影》，第123頁，中國電影出版社，1959年9月第1版。

攝製組成員們也正基於此對「勞動人民」產生了新認知與想像。演員白楊在談及自己如何扮演角色時寫到：「我在《祝福》中扮演祥林嫂，在下農村生活的過程中，和農村勞動婦女一起勞動，當她們的小學生，不僅汲取到了創作的養料，而且在生活中和她們的逐漸親近，更覺得勞動婦女淳厚而誠懇。」〔註 98〕這種感受呼應著「社會主義元年」的現實，也關聯著 1950 年代知識分子思想改造的複雜過程，正如白楊所說，在對勞動婦女品質的感受中，「自己的思想感情就起著變化，眞正愛上了她們，眞正願意當好她們的學生。」〔註 99〕

但問題在於，而問題在於，「啓蒙」立場的棄置使得電影中的某些人物和場景充滿了詩意，但其把握現實的能力和「反封建」題旨的批判力度也隨之消失。影評家鍾惦棐在評價白楊的表演時指出：「白楊手中握著一條多麼鋒利的投槍！她揮動了它，但沒有高高地舉將起來，向那曾經斷送了千千萬萬的如祥林嫂似的舊中國猛力擊去。」〔註 100〕。此一問題的根由，正在於那種「訣別歷史」的現實體驗。桑弧在如此描述他在紹興「體驗生活」的經歷：「說是體驗生活，也許不大恰當，因爲今天的紹興和魯迅先生小說中所描寫的那個停滯閉塞的魯鎮有著那麼顯著的不同，要想找小說裏的那些人物，作爲演員扮演的參考，也有著極大的困難。」〔註 101〕而白楊本人也有類似的困惑，他提及在紹興遇見「小說《故鄉》中的人物閏土的孫子」的感覺：「從這個第三代的『閏土』身上，絲毫也找不到他祖父一輩那種『神氣板滯、沉默，甚至像木偶人』的受了生活的深重痛苦的痕跡了。」〔註 102〕但正是這種變化，「給創作帶來了新的矛盾，因爲過去老一代的已經一去不復返了，這又將如何去體會舊時代人物的精神面貌呢？」〔註 103〕

〔註 98〕白楊：《要做無愧於毛澤東時代的演員》，《人民日報》，1960 年 8 月 10 日，第 8 版。

〔註 99〕白楊：《要做無愧於毛澤東時代的演員》，《人民日報》，1960 年 8 月 10 日，第 8 版。

〔註 100〕鍾惦棐：《電影的鑼鼓》，《陸沉集》，第 382 頁，中國電影出版社，1986 年 6 月第 1 版。

〔註 101〕桑弧：《紹興散記》，《桑弧導演文存》，第 265 頁，北京大學出版社，2007 年 1 月第 1 版。

〔註 102〕白楊：《祥林嫂的時代永遠過去了！》，《大眾電影》，1956 年。

〔註 103〕白楊：《我怎樣演祥林嫂》，《我的影劇生涯》，第 27 頁，中國電影出版社，1996 年 1 月第 1 版。

《祝福》主創們的困惑似乎暗示出 1956 這一歷史節點的多重性和複雜性——在新歷史的開端處，也出現了「歷史終結」；而對與現實合一的「未來」的展望，也同時伴隨著對「一去不復返」的「過去」的回溯。在塑造「舊時代人物」方面陷入困惑的白楊，正是選擇「從自己『過去的』生活積累和間接知識中去探索」，在這裡，「過去」作爲某種經歷悄然返回了現實感覺之中：「生活是多麼奇妙啊！有時多少年前的一點生活經歷，當你一旦需要它的時候，它會像老朋友一樣給你以熱情的支持和幫助。」〔註 104〕與「過去的感覺」同時被喚醒的，是「過去」的種種文化資源。在呈現祥林嫂在水邊淘米的場景時，桑弧剪輯進了水中鴨子戲水的詩意畫面，將「春江水暖鴨先知」的古典意境復活在了銀幕之上。〔註 105〕這是一抹充滿了懷舊氣息的「江南」風景，它彌漫著「一種清新醇厚的抒情味」〔註 106〕，桑弧在散文《紹興散記》中講到了《祝福》中賀老六拉纖一場戲的拍攝：「紹興的纖道也是一個特色，那長長的大石條，架在寬闊的河床中間，拉纖的人在上面行走，潺潺的流水拍打著纖道的石墩，多少年來，永遠是這樣一種聲音。」〔註 107〕對桑弧來說，這種「永遠是這樣的一種聲音」，實際上是一種在現代化進程中行將消失的、充滿了懷舊意味的風景：「但可以想見，隨著祖國工業化的發展，將來就要用機器駕駛的汽輪來代替搖船和拉纖的繁重的體力勞動，那時纖道就將僅僅成爲一種風景的點綴了。」〔註 108〕從這個意義上說，「歷史」不會過去，也不可能在「一去不復返」的宣言中被徹底訣別，相反，它的碎片會借著人們回溯「過去」的目光重返現實，並隱秘地參與新時代的種種想像和實踐。

〔註 104〕白楊：《我怎樣演祥林嫂》，《我的影劇生涯》，第 38 頁，中國電影出版社，1996 年 1 月第 1 版。

〔註 105〕李亦中口述：《〈祝福〉——魯鎮的顏色》，《電影傳奇》，央視紀錄片。

〔註 106〕桑弧：《導演闡釋》，《〈祝福〉：從小說到電影》，第 134 頁，中國電影出版社，1959 年 9 月第 1 版。

〔註 107〕桑弧：《紹興散記》，《桑弧導演文存》，第 265 頁，北京大學出版社，2007 年 1 月第 1 版。

〔註 108〕桑弧：《紹興散記》，《桑弧導演文存》，第 266 頁，北京大學出版社，2007 年 1 月第 1 版。

邊緣處的表達——再談《在酒樓上》的「魯迅氣氛」

周維東
（四川大學文學與新聞學院）

提要：

「魯迅氣氛」是魯迅小說解讀中值得不斷反芻的一個話題，通過它可以讓「回到魯迅」變得更加切實。「魯迅氣氛」的背後體現了魯迅的「小說語言」，「小說」對於「五四」時期的魯迅來說，充當他與新文化「同人」之間對話的中介。《在酒樓上》的敘事特色，是通過主人公講述的日常故事，實現「我」與主人公之間對話，將魯迅的「小說語言」內置到小說的結構當中。通過「中介」實現作者與主人公的對話，是魯迅「複調小說」個性特色，也是其小說藝術的獨創性之所在。

關鍵詞：魯迅氣氛　小說　對話　複調

一

周作人評價《在酒樓上》是「最富魯迅氣氛」〔註1〕的一篇小說，這個評價如同他的小品文，玄妙高深。偉大的作家在其創作中都會散發出一種氣質，文如其人人如其文，很難說刻意爲之或自由散發，這種氣質有時候就表現爲一種氛圍，彌漫在字裏行間。然而什麼是「魯迅氣氛」，可能只有與魯迅有過親身接觸的人才可意會，僅僅從文字的角度，小說中的魯迅常常讓人覺得鬱憤，雜文中的魯迅更體現出老辣的特色，而散文詩中的魯迅則顯得糾結冷峻，究竟哪一種感覺屬於「魯迅氣氛」，很難辨別。錢理群先生曾經撰文探討過這

〔註 1〕曹聚仁：《與周啓明先生書——魯迅逝世二十年紀念》，《北行小語》，生活、讀書、新知三聯書店，2002年，36頁。

一問題，認爲「所謂『魯迅氣氛』，主要是指魯迅的精神氣質在小說裏的投射。而談到魯迅的精神氣質就不能不注意到魯迅和他的故鄉浙東文化與中國歷史上的魏晉風骨、魏晉風度的精神聯繫。」〔註2〕這種理解非常有啓發意義，不過對於「魯迅氣氛」這樣極度感性的概念，很難說哪一種說法代表了它的全部內涵。在本文，筆者想換一個角度探討「魯迅氣氛」問題：「最富魯迅氣氛」的小說，重心可能不在於揭示《在酒樓上》的小說特點，而是強調這篇小說與魯迅的貼合度，換句話說——這是最靠近魯迅「小說語言」的小說。

「文學語言」是個既感性、又理性的概念。就感性來說，它是作家創作個性的概括，既指狹義的遣詞造句，也包括廣義的思維特點、表達習慣等，在不同的文體當中，也反映作家的文體自覺。同爲偉大的小說家，魯迅、茅盾理解的「小說」可能並不相同，這種不同會體現在「小說語言」上。在理性上來說，「文學語言」是西方哲學語言學轉向之後，衍生出來的跨學科領域，從結構主義、象徵主義、存在主義、精神分析到後結構主義，語言都是研究文學重要的媒介和基礎，形成了較爲豐富的文學語言學理論。不過，理論上的「文學語言學」，都偏向於解決文學或哲學上的一般問題，並不側重對作者個性的挖掘。本文使用「小說語言」，更強調作家主體的文體意識，爲了說清在文體變革之際「文體」的混沌性和作家的多元選擇，會借鑒文學理論中一些具體概念。

什麼是文體？歷史上的文學理論家給出了各種不同的概念，這些概念多數來自於事後的歸納，從語言學的角度，對文體的認知可以突破文學的藩籬，從「發生學」的角度探討這一問題。譬如英國語言學家雷蒙德·查普曼對「文體」的理解：「文體乃是社會環境的產物，是語言使用者之間的共同關係的產物」，「每種文體都在某一群體中用於交際，群體可大可小，可密集可分散，文體的特徵則被那個群體的成員公認爲是具有交際功能的」。〔註3〕這個解釋對於理解「五四」前後中國文學中的文體變革，具有別樣的啓發意義。近代中國的文體革命，特別在小說領域，與其說小說本體發生了變革，不如說利用小說進行交際的社會群體發生了變化。梁啓超發起的「小說界革命」，不過

〔註2〕錢理群：《「最富魯迅氣氛」的小說——讀〈在酒樓上〉、〈孤獨者〉和〈傷逝〉》，《新高考·高二語文》，2012年3期。

〔註3〕（英）雷蒙德·查普曼：《語言學與文學——文學文體學導論》，春風文藝出版社，1988，17頁。

是精英知識分子進入小說領域、進而改變傳統「說部」形成的交際群體結構。梁啓超在《論小說與群治之關係》中說：「則小說之在一群也，既已如空氣如菽粟，欲避不得避，欲屏不得屏，而日日相與呼吸之餐嚼之矣。於此其空氣而苟含有穢質也，其菽粟而苟含有毒性也，則其人之食息於此間者，必憔悴，必萎病，必慘死，必墮落，此不待蓍龜而決也。於此而不潔淨其空氣，不別擇其菽粟，則雖日餌以參苓，日施以刀圭，而此群中人之老、病、死、苦，終不可得救。」〔註4〕這裡所說的重點，正是「小說」的交際功能，由於傳統小說長期不登「大雅之堂」，最終成爲市民階層文化消遣的工具，成爲各種社會情緒的發洩通道，也形成舊小說的文體特徵。梁啓超的想法，表面看來是通過小說文體特徵的改善，進而改變小說交流群體的文明程度，實際則是改變小說交際群體的結構，他讓精英知識分子大量介入並成爲這個群體的主導，改變過去讀者至上的原則。

「小說界革命」後，因爲一批精英知識分子介入小說交際群體，近代小說出現「新」、「舊」小說的分野，前者圍繞「改造社會」的宗旨進行小說活動；後者依舊延續傳統小說的發展邏輯，兩種小說不僅文體特徵有所差別，所建構的交際群體也開始發生分化。「五四」新文化運動之後，新文學向「鴛鴦蝴蝶派」、「禮拜六」小說發起攻擊，舊小說被迫向「俗」靠攏，正是交流群體發生分化的最終結果。然而，「新小說」實踐者希望建構的交際群體並不能迅速完成，新小說若干文體特徵要具有交際功能，需要一個磨合的過程。在這個漫長的磨合期，新小說實踐者必須通過不斷的文體實驗，希望獲得預想交際群體的回音。

二

無疑，魯迅的小說活動正印證了這一點。從翻譯小說、創作小說到講授小說，魯迅對「小說」有充分的文體認知。魯迅初以小說爲工作，是據井上勤的譯本翻譯凡爾納的《月界旅行》，出版時特別以「辨言」交待翻譯目的，其中「惟假小說之能力」，「獲一斑之智識，破遺傳之迷信，改良思想，補助文明」〔註5〕的說法，可見其對「小說」的理解受到「小說界革命」的影響。

〔註 4〕陳平原、夏曉虹：《二十世紀中國小說理論資料・第一卷》（1897～1916），北京大學出版社，1989，35～36 頁。

〔註 5〕魯迅：《月界旅行》，《魯迅全集》（第十一卷），人民文學出版社，1973 年，10～11 頁。

及至翻譯《域外小說集》中的小說，雖然魯迅回憶此事的初衷：認爲「文藝是可以轉移性情，改造社會」〔註6〕，似乎依然沒有走出梁啓超的小說觀，但在翻譯過程中採用直譯形式，讓國人原汁原味體味「異域文術新宗」〔註7〕、「以相度神思之所在」〔註8〕，對「小說」實際有了新的認識。魯迅採用直譯的方式，當然可以從轉移性情、改造社會來理解，但具體的翻譯實踐，還在於翻譯者察覺到外國「小說」與中國「說部」的根本不同，這不僅是人、事、文化的迥異，更在於文體本身的不同內涵，如此才會有「新宗」的說法。因此，自《域外小說集》始，魯迅對「小說」的理解，已經從「說部」超逸而出。

但無論是梁啓超的小說實踐，還是魯迅在日本的小說翻譯活動，結果均可用「慘敗」來形容。究其原因，「新小說」的交際功能沒有得到小說閱讀群體的接受和認同。歸國後的魯迅曾創作《懷舊》自娛，以孩童眼光看辛亥革命前夜地方士紳的惶恐，言語多有諷刺。這篇作品魯迅並沒有收入任何文集，可見在魯迅內心中，它可能只算是一篇遊戲之作。不過，透過此「遊戲之作」，我們能看到魯迅對小說的理兼具古典小說和「域外」小說的特徵，其現代小說觀念已開始走向成熟。魯迅在《中國小說史略》中評述：「桓譚言『小說家合殘叢小語，近取譬喻，以作短書，治身理家，有可觀之辭。』始若與後之小說近似」。〔註9〕用來理解《懷舊》最恰當不過。《懷舊》全篇設計，有「合殘叢小語」的意味，記錄「辛亥革命」前夜地方社會的微妙變化，可謂「大歷史」中的「小插曲」。這也符合《藝文志》對小說「小道」地位的判定：「小說家者流，蓋出於稗官，街談巷語，道聽途說者之所造也」〔註10〕，《懷舊》還有意設計了善於「街談巷語」的「王叟」，讓他插科打諢對主要人物進行諷刺。但《懷舊》又是一篇有現代性的小說，它有遊戲之「形」但無遊戲之「意」，

〔註6〕魯迅：《域外小說集》，《魯迅全集》（第十一卷），人民文學出版社，1973年，188頁。

〔註7〕魯迅：《域外小說集》，《魯迅全集》（第十一卷），人民文學出版社，1973年，185頁。

〔註8〕魯迅：《域外小說集》，《魯迅全集》（第十一卷），人民文學出版社，1973年，185頁。

〔註9〕魯迅：《中國小說史略》，《魯迅全集》（第九卷），人民文學出版社，1973年，151頁。

〔註10〕魯迅：《中國小說史略》，《魯迅全集》（第九卷），人民文學出版社，1973年，158頁。

採用街談巷議的形式，但對多數中國人愚昧麻木的品行有所揭示，與魯迅之後小說的國民性批判一脈相承。另一方面，《懷舊》有較爲完整的小說敘事，無論是對人物的塑造、還是對敘事節奏的把控，都具備現代小說的基本雛形。魯迅沒有將該篇收入任何文集，可能並非因爲書寫不夠嚴肅（有遊戲之嫌），而是小說敘述完全處於「獨語」狀態。對於今天的讀者而言，「獨語」寫作已經是見慣不慣的寫作方式，而且可能被認爲是極具「現代性」的寫作姿態，但對於長期生活在「經世致用」中的中國文人而言，「獨語」並不是十分期待的寫作狀態。

《懷舊》在魯迅小說創作中並不奪目，但對於認識魯迅的小說觀卻有「座標」的意味。當小說進入「獨語」的狀態，意味著魯迅與「小說界革命」以來的小說觀分離，這種「新小說」最顯著的特徵，是知識分子（創作者）力圖與廣大市民階層（讀者）交流，教導他們成爲現代公民，當作家放棄了這種企圖，也就意味著與這種小說觀拉開距離。但對此時的魯迅而言，這種告別顯得有些曖昧，借助古典小說的觀念和形式，雖然《懷舊》已經具有現代小說形式，但究竟是心灰意冷的「復古」，還是對於現代小說的主動探索，會讓人生疑。

相對而言，《吶喊》對「獨語」的主張更加堅決。關於《吶喊》的來由，魯迅在《吶喊・自序》中坦陳是「不能全忘卻」的「夢」，「寫夢」或者「爲夢而寫作」，是一種非常個人化的寫作方式，寫作當然處於「獨語」狀態。但《吶喊・自序》的敘事方式，或者說文中鬱積的強烈情感，往往讓人忽略這個事實，以爲魯迅「重拾舊夢」，回到日本時期「以文救國」的理想當中。關於這個問題，魯迅其實在序文中有過澄清。一處是《新生》失敗後的反省：「我決不是一個振臂一呼應者雲集的英雄」。〔註 11〕這種反思並不僅針對《新生》，應該說是對他前半生的整體反思，所指是以一己之力改變中國的企圖和野心。一處是對自己「吶喊」的定位：「在我自己，本以爲現在是已經並非一個切迫而不能已於言的人了，但或者也還未能忘懷於當日自己的寂寞的悲哀罷，所以有時候仍不免吶喊幾聲，聊以慰藉那在寂寞裏奔馳的猛士，使他不憚於前驅。至於我的喊聲是勇猛或是悲哀，是可憎或是可笑，那倒是不暇顧及的」。〔註 12〕這裡非常明確的表明：「吶喊」慰藉的是那些猛士的「寂寞」，

〔註 11〕魯迅：《吶喊・自序》，《魯迅全集》（第一卷），人民文學出版社，2005 年，439～440 頁。

〔註 12〕魯迅：《吶喊・自序》，《魯迅全集》（第一卷），人民文學出版社，2005 年，441 頁。

所發之聲完全本於內心。兩處的表態都說明一個問題：今日之「我」對文學的理解已經發生了根本變化，既無必要也無可能再回到「舊夢」當中。

「獨語」狀態下的《吶喊》，包括之後的《彷徨》《故事新編》，已經是一種全新的小說形式，至少在魯迅的心目中，圍繞這些小說建立的交際群體，並不包括「舊小說」建立的普通讀者群，而是以「自我」爲中心較爲彈性的讀者群體。換句話說，關於魯迅小說中出現的，如：「改造國民性」〔註13〕、「怒其不爭、哀其不幸」〔註14〕、「揭出病苦、引起療救」〔註15〕等說法，並不是預設與普通讀者交流的語境中產生的意義，如果說魯迅的作品實際對社會產生了這種作用，也應該理解爲是這些小說的「副作用」。如此，我們才能理解魯迅與錢玄同關於「鐵屋子」爭論的分歧所在。

三

在《吶喊・自序》中，「金心異」的形象值得玩味的話題。眾所周知，「金心異」是魯迅戲謔錢玄同而用的別名。但當我們直接將「金心異」理解爲錢玄同的時候，《吶喊・自序》的文學性會被大大折扣，因爲它會讓讀者「出戲」。「金心異」是《吶喊・自序》中唯一「出場」的他者，在魯迅前文鋪墊帶有「死亡」氣息的回憶敘事中，他是一個「活人」，因爲他的出現，讓人感覺彷彿從「地獄」來到「人間」。

> S會館裏有三間屋，相傳是往昔曾在院子裏的槐樹上縊死過一個女人的，現在槐樹已經高不可攀了，而這屋還沒有人住；許多年，我便寓在這屋裏鈔古碑。客中少有人來，古碑中也遇不到什麼問題和主義，而我的生命卻居然暗暗的消去了，這也就是我惟一的願望。夏夜，蚊子多了，便搖著蒲扇坐在槐樹下，從密葉縫裏看那一點一點的青天，晚出的槐蠶又每每冰冷的落在頭頸上。〔註16〕

〔註13〕見《兩地書・第一集（8）》，原文爲：「最初的革命是排滿，容易做到的，其次的改革是要國民改革自己的壞根性，於是就不肯了。所以此後最要緊的是改革國民性，否則，無論是專制，是共和，是什麼什麼，招牌雖換，貨色照舊」。（《魯迅全集》（第十一卷），人民文學出版社，2005年，32頁。）

〔註14〕見《摩羅詩力說》，原文爲：「哀悲所以哀其不幸，疾視所以怒其不爭」。（《魯迅全集》（第一卷），人民文學出版社，2005年，82頁。）

〔註15〕魯迅：《我怎麼做起小說來？》，《魯迅全集》（第4卷），人民文學出版社，2005年，526頁。

〔註16〕魯迅：《吶喊・自序》，《魯迅全集》（第一卷），人民文學出版社，2005年，440頁。

這段描寫分明讓我們看到「精神死亡」的過程，字裏行間都彌漫著觸手可及的死亡氣息。但此時「金心異」出現了。「將手提的大皮夾放在破桌上，脫下長衫，對面坐下了，因爲怕狗，似乎心房還在怦怦的跳動」〔註 17〕。此處「怦怦的跳動」的「心房」，傳遞是生命的?象，是「我」最希冀看到的。可見，對「我」而言，金心異實際充當了「救星」的角色，「我」期盼他已經很久了。

「金心異」的性格有著略顯粗暴的耿直，而且執拗，作爲朋友與「我」的談話其實並不投機。在《吶喊・自序》中，可能爲了文本的簡潔，魯迅記敘兩人的談話並不多。在這不多的談話中，我們也能感覺到兩人的距離，「金心異」並不是理解魯迅的人，這一點如果稍微聯想到魯迅與許壽裳等摯友的交流，就能感受到。但「金心異」有一項特別的本領，就是逼迫魯迅對很多不願觸及的問題做出回答，更進一步來說，他不斷逼迫魯迅去思考、去行動，這恰恰是知根知底的摯友做不到的。所以在內心深處，魯迅對於「金心異」是歡迎的——甚至是感激的，雖然他們顯得幼稚、粗暴、執拗，但他們能對魯迅產生刺激。在《吶喊・自序》裏，「金心異」並不能完全視爲錢玄同的別名，他更應該是「新青年同人」代表，魯迅對他的認識，也代表了對「新青年同人」的態度。

理解了「金心異」的形象，再來討論「鐵屋子」寓言，就更能體會魯迅在新文化運動中的姿態，也對魯迅的「小說語言」有更深的理解。「鐵屋子」寓言雖然經典，但也常常給人留下疑問，如：既然魯迅不認同「金心異」的想法，爲什麼又參與到新文化運動當中，有了《吶喊》中的系列小說？魯迅對「金心異」的質疑，是在質疑啓蒙嗎？這些問題的存在，讓魯迅在「五四」時期的形象變得彷徨、猶豫，成爲一個憂心忡忡的人，這是否符合事實另當別論，關鍵不利於對魯迅小說觀的細緻把握，它讓人覺得魯迅在「五四」之後創作的小說是矛盾的產物，是「作」出來的文學，這並不符合文學創作的規律，尤其不符合魯迅的創作。

在「鐵屋子」寓言中，魯迅與「金心異」的距離顯而易見，他們完全是兩個軌道上的人。他們的對話是相互質疑式的：「金心異」首先對魯迅鈔古碑的做法提出質疑；而後魯迅對「金心異」所進行的文學事業提出質疑。他們

〔註 17〕魯迅：《吶喊・自序》，《魯迅全集》（第一卷），人民文學出版社，2005 年，440 頁。

的共同點，是相互認同了對方的質疑但並不認同對方。這樣的對話方式，決定了他們之間都不太可能說服對方，合作的基礎必然超越各自的立場，在更高層面上建立相互的連接，是「同人」而非「同志」。所以，認爲魯迅在「五四」時期一面參與啓蒙、一面又質疑啓蒙，只是問題的表象，在此之後有一個更爲完整的魯迅。那麼，如果不是純粹的「吶喊」，是什麼成爲魯迅參與「五四」新文化運動和小說創作的動力呢？或者說，魯迅如何在「五四」大潮中，找到自己存在的意義呢？其實魯迅在《吶喊・自序》中已經給出了答案。

> 我懂得他的意思了，他們正辦《新青年》，然而那時彷彿不特沒有人來贊同，並且也還沒有人來反對，我想，他們許是感到寂寞了。〔註18〕

在此之前，魯迅用大段文字書寫自己的寂寞，那種瀕臨死亡般的痛苦，讓魯迅對「金心異」和《新青年》的處境有更深層次的理解。但這種理解並不完全是魯迅接受「邀請」的原因，在「鐵屋子」寓言中，「金心異」不過屬於那些率先「大嚷」的人，他們的寂寞和孤獨是宿命，而眞正令人擔憂的是那些被驚醒的人：「使這不幸的少數者來受無可挽救的臨終的苦楚，你倒以爲對得起他們麼」？〔註19〕這關係到更大一部分人的命運，魯迅思考到了，而錢玄同沒有考慮過。

我覺得在提出這個問題時，魯迅基本找到了自己在「五四」新文化運動中的定位。它不關乎啓蒙，關鍵是「寂寞」和「孤獨」。隨著新文化運動的崛起，「啓蒙」已經是不可扭轉的潮流，必然有越來越多的人走向生命無路可走的曠野，如何讓他們戰勝「寂寞」，是一個複雜、緊迫而現實的命題。所以，魯迅「吶喊」的指向是寂寞，其中既有自己的寂寞，也有「金心異」們啓蒙者的寂寞，還有那些即將「夢醒了無路可以走」〔註20〕的人的寂寞。

如此，魯迅由《狂人日記》開始的現代白話小說創作，與《懷舊》就有了根本性的不同。在開始創作《狂人日記》的時候，魯迅的小說有了一個新的「交際群體」，他們包括五四時期的啓蒙者，也包括那些可能被喚醒的人，

〔註18〕魯迅：《吶喊・自序》，《魯迅全集》（第一卷），人民文學出版社，2005年，441頁。

〔註19〕魯迅：《吶喊・自序》，《魯迅全集》（第一卷），人民文學出版社，2005年，441頁。

〔註20〕魯迅：《娜拉走後怎樣》，《魯迅全集》（第一卷），人民文學出版社，2005年，166頁。

魯迅以獨語的方式與這個群體展開「反抗寂寞」的交流。但如同魯迅經歷長期探索和挫敗後才感受到「寂寞」一樣，啓蒙者與夢醒者的「寂寞」並非一開始就會出現，因此魯迅小說與這個交際群體之間，會出現交流的延滯，從而讓「對話」變得極其隱晦和曖昧。

魯迅小說在其交際群體中的交流方式常常是自省式的「獨白」，主要表現第一人稱的敘事視角。由於這種敘事特徵，魯迅小說內容會與他的個人經歷糾纏在一起，讓人分不清到底是虛構還是紀實。這種方式是由交流的內容決定的，對「寂寞」的反抗並沒有普遍的藥方，而且每個個體的具體情況有所不同，唯一可以交流的內容便是個人經驗。第一人稱敘事的優勢，是個人經驗和情感可以較爲自由的流淌出來，讓交流者更眞切感受到同類個體的存在。關於這一點，李長之在《魯迅批判》中有較爲敏銳的發現：

> 如魯迅自己所説，他之所以開始寫小説，是抱一種「啓蒙主義」，以爲必需「爲人生」。然而我們看他寫出來的東西，卻仍是抒情的成分很大，似乎是當時由於他的寂寞之感的作用他吧，使他沒墮入淺薄的説教典型裏。〔註 21〕

李長之所要澄清的問題，是魯迅在《南腔北調集·我怎麼做起小說來？》裏的說法：「說到『爲什麼』做小說罷，我仍抱著十多年前的『啓蒙主義』，以爲必須是『爲人生』，而且要改良這人生」〔註 22〕。這個看法一定程度上與《吶喊·自序》有所出入，如果魯迅持「啓蒙主義」的主張，又何必與錢玄同之間討論「鐵屋子」的寓言呢？關於這個問題，我覺得《吶喊·自序》距其開始創作小說更近，因此關於創作動因的記錄也更爲準確，《我怎麼做起小說來？》關於「啓蒙主義」的說法，明顯有針對創造社「爲藝術而藝術」主張的意圖，而「反抗寂寞」在宏觀上也可以歸於「啓蒙主義」的整體敘事中。倒是李長之的閱讀感受比較準確，魯迅的小說有較明顯的抒情成分，甚至讓人覺得魯迅有意將個人經驗與小說創作雜糅起來，如《故鄉》《祝福》《社戲》《孤獨者》《在酒樓上》等，毫不掩飾個人情感的抒發，進而讓文本更具有個人性與當下性。這種做法，與其小說交際的功能有很大關係。

〔註 21〕李長之：《魯迅批判》，生活·讀書·新知三聯書店，2014 年，第 20 頁。
〔註 22〕魯迅：《我怎麼做起小説來？》，《魯迅全集》（第四卷），人民文學出版社，2005 年，526 頁。

在「獨白」的基礎上，魯迅與五四同人更具體的交流「鑲嵌」在故事中。「故事」在很多時候充當了彼此對話的「中介」，如同魯迅與「金心異」對話中的鐵屋子寓言。進入一個本來有距離的群體，需要一個「中介」，它讓彼此既可以保持協作又相互獨立，更重要的是魯迅可以在距離中發揮自己的價值。即使在激情四溢的新文化運動中，《狂人日記》討論的問題依然振聾發聵，「吃人」和「救救孩子」的見地無不拉近魯迅與「同人」之間的距離，讓「同人」們感受到這位「老青年」的鬱憤與力量。但同時魯迅也展示了「狂人」的瘋狂與清醒：「狂人」的犀利和睿智來自瘋狂，當他回到正常生活軌跡，也就沒有了驚世之語。這對於激情洋溢的新文化「同人」無疑有警醒的效果，「五四」喊出的很多口號，很多都是激情的產物，一旦激情過去，中國社會的現代化進程崎嶇而曲折。

試想，《狂人日記》的兩種意圖如果以另外的文體形式呈現，譬如以「隨感錄」的方式表達「吃人」和「救救孩子」，以散文或詩歌表達對新文化運動的不同看法，效果會很不相同。前者會讓魯迅淹沒在「五四」新文化運動的「言論流」中，雖然也可見魯迅的個性和特點，但小說中的那種從容和引人深思的效果會減弱，而後者則可能讓魯迅難以與這些「同人」保持合作。無論哪種，魯迅都會失去他應有的姿態和價值，正是「小說」，給了魯迅一個委婉而有距離的表達方式，它是有分歧「同人」間的一個紐帶，讓彼此同行又持續對話。

三

《在酒樓上》的精妙之處，是魯迅將他對「小說」的理解內置到這篇小說的結構當中。魯迅寫小說，是與新文化陣營進行「對話」，講述者是魯迅，「同人」作爲隱含讀者藏在暗處；在《在酒樓上》中，呂緯甫與「我」進行對話，講述者是呂緯甫，「我」作爲聽眾一言不發也藏在暗處。呂緯甫與「我」的對話中，呂緯甫看似風馬牛不相及的家長里短，與魯迅在小說中的故事一樣，是「對話」的中介，只有將之放在「對話」的語境中才能明白其意義，否則會感到這是一篇莫名其妙的小說。

呂緯甫與「我」見面後，除了比較直接告訴「我」「自己也飛回來了，不過繞了一點小圈子」〔註 23〕，暗示自己現實境況之外，再也沒有更多信息。

〔註 23〕魯迅：《在酒樓上》，《魯迅全集》（第二卷），人民文學出版社，2005 年，27 頁。

之後，他講了兩個「故事」：一個是給弟弟遷墳，一個是舊鄰居阿順的悲劇，兩個故事應該說還是有感染力，但佔據的篇幅顯得喧賓奪主——小說的主題是關於呂緯甫的故事，大量篇幅的閒話多少有點不合時宜。不過，如果將這兩個故事理解爲呂緯甫與「我」之間對話的「中介」，感覺會完全不同。

從小說細節看，「我」與呂緯甫之間算是舊友，但並無深交，當呂緯甫略顯頹唐地出現在「我」面前，「我」已經大概知曉他的蛻變。呂緯甫對「我」也沒有隱藏他的悲觀，但對於自己蛻變的心路歷程，如同戰士從戰場偷跑下來，可能過程可以理解，但並不值得宣揚、或者祈求別人的同情。在這樣略顯尷尬的語境中，呂緯甫講述的故事，是可能喚起我共鳴的一些「瑣事」。

給小兄弟遷墳的事蹟，據周作人回憶，魯迅有過類似的經歷〔註 24〕，因此小說中的呂緯甫是不是魯迅爲自己設計的一個「化身」，我們不敢斷定，但至少可以作爲理解這篇小說的一個向度。如果呂緯甫可以認爲是魯迅的一個「化身」，那麼小說中他與「我」的對話便是魯迅對自我生命的「反芻」。從理論角度來說，自我對話是不同層次的「自我」之間的博弈，或者說是自我一個想法與另一想法的博弈，它揭示了現代人的一種生存狀態。董學文分析陀思妥耶夫斯基「複調小說」的現實基礎，認爲：「個人經歷和內心感受同客觀的多元化生活的深刻聯繫，最後還有相互作用和同時共存中觀察世界的天賦——所有這一切構成了陀思妥耶夫斯基的複調小說得以生產的土壤」。〔註 25〕可見，「複調」和「對話」能成爲現代小說探索的一種方向，關鍵是現代人生存狀態的外化，「對話」的形式是外在的，而其指向必然是內在的。

「遷墳」的核心是關於生命本質的探尋，生命的本質是實有還是虛無？整個遷墳的過程，呂緯甫除了敷衍他的母親，他本人也想瞭解人死後的狀態，所以呂緯甫說，他下命令掘開弟弟的墳墓，是「在我一生中最爲偉大的命令」〔註 26〕。對「死亡」的關注，是現代人對生命意義的追問的起點，當然從宏觀的意義上，它是人類一切文明的起點，沒有「死亡」便無需「意義」，沒有「意義」也沒有「文明」。「死亡」對於現代人別樣的意義，是個體直接面對

〔註 24〕周作人：《魯迅小說裏的人物》，北京出版集團公司、北京十月文藝出版社，2013 年，211 頁。

〔註 25〕（蘇）巴赫金著，白春仁，顧亞鈴譯，《陀思妥耶夫斯基詩學問題》，生活、新知、讀書三聯書店，1988 年，22 頁。

〔註 26〕魯迅：《在酒樓上》，《魯迅全集》（第二卷），人民文學出版社，2005 年，28 頁。

死亡並建構意義，尼采的名言「上帝死了」之所以對哲學史有重要意義，代表的是人類從「群體」面對死亡向「個體」面向死亡轉變，有了這個轉變，人類對於「生」的思考必然發生變化。劉小楓在《沉重的肉身》中，注意到這種轉變在文學藝術中的微妙體現，他分析基耶斯洛夫斯基的電影《雙面的維羅妮卡》，通過兩個維羅妮卡的微妙感應，談現代人的死亡認知有很多精彩看法，他說：「在現代人的生命感覺中，個人自身的死感回到了自己身上，不再借居在身體之外的觀念或智慧中」，當「個人人身離開了超然世界的宏偉設想或宇宙性的智慧理性，個體靈魂才隨個體人身的生成而生成」〔註 27〕。呂緯甫覺得掘開墳墓十分偉大，是因爲他要弟弟的墳墓中感受死亡，這是一個現代個體走向成熟的必然過程。

呂緯甫故事的「驚異」之處，是「待到掘著壙穴，……被褥，衣服，骨骼，什麼也沒有」，「向來聽說最難爛的是頭髮，……也沒有。蹤影全無！」〔註 28〕這一段描寫很「詭異」，到底是自然界可能出現的情況（或者是意外），還是魯迅有意的虛構，我們不得而知，但無論哪種都向我們揭示了一個眞相：死亡即是虛無。在小說中，呂緯甫這番言論，在一定程度上是爲自己的沉淪開脫，正是看到了死亡的眞相，才有了之後的決定。客觀來說，每個直面死亡的人，都不免看到虛無，但不是每個人因此而走向沉淪。

在決定「遷墳」之前，呂緯甫是敢於拔掉神像鬍子的人，曾經對母親要求遷墳不屑一顧。呂緯甫這種做法的「革命性」，在於破除迷信，更具體來說，是破除過去建構起來面對死亡的神話，認爲這是一種自欺欺人的行爲。但破除迷信，並不標誌一個現代個體的成熟，只有在死亡中發掘出生存的價值和意義，才意味著一個獨立個體的誕生。因此，呂緯甫獨立面對死亡，是他不可避免經歷的一次思想蛻變，是他脫離一個時代群體意志之後的必然選擇，對他而言，挖開弟弟的墳墓的確是一個「偉大的命令」！

然而，呂緯甫並不是一個成熟的現代個體，他直面死亡之時，是在他的理想破滅之後，面臨了價值觀的危機，最終虛無讓他否定了自我。呂緯甫的這個行爲對於五四「同人」來說，有警示的意義，「新青年」的激情並不代表個體的成熟，沒有獨立個體的革新者，很可能在面臨挫折的時候否定自身。

〔註 27〕劉小楓：《沉重的肉身》，華夏出版社，2007 年，129 頁。
〔註 28〕魯迅：《在酒樓上》，《魯迅全集》（第二卷），人民文學出版社，2005 年，28 頁。

關於這個問題，魯迅有深刻的體驗，在《新生》失敗後的漫長歲月裏，魯迅感受到「死感」的降臨：

> 我於是用了種種法，來麻醉自己的靈魂，使我沉入於國民中，使我回到古代去，後來也親歷或旁觀過幾樣更寂寞更悲哀的事，都爲我所不願追懷，甘心使他們和我的腦一同消滅在泥土裏的，但我的麻醉法卻也似乎已經奏了功，再沒有青年時候的慷慨激昂的意思了。〔註29〕

這是《吶喊・自序》中魯迅描述「精神死亡」的體驗：無論是「沉入國民」還是「回到古代」，都意味著扼殺現代人的獨立意志，這與肉體的死亡沒有兩樣。其中呂緯甫的做法是魯迅此時感受過的——沉入國民，向曾經告別的世俗價值觀回歸。但魯迅並不甘心，他反抗精神死亡，不願放棄現代人的意識，這種感受在《野草・題辭》中得到了強化：「過去的生命已經死亡。我對於這死亡有大歡喜，因爲我藉此知道它曾經存活。死亡的生命已經朽腐。我對於這朽腐有大歡喜，因爲我藉此知道它還非空虛。」〔註30〕魯迅在反抗中尋找到「生」的價值和意義。

魯迅爲什麼能在「腐朽」中，感受到生命並不空虛呢？是魯迅在死亡和腐朽中感受到自我的死亡和腐朽，因爲明確地體驗到「死感」，生命因而變得充實。在《影的告別》《臘葉》《我們現在怎麼做父親》等篇章中，魯迅都明確地表達了與黑暗共同毀滅的自我認知：「自己背著因襲的重擔，肩住了黑暗的閘門，放他們到寬闊光明的地方去」〔註31〕；「只有我被黑暗沉沒，那世界全屬於我自己」〔註32〕，正是將自己全部交給黑暗，魯迅反而從中獲得了生的空間和自由。

在魯迅的很多作品中，「死亡」和「腐朽」都是「實有」。最典型的例子是在《墓碣文》中。墓碣文中有一個「枯屍」的意象，可以代表魯迅對「死後」的看法。相對於鮮活的生命，「枯屍」已經腐朽——但它卻是「實有」，

〔註29〕魯迅：《吶喊・自序》，《魯迅全集》（第一卷），人民文學出版社，2005年，440頁。

〔註30〕魯迅：《野草・題辭》，《魯迅全集》（第二卷），人民文學出版社，2005年，163頁。

〔註31〕魯迅：《我們現在怎樣做父親》，《魯迅全集》（第一卷），人民文學出版社，2005年，145頁。

〔註32〕魯迅：《影的告別》，《魯迅全集》（第二卷），人民文學出版社，2005年，170頁。

因爲這個「枯屍」是思考的結果：無論是「於浩歌狂熱之際中寒；於天上看見深淵。於一切眼中看見無所有；於無所希望中得救」，還是「抉心自食，欲知本味。創痛酷烈，本味何能知？痛定之後，徐徐食之。然其心已陳舊，本味又何由知？」〔註 33〕都是思考的結果，而且只有到「死亡」的那一刻，才能形成這樣的覺悟——因爲生存的狀態不可能驗證這種結論。除此之外，魯迅作品中的「死亡」的變體，如「黑暗」、「影」和「死火」等都是實有的，並不虛無。但呂緯甫講述的情形，「死亡」就是虛無，連腐朽的痕跡都找不到，如同我們在廢墟中憑弔文明，如果連「廢墟」都沒有，又怎樣從中找出某種價値和意義呢？

然而問題是，既然魯迅本能或自覺地拒絕過「精神死亡」，「呂緯甫」爲什麼還會出現在他的視野？當然，魯迅寫作《在酒樓上》在《野草・題辭》之前，可以認爲魯迅「向死而生」的意識還沒有十分堅定的樹立，在他的精神世界裏還有猶豫和彷徨。除此之外，如果說呂緯甫是魯迅的另一個自我，那可能是魯迅生命中最黑暗的部分。魯迅的很多作品都表現了這種懷疑，譬如在《風箏》裏，「我」向弟弟懺悔年輕時所犯的錯誤，希望得到諒解，但弟弟全然忘卻，「我」希望與錯誤共同毀滅的部分因此被「懸置」，也就是「我」所希望的「死亡」和「腐朽」根本就不會出現，這是一種更痛苦的體驗。在《求乞者》中，求乞者「表演」的各種姿態幾乎成爲一種本能，而其背後是空空洞洞的靈魂，如果他們的靈魂本來就是空洞的，又如何在「死亡」和「腐朽」中找到實有呢？所以說，在《在酒樓上》這篇小說中，魯迅對於呂緯甫並非全部批判，呂緯甫表現出的「黑暗」魯迅也深有感觸，甚至也是他困惑的問題，正因爲此，呂緯甫的「故事」値得講出來。

四

相對而言，阿順的故事更好理解，那是現實的打擊。阿順，呂緯甫視野中的一個普通人，她的命運讓呂緯甫對新文化事業有更直觀的感受。個人對於時代常常很難有準確的整體感受，很多整體感受都來自具體的小事。新文化事業追求的目標，是幫助像阿順這樣的人，她對呂緯甫的好感，表明她對新文化的好感，但這樣一個人還是被傳統禮教無情的吞噬了。這對於以新文化爲志業的人來說，是沉重的打擊。

〔註 33〕魯迅：《墓碣文》，《魯迅全集》（第二卷），人民文學出版社，2005 年，207 頁。

文學史談新文化運動「落潮」，視野常常比較宏大，標誌性的表現都認爲是新文化陣營內部的分化。但對魯迅而言，新文化陣營分化的一些事件，無論是《新青年》的南遷還是「問題與主義」之爭，都沒有受到太大衝擊。這也不難理解，一個知識群體若是自由聚合，產生分歧甚至分裂都是十分正常的事。就文化發展的效果來說，知識界的分裂會讓文化變得更豐富——而不是停滯不前，新文化陣營分化後衍生出「左翼文化」、「自由主義文化」等更爲豐富的現代文化，就是很明顯的例子。對魯迅而言，感受到新文化「落潮」也是一些日常生活中的小事。

魯迅對新文化「落潮」的感受比同時代人更早，在辛亥革命之後不久，他就感受到新文化事業的不易。魯迅寫同時代知識分子命運的小說，如《在酒樓上》《孤獨者》，其中故事多發生在新文化運動發生之前。在現實生活中，魯迅也很早感受到新文化事業的艱辛，范愛農就是一個典型的例子。在回憶文章《范愛農》中，魯迅有一段動情的描寫：

> 我從南京移到北京的時候，愛農的學監也被孔教會會長的校長設法去掉了。他又成了革命前的愛農。我想爲他在北京尋一點小事做，這是他非常希望的，然而沒有機會。他後來便到一個熟人的家裏去寄食，也時時給我信，景況愈困窮，言辭也愈淒苦。終於又非走出這熟人的家不可，便在各處飄浮。不久，忽然從同鄉那裡得到一個消息，說他已經掉在水裏，淹死了。〔註34〕

范愛農卒於1912年，在新文化運動發生之前，這也是魯迅對新文化運動保持疑慮的原因之一。如果從更宏觀的視野看待「五四」新文化運動，《新青年》「同人」包括新文化陣營在整個中國文化的格局中，不過是一個微小的浪花，在更廣袤的中國土地上，新派知識分子的生存空間並不大。比起新文化陣營的分裂，一大批新派知識分子失業——失去生存的基本保障更沉重，也更讓魯迅耿耿於懷。相比於魯迅交往過的人，范愛農不過其中默默無聞的一個，魯迅專門爲他的遭遇作文且異常沉痛，可見魯迅關注世界的視野。

許欽文回憶魯迅與他交往中的一個細節，也可見魯迅關注世界的特點。1923年經孫伏園介紹，許欽文想通過魯迅在許壽裳任校長的女子高等師範找到一個位置，結果未能如願。「我到教育部裏去見魯迅先生，他很快就說沒有位置，只輕輕地向我點了個頭就回到辦公室裏去了。當時我有些覺得他是

〔註34〕魯迅：《范愛農》，《魯迅全集》（第二卷），人民文學出版社，2005年，327頁。

冷冰冰的。可是在磚塔胡同會見以後，我感覺到他的溫暖了。……我到後來才能體會到：魯迅先生在教育部裏接見我時顯得冷冰冰的，可能是因爲他不能使得一個求助的青年不失望而暗自難過的緣故。」〔註35〕在許欽文的視野中，魯迅的「冷」與「熱」是其赤子之心的一個表現，但對於魯迅而言，這可能是其一貫人生觀的一個體現，魯迅說：「我們目下的當務之急，是：一要生存、二要溫飽、三要發展」〔註36〕，認爲婦女解放最根本是要爭取到「經濟權」〔註37〕，可見魯迅務實的思維方式。對魯迅而言，年輕人追求進步是值得鼓勵的一件事情，但如果因爲追求進步而失去生存空間，那是一件令人沉重的事情。

呂緯甫講阿順的故事，喚起「我」共鳴的首先是「小事」。實際上，呂緯甫與「我」談形而上的生死問題，也是用小事，可見講小事是呂緯甫表達的常態。從文學的角度，呂緯甫講小事符合他的身份，也比較符合相遇的場合——在酒樓上與舊友相見。但更値得注意的，「小事」在魯迅的精神世界中代表了一種境界，屬於現代「人」的生存狀態。魯迅是一個有精英意識的人，也有著宏大的人生抱負，但在他將「立人」作爲人生志業後，「小事」就變得不同尋常，代表了對「人」的全新理解，《吶喊》《彷徨》中的小說每一部講的都是普通人，而普通人的故事恰恰體現了它的現代性。在新文化運動中，文化建設的意義常常被放大，而新文化最核心的「人」的問題有時被忽略，「我」在呂緯甫身上看到他當年依稀的影子，是他對「人」的理解融入到生活細節之中，他與阿順交流的故事，能清晰感受到這是一個鮮活的人，雖然他沉淪了，但也是「人」的沉淪。

阿順故事喚起「我」共鳴的第二個方面，是新文化事業的艱辛與不易。在一個社會更新一種文化本來就不易，而在一個經世致用的社會從事這項工作更是不易，在魯迅很多小說中，都能感受到「沉重」與「失重」同在，當祥林嫂、孔乙己、阿Q、閏土這樣的人物出現在讀者的面前，會有沉重的感受，這對於新知識分子來說，「無力」是十分明顯的感覺。在《祝福》中，「我」

〔註35〕許欽文：《魯迅先生在磚塔胡同》，《學習魯迅先生》，上海文藝出版社，1959年，26頁。

〔註36〕魯迅：《忽然想到》，《魯迅全集》（第三卷），人民文學出版社，2005年，47頁。

〔註37〕魯迅：《娜拉出走之後怎樣》，《魯迅全集》（第一卷），人民文學出版社，2005年，168頁。

遭遇了祥林嫂，她希望在「我」這裡獲得某種救助的可能，但即使在知識領域「我」依然無能爲力，這和呂緯甫無力救助阿順如出一轍。

當然，阿順故事的意義並不止於此，有研究者注意到，阿順是呂緯甫「夢中的女孩」〔註38〕，「暗示著人到中年、入世漸深的作者精神的絲縷還牽著已逝的童年、青春。與其把它視作筆下人物（或作者）曾經的初戀；不如說那是理想主義生命存在的憧憬，是『抗拒那空虛中的暗夜』的希望，是刻骨銘心的『心象』，是苦於不能忘卻的夢」〔註39〕。這種分析十分精闢，在小說裏，阿順是呂緯甫對理想最後殘存的希望，阿順的死亡加速了他的消沉。而對於「五四」一代知識分子而言，「夢中的女孩」是他們面對黑暗時的一次檢驗。

在《吶喊·自序》中魯迅已經坦言：《吶喊》的由來正是那些「不能全忘卻的夢」〔註40〕。但值得注意的是，魯迅「不能全忘卻」的夢不僅僅包括「夢中的女孩」，其中痛苦、創傷的體驗如果肉體化，一定是其他的形象，如「母親」「人之子」「女弔」等。即使是「夢中的女孩」，魯迅對之也有警惕和反思，典型的表現在《過客》當中。在這篇作品中，「夢中的女孩」出現在魯迅的筆下，且給了「過客」最純眞的友善，但「過客」堅決地拒絕了她：

> 倘使我得到了誰的佈施，我就要像兀鷹看見死屍一樣，在四近徘徊，祝願她的滅亡，給我親自看見；或者咒詛她以外的一切全都滅亡，連我自己，因爲我就應該得到咒詛。但是我還沒有這樣的力量；即使有這力量，我也不願意她有這樣的境遇，因爲她們大概總不願意有這樣的境遇。我想，這最穩當。（向女孩，）姑娘，你這布片太好，可是太小一點了，還了你罷。〔註41〕

這大概就是魯迅與呂緯甫產生分歧的地方：這布片太好，可是太小一點了。「夢中的女孩」可能有其美好的一面，但在魯迅的精神世界中，它只是醜惡世界裏的一個點綴，並不能改變世界本身。所以，無論「夢中的女孩」是否存在，「過客」都依然要繼續前行，她既不是「過客」堅持理想的理由，更不是消

〔註38〕張直心：《夢中的女孩——魯迅〈在酒樓上〉細讀》，《中國現代文學研究叢刊》，2005年4期。

〔註39〕張直心：《夢中的女孩——魯迅〈在酒樓上〉細讀》，《中國現代文學研究叢刊》，2005年4期。

〔註40〕魯迅：《吶喊·自序》，《魯迅全集》（第一卷），人民文學出版社，2005年，437頁。

〔註41〕魯迅：《過客》，《魯迅全集》（第二卷），人民文學出版社，2005年，197頁。

沉的理由。換句話說，過於強調「夢中的女孩」的重要性，反映出的恰恰是知識分子脆弱的一面，過於放大她的意義，並不利於知識分子堅守他們的時代使命。在《在酒樓上》中，「我」始終處於聆聽的位置，呂緯甫的哀傷或許刺痛了「我」，但「我」並不認同他，甚至同情少於另一個與魯迅對話的小說人物魏連殳。他給魯迅的更多是反思的力量。因此在小說的結尾：

> 我們一同走出店門，他所住的旅館和我的方向正相反，就在門口分別了。我獨自向著自己的旅館走，寒風和雪片撲在臉上，倒覺得很爽快。見天色已是黃昏，和屋宇和街道都織在密雪的純白而不定的羅網裏。〔註42〕

這大概已經表明了「我」對於呂緯甫的態度：他只是我在「懷舊」中需要告別的人物，離開了懷舊的酒店回到現實的世界，我們立刻分道揚鑣，而這次分別大概算得上是一次「訣別」，「我」沒有留戀反而感到「爽快」。

五

仔細揣摩呂緯甫所講的兩個「故事」，它們在新文化運動當中都具有「標出性」，「標出」的地方在於相對公共空間、革命話語、群體行動，它們屬於個人空間、私人話語和個人行爲。〔註43〕這種「標出」今天可能有些費解，因爲今天的社會到處充斥著個人空間、私人話語和個人行爲，只有在「個人」受到擠壓的時代裏，個人話語才具有標出性。上世紀80年代出現的「朦朧詩」，不過是抒發一些個人情感，但因爲剛剛經歷極「左」思潮的緣故，卻成爲一種先鋒現象，正是這個道理。「五四」時期「個人話語」的標出性，和極「左」時期還有所不同，此時的「個人」不是被擠壓，而是被忽略。《在酒樓上》中的「我」和呂緯甫，在五四時代都屬於「老青年」〔註44〕，他們的「新文化」

〔註42〕魯迅：《在酒樓上》，《魯迅全集》（第二卷），人民文學出版社，2005年，34頁。

〔註43〕吳曉東在《魯迅第一人稱小說的複調問題》中認爲：「「在呂緯甫的自我辯難背後，其實有一種個人空間和公共空間，私人話語和革命話語，個人行爲和群體行動的衝突，同時也是個人記憶和集體記憶，詩意敘述與宏大敘述的衝突，或者說是個人趣味、心靈歸宿與社會責任、道義承擔之間的衝突。《在酒樓上》的潛在的對話性正是邊緣話語與主流話語之間的衝突與潛在的對抗。」（《文學評論》，2004年5期）

〔註44〕魯迅在《〈自選集〉自序》中有這樣的表述：「然而我那時對於「文學革命」，其實並沒有怎樣的熱情。見過辛亥革命，見過二次革命，見過袁世凱稱帝，張勳復辟，看來看去，就看得懷疑起來，於是失望，頹唐德很了」。（《南腔北調集》，《魯迅全集》（第四卷），468頁。）由此更可見其「老青年」的姿態。

活動始於辛亥革命而不是狹義的「新文化運動」，對於新文化事業的艱難較「新青年」們有更早、更切身的體會，因此對於新文化運動中的「個人」有更強的關懷。

對「個人」的關懷，是「我」和呂緯甫對話的基礎，這是呂緯甫有必要出現在魯迅世界的原因。有了這個基礎，且不論「我」與「呂緯甫」之間的「角力」，但就這個「對話」本身就具有了標出性，如果說他們的「聲音」在五四時期都屬於「邊緣話語」，那麼這個「對話」是邊緣話語之間的對話，而不是邊緣話語與主流話語之間的對話，「我」雖然「同時也充當了一個審視者的角色，呂緯甫的自我申辯、自我否定正因爲他一直感受著『我』的潛在的審視的目光」〔註 45〕，但「我」並不代表主流話語。

這樣，《在酒樓上》這篇作品就包括了兩個層面上的對話：一個層面是「我」和呂緯甫所代表的關注「個人」的邊緣話語與同時期主流話語之間的對話，這是前文所述魯迅小說的一貫特點；一個層次是「我」和呂緯甫——邊緣話語間的「對話」，這個對話極爲私密。有學者注意到：「由於『我』的存在，呂緯甫講述的故事便被置於敘事者再度講述的更大的敘事框架中。呂緯甫的故事便成爲以『我』爲中介的故事。」〔註 46〕出現這種狀況的原因，是魯迅要通過小說與同時代的「同人」進行對話，「我」可以轉述呂緯甫，是因爲他們屬於同類，而呂緯甫的「自我申辯」和「自我否定」，客觀地反映出個人話語在「五四」時期表達的艱難，這也是魯迅所感受到的。

要理解這個問題，其實可以進行一次反向追問：呂緯甫爲什麼不可以有這樣的選擇？站在今天的立場上，呂緯甫其實無需爲自己辯護，作爲一個「人」，他問心無愧、充滿溫情且對生命有所思考，這樣一個人有什麼値得愧疚的呢？客觀上來說，這是五四「革命話語（啓蒙話語）」對「個人話語」的擠壓，如同一個戰場上的人想要逃跑，「求生」本無可厚非，但還是要看在什麼場合之下。如果說魯迅想通過呂緯甫的表達什麼，那麼則是：雖然在戰場上逃跑令人不齒，但「求生」也無可厚非。

但在小說中，「我」畢竟不能苟同呂緯甫，在關注「個人」邊緣話語內部，「我」與呂緯甫的分歧又在何處呢？通過魯迅在此前後的思考，可以這樣認爲：雖然「個人」完全被忽視並不可取，但「個人」並非「人」的全部，「人」

〔註 45〕吳曉東：《魯迅第一人稱小說的複調問題》，《文學評論》，2004 年 5 期。
〔註 46〕吳曉東：《魯迅第一人稱小說的複調問題》，《文學評論》，2004 年 5 期。

還需要在對「個人」的超越中完成更博大的自我。在呂緯甫的世界裏，過去的「我」和現在的「我」是衝突的，因爲「個人」的缺失，呂緯甫否定了過去勇於承擔責任的「自我」，變成了一個只有「個人」的自我。魯迅在呂緯甫身上發現的問題是：雖然他回到了「個人」，但他並沒有變得更加充實，反而愈發頹唐——這是值得思考的問題。在魯迅的精神世界裏，雖然「個人」是個重要的問題，但並不是「人」的全部，因此雖然「個人」有缺失甚至幻滅，魯迅在幻滅中發現更博大的自我。

魯迅與呂緯甫的差別，在現實世界中有一個可以類比例子，便是魯迅對周作人《自己的園地》的看法。周作人所寫《自己的園地》，通過文學探討「個人」問題，認爲文學屬於「自己的園地」，在「五四」時期這種看法不僅沒錯，甚至說還很有建樹。周作人在「五四」時期所作的「小品文」，不落俗套，見情見性，可以認爲是踐行「自己的園地」的結果——因爲沒有外在的束縛，「人」的文學更容易表現出來。但「自己的園地」是否就是文藝的普遍眞理呢？也不盡然。到了三十年代，中國社會形勢發生了變化，在「革命」的浪潮中，見情見性的小品文雖然依然雋永耐讀，但在魯迅看來卻成爲「小擺設」〔註 47〕，問題就在於「個人」並不是「人」的全部，過於執著其中，必然就走向沉迷。

在小說中，「我」雖然「審視」呂緯甫，但畢竟沒有明顯表達任何看法。如果說「我」與呂緯甫之間有「對話」，那麼這種對話極爲「私密」。私密的原因，除了呂緯甫的選擇並沒有錯之外，可能也是邊緣話語的表達策略。畢竟，「我」與呂緯甫都代表邊緣的聲音，都需要被關注，在當時語境下「分歧」並不是表達的重心；另一方面，人在「邊緣」之處，也是人的極限所在，此處的分歧雖有高下之分，但絕無對錯之別，「我」雖然不認同呂緯甫，但並不代表呂緯甫一定需要批判。這可能便是「我」僅僅「審視」而沒有「批判」的原因。

通過這個例子，我們就能感受到魯迅小說「複調」特徵的中國特色。自嚴家炎先生發現魯迅小說的「複調」特徵〔註 48〕，「複調小說」成爲魯迅研究中的一個熱詞，但魯迅的「複調小說」與陀思妥耶夫斯基的「複調小說」之

〔註 47〕魯迅：《小品文的危機》，《魯迅全集》（第四卷），人民文學出版社，2005 年，590 頁。

〔註 48〕嚴家炎：《複調小說：魯迅的突出貢獻》，《中國現代文學研究叢刊》，2001 年 3 期。

間究竟有怎樣「形」與「質」的差別，研究界並沒有作深入而細緻的探討。在嚴先生的視野中，魯迅「複調小說」是「影響」的產物，在《複調小說：魯迅的突出貢獻》一文中，嚴先生不僅盡數魯迅若干小說存在的「複調」特質，還特別梳理魯迅與陀氏的關係，其意圖不言自明。吳曉東在《魯迅第一人稱小說的複調問題》是魯迅小說「複調」特質研究上的重要論文，他發現了魯迅複調小說「對話」雙方「不平等」的特徵，這與陀氏小說強調不同聲音之間平等對話略有不同，但略有遺憾，作者沒有揭示這種不同的內在根源。

關於魯迅小說是否屬於「複調小說」？基本可以無須爭議，巴赫金關於「複調小說」的若干定義，在魯迅小說中都可以找到相應特徵。但不得不說，相較於陀思妥耶夫斯基的小說，魯迅「複調小說」的對話顯得隱晦、含蓄，在很多時候讓人覺得它依舊是「獨白小說」。出現這種狀況的原因，應當在兩種小說出現的背景中找到根源。在巴赫金看來，陀思妥耶夫斯基的小說之所以能夠出現「複調」革新，除了作者獨特的「詩學」思想，所處時代的社會氛圍也是重要因素，對此盧納察爾斯基認爲是資本主義的分裂和作者意識的分裂，是出現複調的基礎〔註 49〕。總之，是資本主義社會發展到一定階段，人的價値觀出現多元分化之後，才有了「複調」的現實基礎。魯迅寫小說的「五四」時期，中國知識分子群體中也出現了短暫的多元時代，各種「主義」盛行，爲魯迅複調小說提供了現實基礎。但是，由於背負民族國家解放的重擔，各種「主義」之間，尤其在「集體話語」和「個人話語」之間存在嚴重不平衡。就《在酒樓上》而言，魯迅需要與呂緯甫「對話」，這不僅是魯迅對個體命運思考的需要，時代也需要這樣的「對話」。不過，對「五四」時期的新文化陣營而言，個體訴求是一種奢侈的要求，魯迅與呂緯甫的對話是隱晦的，甚至在一定程度上讓呂緯甫「獨白」，這是「我」要與他道別，但不能破壞「五四」的整體氛圍。可以說，在魯迅寫小說的時期，中國社會具備創作「複調」的基礎，但要將生活中的「複調」落實在表達中是艱難的，這構成魯迅複調小說複雜的一面，也是它具有中國特色的一面。

〔註 49〕（蘇）巴赫金著，白春仁，顧亞鈴譯，《陀思妥耶夫斯基詩學問題》，生活、新知、讀書三聯書店，1988 年，22 頁。

原魯迅：伊藤虎丸與日本魯迅研究的問題與方法意識

王永祥
（河北師範大學文學院）

摘要：

作爲二戰後日本魯迅研究的代表性學者之一的伊藤虎丸，以自身的現實體驗爲基礎，在繼承了竹内好、丸山眞男等前輩思想的基礎上，建構出了終末論意義上的魯迅形象。其中所闡釋的「個」的思想，作爲日本、甚而亞洲新生的基礎，在學界產生了很大影響。伊藤虎丸在魯迅研究中所生成的問題意識和研究方法。依然在魯迅研究上有很大的啓發性。

關鍵詞：日本魯迅　伊藤虎丸　戰後民主主義 終末論

對於日本魯迅研究，出色的研究成果往往是基於研究者自身深刻的現實體驗。作爲日本魯迅研究的奠基之作竹內好的《魯迅》是這樣的，其後繼者丸山升、伊藤虎丸等人也是如此。相對於他們的研究結論，理清楚他們在魯迅研究中貫穿了怎樣的問題意識則更爲重要。一者讓我們能夠在有別於中國本土的社會語境中看到魯迅思想原創性內涵的巨大輻射力；再者也爲我們在本土經驗中重新理解魯迅提供不一樣的啓發。而在這種借鑒與創新中，也許能提示我們靠近一個更具有原創性的魯迅。

伊藤的學術研究，首先是基於對自己參與的政治運動和大學改革的深刻反思。他一方面從魯迅那兒尋找精神文化資源來解決自己的困惑，另一方面通過對現實的思考，也加深了對魯迅的認識。

一

伊藤虎丸在他最爲重要的學術著作《魯迅與終末論——近代現實主義的成立》的序言中，曾這樣定位這部著作：「它們充其量不過是我以一個大學教師的身份去應對一九六八、六九年以來的『大學鬥爭』的副產品」（P1～2）。「我覺得有必要把自己過去在大學運動中，也可以說是在實踐中的所論、所主張、所感重新帶回到研究之場來，去重新加以嚴密的品味和驗證。」（P4）伊藤虎丸是在認爲戰後民主運動失敗了的結局上，來反思自己曾經全身心投入的大學改革運動。他之所以轉向魯迅研究，就要是通過對魯迅的研究和學習，從自身經驗入手，反思日本的近現代化。在伊藤的整個魯迅研究中，通過不斷地和魯迅對話，來咀嚼自我的現實體驗，並將對自我經驗的反思，延伸到對日本自明治維新以來的現代化道路的反思。反思的問題集中在兩個方面：從個人角度而言，外來的新思想如何變成自己的一部分；從歷史角度而言，中國和日本幾乎同時受西方衝擊而向西方學習，爲什麼日本最後成了侵略者而導致慘敗，而中國又是如何在向西方學習的過程中沒有喪失自己的主體性。而這兩個問題連結爲整體，就是如何通過個體的新生而獲得整個民族國家甚至亞洲的新生。這可以說是伊藤起自身經驗，又不斷超自身經驗的終極學術關懷。

伊藤認爲無論是他自己參加的戰後民主運動，還是起於明治維新時期日本的近代化。其問題最大的癥結在於，新思想沒能經過主體性的轉化而變成自己的東西，變成眞正改變現實的力量。

出生於 1927 年代的伊藤虎丸，在回溯自己的思想歷程時，認爲他們是「因戰敗後知道『民主主義』理念的一代」，並「把『民主主義』理解爲從議會制民主主義經過社會主義再向共產主義前進的一個連續的過程，因此政黨的排列也對應基於『進化論？』（『發展階段說？』）的『進步』階段，其順序是自民黨、民社黨、社會黨和共產黨，覺得從社會黨往下都是左翼『同伴』，這些『同伴』現在雖是少數。但在不久的將來（自己這一代是否趕得上無所謂，在下一代或更下一代）必定會取得勝利。做如是之想並無什麼根據，只是漫然相信比自己年輕的一代總是我們的『同伴』，因此『同伴』數量會自然增多。」（19）可以說，伊藤這一代樂觀地認爲基於戰後反思的民主主義思想會在日本紮根，並隨著信奉民主主義的一代代人的增多，民主主義在日本必然取得勝利，並成爲日本思想文化的基礎。但隨著六十年末民主化運動的失敗，伊藤的這一樂觀信念徹底被擊碎。「令我感到痛心的是，這種以戰敗的經驗爲契機，立足於對戰前學問以及高等教育方式進行深刻反省之上的戰後改革的理想，結果竟一次都沒實現，豈止如此，在此後的二十多年裏，由此所看到的不是慘淡的倒退和只有少許內容被制度化了的慘不忍睹的形骸化過程嗎？這當然是歷代政府教育行政的責任，但不更是我們大學教師自己的責任嗎？我們不僅沒能組織起來爲實現理想而戰鬥，而且在更多的情況下是安坐在所謂『教授會自治』之上怠慢自己的思考。」（18）可以看到民主主義思想並未隨著制度建設和學運鬥爭實現，反而只剩下一些被制度化了的殘骸，而且負有思考責任的知識分子——大學教師安居於形式化了的「教授會自治」而喪失了思考力量。在伊藤看來，「民主主義」作爲一種思想，並未在日本獲得實現。這和伊藤對「戰後民主主義」的理解有關，在伊藤看來，「民主主義」不是說「它作爲理念，作爲制度的實際狀態，作爲實體，可以像回答考題那樣，用畫圈或打叉來表示它正存在著或曾經存在過」。「戰後民主主義」不是外在於人的一種制度，也不僅僅是一種理念，「是處在各種可能性和力量關係中（恐怕從一開始就是一少部分人的）一種主張，一種希求，一種運動，一種目的和一種可能性」。換句話說「戰後民主主義」是作爲一種思想和倫理意志體現在人的主體性中，是在同各種現實關係的搏鬥中的一種持續改造現實的力量。但是新的一代，並不是這樣理解「戰後民主主義」的，新一代把握事物的方式不再是從人的主體性出發去把握，而是一種伊藤稱之爲「實體論式」的方式。即「不是作爲自己應去主動實現的 Werden，而是已經存在的 Sein」。思想不是經過具有主體性的人去主動實現的能動力量，而成爲單純理解和把握的實體性客觀存在。新一代的學生只是按照理念標準去驗證現實中是否存在民主主義，而不是將「民主主義」作爲一種改造現實的思想活力，是行動著的人的主體性的顯現。由此，伊藤發現在這場聲勢浩大的「戰後民主化運動」中，思想越來越空洞，人們不是在體現主體性的行動中形成有效的交流和共識，而是在思想分化中形成無謂的對立。「人們逐漸看到一種現象在運動中的呈現，教師、大學和學問意外地走向權威化與一種『小孩兒追捕大人』的不負責任的殘酷同居一處，熱烈的正義感和孩子般的自我中心主義化爲一體」。一方面是負有思考責任的教授越來越在知識上成爲權威，一方面則是以「實體論式」把握思想的學生來「追捕」運動的領導者。作爲思想的「民主主義」成爲形式化的制度遺骸，最終的結果就是「戰後民主主義的空洞化」。

由此形成日本學生運動的三種勢力。一方面是居於教授會這一類組織的權威主義者和相對應的以自我爲中心的學生，而居於中間的則是如伊藤這一類同情學生的教師群體。幾方勢力形成無望的四方角力，深處其中的伊藤倍感無力而疲憊不堪。知識化的權威主義不必說，而作爲新生力量的學生，「對『理念與實體之乖離』的憤怒，也在兩三年內迅速變爲『反正就那麼回事』的無力感（是否可以叫做『事不關己』？）和衝動性的暴力。只是我說的『實體論』式的思考，不論『民青』、「全共鬥」還是『普通學生』都沒有兩樣」。面對這樣的局面，伊藤甚至有了似曾相識的歷史感覺，認爲當時這種混雜而無力是思想局面，和戰前法西斯興起的局面非常相似。「人們逐漸不再有心思去認眞對待學生的『問題提起』和『各種要求』，我也逐漸有了危懼感，以爲那是否就是法西斯主義前夜的徵候」。

二

可以說思想和現實兩方面的焦灼讓伊藤轉向了魯迅研究，通過對魯迅思想和文學的解讀，伊藤在和魯迅的對話中，基於自身經驗來思考爲什麼戰後民主主義會逐漸空洞化。

伊藤認爲戰後民主主義爲什麼沒有實現，而且這樣的民主主義思想不僅僅是在戰後，在戰前三木清等人的倡導中，也沒有實現。爲什麼會有這樣反覆的歷史結果呢，伊藤認可竹內好和丸山眞男等思想家的判斷。竹內好基於「迴心」的概念，認爲日本在學習西方時缺乏思想上的「抵抗」，不像魯迅那樣通過「精神」的「抵抗」，將歐洲異質精神變成了屬於自己的東西。「日本近代因『精神的虛位』（缺乏『抵抗』）而容易接納西洋近代，急速實現『近代化』，但反過來說，也就並沒有經歷過與西洋近代眞正交鋒所產生的『迴心』，而不過是『轉向』，不過是由『奴隸』變成了『奴隸主』」。（43）這種因「精神虛位」而來的無抵抗性，就在於日本（或整個東亞）缺乏像歐洲那樣的基於傳統的「思想的座標軸」。「思想並沒有在交鋒和積澱的基礎上被歷史性地構築起來的『傳統』」：

> 這也就是說，我國並沒形成一種不論是非曲直而能給所有時代觀念和思想賦予相互關聯性，並使所有思想立場都能在與此的關係當中——即使通過否定——可用來爲自己做歷史定位的相當於核心或座標軸的思想傳統。（P45）

在「精神虛位」的情況下，接受新思想就缺乏「抵抗」，不可能有產生新思想的「迴心」。外來的歐洲新思想就會被作爲結果和既成品來接受：

> 理論信仰的發生，與制度的物神化呈現著精神構造上的對應。近代日本對制度或「機制」（mechanism）的接受，不是從作爲其創造源泉的精神——自由主體在嚴密的方法自覺的基礎上，將對象整理爲概念，並通過不斷檢證而使其重新構成的精神——當中來接受，而是將其作爲既成品來接受。與之相併行，被抽象化了的結果，也就往往比來自現實的抽象化作用更加被重視。以此而建構的理論和觀念因喪失了虛構的意義而反倒轉化爲一種現實。（P46）

顯然，這樣的思想接受方式，最重要的癥結是接受者主體性的喪失。歐洲思想要變成一種力量，不能將其作爲結果或既成品來接受。要認識到歐洲思想作爲力量其形成的機制是什麼。丸山眞男如此判定歐洲思想：

> 認識主體，從作爲被直接賦予的現實中經過一番隔離，而處在與現實尖銳對立的緊張關係中——正是有這種對世界的依照邏輯的重新構成，理論才成爲轉動現實的槓杆。這大概是自笛卡爾和培根以來近代知性中理所當然的內在邏輯。在我國，說這種邏輯因馬克思主義而被首次大規模喚醒也並非言過其實。而且，在不具備基督教傳統的我國，能以社會規模告訴人們，思想並不只是書房中精神享受的對象，在思想中還蘊藏著人的人格責任的，也正是馬克思主義。（47）

對西方的學習，不是說思想內容或作爲體系的思想結果不重要，重要的是，如何學習到歐洲思想結果背後的「神髓」。這裡的關鍵必須是理解歐洲思想生產的機制，而支撐這一機制的，就是對人的理解。人不是被鑲嵌到「作爲被直接賦予的現實」中，「把自己從『作爲被直接賦予的現實』中一旦『隔離』開來——即與某個外在超越者相遇，並以此爲契機經驗『迴心』，通過這一過程把自己從一切中間權威中解放出來，即把自己從作爲身邊社會（例如家族、國家）和自然（例如性）某一部分的狀態中，轉移到『自由精神』（『人格』）的狀態——作爲『認識主體』，反過來把『被賦予的現實』作爲一個交給自身處理（『合理化』，『對象化』）的『對象』來重新把握，並通過邏輯性重構這一媒介對其實行變革。這種『自由精神』的成立，只在歐洲才有成爲『社會規模』的可能。」（47）思想要生成，首先必須有從現實「隔離」出來的認識主體，在把現實不斷對象化的認識中，形成思想和理論，從而以人的主體性改造現實。

可以說，竹內好和丸山眞男等人的思想判斷爲伊藤虎丸提供了一個完整的分析框架。這個基於對日本近代化反思的分析框架，最爲關鍵的地方，是人如何獲得主體性。在伊藤虎丸的分析中，人的主體性是和終極超越者相遇之下產生的，伊藤虎丸將這種運思方式稱之爲「終末論」的思考方式。將自己從被賦予的現實（無論社會還是自然）中隔離開來，在獲得自由精神的同時，通過「迴心」而形成意志和倫理的精神。有了這樣的主體性，現實被主體在對象化的過程中實現改造。並在這種思想的生產與對現實的改造中，這樣的主體性就是現代思想文化統一性的根本所在。無論政治、文學還是科學，從創造根柢上來講，是一個統一體，是人的主體性的顯現。

在綜合自身的現實體驗和竹內好、丸山眞男等人的分析框架的基礎上，伊藤虎丸並非簡單在將魯迅作爲研究對象來檢驗這一分析框架，如果這樣的話，伊藤虎丸只是他所批判的那種將思想作爲結論來應用的轉向者，並不會有他所期盼的主體性之誕生；同時魯迅作爲研究對象，充其量不過是印證竹內好、丸山眞男等人分析框架的一個工具或注腳。在伊藤虎丸的整個研究過程中，魯迅被作爲一個思想生成範例而被追蹤。他在將竹內好、丸山眞男等人的「假說的框架」「一個一個地放回到魯迅的作品中來檢對，以使自己能夠按照自己所能重新接受的方式來理解，並把它們變爲自己的東西（即『經驗』化）」（50）。他是希望借助魯迅讓自己在思想與經驗中生成面對戰後民主主義空洞化的精神資源。解讀魯迅，對伊藤虎丸來講，與其說是得出研究結論，不如說是在進入他所建構的魯迅世界中，來一次精神的生成。因此在伊藤虎丸的魯迅研究中，充滿著一種追問的緊張感，這種緊張的背後，就是伊藤想把魯迅做一個行動的思想資源來看待。

三

可以說，伊藤虎丸正是在現實和理論兩個層面的刺激和促發之下進入到了魯迅的世界。重新闡釋了留日時期魯迅的個人主義、進化論以及得之於西方文化的精神和意志，並闡釋了作爲「原魯迅」的精神生成機制。

伊藤虎丸首先辨析了魯迅的「個人主義」，認爲「個性主義」在魯迅身上並不是表現爲某種「主義」。在西方繼起的各種偏至思潮，是「自由精神」不斷創造和運動的結果。那麼魯迅所理解的「個性主義」，就是最能體現這種「自由精神」的個性。對這種自由精神的看重，顯然超過了對作爲結果的各種偏至思想的看重。這種從歐洲精神的根柢處來把握歐洲思想文化的思考路徑，讓魯迅對作爲異質性的歐洲思想文化有一種整體性的把握。「意味著他那時並不是把這些『偏至』結果的各種『主義』作爲隨意更換的『部件』來把握，而是在其整體性中（不是以文學、科學和政治等等分裂形態）對孕育出這些主義的歐洲近代來加以把握。而且，這也不能不理所當然地反彈到他對中國現實的認識上來」。(56) 當魯迅從根柢上整體把握住歐洲精神文化的「神髓」，也意味著對中國文化在整體性認識上的深化和完成。在歐洲思想文化發展的背後，是作爲精神意志的人以思想方法改造現實，生產文化。魯迅正是通過「個性」和「精神」的形式，「從他留學時期所接觸的進化論、自然科學以及十九世紀文藝當中採摘了這個意義上的歐洲近代的人的觀念，並且從中發現了其『越度前古，凌駕東亞』的新的『人』」。在這樣的「人」的觀念支撐下，歐洲的文明並不是部分的集合，而是一個整體，是奠基於人的觀念基礎之上的文化整體。相比較而言，中國文化中所欠缺的就是這種有著自由精神的人。在中國，因爲「本根剝喪，神氣旁皇」，在民族文化內部發生著「某種根本性精神衰弱和崩潰」，缺乏具有「自由精神」的個體，而只有交織在等級結構中的「奴隸主」和「奴隸」。變革中國的根本，在魯迅那裡，就是通過重新「立人」，打破「奴隸主」和「奴隸」循環。把人的革命和倫理改造當成變革中國的當務之急。

由此，在中西對照中，在魯迅內心形成了兩相對照的有關人的心象：一類是中國宗法社會中的「奴隸=奴隸主」、「暴君治下的臣民」、「吃人的人」、「僵屍」、「專制者」等等，與「眞的人」、「活人」相對置而被凸顯出來；一類集反抗、反俗之精神於一身的「天才」、「新神思宗徒」、「摩羅詩人」；一類體現白心的「志氣未失」的農人和孩子。在這三類人中，魯迅佔有特殊的地方。作爲領悟了歐洲思想文化根柢的知識分子，要把得自於異質文化的這種精神神邃根植到中國社會中。只能寄希望於第三類人，即那些擁有「白心」的、稚氣未泯的兒童。被各種「惡聲」所異化了知識分子、以及紳士化了的正人君子，是無法完成這一使命的。因此在魯迅以「抵抗」媒介的思想生成中，他在進行著雙重的批判，一是批判缺乏活力的中國傳統文化；一是批判不能掌握西方文明精髓而又被惡聲所異化了的知識分子。

在伊藤虎丸的中國思想史視野中，認爲自鴉片戰爭以來，中國一直敗北，但是在敗北中也一步步深化著對西方的認識。這種認識到了魯迅這兒到達了頂點。「也就是說，『個人主義』和『文藝』（即後面將要接觸到的作爲整合文明之物的語言）使他西歐認識又深化了一步。我以爲，這一點意味深長。雖然僅僅是一步，但這一步既意味著中國的『決定』敗北（達到一種整體性認識），同時也意味著中國站在了一個走向新的過程的起點上，那就是朝著『中國歷史上未曾有過的第三樣時代』邁進」。（68）因此魯迅在中國思想史視野上是一個承前啓後的關鍵點。從魯迅這兒開始，意味著舊文化的結束和新文化的開始。這樣魯迅就成爲一個重要的媒介。從現代革命的主體性形成方面來講，魯迅是毛澤東所稱讚的比馬克思主義者還馬克思主義的創造性精神的象徵，在這個意義上，就是竹內好所說的，魯迅將孫文媒介給毛澤東。另一方面。作爲媒介的魯迅，必須把他所領悟到的歐洲文化精髓，即以個性主義彰顯出來的自由精神，意志倫理等有別於中國傳統的異質性新文化精神傳遞給具有「白心」的勞苦大眾。把他們從「奴隸=奴隸主」的結構中解放出來，讓他們從奴隸變成眞正的人。那麼這樣的精神變革如何實現呢。在魯迅看來，就是能反映心聲的文藝，這樣的文藝以新的語言通過天才和反抗的心聲，破除籠罩在中國人心頭的污濁之和平。讓他們在精神的內面發生改變，變爲獲得眞正有自由精神的人。

我們可以看到在魯迅的雙重批判和雙重媒介中，魯迅的精神是指向未來的預言者文學。這樣的預言文學通過異質語言的整體性，將得自於歐洲新文化的精神神邃在中國生成。由此伊藤虎丸在中國思想史的宏觀視野中，從魯迅精神生成的細微處，闡釋了日本時期魯迅所代表的預言文學所具有的重要意義。在這兒顯示出中國魯迅和日本魯迅的根本不同。我們將留日時期的魯迅稱之爲啓蒙者魯迅，而日本學者稱之爲預言者魯迅。顯然將魯迅稱之爲「啓蒙者」時，我們側重於的是魯迅從西方所學習到的作爲結論的思想，是一個靜態的思想化了的魯迅；而日本學者所塑造的預言者，則是側重於作爲支撐魯迅今後行動的思想原理和精神意志，是支撐魯迅持續一生不知疲倦的進行「抵抗」和「掙扎」的「原魯迅」。之所以有日本魯迅和中國魯迅如此的差別。在伊藤時代，日本進入了高速發展的資本主義時期，歐美文化不能僅僅以外在性的制度存在於日本社會，要有支撐這些文化的精神和根柢，日本不能是歐美的複製品，必須成爲民族主體性的創造形式顯現出來。在伊藤的反思中，一方面爲日本現代化尋找民族主體性，另一方面批判從明治以來學習歐美的偏頗，讓日本從獸性的擴張中變爲眞正的人國。魯迅學習西方的形式恰恰成爲伊藤反思日本的最好參照。但是在中國則不同，中國必須完成民族革命和社會革命。相對於精神根柢的魯迅而言，作爲結論和思想化身的魯迅更具有社會影響力，以啓蒙的魯迅形象作爲批判和重建的指導。

可以說，伊藤虎丸對留日時期的魯迅，是作爲預言者形象來生成和建構的。所謂預言者，顯然是借用了基督教的思想模式來把握魯迅。這一宗教式的把握魯迅的方式，起自於竹內好：

> 我是站在要把魯迅的文學放在某種本源的自覺之上這一立場上的。我還找不到恰當的詞匯來表述。如果勉強說的話，就是要把魯迅的文學置於近似於宗教的原罪意識之上。……魯迅在人們一般所說的作爲中國人的意義上，不是宗教的，相反倒是相當非宗教的。……魯迅在他的性格氣質上所把握到的東西，是非宗教的，甚至是反宗教的，但他把握的方式卻是宗教的。（109）

在這段廣爲人知的竹內好論斷中，竹內好以宗教的形式來把握魯迅的精神思想，竹內好的論斷非常直接，認爲魯迅的思考內容是非宗教的，但是思考形式卻是相當宗教化的。應該說竹內好以直覺的方式抓住了魯迅思想的特點。而這種宗教化的思想方式，在伊藤虎丸這兒，就是以預言者的文學、「終末論」的思考這樣的形式表現出來的。在這兒我們先分析何爲預言者文學。魯迅對歐洲的把握，是以人文學的角度從根柢和整體上來領會歐洲的精神文化。人文學是語言之學，魯迅對歐洲思想文化的理解和接受，是從「語言的外在性（或超越性）」來接受和理解的。何謂外在性？首先相對中國傳統而言，歐洲思想文化在魯迅那兒是被當做完全異質性的思想文化來接受。在中國傳統中，作爲「心聲」的詩已經消亡，「舉天下無違言，寂漠爲政，天地閉矣」的狀況中，中國需要異質性的語言（聲音）來打破「寂漠爲政，天地閉矣」。而且只有承認這種相對於中國傳統的異質性，才能更深入的認識中國和歐洲，才在「抵抗」和「掙扎」中有「心聲」和「內曜」產生。除了歐洲思想文化以異質性所顯示出的外在性外，外在性更爲重要的一點是語言的內發性。這種具有內發性的語言，是和發出這樣語言的「人格」密切相關，「這種語言一旦發生，就是針對狀況的外在的自立之物，就像以『春雷』（《破惡聲論》）所表述的那樣，其本身具有突破現實狀況的黑暗、創造新的現實的力量

（例如，就像《摩羅詩力說》這個題目所顯示的那樣，是關於『摩羅詩』的『力』之說）。」可以說以這種異質性和內發性所領悟的語言，就顯示出魯迅最初的文學運動，「其本身便具有這種堪稱『預言者的文學』的性格」，伊藤虎丸借用淺野順一的分析，指出與「法規」和「智慧文學」並稱舊約文學「三大支柱」之一的「預言者文學」，其性格特點「它與某種宗教中的通過山林密室的冥思而被給予的個人的神秘體驗不同，是和民族命運相關的通過歷史和社會的現實講述給人的神的聲音，而且神以此來干涉人的歷史，即當它降臨時，人便要被迫做出決斷，從而改變歷史」。顯然這樣的預言者的文學，和中國傳統的作爲教化和怡情遣興的文學有本質的不同。「它是外在之『力』，是『動』，它垂降於這個世界，切斷這個世界的『和平』與『循環』，迫使『改悔』（自我變革），令人心產生『恐懼』，『瞿然者，向上之權輿已』」（《破惡聲論》）（170）。而能發出這樣的聲音的人，就是「精神界之戰士」。

四

顯然，留日時期魯迅所形成的這種預言者文學，以及魯迅所心儀的「精神界之戰士」，相對於歷史而言，還只是出於「獨醒者」的階段。還只是以「預言者」的外在性存在，對於變革歷史來說，只是一種可能性。而眞正意義上能夠不懈地持續「交鋒」和「掙扎」的現實主義文學者魯迅還沒有生成。是在體驗了辛亥革命敗北的第二次迴心發生之後，完成了《狂人日記》的魯迅才是眞正意義上現實主義文學者魯迅。

在伊藤虎丸看來，留日時期所形成的預言者的文學，是魯迅對歐美思想文化從根柢上所形成的整體性認識的反映。但是處在這樣的「獨醒者」意識狀態中的魯迅還不是現實的文學者。而辛亥革命的失敗，特別二次革命後的中國現狀。是將魯迅從「獨醒者」狀態中破卻出來，再次拉回現實，由「預言者的文學」變爲「贖罪者的文學」，而這種迴心式的轉變，才眞正意味的文學者魯迅的誕生。

伊藤虎丸對《狂人日記》的分析，緊緊抓住「狂人」的「發瘋」狀態——其實是覺醒狀態。深入分析「狂人」如何由覺醒後的懸浮狀態而再次回到現實的過程。伊藤虎丸將《狂人日記》看做是一部自傳性的小說。意味著是將「狂人」和魯迅當做重合的分析對象。「狂人」和代表超越性的「月光」相遇，在他身上，首先實現了「由於和某種超越的東西相遇而發生了『認識主體從作爲被賦予的現實（也包括自我本身）當中的隔離』。在這種情況下，『作爲被賦予的現實』，就是舊封建中國社會（包含埋沒於其中並與之一體化的主人公自身），所謂『認識主體的隔離』，就是主人公看到月光而被表現爲『精神分外爽快』的覺醒（即『發瘋』）」（159）。「主人公在此第一次做到了把自己安住的世界對象化。而同時也伴隨著某種恐怖和不安。」（160）伊藤準確地分析了「獨醒者」一旦和熟悉的世界隔離出來之後的心理狀態。這是一種從安住的熟悉世界抽離出來的恐怖和不安感，但要克服這種恐怖和不安，特別是將感性的、本能的「恐怖」和「不安」變爲意志和倫理性的「恐怖」和「不安」，有待於對曾經熟悉了的對象化世界的深層次認識和迴心式的自覺。而認識的理論支撐，就是早年留日時期魯迅所領悟到的進化論思想。

覺醒了的「狂人」，對自己曾經熟悉的世界，進行了對象化的研究。而分析評判的依據，就是留日時期魯迅形成的「進化論」的倫理觀和人的觀念。經過「狂人」研究，這是一個吃與被吃的世界，是奴隸和奴隸主構成的世界，通過研究那些重重疑慮的「眼睛」，認爲這是一個「進化」停滯了世界，是缺乏「精神」（人）的世界。正如伊藤所分析的那樣，魯迅所接受的是赫胥黎所闡釋的「進化論」，而不是嚴復所介紹的斯賓塞的「進化論」。這兩者的區別是，斯賓塞的「任天說」中人必須遵從作爲公理的進化論。弱者被淘汰，強者才能存在於世界。嚴復基於民族危機介紹的斯賓塞式的進化觀，就是警醒國人在自然選擇面前，如何適應環境而變成強者。魯迅雖然受嚴復「天演論」的影響而接受了「進化論」，但魯迅並不認可人必然遵從天演定律。人是有自己的倫理意志，相對嚴復關注的如何由「弱者」變爲「強者」，魯迅更關心的人如何由「奴隸」變爲「人」，進化序列是「奴隸——野獸——人」，而不是強調「獸性的愛國」所追求的如何由「弱者」變爲「強者」。在這樣的「倫理化過程」中的「進化」，激發出的人的精神和意志力。「魯迅極爲本源性地接受了赫胥黎思想中所具有的這種基督教式的思考類型，即以『倫理化過程』對置於『宇宙過程』，雖是受進化論法則支配的自然的一部分，卻不是被動地受制於前者，而是在與前者主動進行戰鬥，去變革前者的過程中尋求人之所以爲人的根據，亦在那裡，面對代替上帝而出現的自然，去尋求人之尊嚴的根據。」這就是伊藤根據魯迅留日時期所接受的進化論，所闡釋的《狂人日記》中，「狂人」所呼籲的「眞的人」。

在「狂人」以進化論的倫理觀和人的觀念下所構築的心象世界中，人吃人的奴隸社會總會被打破，終會被「眞的人」的世界所取代。但這樣的意識只是一種預言式的認識，作爲發出預言的「狂人」只是把自己從曾經固化和熟悉的世界中抽離出來而已。隨著「狂人」的認識和反思逐步深入，「狂人」終於在「死」的自覺中，完成了第二次覺醒。由預言者變爲贖罪者，在這種轉變中，現實主義的文學魯迅才眞正誕生。

關於魯迅的「罪的自覺」意識，竹內好已經做了直觀式的說明。但在伊藤這兒，通過對「狂人」心理意識變化的分析，讓魯迅的「罪的意識」有了更爲清晰的認識框架。伊藤層層深入分析了「狂人」心理變化所蘊含的思想潛能。「狂人」由開始的出於本能的和感覺的「恐怖」，逐步變爲被吃的死的恐怖；進一步由自己被吃的「死」，反思到「四千年吃人」的認識，再到最後成爲「我也吃了人」。這是個時候「死」的意識，再次回到個體，但這時候的個體意義上的「死」，是「有了四千年吃人履歷的我」的「死」。這樣的「死」，「不單純是終結生命的生物意義上的死，而是出色的社會和人格意義上的死。死的恐怖亦隨著作品的展開而從單純本能的恐怖轉變爲倫理和人格的恐怖。作品中主人公的自覺，也伴隨著對這種死的恐怖的深化而深化，終於達到了罪的自覺」。(163) 在這種「罪的自覺」中，「不是死在生中被理解，而倒是生在死中被自覺」。「死，是作爲與現在的生本身不發生剝離的、迫切的事實來處理的」，這是終末論意義上的「死」，由此在「罪的意識」中而有了深刻的倫理自覺，這種自覺「來自『吃過人的人』及其世界已經『無法在自身內部保持其存在的根據』這樣一種『背負死的罪人』的自覺。因爲只有經歷這種來自『死』的根本上的『自我否定』，人才會意識到，才能、勇氣、思想、世界觀、社會、國家，要而言之，那些一切中間權威都不構成自己存在的根據，而只有在超越這一切，斷絕這一切，否定這一切的假定者（即比『死』更爲強有力的東西）面前尋求自己存在的根據，人才會在此時眞正獲得作爲人格的和社會性個體的自覺，即緊張與責任意識」。(178) 因此在伊藤看到《狂人日記》的另一面，「看似以『覺醒了的狂人』的眼睛來徹底暴露黑暗社會的《狂人日記》，如果從反面來看，也並非不能看成是一個被害妄想狂的治癒經過，即作者擺脫青春，獲得自我的記錄」。在這種第二次的覺醒中，「他（狂人）在此第一次做到了以自己來承納自身，他第一次獲得了自我，獲得了主體性」。

這個新主體的誕生，從社會層面上來講，具有這樣的意義：

要想使這種「清醒的意識」能夠成爲對現實世界（變革現實）眞正負有責任並能夠參與其中的主體，光有先前經歷過的被從既往安住的世界裏拉將出來，獲得「獨醒意識」的第一次自覺還不夠，還有必要有再次把自己從成爲「獨醒意識」的自身當中拉出來的第二次「迴心」（並不是進化論這一思想內容發生了改變）。（175）

正像在許多青年那裡所看到的那樣，獲得某種思想或精神，從自己過去置身其間並且從未懷疑過的精神世界裏獨立出來，可以説並不是件難事。尤爲困難的，是能否把一種活力（dynamism）變爲自己的東西，能否使這顆因「獨醒」而被世界排斥在外的靈魂再次打破「獨醒」所帶來的孤傲，從優越感（它往往與自卑感相同）中獲得解救，重新回到這個世界的日常性中來（即成爲能對這個世界眞正負有自由之責的主體），不知疲倦地持續戰鬥到生命的最後一天。（176）

顯然伊藤虎丸在魯迅身上所建構出來的新主體，並非僅僅是魯迅自身的思想生成。其中包含著伊藤自己曾經的現實經驗，他是在完成魯迅形象建構的同時，痛徹地回答了自己曾經的困惑。

在伊藤看來，經過第二次迴心，新主體在「狂人」身上誕生的同時，也意味著魯迅的文學由「預言文學」走向了「贖罪文學」，同時也宣告了現實主義文學的誕生。這三者之間的關係在於：「預言者文學」只是在以新思想來對象化舊世界，將自己從舊世界隔離出來，但依然是身在局外，還沒有在世界內部找到自己的位置。只要經過「罪的自覺」，在自我內部實現意志和倫理的覺醒，在復歸世界的過程中，自己成爲自己，不是未來希望和新思想權威的佔有者。而是深刻把握住「現在」，並能將各種思想變成體現自己主體能動的時候，現實主義才能成爲可能。「從由此而產生的內心態度，不僅拒絕以往的依賴於既成『主義』、『體系』和『藍圖』，並要把自己委身於其中的心情，同時也拒絕把自己委身於油然而生的『自然』的激情與衝動。這是一種既不依賴於過去（既成的主義、體系和體制）也不依賴於未來的一切（程序、藍圖以及『黃金世界』的心象）的態度，他只面對由死當中所自覺到的現在。」（182～183）一旦回到這樣的「現在」，也就意味著這是眞正有自由精神的個體。把思想、文學收歸個人，並能在嚴密的科學方法重構現實，由此開啓了魯迅現實主義的文學之路，《狂人日記》之後的小說和文學創作才源源不斷的產生出來：

> 《吶喊》的各篇作品是有自覺意圖的產物：「狂人」在「擺脱自我」中獲得了的「自由精神」，這使他「把自我從作爲被賦予的現實當中一時隔離出來，並在嚴密方法意識的基礎上重構自我」(「虛構處理」)，同時又反過來以此作爲「變革現實的槓杆」(丸山眞男《日本的思想》)。在這個意義上，不是正可以説這是對「作爲現實批判的方法的近代現實主義（《風俗小説論》）的完全正統的接受嗎？（181）

從魯迅早期在日本的接觸西方思想文化，到回國後創作出《狂人日記》，伊藤以終末論的思想構造方式，分析出作爲作家的魯迅是如何一步步誕生的。而在這個過程中，他不斷汲取魯迅思想以解決自己在現實中的困惑，另一個方面也呈現出他所心儀的現代個體應該具有怎樣的主體性和精神內涵。

五

伊藤虎丸的魯迅研究，從縱的方面來看，是竹內好《魯迅》的延伸。竹內好所提出的文學者魯迅、贖罪的意識、無、迴心等概念，依然是伊藤虎丸用來把握魯迅的基本參照。竹內好最重要的目的，就是從現象魯迅（政治的、啓蒙、論爭的等魯迅形象）中，分析出一個本源的魯迅，即所謂的「文學者魯迅無限生發出啓蒙者魯迅的終極之處」。他把這個本源的魯迅稱之爲「文學者魯迅」。顯然竹內好思想中「文學」，和我們一般意義上的文學不同。是指一個人的思想還處於未分化狀態，但是這種未分化的思想狀態是分化了的思想的原動力。從本源魯迅到現象魯迅，必須經過「迴心」、「掙扎」等思想搏鬥。伊藤虎丸從竹內的這種本源和現象的劃分中跳出來，並將自己的研究放在這種劃分的延長線上。他以終末論的構造方式，並未去追尋那個本源魯迅是什麼，而是從現象魯迅的演變中，把竹內魯迅構造成可分析的結構。因此他不同意竹內所認爲的魯迅的文學創作的是有直觀而無構造。恰恰認爲科學者魯迅掌握了最爲純正的西方思想構造方法，在完成《狂人日記》後的魯迅，能夠用體現科學精神的方法，構造出作品世界，從而掌握了眞正意義上現實主義方法。因此相比竹內好的直觀式的把握魯迅，伊藤虎丸更側重魯迅思想模式的演變以及構造方法，從而在竹內好魯迅的延長線上，更爲具體的生成了魯迅的形象，並借助竹內好和魯迅，闡釋了他的「個」的思想。

如果把伊藤虎丸的魯迅論和他稍早的丸山升的魯迅論比較起來，也可以看出伊藤虎丸魯迅論的這種偏重於思想構造的特點。丸山升的魯迅論和伊藤虎丸的魯迅論應該同是竹內好的魯迅的延伸和深化。作爲共產黨員的丸山升，並且一直糾纏在實際的政治鬥爭中，和伊藤虎丸身爲大學老師不同。他更看重作爲行動的魯迅，因此他提煉出「革命人」的魯迅。「革命」在丸山升的思想中，類似於一個統合了本源和現象的概念，「竹內好氏將他第一本專著《魯迅》的中心思想概括爲立於『文學者魯迅無限生發出啓蒙者魯迅的終極之處』，如果套用他的說法，可以說我的立場是探尋『將革命作爲終極課題而生活著的魯迅（倘若從他後來的話語中尋找形容這樣的魯迅最合適的詞，我想應該是『革命人』吧）生發出文學者魯迅的這一無限運動』」。(30)「革命」是一種融合思想與行動的狀態，不是一種固定的思想體系，因爲相比完成了的終極目標，丸山升更爲看重的是連接思想與終極目標之間的行動，「思想爲了推動現實、轉化成現實的話，不僅需要具有終極目標，而且應該具備聯結目標和現實間的無數的中間項。如果缺少了中間項，思想就無法推動現實。因此實際上，比起終極目標，思想更是以中間項的方式得以體現並被嘗試的。」(62) 因此，丸山升更看重的魯迅的行動所具有的意義，他是以極端的實證方式從魯迅式的「革命人」的活動中體會精神和思想，「魯迅在與我們不同的狀況中所把握並施行的對於『革命』的態度——如果稍微跳躍式地加以斷定，也就是將「革命」視爲確實具體地變革現實的事業——和紮根於這種態度的對於『革命』的現實的認識，才正是我從這個時期的魯迅身上最希望學習、吸收到的東西。」

可以說，如果說伊藤虎丸是從思想的構造方法中學習魯迅如何把握思想並形成主體性，那麼丸山升則是在魯迅的行動中仔細辨析作爲革命的精神和意志。兩者都是通過魯迅來回答自己問題，並生成自己的魯迅形象，可以說都是切合自己的精神需要和實踐歷程的研究方法。

從竹內好到伊藤虎丸和丸山升，無論是本源的魯迅，構造的魯迅，還是行動的魯迅，日本魯迅和中國魯迅最大的不同點，就是中國魯迅大多數將魯迅文學創作和論著當成結論來看待，可以說中國魯迅大多數是一種結論的魯迅。而日本魯迅則側重於魯迅是如何生成的，可以說一種原理的魯迅。顯然我們更側重於魯迅對我們的指導性，而日本的魯迅則更側重於生成性。

從研究方法而言，伊藤虎丸的分析框架並沒有用現代性、全球化等時髦理論來搭建自己的分析框架，毋寧說還是很傳統的新民主主論框架的變體。這一變體之下，就是內含的亞洲視野。那麼伊藤在這一視野下所反思的對象，並非僅僅局限於日本，如無根柢的思想雜居性，思想如何在個體上發生，而個體又如何投身現實，眞正將思想變成現實存在的力量。特別是從「終末論」的構造方式上所闡釋的「個」的意義及魯迅思想，和我們要麼神化魯迅，或者矮化甚至醜化魯迅截然不同。這是一種眞正統合了個人性和社會歷史性的深刻而宏觀的對話。如此生成和建構的魯迅，才是眞正意義上的有思想生產性的魯迅。

經過激烈的六十年代，特別戰後日本的戰爭反思和高速經濟增長合爲一體，經歷了戰爭慘痛的日本再次成爲世界上的經濟強國。這樣的歷史不能不讓有良知的日本學者進行深刻反思。他們所要做的工作，就是把自明治以來學習西方的經驗進行反思。特別是以人文角度進行的反思，核心問題是聚焦於受西方影響之下人的觀念的演變。如何把受到權力異化的人重新變成眞正的人，成爲追問近代思想文化的中心問題。由此聯動起對近代以來的政治、科學、文學等的深刻反思。在伊藤等人的視野中，魯迅的誕生意味中國新主體、新文化的產生，由此將中國近現代史做了和新民主主論大致相近的劃分。新民主主義論作爲中國革命和無產階級新文化發生的指導性綱領，反封建反帝反資本主義的革命行動和文化創造中內涵著一種主體性的訴求。如何在剝離了包裹在這種訴求之外的日漸僵硬的政治外殼而留下有價値的思想啓示，並在亞洲的視野上重新審視魯迅的意義，這就是伊藤虎丸在終末論意義上重新闡釋個人主義、個性、「個」等有關人的概念的重要意義。正是有了伊藤虎丸等人統合了戰後反思和時代新需要的基礎上，重新理解了有別於西方的東亞語境下的「個」的意義上的人所具有的重要意義，並以此回溯中國近現代史，對近現代文化以魯迅爲核心進行重新闡釋，重新疏通歷史的脈絡並激活歷史探索的可能性，這是伊藤等人魯迅研究給予我們的重要啓示。

簡介：

王永祥（1975～）男，漢族，甘肅天水人，四川大學文學博士，河北師範大學文學院副教授。

《狂人日記》主題再辨析

劉衛國
（中山大學中文系）

摘要：

關於《狂人日記》的主題，原本有三個權威說法。一是吳虞提出的「禮教吃人」說，此說流傳最久，影響最大，但吳虞未從《狂人日記》作品中找證據，他從中國歷史中找來的證據，又難以證明「禮教吃人」。「禮教吃人」說之所以風靡一時，主要是因爲迎合了新文化運動時期全盤反傳統的心理。二是魯迅在 1935 年提出的「暴露家族制度和禮教的弊害」，此說比「禮教吃人」說更爲權威，也更爲完備，因此後來居上，逐漸取代了「禮教吃人」說，但《狂人日記》並沒有寫到「家族制度」和「禮教」的弊害，此說同樣缺乏事實支撐，難以成立。又因魯迅對家族制度心存情結，他對家族制度的認識也不盡客觀。其實，魯迅 1918 年在致許壽裳信中曾提出，《狂人日記》的創作本意，在於批判「中國人尚是食人民族」，用「食人民族」說來概括《狂人日記》的主題本較恰當，但此信 1976 年才公諸於世，前面兩種說法已經先聲奪人。此說又因存在逆向種族主義色彩，容易造成誤解，其蘊藏的原罪觀念又難以被大多數中國讀者接受，因此評論界也很少採納。但在這三種主題中，「食人民族」說其實更貼近魯迅原意，將「食人民族」說修正爲「反省吃人習俗」說，則可以取其長，補其短，既消除了「食人民族」說中隱含的逆向種族主義色彩，又在相當程度上保留了魯迅播撒在《狂人日記》中的原罪觀念，還有助於人們對中國的禮教制度與家族制度形成正確的而不是偏頗的認識。

關鍵詞：《狂人日記》　禮教吃人　食人民族　家族制度　反省吃人習俗

《狂人日記》歷來是學術界關注的熱點。關於《狂人日記》的主題，原本有三個權威說法。一是「禮教吃人」說，這一主題由吳虞在 1919 年提出，流傳最爲久遠，至今仍有不少信奉者。二是「暴露家族制度和禮教弊害」說，魯迅在1935年再次對《狂人日記》的創作意圖進行解釋，說《狂人日記》「意在暴露家族制度和禮教的弊害」，這一主題由魯迅自己公開提出，比吳虞之說更爲權威，也更爲完備，因此後來居上，在「禮教吃人」說式微之後，已有取代之勢。三是「食人民族」說，這一主題由魯迅1918年在致許壽裳信中提出，但因此信1976年才公諸於世，故這一主題提出最早，廣爲人知則最晚。那麼，在上述三大主題中，究竟哪一個更符合作品的實際呢？如果都不符合，究竟應該怎樣概括《狂人日記》的主題？研究這一問題，不僅有助於我們加深對《狂人日記》作品的理解，而且有助於我們深入體察魯迅的思想，還有助於我們重新思考中國傳統文化的價值與意義。

一

在《狂人日記》研究中，「禮教吃人」說這一主題影響最大。這一主題由吳虞提出，1919年11月，吳虞在《新青年》雜誌6卷6號發表《吃人與禮教》一文，文中開頭指出：「我讀《新青年》裏魯迅君的《狂人日記》，不覺得發了許多感想。我們中國人，最妙是一面會吃人，一面又能夠講禮教。吃人與禮教，本來是極相矛盾的事，然而他們在當時歷史上，卻認爲並行不悖的，這眞正是奇怪了！」吳虞引用《狂人日記》中「我翻開歷史一查，這歷史每頁上都寫著『仁義道德』幾個字。仔細看了半夜，才從字縫裏看出字來，滿本都寫著兩個字，是『吃人』」一段，指出：「我覺得他這《日記》，把吃人的內容和仁義道德的表面看得清清楚楚。那些帶著禮教假面具吃人的滑頭伎倆，都被他把黑幕揭破了。」吳虞並沒有從《狂人日記》文本中舉出「禮教吃人」的例子，而是從中國歷史中找了三個事例，作爲禮教吃人的證明。在舉出這三個例子後，他大聲疾呼：「到了如今，我們應該覺悟！我們不是爲君主而生的！不是爲聖賢而生的！也不是爲綱常禮教而生的！甚麼文節公呀，忠烈公呀，都是那些吃人的人設的圈套，來誆騙我們的！我們如今應該明白了！吃人的就是講禮教的！講禮教的就是吃人的呀！」

在《狂人日記》的三大主題中，「禮教吃人」說流傳最久，信奉者最多，影響也最大。近年來，吳虞的「禮教吃人」說開始受到學者的質疑。不過，質疑者未充分結合《狂人日記》和《吃人與禮教》這兩篇文本，對兩文中的證據和論證過程進行逐一推敲，因此，對「禮教吃人」說的爆破尚不徹底。本文則試圖從例證和邏輯上對「禮教吃人」說進行質疑。

從例證上看，吳虞從中國歷史找出來的例子，似乎很難支持「禮教吃人」說。關於這一點，秋風在其著作《重新發現儒家》一書中單列一篇《禮教吃人乎？》專門駁斥吳虞，認爲吳虞《吃人與禮教》一文中指控禮教吃人的證據，偏離了問題的焦點，搞錯了事實的眞相。如齊桓公之事，眞相本是管仲以禮教化齊桓公，齊桓公聽從管仲建議，從而維持了當時的禮治秩序，管仲去世後，齊桓公喪失了教化者，其欲望就放縱出來，就有了易牙蒸子進獻之大惡。〔註1〕秋風這段話有一定道理，但秋風此篇只反駁了吳虞所舉的齊桓公吃人一個例子。另兩個例子，秋風未加辨析，下面接著秋風的話說下去。

一個是劉邦的例子。項羽綁架了劉邦的父親，威脅要烹殺他，劉邦卻無恥地說：「吾與項羽俱北面受命懷王，曰，約爲兄弟；吾翁即若翁，必欲烹而翁，幸分我一杯羹。」劉邦建立漢朝後，梁王彭越造反，「漢誅梁王彭越，醢之，盛其醢遍賜諸侯之。」吳虞由此大發議論：「你看高帝一面講禮教，一面尊孔子，一面吃人肉，這類崇儒重道的禮教家，可怕不可怕呢？」應該說，吳虞的這個例子舉得很不恰當。劉邦這個人流氓習氣很重，受儒家禮教思想薰陶很少，劉邦的舉動是不能由禮教來「背鍋」的。還有一個是兩個守城將軍殺妻的故事。臧洪守城，城中糧盡，臧洪殺其妻妾，以食兵將。吳虞評論說：「這樣蹂躪人道、蔑視人格的東西，史家反稱許他爲『壯烈』，同人反親慕他爲『忠義』，眞是是非顛倒，黑白混淆了。自臧洪留下這個榜樣，後來有個張巡，也去摹仿他那篇文章。」吳虞最後說道：「臧洪、張巡，被禮教驅迫，至於忠於一個郡將，保守一座城池，便鬧到殺人吃都不顧，甚至吃人上二三萬口。僅僅他們一二人對於郡將、對於君主，在歷史故紙堆中博得『忠義』二字，那成千累萬無名的人，竟都被人白吃了。」臧洪、張巡哪裏是被「禮教驅迫」而「殺人吃」，只是在糧食斷絕後沒有辦法的辦法，這個辦法確實很殘忍，「蹂躪人道」也有違禮教，禮教也是不贊成「殺人吃」的。

從邏輯上看，吳虞此文也有不通之處。吳虞此文的邏輯前提是：「我們中國人，最妙是一面會吃人，一面又能夠講禮教」，結論是：「我們如今應該明白了！吃人的就是講禮教的，講禮教的就是吃人的呀！」從此文的邏輯前提是不能推導出這個結論的。因爲一個人說的是A，做的是B，在邏輯上我們不能說 A 就是 B。舉個例子，有一個幹部，嘴裏說的是廉政建設，實際做的是貪污受賄的勾當，我們不能在邏輯上將「廉政建設」等同於「貪污受賄」，我

〔註 1〕秋風：《重新發現儒家》，湖南人民出版社 2012 年版，43 頁。

們只能是這個人是兩面人。同理，一個人嘴裏說著禮教，做的是吃人的勾當，我們不能說只能說「禮教」就是「吃人」，而只能說，「禮教」和「吃人」是中國文化的兩面。

吳虞在論證「禮教吃人」說時，爲什麼捨近求遠，不從《狂人日記》文本中找例子，而去中國歷史上找例子呢？這恐怕是因爲，他很難從《狂人日記》文本中找到禮教吃人的例子。

《狂人日記》中，作者借助狂人之口，講了兩類吃人事件。其一是「易牙蒸了他兒子，給桀紂吃，還是一直從前的事。誰曉得從盤古開闢天地以後，一直吃到易牙的兒子；從易牙的兒子，一直吃到徐錫林，從徐錫林，又一直吃到狼子村捉住的人。去年城裏殺了犯人，還有一個生癆病的人，用饅頭蘸血舐」。這裡講的是眞實的吃人事件。其二是「他們要吃我，你一個人，原也無法可想；然而又何必去入夥。吃人的人，什麼事做不出；他們會吃我，也會吃你。一夥裏面，也會自吃」。這裡講的是狂人幻想中將要發生的吃人事件，並不是眞實的吃人事件，本文不予分析。

眞實性的吃人事件，共有四樁。

其一是「易牙蒸了他兒子，給桀紂吃」。易牙是春秋時齊國人，善烹調。《管子・小稱》記載：「夫易牙以調和事公（引著注：指齊桓公），公曰『惟蒸嬰兒之未嘗』，於是蒸其首子而獻之公。」桀、紂分別是夏朝和商朝的末代君王，與易牙並不同代，魯迅這裡故意弄錯時代，是爲了表現狂人記憶的紊亂。這一樁事件寫的是「欲望吃人」和「獻媚吃人」，齊桓公吃蒸嬰兒，是爲了滿足口腹之欲，易牙蒸殺自己的兒子給齊桓公吃，是爲了獻媚君王。

其二是徐錫林之死。徐錫林即清末革命家徐錫麟，他因暗殺安徽巡撫恩銘而被捕，被清廷殺害，其心肝被恩銘的衛隊挖出炒食。這一樁事件寫的是「仇恨吃人」，恩銘的衛隊極其仇恨殺死了主子的徐錫林，炒食了徐錫林的心肝作爲報復。

其三是狼子村惡人之死。小說明確寫道：「前幾天，狼子村的佃戶來告荒，對我大哥說，他們村裏的一個大惡人，給大家打死了；幾個人便挖出他的心肝來，用油煎炒了吃，可以壯壯膽子。」顯然，這樁事件寫的是「仇恨吃人」和「迷信吃人」，因爲人們都痛恨這個大惡人，並迷信吃了這個大惡人的心肝可以壯膽。

其四是「去年城裏殺了犯人，還有一個生癆病的人，用饅頭蘸血舐」。這一樁事件寫的是「迷信吃人」，因爲當時人們迷信人血饅頭可以治癆病。

這四樁吃人事件，並不能證明「禮教吃人」，因爲從吃人動機上看，這些人都不是因爲禮教觀念而吃人。用「禮教吃人」來概括《狂人日記》的主題，顯然過於褊狹，不能概括全部。

在《狂人日記》中，還有一樁疑似吃人事件，即「妹子之死」。妹子之死可以說是《狂人日記》中支撐「禮教吃人」說的唯一基礎，但這一基礎，也經不起推敲。可惜近年來質疑「禮教吃人」說的研究者，都未注意到「妹子之死」這一細節。〔註 2〕

爲不遺漏任何細節，這裡全文引述有關「妹子之死」的描寫：

> 太陽也不出，門也不開，日日是兩頓飯。
>
> 我捏起筷子，便想起我大哥；曉得妹子死掉的緣故，也全在他。那時我妹子才五歲，可愛可憐的樣子，還在眼前。母親哭個不住，他卻勸母親不要哭；大約因爲自己吃了，哭起來不免有點過意不去。如果還能過意不去，……
>
> 妹子是被大哥吃了，母親知道沒有，我可不得而知。
>
> 母親想也知道；不過哭的時候，卻並沒有說明，大約也以爲應當的了。記得我四五歲時，坐在堂前乘涼，大哥說爺娘生病，做兒子的須割下一片肉來，煮熟了請他吃，才算好人；母親也沒有說不行。一片吃得，整個的自然也吃得。但是那天的哭法，現在想起來，實在還教人傷心，這眞是奇極的事！

從上述描寫中，不難發現，妹子被吃一事存在兩大疑點。

第一、妹子究竟有多大？從上述描寫中得知，割股療親事件發生的時候，我才「四五歲」，小說中又未說「妹子」和「我」是雙胞胎，按理妹子應該至少比「我」小一歲，那麼妹子應該只有「三四歲」，不過，文中又寫「那時我妹子才五歲」，妹子的年齡顯然出現了錯亂。

〔註 2〕質疑吳虞「禮教吃人」說較有分量的論文，如宋劍華《「吶喊」何須「彷徨」——論魯迅小說對於啓蒙思想的困惑與質疑》（《華中師範大學學報》2015 年第 1 期）和楊紅軍的《狂人日記：「禮教吃人」主題的建構過程與反思》（《魯迅研究月刊》2017 年第 5 期），都沒有剖析「妹子之死」這一細節。

第二、妹子究竟是怎麼死的？從上段描寫中看，應是死於「割股療親」。不過，上段引文中強調：「爺娘生病，做兒子的須割下一片肉來」，如果非要割股療親，則應該是身爲兒子的「大哥」和「我」來割肉，爲何要由身爲女兒的「妹子」來割肉呢？

《狂人日記》之所以寫妹子之死，一則是因爲妹子年紀最小，二則是因爲妹子身爲弱女子，讓一個又小又弱的女孩子死了，最容易引起讀者的同情，最容易激起讀者對禮教吃人的痛恨，但讓妹子割股療親，從事實和邏輯上都很難講得通，或許魯迅自己也意識到了，因此故意將妹子的年齡、動機都寫得撲朔迷離，讓人不能確定此事的眞假。

如果眞有妹子割股療親的事發生，最大的可能性，是大哥利用「割股療親」說誘導妹子割肉，妹子年幼無知，被大哥矇騙。但這件事的責任應該由大哥來負，而不應由禮教來負，因爲大哥利用妹子的無知，將本應由自己來做的「割股療親」，轉嫁到了妹子身上。這就像有人利用別人的無知，曲解法律條文嫁禍於人一樣，責任不應由法律條文來負，而應由這個人來負。或許還有人質疑，難道惡法不應該對此負責嗎？如果禮教中眞有割股療親的規定，那麼禮教確實應該對此負責。但是，禮教中是否有割股療親的規定，存在爭議。元朝郭居敬編纂的《二十四孝》一書，就並無「割股療親」的故事。此書魯迅少年時曾讀過。魯迅後來寫作《二十四孝圖》一文，對其中違反人性的內容多有批駁〔註3〕。如果《二十四孝》中眞有「割股療親」的規定，魯迅肯定不會放過，但魯迅此文並未提及「割股療親」，由此可反推「二十四孝」中並無「割股療親」之內容。

需要補敘一筆的是，1950 年代，周作人在分析《狂人日記》時重申了吳虞所發明的「禮教吃人」主題，他認爲：「《狂人日記》的中心思想是禮教吃人。這是魯迅在《新青年》上所放的第一炮，目標是古來的封建道德，以後的攻擊便一直都集中在那上面。」和吳虞一樣，周作人沒有從《狂人日記》作品中找證據，而是自己補充證據說：「章太炎在東京時表彰過戴東原，說他不服宋儒，批評理學殺人之可怕，但那還是理論，魯迅是直截的從書本上和社會上看了來的，野史正史裏食人的記載，食肉寢皮的衛道論，近時徐錫麟心肝被吃的事實，證據更是確實了。此外如把女兒賣作娼妓，清朝有些地方的宰白鴨，便是把兒子賣給富戶，充作兇手去抵罪，也都可以算作實例。魯

〔註3〕魯迅：《二十四孝圖》，《莽原》1卷10期，1926年5月25日。

迅說李時珍在《本草綱目》上說人肉可以做藥，這自然是割股的根據，但明太祖反對割股，不准旌表，又可見這事在明初也早已有了。」〔註4〕周作人所說的「證據更是確實了」，其實並不確實，所說的「也都可以算作實例」，其實算不得實例，因爲這些證據和實例，都與禮教無關。唯一有關的是關於「割股療親」的說法，但周作人承認「明太祖反對割股，不准旌表」，周作人的解釋是，「可見這事明初也早已有了」，但這事也可從另一角度來解釋，即禮教自身也「反對割股」，如果此說成立，用「割股療親」來指控「禮教吃人」，也就徹底落空了。

綜上，吳虞所提出的「禮教吃人」說，雖然風靡一時，但論證粗率，邏輯與事實均難提供有力證據，可以說並不成立。

二

讓人意想不到的是，吳虞的「禮教吃人」說提出之後，很快成爲《狂人日記》主題的標準答案。1923 年，茅盾在《讀〈吶喊〉》一文中這樣談及《狂人日記》的「思想」:「傳統的舊禮教，在這裡受著最刻薄的攻擊，蒙上了『吃人』罪名了。」〔註5〕此處茅盾暗中借用了吳虞的「禮教吃人」說，進一步擴大了「禮教吃人」說的影響。到了 1934 年，蘇雪林在評論魯迅時說:「《狂人日記》是一篇掊擊禮教的半象徵性文章，發表後『禮教吃人』四字成爲五四智識階級的口頭禪，其影響不能說不大。」〔註6〕

爲什麼「禮教吃人」說並沒有充分證據，卻能流傳甚廣，並且成爲《狂人日記》主題的標準答案呢？這不能不歸因於新文化運動時期「全盤反傳統」的時代潮流。

在《狂人日記》誕生的那個時代，中國積貧積弱，非常落後。新文化運動倡導者將中國的落後原因歸咎於倫理上不能覺悟。陳獨秀指出:「自西洋文明輸入吾國，最初促吾人之覺悟者爲學術，相形見絀，舉國皆知矣；其次爲政治，年來政象所證明，已有不克守缺抱殘之勢。繼今以往，國人所懷疑莫決者，當爲倫理問題。此而不能覺悟，則前之所謂覺悟者，非徹底之覺悟，

〔註 4〕周作人：《魯迅小說裏的人物・禮教吃人》，收入周作人著、止菴編《關於魯迅》，新疆人民出版社 1997 年版，204～205 頁。

〔註 5〕《時事新報・文學旬刊》91 期，1923 年 10 月 8 日。

〔註 6〕蘇雪林：《〈阿 Q 正傳〉及魯迅藝術》，《國聞週報》11 卷 44 期，1934 年 11 月 5 日。

蓋猶在惝恍迷離之境。吾敢斷言曰：倫理的覺悟，爲吾人最後覺悟之最後覺悟。」〔註 7〕陳獨秀還斷言：「蓋倫理問題不解決，則政治學術問題，皆枝葉問題。縱一時捨舊謀新，而根本思想，未嘗變更，不旋踵而仍復舊觀者，此自然必然之事也。」〔註 8〕爲促進「吾人最後覺悟之最後覺悟」，新文化運動把矛頭指向了禮教。這也難怪，中國社會通行的倫理準則，就是禮教。

站在今天的立場看，五四時期是一個大變動的時代，二千多年的君主專制制度已被推翻，中國急需發展資本主義，這個時代需要與發展資本主義相適應的新的倫理觀念。新文化運動倡導「倫理的覺悟」，確實具有空前的歷史意義，批判禮教也是應當的。但是，指責「禮教吃人」，試圖把禮教全盤否定，則是錯誤的選擇。這是因爲：

第一，從理論上講，吃人是野蠻時代遺留下來的陋習。在吃人的野蠻時代，是沒有什麼禮教的。在某種意義上，禮教的誕生，矯正了吃人這種陋習。荀子曾這樣談論禮教的起源：「禮起於何也？曰：人生而有欲，欲而不得，則不能無求，求而無度量分界，則不能不爭。爭則亂，亂則窮。先王惡其亂也，故制禮義以分之，以養人之欲，給人之求。使欲必不窮乎物，物必不屈於欲，兩者相持而長，是禮之所起也。」〔註 9〕這段話說得非常好。在禮教誕生之前，人類社會盛行的是恃強凌弱、以眾暴寡的叢林法則，人類與禽獸沒有區別，「是故聖人作，爲禮以教人。使人以有禮，知自別於禽獸」〔註 10〕，禮教誕生後，用仁義道德來否定叢林法則，大大減少了吃人的現象，「導之以德，齊之以禮。務厚其情而明則務義，民親愛則無相害傷之意，動思義則無姦邪之心」〔註 11〕。秋風在反駁「禮教吃人」時說：「禮教並不吃人，沒有禮教的治理架構才會吃人，沒有禮之教化，人就會物化，絲毫不遮掩自己的欲望、力量，爲了滿足無盡的欲望而毫不留情地相互傷害，沒有禮教，權力也會肆無忌憚。禮教也許確實不能讓文人、青年們享有絕對的自由，但通過摧毀禮教追求絕對自由之結果，則是絕對的不自由。」〔註 12〕這話說得激烈了一點，但不是沒有道理。

〔註 7〕陳獨秀：《吾人最後之覺悟》，《青年雜誌》1 卷 6 號，1916 年 2 月 15 日。
〔註 8〕陳獨秀：《憲法與孔教》，《新青年》2 卷 3 號，1916 年 11 月 1 日。
〔註 9〕《荀子・禮論》。
〔註 10〕《禮記・曲禮上》。
〔註 11〕王符：《潛夫論・德化》。
〔註 12〕秋風：《重新發現儒家》，湖南人民出版社 2012 年版，43 頁。

第二，吳虞所指責的「禮教吃人」，其實是「禮教失靈」。人性本就有惡的一面，當禮教未普及到人群中去的時候，人性惡的一面會因缺乏禮教的制約和指引，從而爆發出來。在秦末漢初，儒學還不是官方意識形態，儒學倡導的禮教很不普及，劉邦就非常討厭儒生，儒生陸賈在他面前談論《詩經》、《尚書》等儒家經典，劉邦大罵道：「乃公居馬上而得之，安事《詩》《書》？」而對「冠儒冠」的來訪者，劉邦就強行摘下來訪者的儒冠「溲溺其中」。劉邦本來就不信仰禮教，他的那些行爲根本就不能證明「禮教吃人」。至於臧洪、張巡，本爲武將，是否受過禮教薰陶，本就存疑。而這兩人殺人吃，發生在戰爭期間，在戰爭期間，人類遵循的往往是叢林法則而不是禮教原則，人性之惡難免大爆發。用這個例子來指責禮教吃人，可以說是強加禮教罪名。

第三，禮教有時把標準定得太高，高到人們傚仿起來會付出很大成本，甚至生命代價，這會不會造成「禮教吃人」呢？我們拿魯迅爲例。魯迅在談論《二十四孝圖》時說，「我幼小時候實未嘗蓄意忤逆，對於父母，倒是極願意孝順的」，但在讀了《二十四孝圖》之後，特別是臥冰求鯉、老萊娛親和郭巨埋兒之後，魯迅說：「我已經不但自己不敢再想做孝子，並且怕我父親去做孝子了。家景正在壞下去，常聽到父母愁柴米；祖母又老了，倘使我的父親竟學了郭巨，那麼，該埋的不正是我麼？」魯迅又說：「現在想起來，實在很覺得傻氣。這是因爲現在已經知道了這些老玩意，本來誰也不實行。整飭倫紀的文電是常有的，卻很少見紳士赤條條地躺在冰上面，將軍跳下汽車去負米。」〔註 13〕在中國，禮教往往停留在口頭上，理論上，宣傳上，教育上，在現實生活中，眞正躬行禮教的人其實並不多。像魯迅，雖然接受了傳統的禮教教育，但並不想實踐禮教。這種情況在中國社會中屢見不鮮。中國人是世界上最靈活變通的民族，禮教在執行過程中，往往走樣。如果與基本人性或各種利益想牴觸，如果要讓人們付出極高成本或代價，人們往往是不願執行禮教的。在這種情況下執行禮教，如果被吃，中國人一般會說：這人眞是笨死了！

第四，即便禮教在實施過程中，發生了吃人的狀況，也要具體情況具體分析。有的人被禮教吃了，確實是一件可惜的事情，值得同情；有的人被禮教吃了，卻是活該，甚至是大快人心的事情；有的人爲了禮教觀念而死，讓人覺得愚蠢；有的人爲了禮教觀念而死，讓人感到欽佩。種種情況，不一而足，我們不能一概反對「禮教吃人」。

〔註 13〕魯迅：《二十四孝圖》，《莽原》1 卷 10 期，1926 年 5 月 25 日。

第五，朱熹說過：「禮有經，有變。經者，常也；變者，常之變也。」〔註 14〕禮教一直在發展中。時過境遷，禮教中的一些規定可能不適應新的情況了，這需要進行變革，但如果因此完全否定禮教存在的必要性，全盤否定整個禮教，那麼，整個社會必然會陷入亂套的局面。最妥當的辦法，是保留禮教的存在，同時與時俱進地更新其中不合時宜的規定。新文化運動要完全打倒禮教，這種方法是非常危險的。對此，我們今天應有反思，不應以吳虞之是非爲是非。

三

1935 年 3 月，魯迅在爲《中國新文學大系小說二集》撰寫導言時，提及自己的作品，在評論《狂人日記》時說，此文「意在暴露家族制度及禮教的弊害」。〔註 15〕這顯然是關於《狂人日記》主題的新說法，與 1918 年魯迅跟許壽裳通信時的說法截然不同，與 1919 年吳虞發明的「禮教吃人」說也有差異。這一提法部分採納了吳虞的觀點，所謂暴露禮教的弊害，與「禮教吃人」說有一脈相承之處，不過，言辭的激烈程度減弱了許多。更重要的是，魯迅添加了「家族制度」，而且將其放在「禮教」之前，顯然對「家族制度」的「弊害」更爲在意。魯迅的這一新提法，因爲公開發表，知之者甚眾，又因爲修正補充了吳虞的「禮教吃人」說，似乎更爲完備，所以後來居上，成爲關於《狂人日記》主題的權威說法。如嚴家炎在 1999 年談及《狂人日記》的主題時，贊同魯迅提出的「暴露家族制度和禮教弊害」說〔註 16〕，近年來，越來越多學者像嚴家炎一樣，採納魯迅的這一新提法。

前文已經分析過，《狂人日記》中的「吃人」事件與禮教並無直接關係。那麼，《狂人日記》中有沒有寫到「家族制度」的弊害呢？筆者認爲：也沒有。

《狂人日記》中所寫的吃人事件，幾乎都與家族制度無關。易牙蒸了兒子送給齊桓公吃，是想獻媚於主子。這種行爲甚至還違背了家族制度，因爲家族制度特別強調繁衍後代的重要性，「不孝有三無後爲大」，易牙蒸殺自己的兒子，可謂大不孝。狼子村惡人被村民所吃，徐錫麟被恩銘衛隊炒了心肝，

〔註 14〕《朱子語類・卷八五》

〔註 15〕魯迅：《〈中國新文學大系〉小說二集序》，收入《魯迅全集》第 6 卷，人民文學出版社 1981 年版，239 頁。

〔註 16〕嚴家炎：《五四新文化運動與中國的家族制度》，《魯迅研究月刊》1999 年第 10 期。

一個病人買人血饅頭吃，都與家族制度沒有關係。至於妹子之死，倒有可能與家族制度有關，因爲中國家族制度中確實存在男尊女卑現象，女性更容易被當作犧牲品，但正如前文所分析的，這件事太過撲朔迷離，因此證據價值並不大。

《狂人日記》確實寫到家族，但不僅沒有寫到家族制度的弊害，反而寫出了家族制度的好處。狂人一天早上出門後，引起了眾人的關注和議論，有人指桑罵槐地要「咬他一口」，是家族派人硬把狂人拖回家中，保證了狂人的安全，且「日日是兩頓飯」，並沒有餓死狂人的意圖，家人還請醫生來給狂人看病，期待他病情好轉。應該說，如果沒有家族制度的保護，狂人難逃被吃的命運。在小說中，狂人從頭到尾也沒有批判過家族制度，沒有想過要逃離家族，只是誤會自己大哥會吃他。

曾有論者指出：「大哥對狂人的嚴厲管制……完全沒有兄弟如手足的平等關係和兄弟怡怡的溫情」〔註 17〕，似乎魯迅時由此批判家族制度的弊害的。確實，狂人的大哥及其他家人對待狂人比較冷漠，如小說中所寫：「拖我回家，家裏的人都裝作不認識我；他們的眼色，也全同別人一樣。進了書房，便反扣上門，宛然是關了一隻雞鴨。」但我們要知道，「久病床前無孝子」，讓家人長期對一個病人熱情相待，也不大現實。更何況，對待一個患了被迫害狂幻想症的人，無論家人對他是熱情還是冷漠，都會讓他心中瞎想。要說大哥對狂人沒有手足之情就是批判家族制度的弊害，這無疑是胡說八道。

可以說，魯迅所說的暴露「家族制度」的「弊害」，並不符合《狂人日記》的創作實際。那麼，魯迅爲什麼要這麼說呢？

這裡仍然要追究到時代潮流。新文化運動要求「倫理的覺悟」，將其視爲「最後覺悟之覺悟」，而新文化倡導者認爲，中國的家族制度是禮教倫理存在的土壤，如李大釗說，家族制度是「中國二千年來社會的基礎構造」，「一切政治、法度、倫理、道德、學術、思想、風俗、習慣，都建築在大家族制度上作他的表層構造」〔註 18〕，因此，新文化運動除了把批判的矛頭指向禮教，也指向了家族制度。1917 年 2 月，吳虞在《新青年》2 卷 6 號發表《家族制度爲專制主義的根據論》，開啓了批判家族制度的潮流。魯迅身處那個時代，

〔註 17〕趙彬、蘇克軍：《「家」的焦慮——解讀狂人日記的另一個視角》，《名作欣賞》2007 年第 8 期。

〔註 18〕李大釗：《由經濟上解釋中國近代思想變動的原因》，《新青年》7 卷 2 號，1920 年 1 月 1 日。

也加入了批判家族制度的大合唱。在創作《狂人日記》之後，魯迅寫過一些文章揭示家族制度的弊害，比如《隨感錄・二十》批評中國人對孩子只生不教，《隨感錄・四十》〔註 19〕痛陳「無愛情婚姻的惡結果」，《我們現在怎樣做父親》〔註 20〕思考父子關係。

不過，中國的家族制度是一個多面體，有利有弊，而包括魯迅在內的新文化倡導者，對家族制度的批判，往往是攻其一點不及其餘，只看到其弊害，而看不到其好處，因此並不公允。

新文化倡導者對家族制度最嚴厲的指控，是把家族制度當作中國專制主義制度的土壤。吳虞認爲，孔子之學說，認孝爲百行之本，「『孝乎惟孝，是亦爲政』，家與國無分也；『求忠臣必於孝子之門』，君與父無異也。推而廣之，則如《大戴記》所言：『居處不莊，非孝也；事君不忠，非孝也；蒞官不敬，非孝也；朋友無信，非孝也；戰陣無勇，非孝也。』蓋孝之範圍，無所不包。家族制度之與專制政治，遂膠固而不可分析。」〔註 21〕而徐復觀認爲，家族制度是專制獨裁的敵人：「民主政治的建立，正賴於有許多對中央政府而保有半獨立性的社會團體。假定英國沒有地方自治團體、宗教團體及貴族集團與新興工商業者集團，則民主政治在近代不可能首先出現於英國。這是中國談民主政治的人所常常忽略的事實。就中國的歷史說，家庭及由家庭擴大的宗族，它盡到了一部分自治體的責任，因此，它才是獨裁專制的眞正敵人。所以秦始皇及漢高祖、武帝們，都要把距離較遠的大家族，遷徙到自己能直接控制的京師。」〔註 22〕徐復觀的觀點也不一定完全正確，但至少可以說明，家族制度與專制主義之間的聯繫，遠不像吳虞想像的那麼簡單與直接。如果說，徐復觀未注意到忠孝觀念的一體化，那麼，吳虞則沒有注意到忠孝觀念的分離化。在中國，從盡孝可以引申到盡忠，從家族制度可以推衍到專制政治。但同時，中國又有一句俗話叫做「忠孝難以兩全」，人們有時候捨忠取孝，有時捨孝取忠，無論如何取捨，都表明盡孝與盡忠會出現矛盾，因此，家族制度可以爲專制主義奠定根據，同時也可以爲反專制主義奠定根據，具體情況需要具體分析，不能一概而論。

〔註 19〕《新青年》6 卷 1 號，1919 年 1 月 15 日。

〔註 20〕《新青年》6 卷 6 號，1919 年 11 月 1 日。

〔註 21〕吳虞：《吃人與禮教》，《新青年》2 卷 6 號，1917 年 2 月 1 日。

〔註 22〕徐復觀：《中國孝道思想的形成、演變及其在歷史中的諸問題》，收入《徐復觀全集》之《中國思想史論集》，九州出版社 2014 年版，202～203 頁。

新文化倡導者對家族制度的另一指控，是指家族制度壓抑並摧殘個人的個性，使其不能得到充分發展。魯迅曾批評：「中國的孩子，只要生，不管他好不好，只要多，不管他才不才。生他的人，不負教他的責任。雖然『人口眾多』這一句話，很可以閉了眼睛自負，然而這許多人口，便只在塵土中輾轉，小的時候，不把他當人，大了以後，也做不了人。」〔註 23〕應該說，魯迅的這一指控並不完全符合事實。從主觀願望上講，沒有哪個父母不望子成龍的，沒有哪個家族不希望自己的家族人才輩出的，魯迅自己也說過：「只要思想未遭錮蔽的人，誰也喜歡子女比自己更強，更健康，更聰明高尚，更幸福；就是超越了自己，超越了過去。」〔註 24〕即使孩子不是那塊料，中國的家長也會花費大量財力物力教育其成才，其中往往會借助家族的支持。魯迅自己的求學過程，就得到過家族的支持。從客觀效果上講，家族對孩子的教育過程可能有許多不盡如人意之處，但「冤有頭債有主」，這種情況應歸咎於當時的教育思想，不能歸咎於家族制度。而看魯迅的成長過程，其個性健全發展，似乎並未受到壓抑與摧殘。

關於家族制度，蕭公權曾這樣評價：「五四運動的健將曾經對中國舊式家庭極力攻擊，不留餘地。傳統家庭誠然有缺點，但我幸運得很，生長在一個比較健全的舊式家庭裏面。其中雖有不能令人滿意的地方，父母雙亡的我卻得著『擇善而從』的機會。因此我覺得『新文化』的攻擊舊家庭有點過於偏激。人類的社會組織本來沒有一個是至善至美的，或者也沒有一個是至醜極惡的。『新家庭』不盡是天堂，舊家庭也不純是地獄。」〔註 25〕應該說，這才是持平之論。

魯迅之所以對家族制度未能持平而論，筆者認爲，是因爲魯迅在家族制度中是利益受損者，產生了「相對剝奪感」。魯迅少年時代，因父親去世，家族聚議重新分配房屋，親戚本家欺負魯迅家，要把壞房子分給他們，魯迅堅決不肯簽字，引起一位本家長輩的厲聲呵責。多年以後，魯迅母親還向人提起此事給魯迅帶來的影響：「這類事帶給他內心的創傷是深重的，使他從小就看清了本家長輩們的眞面目。」〔註 26〕魯迅青年時代又被迫接受家族的包辦婚姻，更加重了「內心的創傷」。魯迅在家族中，沒有得到太多的利益和好處，

〔註 23〕魯迅：《隨感錄・二十五》，《新青年》5 卷 3 號，1918 年 9 月 15 日。
〔註 24〕魯迅：《我們現在怎樣做父親》，《新青年》6 卷 6 號，1919 年 1 月 1 日。
〔註 25〕蕭公權：《問學諫往錄》，黃山書社 2008 年版，11 頁。
〔註 26〕俞芳：《我記憶中的魯迅先生》，收入《魯迅回憶錄》（下），北京出版社 1999 年版，1542 頁。

相反，作爲長房長孫，魯迅還承擔了過多的職責，這就難免令魯迅對家族制度產生反感。魯迅 1932 年 6 月 5 日在致臺靜農信中叫苦說：「負擔親族生活，實爲大苦，我一生亦大半困於此事，以至頭白，前年又生一孩子，責任更無了期矣。」〔註 27〕魯迅 1935 年 3 月 19 日在致蕭軍信中又說：「中國的家族制度，眞是麻煩，就是一個人關係太多，許多時間都不是自己的。」〔註 28〕在魯迅看來，家族制度對自己造成「大苦」，還剝奪了自己的時間，耽誤了自己的事業。對家族制度的痛恨，使得魯迅在追溯《狂人日記》的創作意圖時，不惜改變初衷，將其說成是「意在暴露家族制度和禮教的弊害」。

不過，說《狂人日記》意在「暴露家族制度和禮教的弊害」，在作品中是找不到根據的。即便脫離《狂人日記》的具體語境看，魯迅對家族制度的批判，也只是隅見，並非圓覽，乃憤激之言，非持平之論，我們不可不信，但也不可全信。

四

其實，關於《狂人日記》的主題，還有一種表述。魯迅 1918 年在致許壽裳信中說過：「《狂人日記》實爲拙作，……後以偶閱《通鑒》、乃悟中國人尚是食人民族，因成此篇。此種發現，關係亦甚大，而知者尚寥寥也。」〔註 29〕魯迅的創作意圖在於表達「中國人尚是食人民族」這一主題，此說顯然與吳虞的「禮教吃人」說不同，且在吳虞之前提出，但一直聲名不彰。這是因爲，魯迅與許壽裳關於《狂人日記》主題的談話是在私人信件中，批評界知者寥寥，影響了這一主題的傳播。魯迅生前，除了印行與許廣平的書信集之外，未出版過與其他人的書信集，1938 年魯迅去世後印行的《魯迅全集》，所收只是魯迅的著作、譯文和部分輯錄的古籍，不包括魯迅書信，《魯迅書信集》遲至 1976 年 8 月才由人民文學出版社出版。在三大主題中，「食人民族」說這一主題，提出時間最早，但廣爲人知則最晚。

應該說，用「中國人尚是食人民族」說來概括《狂人日記》的主題最爲準確。《狂人日記》中所寫的吃人事件，用「禮教吃人」說和「暴露家族制度和禮教的弊害」說來概括，都顯得偏頗。因爲大多數吃人事件，並非由禮教

〔註 27〕收入《魯迅全集》第 12 卷，人民文學出版社 1981 年版，89 頁。

〔註 28〕收入《魯迅全集》第 13 卷，人民文學出版社 1981 年版，86 頁。

〔註 29〕魯迅：《致許壽裳》1918 年 8 月 20 日，收入《魯迅全集》第 11 卷，人民文學出版社 1981 年版，353 頁。

引起，也與家族制度無關。但這些吃人事件，都能被「中國人尚是食人民族」這一說法所囊括。

魯迅在《狂人日記》中特地表現「吃人」這一現象的民族性：一是「吃人」在中國歷史悠久，「古來時常吃人」，今天仍在吃人；二是人人「吃人」，不僅大人吃人，小孩子也吃人，「這是他們娘老子教的！」三是「吃人」已經進入到中國人的日常語言和表情之中，「你看那女人『咬你幾口』的話，和一夥青面獠牙人的笑，和前天佃戶的話，明明是暗號。」

「食人民族」這一主題，不僅表現在《狂人日記》這篇小說裏，也表現在魯迅的一些雜文裏。1919 年，魯迅在《隨感錄・四十二》中談及一位英國醫生在一本醫書中稱中國人為土人，即野蠻人，他說：「但我們現在，卻除承受這個名號以外，實在別無方法。因為這類是非，都憑事實，並非單用口舌可以爭得的。試看中國的社會裏，吃人，劫掠，殘殺，人身買賣，生殖器崇拜，靈學，一夫多妻，凡有所謂國粹，沒一件不與蠻人的文化（？）恰合。」〔註 30〕這是承認中國人未脫野蠻民族習氣。1925 年，魯迅在《燈下漫筆》中又說：「所謂中國的文明者，其實不過是安排給闊人享用的人肉的筵宴。所謂中國者，其實不過是安排這人肉的筵宴的廚房。」他強調：「大小無數的人肉的筵宴，即從有文明以來一直排到現在，人們就在這會場中吃人，被吃，以凶人的愚妄的歡呼，將悲慘的弱者的呼號遮掩，更不消說女人和小兒。」〔註 31〕這是承認中國文明是吃人的文明。魯迅對「食人民族」說這一發現是很自得的，頻頻表現這一主題。

但是，用「食人民族」說來表述《狂人日記》的主題，也遇到一些困難。

一方面，世界上很多民族都有過野蠻時代，都有過人吃人的歷史，魯迅在《狂人日記》中也借狂人之口說過：「大約當初野蠻的人，都吃過一點人。」說中國人乃是「食人民族」，自己給自己安上這麼大的罪名，未免過於苛責，自責到了這種地步，已經有點「逆向種族主義」色彩了，自然會引起中國讀者的反彈。〔註 32〕

〔註 30〕《新青年》6 卷 1 號，1919 年 1 月 15 日。

〔註 31〕連載於 1925 年 5 月 1 日、22 日《莽原》週刊第 2 期、第 5 期。

〔註 32〕摩羅這樣批評魯迅：「魯迅一輩子最主要的文化工作，就是讓國人相信，我們中國人在精神上、道德上、教養上確實不如西方種族，確實就有國民劣根性。我們的語文教師，結合魯迅的作品，這樣給青少年一代灌輸國民劣根性學說和逆向種族主義思想，已經灌輸了大半個世紀。」摩羅：《中國站起來》，長江文藝出版社 2010 年版，191 頁。

另一方面，按照「食人民族」說，中國人都有「原罪」，人人均要「懺悔」。《狂人日記》第十二則這樣寫到：

> 四千年來時時吃人的地方，今天才明白，我也在其中混了多年：大哥正管著家務，妹子恰恰死了，他未必不和在飯菜裏，暗暗給我們吃。
>
> 我未必無意之中，不吃了我妹子的幾片肉，現在也輪到我自己，……
>
> 有了四千年吃人履歷的我，當初雖然不知道，現在明白，難見眞的人！

這一則表達的意思，就是中國人都有吃人的「原罪」，應該人人對這種「原罪」進行懺悔。但是，中國人能接受「原罪」觀念的人不多〔註 33〕，因此對蘊含原罪觀念的「食人民族」說不願意接受。

當然，這兩方面的困難，性質並不一樣，第一方面的困難確實是《狂人日記》的要害，後人需要避開這個要害，儘量不採用這種帶有逆向種族主義色彩的提法。而第二方面的困難，則是《狂人日記》的精華，正是因爲有著原罪意識和懺悔觀念，《狂人日記》在思想上才有了高度和深度，如果剔除這個精華，《狂人日記》也就不足爲觀。

1940 年代，胡風在《以〈狂人日記〉爲起點》一文中說：「恰恰在三十年前的一九一八年，出現了《狂人日記》。在思想革命上，這是一道鮮血淋漓的戰書。它破天荒地第一次宣布了中國數千年的歷史是人吃人的歷史，判決了封建社會底死刑。」〔註 34〕胡風用「中國數千年的歷史是人吃人的歷史」來概括《狂人日記》的主題，我們可以將其簡稱爲「吃人歷史」說。這一說法後來曾在一定範圍內流行。與「食人民族」說相比，「吃人歷史」說沒有逆向種族主義的色彩，更能爲中國人接受，但這一說法欠缺原罪意識和懺悔意識，未能概括出《狂人日記》的精華。

1979 年至 1980 年，唐弢主編的《中國現代文學史》三冊出版，這套書被許多高校選爲教材，在新時期影響深遠。此書魯迅一章由唐弢執筆。在談到

〔註 33〕劉再復、林崗所著《罪與文學》在談及「原罪說」時承認：「它在近代受到許多指責和批評，非猶太——基督教傳統的人在感情上很難接受它。」（香港牛津大學出版社 2002 年版，38 頁）

〔註 34〕收入《胡風評論集》下冊，人民文學出版社 1985 年版，215 頁。

《狂人日記》時，唐弢對其主題這樣概括：「魯迅有意通過『迫害狂』患者的感受，通過他在精神錯亂時寫下的譫語，從某些『人吃人』的具體事實，進一步揭示了精神領域內更加普遍地存在著的『人吃人』的本質，從而對封建社會的歷史現象作出驚心動魄的概括。」〔註 35〕用「揭示人吃人本質」來概括《狂人日記》的主題，剔除了「食人民族」說中的逆向種族主義的色彩，能讓中國讀者順利接受，但這一提法將「食人民族」說中蘊含的原罪意識和懺悔意識上升得太高，似乎上升到整個人性哲學的層次，變得較爲空洞，喪失了具體性。

五

本文認爲，在《狂人日記》的三大主題中，「食人民族」說最爲準確，魯迅在閱讀中國史書時發現「中國人尙是食人民族」，因此，在創作《狂人日記》時予以形象化的展示，並沒有批判「禮教」和「家族制度」的動機和意圖。但「食人民族」說因有著逆向種族主義色彩難以被廣泛接受。如果需要修正《狂人日記》主題的話，應該修正這一主題。本文認爲，用「反省吃人習俗」來修正「食人民族」說，最貼近作品實際，也貼近魯迅的創作意圖。與「食人民族」說相比，「反省吃人習俗」說消除了逆向種族主義的色彩，又在相當程度上保留了魯迅播撒在《狂人日記》中的原罪意識和懺悔觀念。採納此說，也有助於人們對中國的禮教制度與家族制度形成正確的而不是偏頗的認識。

作者簡介：

劉衛國，男，1970 年生，湖北荊門人，文學博士，中山大學中文系教授，博士生導師，研究方向爲中國現當代文學。

〔註 35〕唐弢主編《中國現代文學史》（一），人民文學出版社 1979 年版，98 頁。

魯迅《青年必讀書》一文及其論爭的博弈論分析〔註1〕

張克
（深圳職業技術學院）

內容提要：

魯迅在《青年必讀書》答卷時刻意爲之的修辭，是他積極釋放、尋找理解的博弈信號，卻被對手視爲不可信任的博弈策略。論爭中對魯迅的隔膜、誤讀有著深刻的社會背景。魯迅主張「行爲」優於「文化」，其焦慮在於身爲中國人面對「生存博弈」格局時的巨大壓力。博弈論的思想資源會有助於我們更深切的理解此次論爭，尤其能更坦然面對那些基於同理心卻反對魯迅偏好的意見。

關鍵詞：魯迅 博弈 論爭

因有王世家先生勞心輯錄的資料彙編，《青年必讀書》論爭一事不必再做贅述。〔註2〕人們在自己的價值偏好、思維定式中品評魯迅「要少——或者竟不——看中國書，多看外國書」、「現在的青年最要緊的是『行』，不是『言』」〔註3〕之類的論斷，認定這「命令」感十足的論斷只不過是「熟巧的規則」，或是策略性的「明智的建議」，抑或是蘊藉著法則意味的「『德性』的誡命」（康德語）〔註4〕的，都不乏擁躉。這其實是各有所據的個體在文化偏好及行止上

〔註1〕本文係作者主持教育部人文社科項目「魯迅、章太炎與法家文化的關係研究」（15YJC751068）的階段性成果。

〔註2〕王世家：《青年必讀書：一九二五年〈京報副刊〉「二大徵求」資料彙編》，河南大學出版社2006年版。以下簡稱《青年必讀書》。

〔註3〕《青年必讀書》，第19頁。編者輯錄的魯迅這篇《青年必讀書》和《魯迅全集》（2005年人民文學出版社版）收錄的同篇文章有個別字詞上的差異。

〔註4〕錄自鄧曉芒：《康德〈道德形而上學奠基〉句讀》（上），人民出版社2012年版，第379頁。

的博弈常態。秦暉意識到,「在絕大多數場合,自由主義所面臨的都是這種『行爲困境』,而不是什麼『文化困境』」。〔註 5〕魯迅在《青年必讀書》一文中就有此類「行爲」優於「文化」的思致,結果卻是引發了「文化」人的討伐「行爲」,關於此文及其論爭的「文化」研究所在多有,「行爲」思考卻寥若晨星。這也正是本文援引博弈論的工具嘗試做些分析的原因,或許也不失爲一種探究的方法,甚至是更能切近魯迅心性的一種思路。

一、「我們要認清了爭點」

1925 年新年孫伏園在《京報副刊》發起的「青年必讀書十部」、「青年愛讀書十部」二大徵求活動是頗具創意的策劃,也激起了些許紙上波瀾,但眞正成爲衝突「焦點」的只能是魯迅的答卷。在一篇題爲《爲中國書打抱不平》的文章中,作者明確提出:「我們要認清了爭點,——是少看中國書,多讀外國書;和多讀中國書,參看外國書。」〔註 6〕何以是魯迅而非他人的作答成爲了「爭點」?博弈論關於「關鍵點」(焦點)與「信號博弈」的思想不無啓發。

《青年必讀書》的論爭可視爲博弈論學者謝林所謂的默式談判。〔註 7〕默式談判能開展既依賴於衝突各方之間事前建立起的「默契」(共享的經驗、文化與處境等)——這也是二大徵求活動能成功的前提,也存在著博弈各方信息溝通不暢乃至根本無效的問題,尤其從魯迅的感受上更是如此。他在《聊答「--------」》一文中透露自己作答《青年必讀書》問卷的技巧,「我那時的答話,就先不寫在『必讀書』欄內,還要一則曰『若干』,再則曰『參考』,三曰『或』,以見我並無指導一切青年之意。」〔註 8〕可見他對公眾在《青年必讀書》一事上能否達成顯性談判的效果(雙方信息溝通流暢和有效)多有疑慮。但魯迅也希冀著有思想共振的可能,「乃是但以寄幾個曾見和未見的或一種改革者,願他們知道自己並不孤獨而已。」〔註 9〕

對於默式談判來說,「根本問題是協作問題」。〔註 10〕能協作還是因爲衝突各方在根本上存在著共同利益,表面的激烈爭執只是修辭問題,所以,出

〔註 5〕秦暉:《共同的底線》,江蘇文藝出版社 2013 年版,第 371 頁。

〔註 6〕《青年必讀書》,第 247 頁。

〔註 7〕謝林:《衝突的戰略》,趙華等譯,華夏出版社 2011 年版,第 47～59 頁。以下簡稱《衝突的戰略》。

〔註 8〕《青年必讀書》,第 234 頁。

〔註 9〕《青年必讀書》,第 234 頁。

〔註 10〕《衝突的戰略》,第 61～62 頁。

現某種可以協作的「關鍵點」時，「雙方成功地對彼此預期作出判斷，從而達到某種默契」〔註 11〕，這些「關鍵點」「都具有某種顯著特徵，易於發現」，「惟一性能夠產生獨特性，從而吸引人們的注意力。」〔註 12〕。在筆者看來，魯迅的答卷恰恰就具有成爲《青年必讀書》論爭中「關鍵點」的這些特徵。魯迅在答卷時刻意爲之的「不寫在『必讀書』欄內」、行文時不斷出現的「若干」、「參考」、「或」等字眼以及看似不屑、決絕的語態等因素，都是他積極「協調預期判斷」、尋找理解的暗示舉措。

用博弈論的「信號博弈」概念會有助於理解魯迅的舉措。信號博弈是博弈的信號發出方與信號接收方之間基於信息傳遞、接受的不完全性產生的動態博弈。所謂「不完全性」，是指信號發出方通過精心修辭發出的信號未必能如其所願完全達至其他信號接收方，反之亦然。《青年必讀書》的論爭裏魯迅的失望感、不願過多糾纏怕恐怕與此大有關聯。事實上，信號博弈中對信號意涵的隔膜、誤讀乃至扭曲有著深刻而複雜的社會背景。對魯迅精心的信號釋放理解者有之，批評者更是不乏，例如：

「你這種『若干』，『或』的消極詞，讓青年自己尋味選擇，不愧爲寬厚大方者，但底下『竟不——看中國書，多看外國書』這些字，恐怕有『指導』的意思了，還不『昏嗎？』」〔註 13〕

「魯迅先生是中國人，竟說要少看中國書，多看外國書，已經是輕重顛倒了，並加上『或者竟不』四個字，豈不是過於崇拜外國書嗎？……「魯迅先生於「竟不」二字上，加上或者兩個狡猾的字，預備有人攻擊時，可以拿出來擋他一陣。不知道那『或者』兩個字，在字面上，固然不能掩護『竟不』兩個字，在意義上，更不能掩蓋住過於崇拜外國書的面目。」〔註 14〕

「有些先生們，用一種太便宜的方法來對付，如『wanted』和「『不曾想到』之類。」〔註 15〕

魯迅信號傳遞時候修辭的精心和謹慎並沒有得到這些論者的認可，相反他們認定這些刻意爲之的用詞都只不過是魯迅爲掩飾自己偏執的論斷、狡猾的用心所使用的修辭手段而已。自然，相應的，魯迅對自己所發信號接收效

〔註 11〕《衝突的戰略》，第 51 頁。
〔註 12〕《衝突的戰略》，第 61～62、51 頁。
〔註 13〕《青年必讀書》，第 254 頁。
〔註 14〕《青年必讀書》，第 252 頁。
〔註 15〕《青年必讀書》，第 216 頁。

果的失望也令他對於論爭者顯得更激烈和不屑，似乎他們在智識和道德上都不足以引起他的尊重。這場信號博弈的動態過程，正如其時的一位觀察者看到的那樣：「魯迅先生何以如此慢傲，自是柯先生激出來的，柯先生的粗語痛諷，又是魯迅先生的「經驗」引出來的。」〔註 16〕

仔細審視魯迅對《青年必讀書》問卷的初次作答，不能不理解他的失望。魯迅自身在作答時已經意識到自己無論是「略說自己的經驗」的個體立足點，還是「要少——或者竟不——看中國書，多看外國書」這一易扭曲爲挑釁國民自尊心的論斷，在社會公共博弈中都存在著被接納的巨大的困難，批評者的嗆聲、《青年必讀書》、《青年愛讀書》的統計結果（多是中國書）、乃至時至今日的許多指責也都清楚的印證了這一點；其實即使從理性上審視，魯迅的發言倒是頗爲符合一個承認自己有限性的理性決策者的特徵的。按照博弈論學人阿里爾・魯賓斯坦指出的，在有限理性建模時，一個理性決策者需要面對三個問題：「什麼是可行的？」「什麼是想要的？」「給定可行性約束，根據願望，什麼是最好的方案？」〔註 17〕魯迅在作答《青年必讀書》時對這三個問題均有清晰而自覺的意識。在「什麼是可行的」問題上，他意識到了巨大的困難所以精心修辭；在「什麼是最想要」的問題上，他毫不妥協，「行而不是言」是他的優先目標，拒絕那種「『中雖有壞的，而亦有好的；西雖有好的，而亦有壞的』之類的微溫說」；〔註 18〕而他要面對的「給定可行性約束」包括話題、媒體本身的局限性、巨大的傳統思維、文化習慣以及他作爲其時中國頂級作家的權威影響力等。魯迅根據自己的欲望目標，評估了可行性，精心調適出了自己認爲的最好方案：在《青年必讀書》答卷「必讀書」欄目內坦承自己經驗的有限性，「從來沒有留心過，所以現在說不出」，而在「附注」欄目內以中國書與外國書，行與言對局，意志強悍的表達了自己的論斷做出了清晰的論證。

魯迅作爲理性決策者自覺已足夠謹慎，他也認爲自己使用承認自己有限性的言辭，對可能出現、現實中的博弈對手「退讓得夠了」〔註 19〕。弔詭的是，他的這些修辭恰恰成爲了逗引思想衝突的「關鍵點」。何以如此呢？

〔註 16〕《青年必讀書》，第 253 頁。

〔註 17〕阿里爾・魯賓斯坦：《有限理性建模》，倪曉寧譯，中國人民大學出版社第 2005 年版，第 1 頁。

〔註 18〕《青年必讀書》，第 243 頁。

〔註 19〕《青年必讀書》，第 234 頁。

從博弈策略上講，承認自己經驗、選擇等方面的有限，處於無法撤退的境地，只好採用如此這般的策略，「放棄主動權」、「主動方讓給對方」這一「最後明顯機會」原則，〔註 20〕正是博弈一方的重要殺手鐧，所謂「背水一戰」即是如此。動態博弈的秘密在於，如何使博弈對手相信自己傳遞的信號、意圖、承諾是可信任的？很明顯，那些宣稱、強調魯迅並非簡單的個體而是作爲著名作家、知識分子，負有對青年指導責任的，那些暗示魯迅有「賣國」嫌疑的博弈對手並不信任魯迅的自陳。魯迅自我感覺已「退讓得夠了」的自我設限策略在他們的判斷裏只是一種虛張聲勢的博弈策略，該如何理解這些博弈對手的不信任呢？

從魯迅的反擊來看，《報〈奇哉所謂-------》裏的「略答幾句」、「《就是這麼一個意思》」的同題表述，魯迅似乎顯得很不屑一顧——儘管他亦有具體犀利剖析對方論辯邏輯的文字。這也難怪，博弈諸家中並沒有出現很有力量的論述邏輯，多的倒是要麼質疑魯迅的動機、要麼從僵硬的律令出發（凡歷史遺留就是好的之類），甚至啓用了身爲中國人不讀中國書就是賣國一類的暗示。這也使後來者在閱讀《青年必讀書》論爭的文獻時會有一種魯迅佔據著智識和道德高點的感覺。

但需承認的是，對手在智識上的不夠高深、道德上的不夠完美等並不能掩蓋魯迅所面對的博弈對手的眞實性、社會代表性。博弈論的理論發展中也已意識到了，博弈者從來不僅僅是所謂理性的，衝突、博弈時對手的策略選擇並不一定遵循淺層的理性原則，現實的「膽小鬼博弈」（鬥雞博弈）中，明知最後衝突危險但依然選擇榮譽高於生命的大有人在，如此選擇也大多會有特定的社會、文化的價值偏好在起作用。深入理解這些偏好的眞實因由才是要緊的事。博弈論大師納什區分了「爭論議價」和「討價還價」的不同，「爭論議價是對各參與人的偏好存在信息不對稱的情形」，「討價還價是指各參與人的偏好是共同知識的情形。」〔註 21〕很明顯，圍繞魯迅《青年必讀書》一文的論爭，正是身處社會轉型中的人「各參與的偏好存在信息不對稱」，缺乏「共同知識」的「爭論議價」行爲。把它看成參與人享有「共同知識」的「討價還價」行爲，進而品評論爭各方的優劣，仍是一些論者一廂情願的迷思。

〔註 20〕《衝突的戰略》，第 37～42 頁。

〔註 21〕參見賓默爾在《納什博弈論論文集》裏的序言，《納什博弈論論文集》，張良橋 王曉剛譯，首都經濟貿易大學出版社 2015 年版，第 14 頁。

這已影響到我們對魯迅更真誠而清醒的理解。由於衝突各方偏好「存在信息不對稱」，正如博弈論學者賓默爾提醒的那樣，博弈時想「由一些首要原則出發來建立一個最優化機制，是極度困難的。」〔註22〕魯迅的偏好——「要少——或者竟不——看中國書，多看外國書」、「現在的青年最要緊的是『行』不是『言』」，不正是想「由一些首要原則出發來建立一個最優化機制」嗎？現實中去實現是「極度困難的」也在情理之中。自然，它的價值也不可用特定處境裏實現的難度和結果來衡量。

賓默爾在討論人們如何達成社會契約時提出了「穩定、效率和公平」的三個優先層面。〔註23〕就《青年必讀書》事件來說，人們在達成如何讀書，如何分配中國書和外國書，如何配置行與言的比重這樣一些社會契約時，也會有自己偏愛的「穩定、效率和公平」的優先次序。對於魯迅來說，行大於言，「效率」是他的最優先選擇，而對於那些持「因爲中國所以必須正確」原則的人來說，這或許是他認爲的在各民族國家生存博弈時既公平又穩定的最優選擇了，也並非全然荒謬。當然，我們可以很容易分辨出，魯迅的「首要原則」是極其個人性的，雖顯激烈但不失真實，而持守「因爲中國所以必須正確」一類原則的分明更貼近「代聖立言」式的誡命，但也因此引人質疑其個人真誠的成色，而且嚴格說起來還會犯有博弈論中常見的「群體性選擇謬誤」（個體目標與集體目標混淆的錯誤）。〔註24〕

依赫舒拉發的闡釋，衝突應該包括衝突的源頭，衝突的技術，衝突活動的建模和衝突的結果四個方面。〔註25〕可以說，魯迅的眾多博弈對手們雖看到了魯迅「衝突的技術，衝突活動的建模」但並不信任，甚至連他論述的「衝突的結果」——「行」與「言」也多不措意，他們緊盯的是他的「衝突的源頭」：中國與外國。細細思量，《青年必讀書》暗湧的力量來自於在優先選擇何種有助於「中國」生存策略上的博弈。博弈論可以有生存博弈與品德博弈的區分，〔註26〕很明顯，自魯迅介入後《青年必讀書》、《青年愛讀書》分明

〔註22〕賓默爾：《自然正義》，李晉譯，上海財經大學出版社2010年版，第328頁。以下簡稱《自然正義》。

〔註23〕《自然正義》，第9～10頁。

〔註24〕《自然正義》，第15頁。

〔註25〕赫舒拉發：《力量的陰暗面》，劉海青譯，華夏出版社2012年版，第9頁。

〔註26〕賓默爾：《博弈論和社會契約．公正博弈》，潘春陽等著，上海財經大學出版社2016年版，第7頁。

對應著正是這兩種類型的博弈。《青年愛讀書》因是品德博弈所以波瀾不驚，《青年必讀書》則因魯迅創設了中國青年人生存博弈的格局激起衝突，「指謫自己國度」的魯迅被批評「有誤中國」、「其用心如何-------殊可注意」、「昏」、，甚至或明或暗的指斥「賣國」。〔註27〕其實，就連他魯迅自己，他內在的焦慮也在於這種身爲中國人面對「生存博弈」的巨大壓力，這和不少學者多從專業學習、文化素養提升這樣的品德博弈角度看問題的做法決然不類。

但品德博弈和生存博弈並非涇渭分明，後者才是前者的底色和內在規定之所在。這也是魯迅的「要少——或者竟不——看中國書，多看外國書」的提議一出即成爲聚焦點（「關鍵點」）的內在原因。一般來說，聚焦點的存在能使博弈各方成功地對彼此預期做出判斷，進而可能達成妥協、尋找到共同利益的交集區，從而達到某種默契，此爲「聚焦點均衡」。魯迅《青年必讀書》一文引發的論爭，是否能實現這一「聚焦點均衡」呢？這或許是那種簡單禮讚或侮蔑魯迅及其博弈對手的諸君要深思的。

二、「個人主觀的意見」

魯迅對《青年必讀書》問卷的作答，「青年必讀書」一欄，內容是承認自己有限性，但「從來沒有留心過」的語氣也透出並不濡弱謙下的自信；「附注」一欄的五段內容，第一段仍以自己的有限理性（「略說自己的經驗」）爲憑依，清楚交代自己自付還算切實而非高邁的欲望目標（「以供若干讀者的參考」）。以下四段則是魯迅的核心論述，我們可以根據魯迅對看中國書和看外國書（印度書除外）偏好加以數字化處理，括號裏是不同策略的收益分值，可得一簡單的表格：

	看外國書（2）	不看外國書（0）
看中國書（—1）	2，—1	0，—1
不看讀中國書（0）	2，0	0，0

不難看出，魯迅自己的優勢策略選擇（「要少——或者竟不——看中國書，多看外國書」）得分最高（2，0）。這並不意外，基於自己的優先欲望目標，對不同偏好做不同的收益分值設定才是問題的關鍵，如果這個表格由那些堅持「無不是的中國書」的博弈對手來做，肯定是另一幅模樣。博弈論常

〔註27〕《青年必讀書》，第296、240、244、254、234頁。

涉及的公共品供給的囚徒困境就是這樣，博弈各方都只從自己的偏好、收益出發，導致無法實現合作共贏，公共品供給最終失敗。在筆者看來，《青年必讀書》事件也是一個典型的公共品供給的囚徒困境，只不過這公共品是圍繞著「青年必讀書」的思想方案而已。

參與《青年必讀書》的各路名流不乏意識到這一「囚徒困境」的。諸如各種特別強調只是自己「個人主觀的意見」〔註28〕，甚至發言資格不夠，「不敢冒充名流學者」、「不佩」，〔註29〕書目只不過反應了遴選者作爲「書呆子讀書的口味」而已等類似的表達〔註30〕，既是博弈者自己有限理性的承認，也是自己偏好的顯明。這和魯迅的亮明偏好，和那種「中國文化史是中國青年非讀不可的」的偏好眞陳並無本質優劣的區別。〔註31〕

在博弈中各方坦承自己的偏好，預判、尊重、依據對方的策略設定、調整自己的最優策略，本是常態。然而，魯迅的某些博弈對手似乎還未臻此境，「代聖立言」的獨斷意味過於濃重。魯迅在《青年必讀書》一文論爭中出面回擊的兩篇文章——柯柏森的《偏見的經驗》、熊以謙的《奇哉！所謂魯迅先生的話》中就不乏如下相似的邏輯：

「我自讀書以來，就很信『開卷有益』這句話是實在話，因爲不論什麼書，都有它的道理，有它的事實，看它總可以增廣些智識……」〔註32〕

「魯先生，無論古今中外，凡是能夠著書立說的，都有他一種積極的精神；他所說的話，都是現世人生的話。他如若沒有積極的精神，他決不會作千言萬語的書，絕不會立萬古不變的說。……古人的書，貽留到現在的，無論是經、是史、是集、都是說的實人生的話。」〔註33〕

魯迅的回擊文字裏對此類判斷的邏輯倒並沒有太多措意，但在中國這實在是一種根深蒂固的思維定式，這其實是導致出現對魯迅那種高度個性化的表達方式負面看法的深層原因。康德的批判性思考或許可提供一些分析的資源。康德根據範疇表把判斷分作三類，定言的、假言的和選言的。所謂定言判斷就是以「是」或「不是」的形式無條件地論斷事物有或沒有某種屬性的

〔註28〕《青年必讀書》，第88頁。
〔註29〕《青年必讀書》，第53、96頁。
〔註30〕《青年必讀書》，第13頁。
〔註31〕《青年必讀書》，第69頁。
〔註32〕《青年必讀書》，第232頁。
〔註33〕《青年必讀書》，第236頁。

判斷；假言判斷則是形式爲「如果 A 則 B」的有條件判斷；選言判斷則是斷定有幾種可能情況下，至少有一種情況存在的判斷，「或者…或者…」和「要麼…要麼… （不是…就是…）」是它的兩類形式。康德在談到「命令」的概念時把「定言的、假言的和選言」簡化成了「假言」和「定言」兩種形態，選言歸入假言，更突出了命令有無前提條件的本質差異。〔註 34〕

上引兩段判斷性文字的謬誤在於，雖然其形式是「定言判斷」，但其內容本身卻並不符合「定言判斷」的無條件性。「開卷有益」不是無條件的，從「著書立說」到「積極的精神」的推理也並非無條件的，「古人的書，貽留到現在的，無論是經、是史、是集、都是說的實人生的話」，內容上也難算是定言判斷。如果從「命令」的角度看，這兩段文字雖然有諸如「不論」、「都有」、「總」、「無論」、「凡是」、「絕不會」等修辭手段的強烈加持，這些眞理在握式、「命令感」十足的表述還是不能掩蓋其故意混淆「假言命令」與「定言命令」的錯誤。這些論者精心打扮的依然是「個人主觀的意見」，或者用他們指責魯迅的原話說，就是「偏見的經驗」。〔註 35〕

對於某種假言判斷或假言命令，博弈各方往往根據自己的偏好賦予優劣高低的價値評斷，這不足爲怪，最値得警惕的是把假言判斷或假言命令僞裝成定言判斷或定言命令。博弈論者大多對「定言命令」心存疑慮，賓默爾甚至宣稱「只有假言命令才有些意義」、「自然主義者認爲只有假言命令才合乎道理」的不在少數。〔註 36〕同樣的，博弈論者也更傾向於是個體本位者而非「代聖立言」者，「參與到人類生活博弈中的個體，並不是某個抽象的所謂『人人』。我們都是獨立的個體，並且每個人都有自己的目標和意圖。」〔註 37〕博弈論者大多也不承認康德作爲定言命令的德性誡命，更多願意從社會演化的角度現實看待人類道德的博弈結果，視特定的道德習慣爲特定時空裏博弈過程中的特定均衡而已。

無需過多引證，拒絕抽象而縹緲的「黃金世界」烏托邦，只執著於當下現實的生存、發展，且又毫不避諱自己個體經驗局限的魯迅，可謂深具博弈氣質的現代文人。他在《青年必讀書》論爭中的思維方式也是博弈論習用的

〔註 34〕參見鄧曉芒：《康德〈道德形而上學奠基〉句讀》（上），人民出版社 2012 年版，第 357～377 頁。
〔註 35〕《青年必讀書》，第 232 頁。
〔註 36〕《自然正義》，第 69、75 頁。
〔註 37〕《自然正義》，第 14 頁。

「假言判斷」和「假言命令」，這也是「個人主觀的意見」在動態博弈中必須使用的標準語式。從博弈論「只有假言命令才合乎道理」的標準看，魯迅的文章語式可稱得上是各類「假言」判斷、命令的多重變奏。這裡有必要需把《青年必讀書》問卷的附注裏魯迅的五段文字做一細緻分析：

但我要趁著這機會，略說自己的經驗，以供若干讀者的參考——

我看中國書時，總覺得就沉靜下去，與實人生離開；讀外國書——但除了印度——書時，往往就與人生接觸，想做點事。

中國書雖有勸人入世的話，也多是僵屍的樂觀；外國書即使是頹唐和厭世的，但卻是活人的頹唐和厭世。

我以爲要少——或者竟不——看中國書，多看外國書。

少看中國書，其結果不過不能作文而已。但現在的青年最要緊的是「行」，不是「言」。只要是活人，不能作文算什麼大不了的事呢。〔註 38〕

第一段，魯迅啓動參與博弈的意志（「我要趁著這機會」），確定博弈的個體立足點（「自己的經驗」），明確博弈的策略（「略說自己的經驗」），設定博弈的優先欲望目標（「以供若干讀者的參考」）。

第二段，魯迅啓用一個選言判斷設置了一個博弈對局：「要麼中國書，要麼外國書」。釐定了兩種博弈策略的收益：看中國書（「沉靜，與實人生離開」），讀外國書（「想做點事，與人生接觸」）。魯迅特意把印度書從外國書裏剔除，大概是因爲從內容上看無疑印度書會令人聯想到與中國書而非外國書更親近的氣質。一些論者也的確有啓用中外皆有「沉靜、與實人生離開」一類書的事實來反駁魯迅，這一方面說明魯迅自己儘量嚴謹的必要，但同時也說明，靠列舉式的剔除並不能眞正解決問題。

第三段，魯迅又對中國書、外國書做了進一步的處理，其核心策略是通過把局部數量意義上的質轉化爲整體性質上的量，來解決兩類書自身內部存在著的局部內容與整體性質之間的矛盾。

魯迅在第二、三段本能上要解決的，實則是一個生存博弈模型的簡單建模問題。但可以推測到，由於缺乏相關的知識技巧與偏好，魯迅並沒有眞正完成這一工作，只做了對重要事項的奠基準備。

第四段，魯迅基於自己對以上博弈格局中重要事項的分析，得出了自己認爲的最優博弈策略。

〔註 38〕《青年必讀書》，第 19 頁。

第五段，魯迅把「行」作爲自己博弈策略要達致的最優先目標，以此爲標準對自己認定的最優博弈策略的收益和損失做出了說明與分析。

這裡要特別指出的是，給魯迅帶來論爭紛擾的以第四段爲最。如果把它放置在第一到第一五段的脈絡中，這一段實則是一個假言命令（或假言判斷）的結論部分，這裡筆者根據上文的內容，可以把第二到第四段改寫成一個完整的假言命令（或假言判斷）：

如果我們讀書的優先目標是行動，既定條件又是——要麼選總體性質上多沉靜、使人易離開實人生的中國書，要麼選總體性質上更能激勵人與實人生接觸，想做點事的外國書的話，那麼，最優策略只能是：要少——或者竟不——看中國書，多看外國書。

有博弈論的洗禮，我們不必再發出「如此坦率、清晰的博弈策略自陳怎會誤解叢生」一類的感慨了。需要思索的，是如何面對這誤解的原因。

三、「魯迅先生被人誤解的原因」

《青年必讀書》論爭末期王鑄（王淑明）有《魯迅先生被人誤解的原因》一文，他的總結大體如下：一，人們囿於「傳統的影子和型範」、缺乏像魯迅那樣對外界的「感受力」；二，藝術家本身就有因敏銳的感受力超越現時代，爲時人所不容的特質；三，「喜歡用反語」的幽默修辭反倒造成了群眾與魯迅的隔膜。〔註 39〕迄今爲止這三點恐怕仍是人們爲魯迅鳴不平的重要理由。

關於最後一點，依據魯迅的如下感慨——「去年我主張青年少讀，或者簡直不讀中國書，乃是用許多苦痛換來的眞話，決不是聊且快意，或什麼玩笑，憤激之辭」〔註 40〕，或者在《就是這麼一個意思》一文裏的顯白重申——「只是倘若問我的意見，就是：要少——或者竟不——看中國書，多看外國書」，怕還是隔膜。魯迅的言辭絕非「反語」，他只是對機靈、熟巧的「『處於才與不才之間』的不死不活或入世妙法」，雖「不無所知」，但「不願意照辦」。〔註 41〕他實在是顯得太不「明智」了。不過，這也得看如何理解何謂「明智」？康德指出，「明智這個詞有雙重意義，第一層意義可稱爲對世故

〔註 39〕《青年必讀書》，第 296～298 頁。

〔註 40〕魯迅：《寫在〈墳〉後面》，《魯迅全集》第 1 卷，人民文學出版社 2005 年版，第 302 頁。

〔註 41〕《青年必讀書》，第 243 頁。

的明智，第二層意義可稱爲私人的明智。前者是指一個人影響他人、以將他們用爲自己的意圖的熟巧。後者是指把所有這些意圖結合成他自己的長遠利益的洞見」。〔註42〕參照康德對明智的兩分法，信手寫出大量諸如《世故三昧》一類雜文、揭露各色中國式「論辯的魂靈」的魯迅，諳熟「對世故的明智」自不待言，但他常常加以譏諷的，恰恰就是這類人情世故上的「明智」；和康德相仿，他更爲看重的是更高的「私人的明智」，既不迴避「私人」，又堅持「自己的長遠利益的洞見」，也因此難免不顯得既個性十足，又觸犯現世。爲何非要如此？追究到魯迅本人個性使然這樣的偷懶解釋外可否有更切實的體會？而相應的，大多數人最終選擇了順從現世的熟巧和明智，又該如何理解呢？

納什提出過著名的「智豬博弈」，揭示了競爭博弈中弱者（「小豬」）以等待、搭便車爲最佳策略的眞相，這或許令我們對包括《青年必讀書》論爭在內的眞實社會博弈場中多數人選擇順從現世的熟巧和明智多了一份認識上的清醒，少了些許道德上的義憤。「智豬博弈」困局中的「大豬」的命運無非兩種，要麼繼續承擔責任，但同時包容「小豬」的「搭便車」，以自己在獲得低於理想的收益時的持續付出維持整體系統的運轉；要麼憤怒於「小豬」的「搭便車」、放棄責任，與「小豬」一損俱損。魯迅在剖析自己的思想時所說的「『人道主義』與『個人的無治主義』的兩種思想的消長起伏」、「忽而愛人，忽而憎人」〔註43〕，正是「智豬博弈」困局中「大豬」的典型策略選擇評估。它對「大豬」的傷害，正如賓默爾指出的，「陷入這樣形而上學的爭論，只會把實戰派改革家的水攪渾，而這些人實際還抱有改變人心的希望。以社會改革爲例，如果按照現有的習慣和風俗來看，改革所帶來的成本與收益的分配看起來是對人們不公平的，那麼，不管上面的人怎樣說教，沒有人會在公平的基礎上服從這場改革。」〔註44〕如何走出「智豬博弈」的困境，尤其如何爲更能承擔責任、也更有力量的「大豬」提供更適宜的生存環境，這牽涉到制度設置與既定社會、文化偏好之間的歷史性的演化博弈，能實現的恐怕也只

〔註42〕參見鄧曉芒：《康德〈道德形而上學奠基〉句讀》（上），人民出版社 2012 年版，第 372 頁。

〔註43〕魯迅：《魯迅景宋通信集·〈兩地書〉的原信》，湖南人民出版社 1984 年版，第 69 頁。

〔註44〕《自然正義》，第 32 頁。

能是特定時期的博弈均衡罷了。「改革者試圖忽視這個可行性的約束」，「樂觀主義者不會去詢問在改革之後，生活博弈會按照哪個新的均衡運行」並不現實，〔註 45〕《青年必讀書》論爭之前已提出過諸如「娜拉走後怎樣」命題的魯迅是異常清醒的。在這個意義上，我們欣賞作爲「大豬」的魯迅那種「也並不『偏不讓人家讀』」，「有誰要讀，當然隨便」的寬容〔註 46〕，也理解他「退讓得夠了」的委屈和激憤，乃至對他希冀於畢其功於一役的那種改造國民性的衝動，更願意抱有既謹慎清醒但又不決然否定的態度，究其根本是因爲，演化博弈的眞相就是這樣：一方面自然基因與既定文化制約著人類，另一方面人類的演化也在凝聚成新的文化基因。

至於《魯迅先生被人誤解的原因》一文前兩點原因中的關鍵詞——「感受力」，的確是人們能否在理性上以同理心理解魯迅、乃至在情感上和魯迅產生感同身受的「共情」的前提，也因此在評估《青年必讀書》的博弈論爭時，「同理心」和「同情心」及各自的偏好才是我們應高度敏感的深層制約因素。在博弈論的發展過程中，賓默爾對「同情心」和「同理心」的區分及個人偏好的分析最具啓發，其核心意涵是：同理心偏好是社會文化史的縮影、一種演化博弈的均衡，是「通過模仿而大規模被繁衍的文化擬子」，同情心偏好則是人類能達成社會契約、組織化的核心。同情心與同理心的不同在於，前者是既會站在對方立場上感受、思索又會考慮他的利益，即所謂「感同身受」，而後者雖基於共通的理性能預估對方的反應但只考慮自己的利益。所以，擁有同理心並不一定有同理心偏好，相反，基於同理心卻反對對方利益倒是博弈的常態，只有同情心偏好才眞正屬於個人偏好。〔註 47〕

就魯迅《青年必讀書》一文及其論爭的分析而言，演化博弈的啓發是，基本上我們可以依據「同理心」與「同理心偏好」，「同理心」與「同情心」之間的微妙差異就各種意見加以精準定位與研判。〔註 48〕我們自然期待多些「感受力」深厚、對魯迅更具「同情心偏好」的理解，但同時也坦然面對、甚至歡迎那些基於同理心卻反對魯迅偏好的洞見，庶幾才能構成眞實有力的博弈，這也是當年《青年必讀書》論爭時魯迅骨子裏並不滿意的原因。博弈

〔註 45〕《自然正義》，第 336 頁。
〔註 46〕《青年必讀書》，第 59、63 頁。
〔註 47〕《自然正義》，第 199～222 頁。
〔註 48〕限於篇幅此文不再做細密分析。

仍在繼續，也需要在更高層次上謀求均衡，這應是當下的我們得鼓起勇氣、繼續勉力達至的目標。

作者簡介：

張克（1978～），男，河南西平人，文學博士，深圳職業技術學院人文學院副教授，著有《頹敗線的顫動——魯迅與中國文學的現代性》（上海三聯出版社 2011 年版），主編有《70 後魯迅研究學人論文集》（上海三聯出版社 2014 年版）等。

論魯迅之於「五四新文學傳統」的反諷意義

張冀
（華中師範大學文學院）

在現代中國文學史上，魯迅擔當起五四思想啓蒙的急先鋒，以其無法超越的文學實績當之無愧地成爲新文化的旗手和新文學的典範。長期以來，魯迅的小說集《吶喊》、《彷徨》，被學界精英人爲強化其從「以筆爲旗」到「無地彷徨」再而「反抗絕望」的「啓蒙主義」的思想立場，以致主觀超越作品自身的文本意義、嚴重背離作家魯迅的創作初衷，這種廣被接受認可的研究理路幾乎喪失了正確言說魯迅的任何可能。實際上，晚清民初啓蒙狂熱時代升騰起現代民族國家和現代個人主體雙重建構的思想氛圍與由此生成的從新民召喚到青春言說的青春想像意識形態神話，都沒能讓先前「寂寞」、「悲哀」近十年的魯迅在創作實踐中繼續堅持「首在立人」〔註 1〕、「發爲雄聲，以起其國人之新生」〔註 2〕的啓蒙言說姿態。無論《狂人日記》的文化反思、《藥》的批判理性，還是《孤獨者》的精神自虐、《傷逝》的思想困惑，無不飽含著魯迅「如置身毫無邊際的荒原」一般、「每寫些小說模樣的文章，以敷衍朋友們的囑託」〔註 3〕時，對於啓蒙話語全然絕望的生命體驗，對於「改造國民性」藝術追求的強烈質疑。魯迅並不迴避自己的思想矛盾：「我的意見原也一時不容易了然，因爲其中本含有許多矛盾，教我自己說，或者是人道主義與個人主義這兩種思想的消長起伏罷。」〔註 4〕顯然，從人道主義出發，魯迅「聽將

〔註 1〕魯迅：《文化偏至論》，《魯迅全集》（第 1 卷），人民文學出版社，2005 年，第 58 頁。
〔註 2〕魯迅：《摩羅詩力說》，《魯迅全集》（第 1 卷），第 101 頁。
〔註 3〕魯迅：《吶喊・自序》，《魯迅全集》（第 1 卷），第 439、441 頁
〔註 4〕魯迅：《兩地書》，《魯迅全集》（第 11 卷），第 81 頁。

令」，在理論言說上樂觀呼應五四新文化運動；而從個人主義出發，則在其小說創作中偶而「不恤用了曲筆」之外更多地呈現出對於青春想像的解構書寫與思想啓蒙的潛在擔憂。我相信，這一看似偏至之論定會招致學界精英的廣泛質疑，但卻是誰也無法否認的客觀事實。如果我們能夠眞正「回到魯迅自身」，既不爲魯迅代言，也不借魯迅爲自己說話，自然就能得出更加貼近文學史眞相的重新認識。

導論、《狂人日記》:「個人的發見」與「難見眞的人」的悖論宣言

《狂人日記》是魯迅的小說處子秀，同時也是五四新文學的開山之作。正是基於這一考量，學界精英始終都在高度關注這一文本之於思想啓蒙的社會意義，人爲忽視其產生的歷史文化語境和魯迅此間的個性心理狀態，所得結論只能似是而非。

眾所周知，「五四運動的最大的成功，第一要算『個人』的發見。」〔註5〕從晚清「少年」的發現到民初「青年」的塑形，無一不是伴隨著「青春想像」的時代風潮應運而生。就在《狂人日記》刊載的次月，胡適在《新青年》發表個性解放的思想宣言《易卜生主義》，將批判理性的思想鋒芒直指壓抑青年個性的罪魁禍首——「家庭」和「社會」，竭力控訴「社會最大的罪惡莫過於摧折個人的個性，不使他自由發展。」〔註6〕周作人繼而提倡「個人主義的人間本位主義」〔註7〕，由對人性的關照發展延伸到對「女人」、「小兒」問題的眞誠探討。個性解放成爲五四新文化運動的核心價值理念。作爲五四新文化運動的被動參與者魯迅，有著歷史「中間物」〔註8〕的自我界定，主張「任個人而排眾數」、「尊個性而張精神」〔註9〕；他「敢於攻擊社會，敢於獨戰多數」〔註10〕，先後發表《我之節烈觀》、《我們現在怎樣做父親》等思想檄文。魯

〔註5〕郁達夫：《良友版新文學大系散文選集導言》，《郁達夫全集》（第6卷），浙江文藝出版社，1992年，第194頁。

〔註6〕胡適：《易卜生主義》，《胡適全集》（第1卷），安徽教育出版社，2003年，第614頁。

〔註7〕周作人：《人的文學》，《周作人散文全集》（第2卷），廣西師範大學出版社，2009年，第88頁。

〔註8〕魯迅：《寫在〈墳〉後面》，《魯迅全集》（第1卷），第302頁。

〔註9〕魯迅：《文化偏至論》，《魯迅全集》（第1卷），人民文學出版社，2005年，第47、58頁。

〔註10〕魯迅：《〈奔流〉編校後記》，《魯迅全集》（第7卷），第171頁。

迅同期創作的《狂人日記》展現的又是怎樣一番敘事圖景呢？我們還是重新回歸《狂人日記》的故事文本，盡力做一次走向眞實魯迅的有益嘗試。

《狂人日記》是由卷首不動聲色的文言附識和「狂人」十三節不連貫的白話日記組成。「文言附識+白話正文」這一陌生化的語言組合方式，初看頓覺確是一種「格式的特別」，其實這不過就是《新青年》在白話文運動還未取得實際功效之前刊載文學文本的不成文的格式慣例而已。在這兩百多字的附識中，有一個讓人熟視無睹的關鍵信息無法迴避：狂人愈後的自我命名。狂人是誰？他在「迫害狂」病中究竟發現了什麼？他爲何病癒後「赴某地候補」？只有合理解決了上述問題，才眞正讀懂了《狂人日記》「表現的深切」。

「狂人」是誰？這是我們解讀《狂人日記》必須回應的首要問題。學界歷來基本上以「啓蒙主義」爲思想資源，圍繞「戰士」或「瘋子」長篇累牘、陳陳相因的自我言說，造成離自己越近、離狂人越遠的悲哀局面。近年來，已有學者做出了一些撥亂反正的全新闡釋。但我個人堅持認爲，狂人的「狂」仍非「縱情任性或放蕩驕恣」的「『狂大』『狂狷』『狂妄』『狂放』『狂怒』『狂熱』『狂言』『狂想』」的「中國士人一個傳統的表徵」〔註 11〕，也非「作者對於『人』的浮躁情緒或偏執思想，以自身生命體驗所給予的強烈反諷」〔註 12〕，而是不合常規、不被理解的個體先覺者被既得利益者或者蒙昧的大多數主觀賦予的一種身份界定，最終又爲「狂人」無奈接受的殘酷現實。狂人的「狂」和《新青年》「幾乎是無句不狂」〔註 13〕的「狂」一樣，都是象徵層面上的意義指涉，類似於古代所說的「癲」、「魔」、「癡」、「怪」，現代稱之爲「異類」、「另類」、「異端」、「非主流」。魯迅深知「先覺的人，歷來總被陰險的小人昏庸的群眾迫壓排擠傾陷放逐殺戮。中國又格外凶。」〔註 14〕故在「女師大風潮」中就告誡許廣平「小鬼不要變成狂人，也不要發脾氣了。人一發狂，自己或者沒有什麼……但從別人看來，卻似乎一切都已完結。……要防自己吃虧，因爲現在的中國，總是陰柔人物得勝。」他同時也表示「倘能力所及，

〔註 11〕李今：《文本·歷史與主題——〈狂人日記〉再細讀》，《文學評論》2008 年第 3 期。

〔註 12〕宋劍華：《狂人的「病癒」與魯迅的「絕望」——〈狂人日記〉的反諷敘事與文本釋義》，《學術月刊》2008 年第 10 期。

〔註 13〕茅盾：《讀〈吶喊〉》，《茅盾全集》（第 18 卷），人民文學出版社，1989 年，第 394 頁。

〔註 14〕魯迅：《寸鐵》，《魯迅全集》（第 8 卷），第 111 頁。

決不肯使自己發狂，實未發狂而有人硬說我有神經病，那自然無法可想。」〔註 15〕魯迅要許廣平別做「狂人」的諄諄教誨，分明是規勸她不要鋒芒外露，成爲眾矢之的。在日常生活的基本邏輯中，「狂」一般並不實指人的精神出現錯亂。因此，我們說狂人是「瘋子」，但並不意指他是患了迫害妄想症〔註 16〕或是別的什麼精神疾病的眞瘋。

魯迅曾受尼采「超人」哲學影響，這已是學界的基本共識，但又對魯迅一段隨感錄缺乏特別關注：「『個人的自大』，就是獨異，是對庸眾宣戰。除精神病學上的誇大狂外，這種自大的人，大抵有幾分天才，——照 Nordau 等說，也可說就是幾分狂氣。他們必定自己覺得思想見識高出庸眾之上，又爲庸眾所不懂，所以憤世嫉俗，漸漸變成厭世家，或『國民之敵』。但一切新思想，多從他們出來，政治上宗教上道德上的改革，也從他們發端。」〔註 17〕研究者對這段話多有引用且各有闡發，但卻沒有和狂人的「狂」建立有機聯繫。狂人無疑是「獨異」的「天才」：他離經叛道，在「沒有年代」、「歪歪斜斜的每葉上都寫著『仁義道德』幾個字」的歷史書上讀出「滿本都寫著兩個字是『吃人』」。他迫切希望「狼子村」的村民都能「立刻改了，從眞心改起」，底氣不足卻又極力游說「大哥」帶頭從「野蠻的人」進化成爲「眞的人」，這是他作爲一個「個人」在向「庸眾」宣戰。但在小說結尾，狂人又分明在仰天長歎「難見眞的人」。尼采筆下那位宣稱「上帝死了！上帝眞的死了！」的「瘋子」，在庸眾之中以「我來的太早了」、「我來的不是時候」〔註 18〕聊以自慰；

〔註 15〕魯迅：《兩地書》，《魯迅全集》（第 11 卷），第 90～91 頁。

〔註 16〕假定狂人當眞患了「迫害狂」，僅憑老中醫的一次看脈、一句「不要亂想。靜靜的養幾天」的醫囑就能自行痊癒，未免讓人匪夷所思。「余」確診狂人「所患蓋『迫害狂』之類」，有兩個原因：其一、受限於魯迅本人的知識儲備。魯迅在《我怎麼做起小說來》中曾並非謙虛地坦陳：「那時是住在北京的會館裏的，要做論文罷，沒有參考書，要翻譯罷，沒有底本，就只好做一點小說模樣的東西塞責，這就是《狂人日記》。大約所仰仗的全在先前看過的百來篇外國作品和一點醫學上的知識，此外的準備，一點也沒有。」其二、和魯迅的敘事策略密切相關。狂人天馬行空的頭腦風暴是在「瘋癲」的非正常狀態下出現。「語頗錯雜無倫次，又多荒唐之言」的理性語言，只在「迫害狂」的犯病表象中出現，並被其有意遮蔽。

〔註 17〕魯迅：《隨感錄三十八》，《魯迅全集》（第 1 卷），第 327 頁。本文所引「隨感錄」各篇均在此卷，以下只標頁碼。

〔註 18〕〔德〕尼采：《快樂的科學》，余鴻榮譯，中國和平出版社，1986 年，第 139 頁。

狂人也只能以一種狐疑的姿態喃喃發出「救救孩子……」的一聲歎息，對「立此存照」的私密日記全無敝帚自珍之意，眞乃「當我沉默著的時候，我覺得充實；我將開口，同時感到空虛。」狀態的悲壯預演。這既是狂人的悲涼困境，又是魯迅對於五四思想啓蒙效力的悲觀預言。

談及狂人在所謂「迫害狂」病中的重大發現，已成共識的簡要回答多半就是說他深刻認識到了中國自古以來的「吃人」傳統，但事實遠非大家想像中那麼簡單。我們不妨先來細讀小說的第一節：

> 今天晚上，很好的月光。
>
> 我不見他，已是三十多年；今天見了，精神分外爽快。才知道以前的三十多年，全是發昏；
>
> 然而須十分小心。不然，那趙家的狗，何以看我兩眼呢？
>
> 我怕得有理。

這是狂人的第一篇日記，看似有些胡言亂語，實則暗藏玄機。一個月明之夜，三十多歲的青年狂人，因爲突然意識到「他」（即「眞的人」）之於「吃人的人」的「療救」意義而「精神分外爽快」，隨即清醒地認定自己出生以來在「鐵屋子」中渾渾噩噩的生活「全是發昏」。他希圖改變現狀，同時對「個人」獨戰「眾數」可能遭受的精神打壓和肉體磨難也有思想準備——「須十分小心」。但悲哀的是，他只能無可逃遁地直面僅有生命體徵而無「人」的意識的「趙家的狗」。狂人究竟「怕」什麼，這是破解《狂人日記》的問題關鍵。如果我們略微細心的話，便可注意到狂人的發現和魯迅本人的親身經歷存在某種同構性。魯迅在致許壽裳信中說起《狂人日記》的創作緣起：「偶閱《通鑒》，乃悟中國人尚是食人民族，因成此篇。此種發見，關係亦甚大，而知者尚寥寥也。」〔註19〕這一年，魯迅37週歲，正是狂人感知啓蒙之光的青春年紀。他經由一次偶然的機會，獨家發現中國人「吃人」的歷史事實，並爲「知者尚寥寥也」而扼腕長歎。狂人亦可作如是觀。還是繼續用文本來說話。

狂人不會坐而論道，他得有所作爲，但趙貴翁和「狼子村」那些被侮辱和被損害的人，都同他「作冤對」，「怕」的詭異眼色和「凶」的鐵青臉色，讓他「從頭直冷到腳跟」，甚至連性本善的小孩子也「似乎怕我，似乎想害我」，狂人「納罕」、「傷心」之餘很快就明白「這是他們娘老子教的」！就在此時，

〔註19〕魯迅：《書信・180820 致許壽裳》，《魯迅全集》（第11卷），第365頁。

狂人被大哥差人硬拖回家中禁足。他「知道不妙」,「晚上總是睡不著」,連月光也「全沒」。「凡事須得研究,才會明白。」狂人想起某「大惡人」被村民殺而分食的眞實故事,他雖「不是惡人」,但他們「一翻臉」便可「說人是惡人」,由「他們會吃人」產生「未必不會吃我」的巨大恐懼。郎中何先生一句「趕緊吃罷!」,讓狂人頓時知道「合夥吃我」的幕後主謀竟是自己的「大哥」,「這一件大發見」足以讓他走向痛苦的深淵:「黑漆漆的,不知是日是夜。」狂人明白「他們」的心思:有「想吃人」的兇狠的心,但又擔心出現「被別人吃了」的「禍祟」,所以只好使些「布滿了羅網」的狡猾手段逼人「自戕」。這一夜,他夢中舌戰一位「年紀不過二十」的青年,就「吃人」問題發出「從來如此,便對麼?」的厲聲詰問。青年「你說便是你錯!」的武斷反駁促使他先去「勸轉」大哥放棄「吃人」走向新生。大哥對圍觀人群一句「瘋子有什麼好看」,讓狂人悲催地意識到自己的命運歸宿:「他們豈但不肯改,而且早已布置;預備下一個瘋子的名目罩上我。將來吃了,不但太平無事,怕還會有人見情。」狂人想到了「才五歲」就死掉的妹子,終於對自己的尷尬身份有了重新認識。如果說「吃人」的發現是「我怕得有理」的第一層含義,「狼子村」包括青年、婦女、兒童在內的所有民眾的精神死亡是「我怕得有理」的第二層含義的話,那麼,在「時時吃人的地方」「混了多年」的狂人自己也「吃了我妹子的幾片肉」就是狂人「我怕得有理」的第三層含義。狂人一直在期盼「眞的人」出現,但無論歷史、現實還是狂人自身,都無法撇清與吃人亦被吃的「野蠻的人」的內在關聯,這讓狂人何以自處?情何以堪?他務實地選擇了「早愈」並「赴某地候補」重回黑暗。狂人為何如此決斷?在五四新文化運動早已風流雲散的 1935 年,魯迅以其親歷歷史的人生經驗給出了終極答案:「那時覺醒起來的智識青年的心情,是大抵熱烈,然而悲涼的。即使尋到一點光明,『徑一週三』,卻更分明的看見了周圍的無涯際的黑暗。……他們是要歌唱的,而聽者卻有的睡眠,有的槁死,有的流散,眼前只剩下一片茫茫白地,於是也只好在風塵澒洞中,悲哀孤寂地放下了他們的箜篌了。」〔註 20〕顯而易見,「熱烈」與「悲涼」的情緒反差、「光明」與「黑暗」的二元對立、「歌者」與「聽者」的交流障礙,故「悲哀孤寂地」放棄「箜篌」(思想啓蒙)也就再自然不過了。

〔註 20〕魯迅:《〈中國新文學大系〉小說二集序》,《魯迅全集》(第 6 卷),第 251～252 頁。

綜上所述，《狂人日記》突顯了魯迅對於五四新文化運動「並沒有怎樣的熱情」〔註 21〕，進而催生了《吶喊》、《彷徨》小說人物的共性悲劇：特立獨行的青春「個人」，儘管有振臂一呼的豪言壯語，但當獨自面對遍地爲奴的殘酷現實時，也只能無可避免地陷入「無物之陣」而無所作爲；而沉默的婦女、兒童，不是精神毀滅就是肉體消亡，以致「難見眞的人」。因此，如果要眞正準確把握魯迅在五四新文化運動期間的思想與創作，《狂人日記》是我們必須突破的第一道防線。

一、異類的「歧路」與青年的「窮途」

《吶喊》、《彷徨》中「狂人」的形象尤爲引人注目：一是現實中的異類如革命者夏瑜、無名瘋子，二是人到中年、心態早已由青春逆轉爲遲暮的 N 先生、呂緯甫、魏連殳，三是「夢醒了無路可以走」〔註 22〕的涓生。魯迅說過「走『人生』的長途，最易遇到的有兩大難關。其一是『歧路』……其二便是『窮途』了」〔註 23〕。他們走過的又何嘗不是「歧路」和「窮途」呢？

在《藥》中，並未出場的青年革命者夏瑜絕對是小說的靈魂人物。華老栓買給華小栓吃下的「藥」，便是浸染了夏瑜鮮血的人血饅頭。小說的第三節，各色身份的街坊鄰居聚集在華老栓的小茶館裏，低聲下氣地聽康大叔的高談闊論。康大叔一邊對華家的人吆喝著「包好，包好！」，一邊義憤塡膺地講述著剛被斬首的夏瑜的點滴故事。當說起夏瑜獄中勸牢頭造反時，花白鬍子老頭認爲他「簡直是發了瘋了」，二十多歲的青年跟著說「發了瘋了」，駝背五少爺也點著頭說「瘋了」。革命者夏瑜無疑是悲哀的。作爲一個啓蒙者，他不僅要反抗以康大叔、紅眼睛阿義爲爪牙的專制統治勢力，還要面對諸如華老栓夫婦、花白鬍子老頭、二十多歲的青年、駝背五少爺等一干民眾。他的奮鬥乃至爲之犧牲的直接後果，無非是讓這些人各取所需：告密者夏三爺獨得了「二十五兩雪白的銀子」、管牢的紅眼睛阿義拿走了衣服、行刑現場的圍觀者有了見血的視覺快感、劊子手康大叔做起了人血饅頭的販賣勾當、華老栓因人血饅頭的交易而帶來愚昧希望、小茶館裏的閒人們有了嗜血的精神會餐。這眞是一群「暴君的臣民」：他們「只願暴政暴在他人的頭上……自己的本領只是『幸免』。從『幸免』裏又選出犧牲，供給暴君治下的臣民的渴血的

〔註 21〕魯迅：《〈自選集〉自序》，《魯迅全集》（第 4 卷），第 468 頁。
〔註 22〕魯迅：《娜拉走後怎樣》，《魯迅全集》（第 1 卷），第 166 頁。
〔註 23〕魯迅：《兩地書》，《魯迅全集》（第 11 卷），第 15～16 頁。

欲望，但誰也不明白。」〔註 24〕華小栓這個唯一「沒有吃過人的孩子」，也因爲肺癆病而吃了人血饅頭，「卻全忘了什麼味」。吃了人血饅頭的華小栓仍舊死了，他的死是無辜的，說明治病救人的「藥」無效；懷揣著「這大清的天下是我們大家的」理想的「瘋子」夏瑜死了，他的犧牲是無謂的，「爲群眾祈福，祀了神道之後，群眾就分了他的肉，散胙」〔註 25〕，思想啓蒙的「藥」也無效。毫無覺悟的生者是無知的，魯迅無奈地就投身啓蒙偉業的知識精英的悲壯宿命給出了自己的理性認識：啓蒙者「是放火人麼，也須別人有精神的燃料，才會著火；是彈琴人麼，別人的心上也須有絃索，才會出聲；是發聲器麼，別人也必須是發聲器，才會共鳴。中國人都有些不很像，所以不會相干。」〔註 26〕

《長明燈》也塑造了一個被視爲瘋子的狂人。「先就發過一回瘋」的他要熄滅吉光屯自「梁武帝點起的」長明燈。在他看來，「熄了便再不會有蝗蟲和病痛」；但在眾人心目中，「那燈一滅，這裡就要變海，我們就都要變泥鰍」。在茶客商議的眾聲喧嘩中，他一句「熄掉他罷！」顯得只是「一種微細沉實的聲息」。社廟禁閉，瘋子沉靜地說出「就用別的法子來」，這「法子」便是「我放火！」於是就有了郭老娃、四爺、闊亭和「方頭」四人的客廳密謀。還是四爺一錘定音，以「是他自己不要好」的名目把瘋子關在廟裏「只有一個小方窗，粗木直柵的，決計挖不開」的西廂房。到了小說結尾，在一群孩子怡然自樂的歌謠聲中，瘋子「一隻手扳著木柵，一隻手撕著木皮」，孤絕地喊著「我放火！」，「綠瑩瑩的長明燈」照到「木柵裏的昏暗」。毫無疑問，已被軟禁的瘋子又回到了萬般難破的「鐵屋子」，終將無所作爲。先期覺醒的啓蒙者的個人命運尚且如此，對於思想啓蒙又能有多少期待呢？答案不言而喻。魯迅後來對此做了深刻的反思：「中國大約太老了，社會上事無大小，都惡劣不堪，像一隻黑色的染缸，無論加進什麼新東西去，都變成漆黑。可是除了再想法子來改革之外，也再沒有別的路。我看一切理想家，不是懷念『過去』，就是希望『將來』，而對於『現在』這一個題目，都繳了白卷，因爲誰也開不出藥方。所有最好的藥方，即所謂『希望將來』的就是。」〔註 27〕

〔註 24〕魯迅：《隨感錄六十五 暴君的臣民》，第 384 頁。
〔註 25〕魯迅：《兩地書》，《魯迅全集》（第 11 卷），第 76 頁。
〔註 26〕魯迅：《隨感錄五十九 「聖武」》，第 371 頁。
〔註 27〕魯迅：《兩地書》，《魯迅全集》（第 11 卷），第 20 頁。

精神和肉體上與庸眾的雙重阻隔，使現實中的青年狂人不是被殺就是被囚，通往啓蒙之路變成了「歧路」，思想啓蒙也無疾而終。還能再寄希望於未來嗎？N 先生、呂緯甫、魏連殳等人過去的壯舉與現在的窮途之間的強烈對比，有效地證實了「所謂『希望將來』，不過是自慰——或者簡直是自欺——之法」〔註 28〕。

「脾氣有點乖張，時常生些無謂的氣，說些不通世故的話」的「前輩先生 N」，因當天的日曆上沒有「雙十節」紀念的文字記載而成了話癆。在曾經出洋留學的 N 先生喋喋不休地獨自講述中，我們得以知道「第一個雙十節前後的事」。這些種種過往「當時大概有若干人痛惜，若干人快意，若干人沒有什麼意見，若干人當作酒後茶餘的談助的罷。接著便將被人們忘卻。」〔註 29〕但對於 N 先生而言，全都是他「不堪紀念」的精神重負，稍微令他「得意的事」便是「自從第一個雙十節以後，我在路上走，不再被人笑罵了」。他接著圍繞始終讓自己痛苦不堪的「辮子」問題繼續自言自語，從剪辮之快意到無辮之災難，從戴上假辮子到廢了假辮子再到違心勸阻學生剪掉辮子，這「終日如坐在冰窖子裏，如站在刑場旁邊」的親身經歷，讓他對「理想家」隨便預約「黃金時代的出現」深惡痛絕。在 N 先生看來，「忘卻了一切還是幸福，倘使伊記著些平等自由的話，便要苦痛一生世！」由此可見，在「紀念」與「忘卻」之間，N 先生既失望又憤激，終歸陷入絕望。

當年「敏捷精悍」、「同到城隍廟裏去拔掉神像的鬍子」、「連日議論些改革中國的方法以至於打起來」的呂緯甫，和「我」意外重逢時早已改變模樣：行動「變得格外迂緩」，「精神很沉靜，或者卻是頹唐」。如果說呂緯甫外在形象上的滄桑之氣讓人驚詫片刻，那麼此時他任由歲月風乾理想的精神狀態則讓人觸目驚心。在他看來，當年的熱血青年之舉「不過是我的那些舊日的夢的痕跡」；過去的十年，也「無非做了些無聊的事情，等於什麼也沒有做。」事到如今，整個人變得「敷敷衍衍，模模糊胡」、「隨隨便便」，以教「子曰詩云」和《女兒經》討生活。他這次回鄉辦成的兩件事情，更見其行爲的悖謬和意義的虛無。一是奉母命爲早夭的小弟遷墳，屍骨早已無存，他卻鄭重其事地完成遷葬的全部流程，以便去「騙騙」母親。二是他不辭辛勞買剪絨花去送給已經病亡的阿順。呂緯甫的無聊感，正如他自己所說，「我自己也飛回

〔註 28〕魯迅：《兩地書》，《魯迅全集》（第 11 卷），第 26 頁。
〔註 29〕魯迅：《黃花節的雜感》，《魯迅全集》（第 3 卷），第 427 頁。

來了，不過繞了一點小圈子。」小說幾乎通篇都是呂緯甫不能自持地夫子自道，我們看到的又是異類的黃昏：一方面，無所謂於「過去」之「將來」的「現在」，另一方面，既否定了「過去」，又無望於「將來」，在「密雪的純白而不定的羅網裏」漸行漸遠。

「吃洋教」的「新黨」魏連殳，在村人看來確是「異樣」：學動物學卻去中學堂做歷史教員；「常說家庭應該破壞」、一直單身……在為並無血緣關係的祖母送殮的儀式上，他「全都照舊」；但一直不哭，待到村人無戲可看欲走散時，他卻突然流淚、失聲以至「像一匹受傷的狼」般長嚎，完全不理會旁人的無措反應，「哭著，哭著，約有半點鐘，這才突然停了下來，……他走進他祖母的房裏，躺在床上，而且，似乎就睡熟了。」這是魏連殳復仇的前傳。他之前堅信「孩子總是好的。他們全是天眞」、「中國的可以希望，只在這一點。」故而將孩子「看得比自己的性命還寶貴」：「怕孩子們比孩子們見老子還怕，總是低聲下氣的」；一見「亂得人頭昏」的房東家孩子，「眼裏卻即刻發出歡喜的光來了」。但在隨之而來失業在家、「幾乎求乞」的日子裏，他「竟也被『天眞』的孩子所仇視了」。後來做了軍閥的顧問，月薪現洋八十元。在他看來，對現實的妥協是「不配活下去」的；別人也因「都不像人」，「也不配的」。然而，他「偏要為不願意我活下去的人們而活下去」，他「快活極了，舒服極了」，完成虐他和虐己的雙重複仇，「躬行我先前所憎惡，所反對的一切，拒斥我先前所崇仰，所主張的一切了」。魏連殳用著各種方法作踐孩子，與此同時，他放浪形骸以致英年早逝。對那些看戲的庸眾來說，魏連殳輕而易舉地讓他們表露出「磕頭和打拱」的奴隸本性，他無疑「勝利了」；但對於自己來說，他無法抵禦絕望的侵襲，只能用精神自虐的特殊方式徒勞無功地與無物之陣對抗到底，這就「已經眞的失敗」。魏連殳甚至還以自己的遺容否定了孤獨者的存在意義：「口角間彷彿含著冰冷的微笑，冷笑著這可笑的死屍。」孤獨者的結局是悲劇的，魯迅感同身受地總結過：「這一類人物的運命，在現在——也許雖在未來——是要救群眾，而反被群眾所迫害，終至於成了單身，忿激之餘，一轉而仇視一切，無論對誰都開槍，自己也歸於毀滅。」〔註 30〕

〔註 30〕魯迅：《兩地書》，《魯迅全集》（第 11 卷），第 20 頁。

知識青年涓生也是一個異類。受西方人文主義思潮影響，他發現了「自我」，卻迷失前行方向，這有著五四一代「青年的煩悶，已到了極點」〔註 31〕的青春體驗。爲了絕處逢生的情感需求，涓生從所謂「愛情」尋求突圍，與子君組建了「幸福的家庭」。子君的出現，使涓生暫時擺脫了「寂靜和空虛」，並於「焦躁」中「常常含著期待」。小說有這麼一個細節，子君只是苦悶者涓生不可或缺的忠實傾聽者，「破屋裏漸漸充滿了我的語聲」。可以說涓生從來就沒把子君當成愛人同志或者靈魂伴侶，他們之間沒有任何平等有效對話，有的只是涓生的獨白。同居生活不過數月，涓生就已厭倦，原因無非是子君成天樂此不疲地忙於日常生活的瑣碎家務，不但不再扮演傾聽者的人物角色，而且「沒有一間靜室」讓他讀書。兩人世界的解體悲劇因爲涓生遭受失業這一「所豫期的打擊」而提前到來。子君黯然離開了涓生，抑鬱而終。相信「生活的路還很多，我還沒有忘卻翅子的扇動」的涓生，又回到會館，「坐臥在廣大的空虛裏，一任這死的寂靜侵蝕我的靈魂。」魯迅曾說，「舊家庭彷彿是一個可怕的吞噬青年的新生命的妖怪」〔註 32〕，那麼，無愛的「新家庭」又何嘗不是吞噬青年新生命的可怕妖怪呢？涓生爲了排遣「寂靜和空虛」和子君在一起，又因要追求一己之自由而離棄了子君，完全無視中國女性以婚姻、家庭爲重心的生活常識，不僅使自己喪失了面向未來新生活的任何可能性，而且也給子君造成了不可逆轉的巨大傷害。魯迅以涓生和子君的家庭悲劇，毫不留情地解構了個性解放、青春想像的五四思想啓蒙神話。

二、「少婦」的失語與「妻性」的重壓

魯迅對於婦女解放時代主題的個性理解無疑是全面而深刻的：他先是發表《我之節烈觀》，對周作人譯與謝野晶子的《貞操論》、胡適的回應文章《貞操問題》及時跟進，大力討伐長期戕害中國婦女的非道德、不人道的禮教「節烈」觀念；後又一針見血地指出社會對於婦女的顯在壓抑和婦女解放運動的任重道遠，「這並未改革的社會裏，一切單獨的新花樣，都不過一塊招牌，實際上和先前並無兩樣。」「解放了社會，也就解放了自己。」〔註 33〕他十分敏感地注意到婦女天性的後天扭曲這一歷史與現狀，「女人的天性中有母性，有

〔註 31〕沈雁冰：《創作的前途》，《茅盾全集》（第 18 卷），人民文學出版社，1989 年，第 120 頁。
〔註 32〕）魯迅：《忽然想到（十至十一）》，《魯迅全集》（第 3 卷），第 100 頁。
〔註 33〕魯迅：《關於婦女解放》，《魯迅全集》（第 4 卷），第 615 頁。

女兒性；無妻性」，「妻性是逼成的，只是母性和女兒性的混合。」〔註 34〕在他看來，「天性」是女性群體的自然權利，「妻性」是男權社會的強加要求。「母性」和「女兒性」混搭而成的「妻性」奴化人格，構成了婦女解放的極大障礙。要眞正實現婦女的根本解放，就必須個人的獨立和女性的自覺雙管齊下。後來者聞一多「徹底解放了的新女性應該是眞女性」、「眞女性就應該從母性出發而不從妻性出發，（從妻性出發不成爲奴即成妓。）」〔註 35〕這一聲音的迴響與之精神上一脈相通，足見魯迅關於「妻性」認識的前瞻眼光。《吶喊》、《彷徨》集的「孀婦」單四嫂子、祥林嫂和「棄婦」子君、愛姑這一失語的「少婦」形象系列，事實上就已顚覆了五四新文化運動對於婦女解放、婚戀自主的樂觀期待。

《明天》中的單四嫂子，「專靠著自己的一雙手紡出棉紗來，養活他自己和他三歲的兒子」。「妻性」的壓抑，讓她只能將自己所有的情感以母愛的方式寄託在兒子寶兒的身上，「連紡出的棉紗，也彷彿寸寸都有意思，寸寸都活著」。當寶兒身患疾病時，單四嫂子這個「粗笨女人」只會求神簽、許願心、吃單方，最後「去診何小仙」。寶兒吃了「第一味保嬰活命丸」，「呼吸從平穩變到沒有，單四嫂子的聲音也就從嗚咽變成號咷」。她只是覺得「這屋子太靜，太大，太空」，「叫他喘氣不得」。平日游手好閒、言行舉止輕佻的「紅鼻子老拱」和「藍皮阿五」，到底給不了她一星半點的實際幫襯。單四嫂子最後在「暗夜」的「寂靜」中睡著了，沒有做兒子還魂的夢。小說以「明天」名篇，恰恰暗喻著年輕寡居的單四嫂子已經沒有了明天。

如果說單四嫂子在禮教文化奴役下人心雖死、尚能苟活延命的話，那麼《祝福》中的祥林嫂則是在「妻性」的魔咒下走向了精神和肉體的雙重毀滅。祥林嫂是童養媳，終其一生都被打上祥林家的烙印。小丈夫死後，她到魯四老爺家當女傭，但所掙工錢「一文也還沒有用」，就被尋上門的婆婆悉數領走。在這種舊式婚姻中，「男人得到永久的終身的活財產」〔註 36〕。同樣奉守貞節觀念的「三十多歲的」婆婆，爲了給小兒子娶親而不顧祥林嫂面臨失節的人生困境，將她賣給「深山野墺裏」的賀老六做老婆。祥林嫂「一路只是嚎，

〔註 34〕魯迅：《小雜感》，《魯迅全集》（第 3 卷），第 555 頁。
〔註 35〕聞一多：《婦女解放問題》，《聞一多全集》（第 2 卷），湖北人民出版社，2004 年，第 416 頁。
〔註 36〕魯迅：《男人的進化》，《魯迅全集》（第 5 卷），第 301 頁。

罵」；拜天地時，竟「一頭撞在香案角上，頭上碰了一個大窟窿，鮮血直流」。很明顯，祥林嫂只是抵制再嫁、做到從一而終罷了。不料，祥林嫂再度守寡，唯一的精神慰藉便是兒子阿毛。可阿毛又被狼吃掉，繼而「大伯來收屋」，她只好重回魯四老爺家幫傭。故事至此才眞正開始。祥林嫂逃離祥林家、自食其力，初步有了對於「妻性」的本能反抗，究其原因是她和祥林還沒生養孩子；從不願改嫁到二度喪夫再到意外失去獨子，「妻性」的束縛便讓她無法自拔。對於已經做了母親的祥林嫂而言，最大的精神打擊莫過於喪子，母愛的情感排遣渠道被迫中斷，以致始終無法釋懷，逢人便反覆嘮叨著失去孩子的過程細節，成了魯鎮人「看得厭倦了的陳舊的玩物」。在魯四老爺、四嬸看來，再嫁的祥林嫂不再是節婦，在年底「祝福」中對她這個「謬種」唯恐避之不及。祥林嫂花光「歷來積存」的工錢，到土地廟捐一條「給千人踏，萬人跨，贖了這一世的罪名」的門檻，可還是沒能換來準備主家「祝福」祭品的當然資格。再到後來，「分明已經純乎是一個乞丐」的祥林嫂遇見了「我」，虔誠地求教魂靈有無的問題，「我」在她苦苦追問下只能以「說不清」來搪塞。精神再無寄託的祥林嫂，在「豫備給魯鎮的人們以無限的幸福」的「臨近祝福時候」走上了絕路。魯迅在《迎神和咬人》一文中說，「無教育的農民，卻還未得到一點什麼新的有益的東西，依然是舊日的迷信，舊日的訛傳，在拼命的救死和逃死中自速其死。」〔註 37〕深受「妻性」之害的「山裏人」祥林嫂又何嘗不是這樣呢？

寡母撫孤是單四嫂子和祥林嫂人生經歷的共性特徵，她們「妻性」的具體表徵即在於「母性」的放大，壓倒了象徵傳統女性依附、馴服特性的「女兒性」（並非沒有，她們都有「從父」、「從夫」、「從子」的思維定勢，小說只不過截取其中的一個斷面。）。愛姑、子君則是更爲年輕的一代「少婦」，她們還沒有兒女，在婚變／分手的個人遭際中，更多彰顯出「女兒性」，這同樣是深受「妻性」的毒害所致。

有著「兩隻鉤刀樣的腳」的愛姑，「十五歲嫁過去做媳婦」，沒多久丈夫就「姘上了小寡婦」，公公偏袒自己的兒子，提出離婚賠錢的一攬子解決方案；愛姑則依仗娘家父兄之強勢，與夫家大鬧三年婚姻保衛戰，做好「大家家敗人亡」的心理準備。鄉紳慰老爺「她是不放在眼裏的」，因而這場離婚

〔註 37〕魯迅：《迎神和咬人》，《魯迅全集》（第 5 卷），第 577 頁。

糾紛調解多次都無結果，「和知縣大老爺換帖」的七大人便出面調停。愛姑深知離婚不過是「休妻」傳統的改頭換面，抱定「要撇掉我，是不行的」想法，向七大人慷慨陳詞。從愛姑的舉證可以看出，三從四德、明媒正娶、從一而終種種關於「妻性」的禮教觀念正是她捍衛自己婚姻的精神武器。就在愛姑和她丈夫「對簿公堂」時，七大人犯了煙癮的場面給她造成了「大勢已去，局面都變了」的錯覺，現場情勢瞬間急轉，「她這時才又知道七大人實在威嚴，先前都是自己的誤解，所以太放肆，太粗鹵了。她非常後悔」，戲劇性地改口說：「我本來是專聽七大人吩咐……。」一場久拖未結的離婚案子因爲一場烏龍一朝了結。研究者大多論及愛姑深入骨髓的奴性意識，卻少有分析奴性意識的深層緣由，其實這正是「妻性」規約下「女兒性」的典型症候。

子君一般被研究者著意認定爲「娜拉」離家出走去尋求個性「解放」的「新女性」，這不過又是一次脫離文本實際的主觀誤讀。懷春的子君，視愛情至高無上。在涓生的「啓蒙」下，子君義無反顧爲愛私奔，由四體不勤的小家碧玉轉變成「終日汗流滿面，短發都黏在腦額上；兩隻手又只是這樣地粗糙起來」的家庭主婦。面對「路上時時遇到探索，譏笑，猥褻和輕蔑的眼光」，她「鎮靜地緩緩前行」。這種看似叛逆、大膽的行爲自身，是戀愛中的女人的情感本能，並不意指著女性獨立意識的猛然覺醒。子君量入爲出地操持家務、照顧涓生，也不過是其對傳統女性家庭角色的自我定位。至於讓涓生和研究者爲之激賞的那一句「我是我自己的，他們誰也沒有干涉我的權利！」，也不意味著就是女性解放的「輝煌的曙色」，而只是宣告子君從父親的家庭出走（「我是我自己的」）、走入丈夫的家庭（「我是涓生家的」）罷了！我們注意到子君在和涓生的交往同居經歷中有兩個明顯特點：一是如前所述，子君完全失語，與涓生沒有任何平等對話；甚至當涓生主動提出分手後，子君也是默默無語地獨自歸去。二是子君在涓生面前，一如既往地保持著「女兒性」的依賴性人格特徵。當她被涓生文藝「啓蒙」時，「兩眼裏彌漫著稚氣的好奇的光澤」；當涓生求婚時，她「孩子似的眼裏射出悲喜，但是夾著驚疑的光」；當在吉兆胡同裏回想會館裏的「愛情」時，「子君的眼裏忽而又發出久已不見的稚氣的光來」；當涓生決計親口說出分手的話時，便「看見她孩子一般的眼色」；當涓生終於「用了十分的決心」向子君說出「我已經不愛你了」的時候，「她臉色陡然變成灰黃，死了似的；瞬間便又蘇生，眼裏也發了稚氣的閃閃的光澤。這眼光射向四處，正如孩子在饑渴中尋求著慈愛的母親，但只在空中尋求，恐怖地迴避著我的眼。」在子君像一個孩子似的被父親領回了家後，涓生眼前「浮出一個子君的灰黃的臉來，睜了孩子氣的眼睛，懇託似的看著我。」很明顯，子君不是娜拉式女性：不願成為丈夫「玩偶」的娜拉，為了獲取女性的自由意志而離家出走；而子君因為愛情從父親的家到丈夫的家，繼而失愛重回父親親情的家，這一盲目出走與狼狽歸來的尋情歷程，恰恰印證子君精神上從未長大成「人」，更不要說是人格獨立的現代女性！

三、孩子的「昏亂」與「幼者」的沉淪

兒童的發現亦是五四新文化運動「個人的發見」的題中應有之義。魯迅終其一生都對「兒童」這一歷史建構的概念命題有著一以貫之的理性探討。早在 1915 年 3 月，魯迅就高屋建瓴地指出「待遇兒童之道」謂「育養」、「審美」、「研究」，極力聲稱「一國盛衰，有繫於此」〔註 38〕。從 1918 年 9 月到次年 11 月，魯迅在《新青年》累計發表 27 篇隨感錄，兒童問題成其主要議題。魯迅深知「昏亂的祖先，養出昏亂的子孫，正是遺傳的定理」，故抉心「從現代起，立意改變：掃除了昏亂的心思，和助成昏亂的物事」〔註 39〕。他當時相信「生命是進步的，是樂天的」〔註 40〕，熱切期望中國的新生一代脫離「父母福氣的材料」的依從品性，成為「將來的『人』的萌芽」、「成一個完全的人」〔註 41〕、「超過祖先的新人」〔註 42〕，大聲疾呼中國的成人要以「對於一切幼者的愛」〔註 43〕，去「完全解放了我們的孩子」〔註 44〕。最能代表魯迅「以孩子為本位」兒童觀的，莫過於《我們現在怎樣做父親》一文。該文即時呼應周作人「自己崇拜——子孫崇拜」〔註 45〕的新銳觀點，深刻批駁祖宗崇拜意識所蘊含的傳統孝道，從進化論角度熱切地呼籲中國樹立「幼者本位」、放生孩子的倫理思想：「父母對於子女，應該健全的產生，盡力的教育，

〔註 38〕魯迅：《兒童藝術展覽會旨趣書》，《魯迅論教育》，教育科學出版社，1986 年，第 267 頁。
〔註 39〕魯迅：《隨感錄三十八》，第 329 頁。
〔註 40〕魯迅：《隨感錄六十六　生命的路》，第 386 頁。
〔註 41〕魯迅：《隨感錄二十五》，第 312 頁。
〔註 42〕魯迅：《隨感錄四十九》，第 355 頁。
〔註 43〕魯迅：《隨感錄六十三　「與幼者」》，第 381 頁。
〔註 44〕）魯迅：《隨感錄四十》，第 339 頁。
〔註 45〕周作人：《祖先崇拜》，《周作人散文全集》（第 2 卷），第 131 頁。

完全的解放」,「用無我的愛,自己犧牲於後起新人。」〔註46〕五四新文化運動落潮後,魯迅意識到「中國的改革,第一著自然是埽蕩廢物,以造成一個使新生命得能誕生的機運。五四運動,本也是這機運的開端罷,可惜來摧折它的很不少。」〔註47〕敬畏幼者、善待青年的單純心態始有微妙變化,認爲「青年又何能一概而論」〔註48〕,轉而明確表示:「現在倘再發那些四平八穩的『救救孩子』似的議論,連我自己聽去,也覺得空空洞洞了……並且我的話也無效力,如一箭之入大海。」〔註49〕1932年,他以親身體驗對此總結反思道:「我一向是相信進化論的,總以爲將來必勝於過去,青年必勝於老人,對於青年,我敬重之不暇,……然而後來我明白我倒是錯了。」〔註50〕弔詭的是,魯迅 1929 年又對漠視兒童的社會現狀深表不滿:「中國似向未嘗想到小兒也」〔註51〕,再次密集發表《上海的少女》、《上海的兒童》、《漫罵》、《「小童擋駕」》、《玩具》等隨感、雜文,接續之前對於積弱「幼者」的人文關懷;甚至去世前三週還在重提「眞的要『救救孩子』」〔註52〕。拳拳之心,讓人無法忘卻。但更爲弔詭的是,在《吶喊》、《彷徨》的敘事表達中,魯迅對於中國「兒童」從來不抱有任何樂觀主義的空洞幻想,有的只是他對於「兒童」解放的悲觀認識。

在《狂人日記》中,魯迅即通過狂人的眼,從那夥「小孩子」的現世表現和遺傳根性推演出「孩子難救」的絕望邏輯。在隨後的《孔乙己》這篇魯迅自己也頗爲推崇的白話小說中,更是直接用專門篇幅去描述孩子。在長達數十年的闡釋過程中,學界精英不是去激情控訴將「科場鬼」孔乙己殘忍推進萬劫不復的死亡深淵、罪孽深重的科舉制度抑或封建社會,就是對於魯鎮人情冷漠、人際隔閡的社會風氣以及各個階層對弱勢人物的精神虐殺痛心不已;更有劍走偏鋒者,津津樂道於小夥計「我」的所謂童年視角。對於第一、三種這樣游離文本的研究結論,我們除了深表遺憾還能再說些什麼呢?至於第二種理論見解,倒是自有其合理成分,這是因爲,孔乙己在魯鎮本就是「一

〔註46〕魯迅:《我們現在怎樣做父親》,《魯迅全集》(第1卷),第141、140頁。
〔註47〕魯迅:《〈出了象牙之塔〉後記》,《魯迅全集》(第10卷),第270頁。
〔註48〕魯迅:《導師》,《魯迅全集》(第3卷),第58頁。
〔註49〕魯迅:《答有恆先生》,《魯迅全集》(第3卷),第476~477頁。
〔註50〕魯迅:《三閒集·序言》,《魯迅全集》(第4卷),第5頁。
〔註51〕魯迅:《書信·290323 致許壽裳》,《魯迅全集》(第12卷),第159頁。
〔註52〕魯迅:《「立此存照」(七)》,《魯迅全集》(第6卷),第658頁。

文錢」的鹽煮筍、茴香豆之類「下酒物」，無論是「長衫」客丁舉人的辱沒斯文、掌櫃的無情捉弄還是「短衣幫」的快活取笑，這種以消遣他者愉悅自己的生活方式的確讓人萬難忍受而又無可奈何。但這只是問題的一方面；魯迅創作此篇，更多的是在隱性表達對於貧弱幼者從自然天性到心理變形的沉重憂思。

咸亨酒店的魯鎮市民大致分為「坐喝」的長衫客和站喝的短衣幫兩大群體。「我」原是局外人，自十二歲起在咸亨酒店當小夥計。因「樣子太傻」、羼水作假又做不來，只好「專管溫酒」，終日「活潑不得」。這說明「我」剛來時還有不諳世事的孩子氣息；但在魯鎮這個市民社會的染缸裏，「我」逐漸同化成「吃人」的參與者，直接誘因便是「孔乙己到店」。站著喝酒的落魄處境和身著長衫的身份象徵的對峙僵持，構成孔乙己的個性符號。這個「讀過書」卻「終於沒有進學，又不會營生」以致「愈過愈窮，弄到將要討飯了」的人，並非小說文本的中心人物，「沒有他，別人也便這麼過」。他的存在意義僅僅限於成為眾人哄笑的目標對象，使「店內外充滿了快活的空氣」，「在這些時候，我可以附和著笑」。當孔乙己受盡了取笑轉而從「我」這裡重尋「讀書人」的尊嚴硬要教「我」寫字時，「我」那鄙夷的神情，「討飯一樣的人，也配考我麼？」的心理獨白，再加上先是「回過臉去，不再理會」後又「愈不耐煩了，努著嘴走遠」的連貫動作，充分表明「我」已加入了愚頑看客的庸眾行列。又是一個令人痛心不已的不可救的孩子！這是一齣喜劇的場景，但無疑又有悲劇的內涵，深深打上了魯迅寫實主義「用幽默的筆法寫陰慘的事蹟」〔註 53〕的鮮明烙印。

在魯迅筆下的孩子群像中，「七個頭拖了小辮子」的學童，面對五十多歲、參加縣考十六回依舊落第的陳士成，「臉上都顯出小覷他的神色」，這何嘗不是小夥計「我」的再度翻版？學程在四銘面前只會「喉嚨底裏答應了一聲『是』，恭恭敬敬的退出去」、練著「國粹」八卦拳，這難道不正是父親「終日給以冷遇或呵斥，甚而至於打撲」〔註 54〕的形象演繹？在社廟前冷嘲熱諷地「合唱著隨口編派的歌」、本應天真無邪的孩子們，瞬間就淹沒了瘋子「我放火」的啟蒙吶喊，這未必不是「狂人」遭際的情景再現？此外，「新近裹腳」、

〔註 53〕周作人：《關於魯迅之二》，《周作人散文全集》（第 7 卷），廣西師範大學出版社，2009 年，第 451 頁。

〔註 54〕魯迅：《上海的兒童》，《魯迅全集》（第 4 卷），第 580 頁。

「在土場上一瘸一拐的往來」的六斤，一見有圍觀便會「像用力擲在牆上而反撥過來的皮球一般」飛奔上前的賣包子的「十一二歲的胖孩子」和頭戴「雪白的小布帽」的小學生，還有「兒子正如老子一般」、「都不像人」的大良二良……，這些孩子無一不是精神上昏亂不堪。在魯迅看來，孩子的昏亂是與生俱來的，我注意到《彷徨》中孩子舉蘆葉說「殺」這個細節描寫出現過兩次，《野草》又重複強化一次：

赤膊的還將葦子向後一指，從喘吁吁的櫻桃似的小嘴唇裏吐出清脆的一聲道：

「吧！」

——《長明燈》

「想起來眞覺得有些奇怪。我到你這裡來時，街上看見一個很小的小孩，拿了一片蘆葉指著我道：殺！他還不很能走路……。」

——《孤獨者》

最小的一個正玩著一片乾蘆葉，這時便向空中一揮，彷彿一柄鋼刀，大聲說道：

「殺！」

——《頹敗線的顫動》

赤膊孩子的模擬槍響，一舉消解了無名瘋子的存在意義，「從此完全靜寂了」，失卻了將來；學步幼兒的移動狙擊，嚴重挫傷魏連殳們的護犢情懷，絞殺了現在；而年幼的孫子則否定了過去，以乾蘆葉作「鋼刀」去劈殺早年忍辱負重的垂老祖母，對其養育之恩以怨報德。毋庸置疑，「沒有吃過人的孩子」，過去、現在和將來都不會出現，孩子無從救起，這是魯迅自《狂人日記》寫作以來的既定思路。

魯迅筆下第二種類型的孩子，如「可愛可憐」的妹子、「不住的咳嗽」的華小栓、「生龍活虎似的跳去玩」的寶兒、「很聽話」的阿毛、「很能幹」的阿順等，但他們無一例外都是肉體的消亡，和昏亂的孩子一起沉淪。孩子想救也救不了！

魯迅筆下還有少年閏土和雙喜、阿發、桂生等孩子形象，他們和諧自然的兒童生活，歷來被學界精英交口稱讚。但無論是少年閏土還是雙喜們，並非爲了「裝點些歡容，使作品比較的顯出若干亮色」〔註 55〕而孤立存在，反

〔註 55〕魯迅：《〈自選集〉自序》，《魯迅全集》（第 4 卷），第 469 頁。

倒是無可爭辯地成爲觀照「現在」的一種參照系。臨海的富庶小鎮上，少年閏土刺猹的唯美畫面是「我」夢裏水鄉的精神寄託。當「我」再次返鄉後看到的卻是晦暗陰冷的凋敝鄉景和「像一個木偶人」的成年閏土。生活像一把無情刻刀，在閏土身上刻下道道傷痕，這是人生的常態。魯迅撕心裂肺地去重點表現的到底是閏土的變化還是故鄉的變化呢？答案顯然是後者。這個讓人失卻任何希冀的現實故鄉是否客觀反映了當時中國農村的眞實場景，我們姑且存而不論；我們感興趣的是，究竟是「故鄉」魯鎮發生了變化還是「迅哥兒」的記憶產生錯覺？回答自然是「我」的思想發生了突變。「我」遠離故鄉留洋也好、進城也罷，凝聚了現代思想啓蒙的精神能量，具備了現代都市文明的生命體驗，而今歸來以別樣的尺度眼光再度打量故鄉時，無論思想上多麼進退兩難、情感上多麼矛盾糾結，最終也只會產生一種排斥鄉土的決絕心理：「永別了熟識的老屋，而且遠離了熟識的故鄉，搬家到我在謀食的異地去。」從這個意義上來說，少年閏土是成年閏土的陪襯，閏土又是故鄉的道具，兩者變化與否已經沒有意義，重要的只是「我」此時此刻的夢醒心情。

《社戲》的敘事策略和《故鄉》是高度類似的，同樣存在過去（童年時看社戲）和現在（成年後看京劇）的強烈反差。論者大多選擇性地關注平橋村的小夥伴們帶著「我」撐著白篷航船去趙莊看戲的歡樂時光，進而刻意讚賞富有生氣而又難以忘懷的兒時鄉村生活，以致忽略了小說是由在北京看京戲與在鄉村看社戲兩部分組成的文本事實。在北京看京戲，是成年後「見見世面」的生存需要；而在趙莊看社戲，是「我在那裡所第一盼望的」。在劇場近看，鑼鼓「冬冬喤喤的敲打」，戲臺上「紅紅綠綠的晃蕩」，「戲臺下滿是許多頭」，「人都滿了，連立足也難」，看得「我」「這一夜」「對於中國戲告了別」；而在野外遠觀，戲臺上「紅紅綠綠的動」，「近臺的河裏一望烏黑的是看戲的人家的船篷」，「我」後來卻感慨「不再看到那夜似的好戲了」。爲什麼幾近相同（不同之處僅僅在於近看和遠觀之分）的看戲經歷卻有如此反差的觀看感受呢？解鎖的密碼是小說中反覆渲染的一句話：「近來在戲臺下不適於生存」。這不僅是魯迅創作意圖的主觀投影，更是魯迅生命感知的情緒體驗。在懷舊與新潮之間，魯迅歷史性地開啓了《朝花夕拾》的敘事先河。至於《兔和貓》、《鴨的喜劇》這兩篇初看很有兒童文學色彩的短篇小說，我們也完全不必牽強附會和孩子形象發生具體關聯，因爲文本幾度傳達出「誰知道曾有一個生命斷送在這裡呢？」的用心拷問，遠非幼稚孩子所能理解和接受。

四、「進向大時代」：魯迅告別「五四」的思想轉向

通過對魯迅五四新文化運動期間思想與創作的悉心梳理，我們得以窺見魯迅置身歷史理性批判與道德生存狀態的情感漩渦之中最繁複最眞實的心靈陣痛：理論倡導上與主將同步振盪，爲思想啓蒙搖旗吶喊；但在小說創作中呈現的卻是青春言說的悖論與啓蒙效力的質疑。這種較量與競存的多面圖景，合力組接了「啓蒙者」魯迅的複雜形象。魯迅與「五四」構成對話互融的血脈聯繫，那麼，魯迅之於「五四新文學傳統」的重要意義究竟何在？這是我們必須去嚴肅思考的重大理論問題。何謂「五四新文學傳統」？這似乎是一個不證自明的文學史概念，雖然每個重要歷史階段都有學人進行闡釋和發揮，但大多將其看作一種「想像的共同體」，少有準確界定。因篇幅所限，本文沒法對這一概念進行論證分析〔註 56〕，只想陳述一個客觀事實：五四知識精英普遍都存在張揚西化、游離西學的致命缺陷，學界精英大體也只關注「民主」、「科學」、「啓蒙」、「爲人生」等重要理論命題的具體實踐意義，對其最初含義和如何被經世致用的文論傳統改造成爲五四新文學基本觀念等關鍵問題語焉不詳，缺乏學理上的正本清源。但無論如何穿透歷史、還原現場，「啓蒙」是大家都能接受的魯迅研究的邏輯起點。

「啓蒙者」魯迅「在年青時候也曾經做過許多夢」〔註 57〕，終其一生經歷了學醫救國、棄醫從文、五四啓蒙三次存在與虛無的夢想幻滅。要精準把握魯迅之於「五四新文學傳統」的特別意義，我們就必須對第二次、第三次精神幻滅予以高度重視。魯迅棄醫從文後燃情寫作《人之歷史》、《科學史教篇》、《文化偏至論》、《摩羅詩力說》等文言論文，「振臂一呼，人必將靡然嚮之」〔註 58〕一語足可證實他看重思想啓蒙的社會效力。然《新生》雜誌的出師不利、《域外小說集》的銷路低迷，讓魯迅深感文藝「轉移性情，改造社會」確是「一種茫漠的希望」〔註 59〕，自己也「決不是一個振臂一呼應者雲集的

〔註 56〕我和宋劍華先生曾非直接地對「五四新文化傳統」做過個性界說：「在西方人文主義的影響下，借助『民主』與『科學』這兩個口號，以『啓蒙主義』爲思想資源，以『爲人生』爲理論建構，以『改造國民性』爲藝術追求，進而奠定了中國現代文學『現代性』的價值取向。」（參見宋劍華、張冀：《「啓蒙主義」與中國現代文學》，《貴州社會科學》2007 年第 1 期）。

〔註 57〕魯迅：《吶喊・自序》，《魯迅全集》（第 1 卷），第 437 頁。

〔註 58〕魯迅：《摩羅詩力說》，《魯迅全集》（第 1 卷），第 83 頁。

〔註 59〕魯迅：《域外小說集序》，《魯迅全集》（第 10 卷），第 176 頁。

英雄」〔註 60〕。這種拔劍四顧無人喝彩的心理陰影，可謂籠罩魯迅一生，直到 1930 年還不忘再強調「振臂一呼，萬眾響應，……是烏托邦思想」〔註 61〕。及至民國肇建，魯迅「覺得中國將來很有希望」〔註 62〕，但「城頭變幻大王旗」的一連串政治風波，又讓他「看來看去，就看得懷疑起來，於是失望，頹唐德很了」〔註 63〕，寓居在北京 S 會館「鈔古碑」以自我麻醉。就在胡適發表《文學改良芻議》那一年的除夕夜，魯迅仍是「獨坐錄碑，殊無換歲之感」〔註 64〕。那時的魯迅，對日漸興起的新文化運動並無特別的好感，在和錢玄同關於「鐵屋子」的一番對話中，也不大看好思想啓蒙的實際效力。即便是應允復出創作《狂人日記》的當月，魯迅也仍是狀態低迷。周作人就曾回憶說：「那年四月我到北京，魯迅就拿幾本《新青年》給我看，說這是許壽裳告訴的，近來有這麼一種雜誌，頗多謬論，大可一駁，所以買了來的。……對於《新青年》總是態度很冷淡的，即使並不如許壽裳的覺得它謬」〔註 65〕。周作人的回憶文字無疑坐實了魯迅在《吶喊・自序》中的自我言說，在胡適、陳獨秀發動五四新文化運動如日中天的時候，魯迅與之一直若即若離。爲何會出現這種特殊情勢？我們究竟該做如何解釋？有幾個細節或能幫助我們解除疑問。一是魯迅在《阿 Q 正傳》「序」和《吶喊・自序》中分別對胡適的「歷史癖與考據癖」、「問題和主義」順帶進行辛辣嘲諷。二是魯迅《〈自選集〉自序》中的一句「將舊社會的病根暴露出來，催人留心，設法加以療治的希望。」〔註 66〕誰是五四新文化運動的發難者？顯然是西洋派留學生胡適，東洋派留學生魯迅只是立場曖昧的參與者。魯迅對中國文化深層結構的認知相當深刻，他已經不相信文學藝術、思想啓蒙具備改造社會現實的直接效應。那需要「留心」的「人」又是誰呢？魯迅沒有明說；但絕非大多數不識字的普通國民，而是「前驅者」、「主將」、「熱情者」們，魯迅本人則當然排除在「療

〔註 60〕魯迅：《吶喊・自序》，《魯迅全集》（第 1 卷），第 439～440 頁。
〔註 61〕魯迅：《〈潰滅〉第二部一至三章譯者附記》，《魯迅全集》（第 10 卷），第 372 頁。
〔註 62〕魯迅：《兩地書》，《魯迅全集》（第 11 卷），第 31 頁。
〔註 63〕魯迅：《〈自選集〉自序》，《魯迅全集》（第 4 卷），第 468 頁。
〔註 64〕魯迅：《丁巳日記》，《魯迅全集》（第 15 卷），第 273 頁。
〔註 65〕周作人：《新青年》，《周作人散文全集》（第 12 卷），廣西師範大學出版社，2009 年，第 163 頁。
〔註 66〕魯迅：《〈自選集〉自序》，《魯迅全集》（第 4 卷），第 468 頁。

治」者陣營之外了。這種對五四思想啓蒙既抱有渺茫希望又滿懷絕望的矛盾心態，導致魯迅理論言說與小說創作的分裂狀態，進而「五四運動之後，我沒有寫什麼文字，現在已經說不清是不做，還是散失消滅的了。」〔註 67〕由於中西文化的巨大差異，中西「啓蒙」貌合神離：西方的「啓蒙」，強調「理性」原則，誠如康德所說「要有勇氣運用你自己的理智」〔註 68〕；而中國式「啓蒙」則是知識精英對於愚昧國民居高臨下的思想教化，啓蒙者與被啓蒙者無法溝通、難以對話的有形無形障礙，注定了新文化運動的悄然退潮和五四知識精英或「高升」、或「退隱」、或「前進」〔註 69〕的必然分化。歷經人生第三次精神幻滅之後，魯迅這樣剖析自己：「我的作品，太黑暗了，因爲我常覺得惟『黑暗與虛無』乃是『實有』，卻偏要向這些作絕望的抗戰，所以很多著偏激的聲音。其實這或者是年齡和經歷的關係，也許未必一定的確的，因爲我終於不能證實：惟黑暗與虛無乃是實有。」〔註 70〕也正是從這時候開始，魯迅突然變得「很想冒險，破壞，幾乎忍不住」〔註 71〕，即使「實在困倦極了，很想休息休息」，他也還「想仍到熱鬧地方，照例搗亂」〔註 72〕。魯迅清醒意識到了思想啓蒙不可能使中國在短時間內發生根本性變革，激活了積蓄已久的對於尙武精神的思想認同：「改革最快的還是火與劍」〔註 73〕，在《野草》中更是五次出現「但他舉起了投槍！」這樣韌性話語去急切祈盼「叛逆的猛士出於人間」。到了 1927 年，面對「文藝與政治的歧途」，魯迅更是直接表達出崇尙暴力的狂熱思想：「學文學對於戰爭，沒有益處，……中國現在的社會情狀，止有實地的革命戰爭，一首詩嚇不走孫傳芳，一炮就把孫傳芳轟走了。」〔註 74〕

當時的中國正處於「一個進向大時代的時代」〔註 75〕，經過了五卅慘案

〔註 67〕魯迅：《熱風・題記》，《魯迅全集》（第 1 卷），第 307 頁。

〔註 68〕〔德〕伊曼紐爾・康德：《對這個問題的一個回答：什麼是啓蒙？》，收入《啓蒙運動與現代性：18 世紀與 20 世紀的對話》，〔美〕詹姆斯・施密特編，徐向東、盧華萍譯，上海人民出版社，2005 年，第 61 頁。

〔註 69〕魯迅：《〈自選集〉自序》，《魯迅全集》（第 4 卷），第 469 頁。

〔註 70〕魯迅：《兩地書》，《魯迅全集》（第 11 卷），第 21 頁。

〔註 71〕魯迅：《書信・250411 致趙其文》，《魯迅全集》（第 11 卷），第 477 頁。

〔註 72〕魯迅：《書信・260617 致李秉中》，《魯迅全集》（第 11 卷），第 528 頁。

〔註 73〕魯迅：《兩地書》，《魯迅全集》（第 11 卷），第 40 頁。

〔註 74〕魯迅：《革命時代的文學》，《魯迅全集》（第 3 卷），第 442 頁。

〔註 75〕魯迅：《〈塵影〉題辭》，《魯迅全集》（第 3 卷），第 571 頁。

和「四・一二」事變、「七・一五」事變諸多政治形勢突變的持續發酵，無產階級革命文學運動於 1928 年大幕拉啓。以中共黨員組成的太陽社、後期創造社爲骨幹的左翼文藝陣營已然形成「革命文學」的造勢主場。從意識形態角度對革命文學的極度看重，並非少數作家的個人行爲，而是社會轉型的必然選擇。隨著無產階級革命意識的強力滲透，革命文學倡導者們向已是文壇名家的魯迅、沈雁冰、葉紹鈞、郁達夫展開清算，引發一直以來對新興文學採取「勢所必至，平平常常，空嚷力禁，兩皆無用」〔註 76〕態度的魯迅出面回擊。重組後的、包括魯迅在內的左翼作家，集中火力與新月派梁實秋等人進行「階級論」／「人性論」的激烈論戰，牢固奠定了無產階級文學觀的統治地位；對「自由人」、「第三種人」的猛烈批判，在革命文學陣營內部形成了思想共識：知識精英必須自覺拋卻個人主義的情感糾葛，積極走向工農大眾，努力完成從新青年向革命者的身份轉型。

從文學革命到革命文學，是現代中國文學發展進程中的重要一環，在這場文壇劇變中，既未加盟文學研究會又和創造社無人事關係的魯迅首當其衝。他對於「革命文學的第一步，必須拿我來開刀」的策略需求「也敢於咬著牙關忍受」〔註 77〕，也樂於去接受「無產階級的革命的文藝運動，其實就是惟一的文藝運動」〔註 78〕、「惟新興的無產者才有將來」〔註 79〕的全新理念，務實地完成了告別「五四」的思想轉向，同時也基本放棄了小說創作。魯迅以否定性的文壇經歷和悖論性的複調言說，彰顯他對於「五四新文學傳統」的反諷意義，「不是指向這個或那個單個的存在物，而是指向某個時代或某種狀況下的整個現實。」〔註 80〕

魯迅曾說過「我的言論有時是梟鳴，報告著大不吉利事，我的言中，是大家會有不幸的。」〔註 81〕他在五四新文化運動中呈現出青春想像與解構青春、啓蒙吶喊與消解啓蒙的悖論現象，以及告別「五四」的思想轉向，顯然會讓那些一直都在神化魯迅和打造五四神話的魯迅崇拜者們難以接受，甚至

〔註 76〕 魯迅：《〈現代新興文學的諸問題〉小引》，《魯迅全集》（第 10 卷），第 322 頁。
〔註 77〕 魯迅：《答楊邨人先生公開信的公開信》，《魯迅全集》（第 4 卷），第 645 頁。
〔註 78〕 魯迅：《黑暗中國的文藝界的現狀》，《魯迅全集》（第 4 卷），第 292 頁。
〔註 79〕 魯迅：《二心集・序言》，《魯迅全集》（第 4 卷），第 195 頁。
〔註 80〕 〔丹麥〕克爾凱郭爾：《論反諷概念》，湯晨溪譯，中國社會科學出版社，2005 年，第 218 頁。
〔註 81〕 魯迅：《且介亭雜文二集・序言》，《魯迅全集》（第 6 卷），第 225 頁。

脆弱心靈遭受重創，這是可以想見的。魯迅的偉大之處，並不在他對於「五四新文學傳統」的建構意義，而是他比誰都明白傳統的重負和中國的難題所在，他比誰都有正視的勇氣，所以才會有如此飽滿的憂患意識，在其小說創作中煞費苦心地爲當時的「主將」發出種種逆耳忠告。對於魯迅給後來的國人留下的精神遺產，我們研究者理應勇敢直面和理性辨析。

作者簡介：

華中師範大學文學院副教授

「五四」前後中國知識分子生存困境的縮影——欠薪、索薪與魯迅《端午節》的寫作

盧軍
（聊城大學文學院）

摘要：

魯迅的短篇小說《端午節》完成於 1922 年 6 月，是展示「五四」前後中國知識分子生存境遇的一篇力作。本文通過對魯迅日記等資料的考查，結合魯迅創作《端午節》之前的經濟生活實況，分析了魯迅對索薪運動的態度爲何經歷了靜默——參與——帶頭抗爭三個不同的發展階段。提出小說具有自傳性的色彩，作者結合自身體驗和個人感受，以索薪運動爲題材，通過政府欠薪、廣大教職員工索薪維權，而身爲教員兼小官僚的方玄綽雖生活困頓卻恥於索薪這一主線，深刻剖析了一個持「差不多」論，貌似進步、骨子裏落後的「新」知識分子。並借助細膩的心理描寫對小資產階級知識分子膽怯懦弱、得過且過、自欺欺人的人性弱點進行了諷刺。顯示了魯迅對因生計問題困擾而價值理想精神日漸消解的民國知識分子的深切同情，同時暗含了一年之後周氏兄弟「失和」的重要起因。以期重新認識《端午節》在魯迅小說中的價值。

關鍵詞：魯迅；欠薪；索薪；《端午節》

一、《端午節》：遭評論家冷落的小說

魯迅小說《端午節》作於 1922 年 6 月，是應茅盾之約而寫的，最初發表於 1922 年 9 月上海《小說月報》第十三卷第九號，後收入魯迅的第一本小說集《吶喊》。在魯迅小說中是頗受研究者和讀者冷落的一篇。檢索中國知網，數十年來以《端午節》爲研究對象的論文寥寥可數，這是一個值得深思的現象。有論者提出《端午節》遭到評論家冷落的原因在於「風格模糊」，「在魯迅整個小說創作中的屬性和定位不夠明確所致。在題材上，這篇作品既沒有

《藥》、《風波》、《阿 Q 正傳》那樣鮮明的批判國民性的姿態，也不如《在酒樓上》、《孤獨者》或《傷逝》那樣展現頹敗知識分子強烈的絕望與孤獨感」。〔註 1〕其他研究文章對《端午節》的評價也不高。

那麼，與魯迅同時代的評論家是如何看待這篇小說的？翻閱相關資料，可以發現：儘管建國前（集中在 20 世紀 20 年代）關注小說《端午節》的學者也不多，但對小說的評價與當下相比還是有很大差別的，他們多持肯定態度。有代表性的有成仿吾、楊邨人、茅盾的評價。

成仿吾在寫於 1924 年 1 月的《〈吶喊的評論〉》一文中，將《阿 Q 正傳》和《端午節》這兩篇在《吶喊》中比鄰的小說進行了對比，認爲二者「是大不相同的，嚴格地說起來，前者不過是一篇故事，後者才眞是我們近代所謂小說。……我讀了這篇《端午節》，才覺得我們的作者已再向我們歸來，他是復活了，而且充滿了更新的生命。在這一點，《端午節》這篇小說對於我們的作者實在有重大的意義，欣賞這篇作品的人，也不可忘記了這一點」〔註 2〕。成仿吾緊接其後解釋了這樣評價的原因，指出魯迅在文中揭示的知識分子的生存境遇是那個時代普遍存在的，因而讀來感同身受。楊邨人在寫於 1924 年 6 月的《讀魯迅的〈吶喊〉》一文中，高度評價了《端午節》在《吶喊》集中的地位：「我們在全集十五篇裏面，以爲《風波》，《故鄉》，《端午節》，《社戲》，《不周山》，《阿 Q 正傳》，《明天》爲傑作中的傑作，其次的才算是《孔乙己》，《狂人日記》……」〔註 3〕。楊邨人與成仿吾一樣，將《阿 Q 正傳》和《端午節》進行了比較，指出二者是大不相同的，「我們讀《阿 Q 正傳》時，感覺得我們還是十年前的人物，我們簡直變易地位，處在十年前的環境社會之中；可是讀《端午節》時，我們已是回來了，我們所感覺的社會環境，正是現在的環境社會。……《端午節》給我們的印象是：（一）金錢的萬惡；（二）現代經濟制度組織不良的社會，應該推翻；（三）文字的生涯著實養不活人。」〔註 4〕楊邨人還認爲讀者可通過《端午節》瞭解魯迅的身世經歷。沈雁冰在寫

〔註 1〕彭明偉：《愛羅先珂與魯迅 1922 年的思想轉變——兼論《端午節》及其他作品》，《魯迅研究月刊》，2008 年第 2 期。

〔註 2〕《1913～1983 魯迅研究學術論著資料彙編》第 1 卷，中國文聯出版公司，1985 年版，第 46 頁。

〔註 3〕同上，第 61 頁。

〔註 4〕同上，第 58 頁。

於 1927 年 11 月的《魯迅論》一文中，認爲《端午節》與《故鄉》相彷彿，「表面雖頗似作者藉此發洩牢騷，但是內在的主要意義卻還是剝露人性的弱點，而以『差不多說』爲表現的手段。在這裡，作者很巧妙地刻畫出『易地則皆然』的人類的自利心來；並且很坦白第告訴我們，他自己也不是怎樣例外的聖人。」〔註 5〕由上述三位論者的評價可知：與魯迅同時代的學者都認爲《端午節》是篇寫實性極強的現實主義傑作。

那麼，《端午節》的創作背景是什麼？魯迅通過《端午節》想表達什麼意思？《端午節》在魯迅小說中應屬什麼位置？爲什麼現當代讀者對《端午節》的評價有很大差別？本文擬對這些問題做一初步探討。

二、有自傳性色彩的小說

在中國現代作家中，魯迅對經濟權格外看重，以鮮明的經濟觀獨樹一幟。「瞭解魯迅的有關經濟情況是十分有益的，它便於更進一步地把握魯迅的思想、性格與創作。經濟在魯迅小說中不僅僅作爲背景出現，而是內在於故事，進入情節結構的前臺，成爲小說的有機組成部分，並佔有相當的比重」〔註 6〕，以索薪事件爲題材創作小的說《端午節》是其中具有代表性的一篇。

小說《端午節》是頗多魯迅「自敘成分」的作品，小說主人公的姓名、職業、經歷都有許多魯迅的影子。魯迅的朋友和學生孫伏園曾明確指出：「《端午節》是魯迅先生的自傳作品，幾乎有百分之八十以上是作者自己的材料。」〔註 7〕他的依據主要是：第一，在一次周氏兄弟都參加的宴會上，錢玄同曾援引《儒林外史》中一個宴會場景給魯迅起了「方五先生」的綽號，那麼，小說《端午節》主人公方玄綽的名字應源自：「方」指魯迅、「玄」指錢玄同、「綽」指綽號。第二，既作公務員，又作教員，兼是著作家的方玄綽的身份，與魯迅身份恰合。魯迅那時是教育部僉事兼科長，兼任北京大學與男女高師兩校的講師。第三，方玄綽偏愛的「蓮花白」也是魯迅自己愛喝的酒。周作人在回憶文章裏印證了孫伏園的觀點：「這是小說，卻頗多有自敘的成分，即是情節可能都是小說化，但有許多意思是他自己的」〔註 8〕。周作人也提到方玄綽

〔註 5〕同上，第 291 頁。

〔註 6〕壽永明、鄒賢堯：《經濟敘事與魯迅小說的文本建構》，《文學評論》，2010 年第 4 期。

〔註 7〕孫伏園：《端午節》，《魯迅研究月刊》1994 年第 8 期。

〔註 8〕周作人：《魯迅小說裏的人物》，河北教育出版社，2002 年，第 149 頁。

的名字是由魯迅的一個綽號「方老五」而來。

1923 年 10 月，一個筆名「Y 生」的作者在《讀〈吶喊〉》一文中，稱《端午節》與《孔乙己》《藥》等文一樣，「多爲赤裸裸的寫實，活現出社會之眞實背影」〔註 9〕。1929 年 2 月，又有論者贊許《端午節》「描寫極其細膩，也有一點心理解剖。這大約是他自身的體驗，所以能寫得如此周到」〔註 10〕。那麼，小說反映的社會實況是什麼？孫伏園曾回憶該小說創作的時代背景是：「民國十一年是北京政府已經很不像樣子的時候了：教職員欠薪、公務員欠薪、著作人幾乎沒有稿費，知識分子簡直沒有法子繼續生活下去」〔註 11〕。周作人在《官兼教員》一文中也談及《端午節》的創作背景：「這小說是講北洋政府時北京學校機關欠薪的事情，那時學校先欠，職教員發生索薪，兼職的講師每星期兩小時只有薪水四十元，除北大以外又多只以十個月計算，因此多數講師不熱心參加，以官兼講師的自然也就屬於這一類了。後來政府機關也欠了薪，他們也弄不下去了，可是又不能像教員們的鬧索薪，情形很是困難。」〔註 12〕

因當時的北洋軍閥政府長期拖欠教育經費，爲了捍衛自己的經濟權，魯迅參與了北京教育界索取欠薪的鬥爭。但魯迅並非一開始就加入索薪運動，而是經歷了靜默——參與——帶頭抗爭的三個發展階段。這種變化與魯迅不同時期的經濟狀況有密不可分的關聯。

三、《端午節》創作前魯迅的經濟狀況（1919～1922 年）

《端午節》的創作動機、人物塑造、情節設置與魯迅自身的經濟生活體驗有密不可分的聯繫。因此，本文先以《魯迅日記》爲依據，從梳理分析魯迅此間的經濟收入情況入手。

魯迅在教育部工作時期，經濟收入主要有來自以下幾個方面：教育部的薪金、後期在學校擔任教職的鐘點費、稿費。薪金是他經濟生活的主要來源。魯迅 1912 年初到北京後，教育部職務未定，部員一律每月發生活費 60 元。

〔註 9〕《1913～1983 魯迅研究學術論著資料彙編》第 1 卷，中國文聯出版公司，1985 年版，第 37 頁。

〔註 10〕《1913～1983 魯迅研究學術論著資料彙編》第 1 卷，中國文聯出版公司，1985 年版，第 452 頁。

〔註 11〕孫伏園：《端午節》，《魯迅研究月刊》1994 年第 8 期。

〔註 12〕周作人：《魯迅小說裏的人物》，河北教育出版社，2002 年版，第 152 頁。

1912 年 8 月，魯迅被教育部任命爲僉事「兼社會教育司第一科科長」，「僉事」在當時屬於「高等文官」，月薪爲 220 元。約於 1913 年 1 月，教育部規定了薪俸等級制度，魯迅從二月份起月薪改爲爲 240 元。到 1914 年，經過「文官甄別」合格，魯迅又開始享受四等俸待遇，改爲每月 280 元；從 1916 年 3 月以後，又被定爲月薪 300 元，由此往後未再變動。〔註 13〕查閱 1919～1921 年間的《魯迅日記》，可以清晰地瞭解魯迅此間的經濟收支情況：

（一）1919 年

1919 年對魯迅來說是異常忙碌的一年，全年忙於看房、買房、房屋修繕、購置家具、搬家。從二月魯迅就開始在齊壽山、林魯生、張協和、朱孝荃、徐吉軒等同事或好友的陪同下四處看房，但皆不滿意。直到 7 月 10 日，「約徐吉軒往八道灣看屋」，魯迅對這座三進式四合院很中意，7 月 15 號「午後往八道灣量屋作圖」，7 月 23 日「午後擬買八道灣羅姓屋，同原主赴警察總廳報告」，8 月 19 日「買羅氏屋成」。魯迅和羅姓房主議定的購房成交價是 3500 塊銀元。前後分三次付清，先付了首付 1750 元，另付中保費用 175 元，10 月 5 日收房。魯迅當時手頭沒有這麼多錢，爲湊齊購房款，周氏兄弟說服母親賣掉了紹興老家的祖宅，共得款 1000 塊，9 月 3 日《魯迅日記》有「下午得三弟信並匯券千，上月廿九日發」，指的就是賣房款。此外還有很多其他花費，從 10 月到 11 月兩月間，僅木工費就支付了 425 元；11 月在八道灣安裝了當時還比較少見的自來水管，共花費 115 元，「付工値銀八十元一角。水管經陳姓宅，被索去假道之費三十元，又居間者索去五元」。

翻看《魯迅日記》：11 月 21 日，「上午與二弟眷屬俱移入八道灣宅」。11 月 29 日，「凡修繕房屋之事略備具」後，魯迅於 12 月初啓程回紹興接母親及三弟一家。12 月 24 日，「下午以舟二艘奉母偕三弟及眷屬攜行李發紹興」隨母離開紹興。12 月 29 日，抵達北平新家。

此時，八道灣空前熱鬧，母親魯老太太，妻子朱安，周作人全家、周建人全家齊聚於此。作爲周家長子，魯迅實現了自己嚮往已久的其樂融融的大家庭理想。但同樣因爲人口眾多，負有養家重任的魯迅的經濟壓力也是空前的。因爲購置房產，魯迅還借了錢，1919 年 11 月 13 日日記記載，「上午託齊壽山假他人泉五百，息一分三釐，期三月」，是利息很高的短期借款，但這是

〔註 13〕孫瑛：《魯迅在教育部》，天津人民出版社，1979 年版，第 71 頁。

1919年魯迅唯一一次借貸。

從《魯迅日記》可以得知：1919年全年，魯迅的教育部薪金基本按時發放，發薪日大多集中在每月26、27兩日，這兩天日記中常見「收本月奉泉三百」。在作爲教育部職員的魯迅能按時領取薪金的同時，廣大教職員卻享受不到同等待遇，「1919年12月5日，北京教職員公推代表直接面見教育次長傅嶽棻（代理部務），質問傅氏爲何單發教育部員薪金而置教職員於不顧？傅竟然說，現在全部發給現金實在困難，教育部所領經費不多，只能先發部員薪水。教職員代表得不到滿意答覆，決定再訪內閣總理靳雲鵬進行交涉。」〔註14〕因魯迅1919年有豐厚的固定薪金收入，雖然置業搬家花費甚多，但並未影響到日常生活，所以魯迅一開始對索薪運動並不太關心，起碼從現存文字中未看到相關描述。

（二）1920年

但這種情況在1920年以後有所變化，以圖表的形式反映他此間的收入和借還款情況更爲直觀：

時　間	魯迅日記中記載收入及借款還款情況
2月9日	下午收一月上半月奉泉百五十。還齊壽山所代假泉二百，息泉十一元七角。
2月16日	上午收一月分後半月奉泉百五十。還齊壽山所代假百元。
2月17日	下午支本月奉泉二百四十。還齊壽山所代假泉二百，利泉八。
3月4日	午後從齊壽山假泉五十。
3月30日	午後從戴螺舲假泉百。
4月10日	上午收三月上半月奉泉百廿。還戴螺舲百。
4月21日	上午收上月所餘奉泉百八十，還齊壽山五十。
5月14日	上午收上四月份半奉泉百五十。
5月22日	在病院。託二弟從齊壽山假泉百。
6月11日	從戴螺舲假泉五十。
6月15日	下午收四月下半月奉泉百五十，還戴螺舲五十。
6月22日	上午收五月上半月奉泉百五十。
7月10日	上午收五月奉泉卅。又從齊壽山假泉四十。

〔註14〕許文果：《1919～1920年北京教育界索薪運動論析》，《開放時代》2007年第3期。

7月13日	從齊壽山假泉卅。
7月16日	晨沛復入同仁病院。上午從本部支五月餘奉百廿。
7月27日	上午從齊壽山假泉十。
7月29日	從齊壽山假泉廿。
8月2日	午後從徐吉軒假泉十五。從戴螺舲假泉廿。
8月14日	上午還徐吉軒泉十五。
8月20日	上午從齊壽山假泉十。
8月23日	午後寄李遐卿信，假泉十二。
8月24日	上午從齊壽山假泉十。
8月26日	午後得李遐卿信，並假來泉八。
9月11日	午後訪宋子佩，假泉六十。
9月24日	下午收六月上半月奉泉百五十。還戴螺舲泉廿。
9月28日	上午還齊壽山泉廿。
10月18日	上午收六月下半月奉泉百五十。還李遐卿泉廿。
10月27日	上午從齊壽山假泉二百。
11月16日	上午收七月分奉泉三百。還齊壽山二百。
11月27日	上午從齊壽山假泉十。
12月1日	上午從李遐卿假泉卅。
12月2日	上午收八月上半月奉泉百五十。還齊壽山泉十。
12月15日	上午從齊壽山假泉五十。
12月28日	上午從齊壽山假泉廿。
12月29日	上午從朱孝荃假泉五十。
12月31日	晚收八月下半月及九月份奉泉四百五十。還齊壽山百七十，朱孝荃五十。

分析圖表可以得到如下信息：1920年2月17日，魯迅上一年託齊壽山所借的500元外債已全部還清。但從3月4日起，借貸成了魯迅日常生活的常事，在日記中頻繁出現。原因很簡單，一大家子人共同生活打破了魯迅先前相對簡單平靜的生活。魯迅的侄兒沛（周豐二）〔註15〕剛入住八道灣不久就不斷鬧病，翻看《魯迅日記》，1月10日「下午往池田醫院爲沛取藥」，1月12日「午後往池田醫院延醫診沛，晚復往取藥」，1月16日「午後往池田醫

〔註15〕周豐二，別稱周沛，生於1919年5月，係魯迅的侄兒、魯迅的三弟周建人的長子。

院爲沛取藥」。5 月 19 日，剛過完週歲生日三天的沛又得了急症，當天日記記載「沛大病，夜延醫不眠」。5 月 20 日送入同仁醫院，診斷爲肺炎，此後魯迅經常去醫院探望，有時還要住在醫院照顧病人，此間日記常有「夜在病院」的記載。直到 7 月 13 日「下午沛退院回家」，這次住院時間長達 55 天。還未等魯迅鬆口氣，7 月 15 日「下午沛腹瀉，延山本醫生診」，7 月 16 日「晨沛復入同仁病院。上午從本部支五月餘奉百廿」。此間，母親也生病，7 月 6 日，「母親病，夜延山本醫生診」。魯迅在照顧病人之餘，還要張羅昂貴的醫藥費。

（三）1921 年

時　間	魯迅日記中記載收入及借款還款情況
2 月 3 日	午後收去年十月份奉泉三百。還齊壽山百元。
2 月 4 日	上午收去年十一月上半俸泉百五十。還李遐卿泉卅。晚收大學九月、十月薪水共泉卅六。
3 月 16 日	收去年十一下半月奉泉百五十。付振捐廿七，煤泉廿八。下午至圖書分館補還紫佩泉六元二角四分。
3 月 29 日	從齊壽山假泉五十。下午二弟進山本醫院。
4 月 1 日	午後從許季市假泉百。
4 月 5 日	上午從齊壽山假泉五十。午後往山本醫院視二弟。
4 月 7 日	上午賣去所藏《六十種曲》一部，得泉四十，午後往新華銀行取之。
4 月 12 日	下午託齊壽山從義興局借泉二百，息分半。
4 月 26 日	午後從齊壽山假泉廿。
4 月 27 日	午後收去年十二月上半月奉泉百五十。還齊壽山泉廿。
4 月 29 日	午後往高師校取二月、三月薪水泉三十四元。往圖書分館還子佩泉廿。
5 月 3 日	還齊壽山泉百。
5 月 20 日	上午收去年十二月下半月奉泉百五十。
5 月 30 日	上午得宋子佩信並見假泉五十。下午從李遐卿假泉四十。
6 月 4 日	下午從齊壽山假泉五十。
6 月 6 日	午後往圖書分館還宋子佩泉五十。下午還齊壽山泉五十。
6 月 11 日	上午收一月、二月分奉泉六百。付直隸水災振十五，煤泉廿七，還義興局二百，息泉六。
7 月 18 日	上午收三月分奉泉三百。付直隸旱振十五，碧雲寺房租五十。
7 月 19 日	上午還許季市泉百。
8 月 6 日	上午從許季市假泉百。

8月10日	午後從子佩借泉百，由三弟取來。
8月12日	午後往圖書分館訪子佩，借泉五十。
8月15日	上午收三月上半月俸泉百五十。
8月31日	上午收四月下半月份奉泉百五十。
9月1日	下午往圖書分館還子佩泉百。
9月17日	下午收五月分奉泉三百。付碧雲寺房泉五十。
9月20日	午後往大學取薪水。
9月21日	午後往圖書分館還子佩泉五十。
10月5日	往浙江興業銀行取泉十四。
10月19日	午後往高師校講，收九月薪水十八元。
10月24日	下午往午門索薪水。
10月27日	上午教育部復暫還前所扣振捐泉六十。
11月3日	晚從齊壽山借泉卅。
11月5日	午往許季市寓，假泉五十。
11月9日	下午從大同號假泉二百，月息一分。還齊壽山卅。
12月31日	下午收六月分奉泉三成九十元。

（四）1922年

因1922年魯迅日記遺失，據1937年許壽裳編纂《魯迅年譜》時的抄件錄存如下：

時　間	魯迅日記中記載收入及借款還款情況
1月14日	午後收去年六月分奉泉七成二百十，還季市泉百
1月27日	午後收去年七月分奉泉三百。
12月6日	下午收七月分奉泉百四十元。
12月7日	上午還季市泉五十

從上列幾個圖表可以清晰地看出，自1920年起，魯迅的債務突然增長，1920年全年共計借款21次，總數達到九百多元；1921年又增加到千元以上。這種債臺高築的主要原因有以下幾方面：第一，教育部的薪俸開始不按時發放，逐漸拖欠，且拖欠時間越來越長。根據《魯迅日記》所載教育部拖欠部員薪水的情況：1920年共拖欠3個月薪水，1921年共拖欠半年多的薪水；1922年日記缺失無法瞭解具體情況；1923年共拖欠9個月薪水。第二，醫藥費開支巨大。一家老小闔家遷居到八道灣後，家庭成員頻繁生病，因爲周家老少

生病動輒要請日本醫生，進日本醫院。所以在魯迅的家庭開支中，醫藥費是很大一項。1921 年 3 月 29 日，「下午二弟進山本醫院」。3 月 29 日～5 月 31 日，周作人在山本醫院治療。6 月 2 日～9 月 21 日，魯迅又爲周作人在西山碧雲寺租房療養。1921 年 11 月 9 日「下午從大同號假泉二百，月息一分」。期間，1921 年 7 月 21 日侄兒沛得痢疾住山本醫院，直到 8 月 11 日下午才出院回家。入不敷出的魯迅已經開始把零星的稿費也用來支付醫藥費，1921 年 7 月 27 日晚魯迅致信在西山碧雲寺療養的周作人：「《一茶》已寄出。波蘭小說酬金已送支票來，計三十元；老三之兩篇（ソログーブ及猶太人）爲五十元，此次共用作醫費。」

因長期欠薪，魯迅在 1921 年的日記中經常出現借款的情況。有時一天要借兩筆錢應付，1921 年 5 月 30 日「上午得宋子佩信並見假泉五十。下午從李遐卿假泉四十」。魯迅的借款對象主要是教育部同事齊壽山、戴螺舲，以及終生摯友宋紫佩、許壽裳。估計時間長了，魯迅也實難開口，但不借又無法維持家庭開銷，作爲長子和大哥的魯迅壓力可想而知。1921 年 4 月 7 日日記記載「上午賣去所藏《六十種曲》一部，得泉四十，午後往新華銀行取之」，嗜書如命的魯迅竟然開始賣藏書來維持開銷，這個細節足以反映出他此時捉襟見肘的窘境。

1921 年 5 月 27 日日記記載:「清晨攜工往西山碧雲寺爲二弟整理所租屋，午後回，經海甸停飲，大醉。」魯迅飲酒一直適量，像這樣大醉的時候不多。應和他當時經濟壓力導致的心情鬱悶有關。

四、索薪運動：爲生存權而抗爭的民國知識分子

小說《端午節》以索薪事件爲題材，以政府欠薪、教員索薪、身爲教育界的官僚、同時在學校兼課的主人公方玄綽生活困頓卻恥於索薪的複雜心態爲主線。

小說中交代方玄綽平時領到的薪水都是「中交票」。「中交票」是袁世凱當國以來中國、交通兩銀行濫發紙幣，對北京教職員薪水影響很大。1916 年 5 月 12 日，國務院公布停兌止付議案，規定中、交兩行已發行的紙幣及應付款項暫時一律不准兌現、付現。此令發出後的一年內，其他地區逐漸恢復兌現，唯有中、交兩行鈔票流通量原本就過大的北京地區，不僅沒有恢復兌換，而且仍在增發，使得金融陷於混亂北京中交鈔票日益跌價，「最感苦痛者厥爲

各學校教職員，並且薪俸多延至數個月始能發放。故各學校教職員生計之困難幾齣人意料之外」。〔註 16〕冰心在《莊鴻的姊姊》中也有關於中交票造成的危害的描述：「不想自中交票跌落以來，教員的薪水又月月拖欠，經濟上受了大大的損失。」這直接導致「1919 年底，人們對五四運動還記憶猶新，北京教職員就發起了大規模的索薪運動」〔註 17〕。

1920 年 7 月直皖戰爭之後，北京政權落入直系軍閥手中。曹錕、吳佩孚大肆擴軍備戰，致使本已十分窘迫的中央財政更加困難。1921 年春，靳雲鵬內閣竟斷絕支付教育經費和教職員薪俸，使北京的大中學校教育陷入無法維持、教職員生活陷入難以爲繼的地步。3 月 14 日，北京大學等八校教職員爲抗議當局積欠經費，舉行罷教。15 日，北京國立專門以上學校教職員代表聯合會成立，馬敘倫任主席。周作人在《索薪》中提及：「發端於北京的北京大學、高師、女高師、工、農、醫、法政、藝術各專校，平時素無聯絡，爲了索薪這才組織了『八校教聯會』，會裏舉出代表，向政府索薪，最初是找教育部和財政部，推說沒錢，進一步去問內閣總理和大總統了。」〔註 18〕1921 年 4 月 8 日，北京大學等八所高校教職員因抗議北洋政府剋扣教育經費全體辭職，並通電全國。4 月 30 日，北京政府被迫接受 8 校教職員要求。5 月 16 日，北京 8 校教職員因北京政府開空頭支票，再次辭職。

1921 年 6 月 3 日，端午節前數日，北京八所國立院校辭職教職員代表聯席會，聯合全市大中小學各校教職員工和學生群眾一萬餘人舉行示威遊行，向以徐世昌爲首的北洋軍閥政府索取欠薪。代表們在國務院立等七小時未得接見，還遭到軍警毒打，馬敘倫、李大釗等數十人受傷。但翻看《魯迅日記》中 6 月 3 日的記載，只有簡單至極的：「雨。無事。」如此轟動北平、甚至全國的索薪事件，在魯迅日記中卻隻字未提。當天魯迅不在北平嗎？翻看《魯迅日記》，在「新華門」事件的前一天，即 6 月 2 日的日記記載「下午送二弟往碧雲寺。晚歸」。可見 6 月 3 日魯迅是在北平的，這頗令人費解。

當身在北平城中的魯迅靜默的同時，筆者認爲，「新華門」事件一定會對

〔註 16〕許文果：《1919～1920 年北京教育界索薪運動論析》，《開放時代》2007 年第 3 期。

〔註 17〕許文果：《1919～1920 年北京教育界索薪運動論析》，《開放時代》2007 年第 3 期。

〔註 18〕周作人：《魯迅小說裏的人物》，河北教育出版社，2002 年版，第 155 頁。

魯迅觸動很大，因其好友錢玄同在血案發生後曾去首善醫院慰問受傷的代表馬夷初、沈士遠等人；連遠在西山療養的周作人也很快針對此血腥事件撰文發表看法。因爲當時的徐世昌政府對外宣稱受傷的教師和學生是在新華門外「自己碰傷的」，周作人在報上看到報導後，寫了一篇短文《碰傷》，諷刺了政府的說法是十分荒謬的。該文發表在 6 月 10 日的《晨報》上。那麼，依魯迅的性格來看，他決不可能對此事無動於衷，只不過當時沒有馬上撰文發聲罷了。

小說《端午節》對發生在 1921 年 6 月 3 日的「新華門」索薪事件的描述是：「待到淒風冷雨這一天，教員們因爲向政府去索欠薪，在新華門前爛泥裏被國軍打得頭破血出之後，倒居然也發了一點薪水。方玄綽不費舉手之勞的領了錢，酌還些舊債，卻還缺一大筆款，這是因爲官俸也頗有些拖欠了。」這和魯迅當時的經濟實況相符。「新華門」索薪事件發生在 6 月 3 日，距當年端午節只有一週時間，6 月 10 日魯迅日記記載「舊端午，休假」。端午節的第二天，即 6 月 11 日的日記中記載「上午收一月、二月分奉泉六百。付直隸水災振十五，煤泉廿七，還義興局二百，息泉六。」這和文中「方玄綽不費舉手之勞的領了錢，酌還些舊債」是對應的，可以說，魯迅是「新華門」事件的直接受益者。

小說取名《端午節》，其意不是寫傳統節日及風俗文化，粽子、艾葉、賽龍舟等在文中一概沒有提及，端午節只不過是因生存壓力失去生活理想的知識階級盼著發薪的日子，以及商家一年三節的銀錢結算的日子。端午節沒有給小說主人公夫婦帶來絲毫節日的快樂，只有被商家包圍索債的煩惱和無奈。

從小說相關描述來看，《端午節》的一些情節是由 1921 年、1922 年兩個端午節的經歷合成的。

> 照舊例，近年是每逢節根或年關的前一天，他一定須在夜裏的十二點鐘才回家，一面走，一面掏著懷中，一面大聲的叫道：「喂，領來了！」於是遞給伊一疊簇新的中交票，臉上很有些得意的形色。誰知道初四這一天卻破了例，他不到七點鐘便回家來。……
>
> 「怎麼了？……這樣早？……」伊看定了他說。
>
> 「發不及了，領不出了，銀行已經關了門，得等初八。」
>
> 「親領？……」伊惴惴的問。
>
> 「親領這一層，倒也已經取消了，聽說仍舊由會計科分送。可是銀行今天已經關了門，休息三天，得等到初八的上午。」

周作人在回憶文章中提到，「查那年的舊日記，至四月四日才收到一月份薪，五月不發，五月三十一日是陰曆端午，在六月三日收到了二月份薪，照這一節看來，本文裏說節前領到支票，要等銀行休息三天之後，在初八上午才能領到錢的話，與事實是相合的，因爲那年六月三日正是陰曆的初八」〔註19〕。周作人所說的「那年」應是1922年，而非1921年。因爲翻看《魯迅日記》，1921年6月10日記載「舊端午，休假」，而1922年的端午是5月31日。魯迅創作《端午節》的時間是1922年6月，也就是剛過完端午節不久寫作的。

前面說過，教育部欠薪後，魯迅最初並未在意，但後來經濟狀況日漸緊張起來，他不得不同時在四五所高校和兩所中學兼職。因政府欠薪，教育部職員也成立了「教育部索欠代表會」。魯迅第一次參加索薪活動是1921年10月24日，當天日記記載：「下午往午門索薪水」。不難推論，魯迅參與此次索薪活動的直接原因，就是家庭開支驟增，侄兒沛和弟弟周作人相繼長期生病，所費醫療費甚多。經濟窘迫的魯迅由此開始了四處借貸、疲於應付的生活。這也使魯迅對知識分子價值理想精神的消解有更深一步的認識。魯迅曾在致張廷謙的信中勸他接受農學院的聘書，「農院如『卑禮厚幣』而來請，我以爲不如仍舊去教，其目的當然是在飯碗，因爲無論什麼，總和經濟有關，居今之世，手頭略有餘裕，便或出或處，自由得多，而此種款項，則需豫先積下耳」。〔註20〕從1920年至1926年魯迅離開北京時，他曾先後在八所學校兼課，其中一個重要原因便是補貼家庭生活之用。

1921年11月，「教育部職員以欠薪甚久，停止辦公」〔註21〕。11月12日日記記載「夜往教育部會議」，夜裏開會並非討論什麼緊急公務，而是商討索薪措施。1921年12月16日，教育部欠薪達到半年，魯迅與15名科長、主任聯名呈文中華民國政府，始而公開參與「索薪」抗爭。呈文寫道：「頻年以來，國家財政支絀，俸薪每至積欠，……今歲十月間，本部俸薪欠至五月之久……部員之苦況既未蒙體恤，部務之整飭更未見端倪……今本部之現狀至於此，實不忍唯阿取容，再安緘默。」〔註22〕12月21日，教育部召開全體職員大會，決定一面通電全國，申明北京政府摧殘教育之罪；一面上呈府、院，全體辭職並索還欠薪。

1923年11月18日，魯迅發表談話《教育部拍賣問題的眞相》，揭露了北

〔註19〕周作人：《魯迅小說裏的人物》，河北教育出版社，2002年版，第158頁。
〔註20〕魯迅：《魯迅書信集》（上卷），人民文學出版社，1976年版，第239頁。
〔註21〕鮑昌、邱文治：《魯迅年譜》（上），天津人民出版社，第172頁。
〔註22〕《教育員司之請薪呈文》，見1921年12月18日《北京日報》。

洋軍閥政府剋扣教育經費、欠薪嚴重的窘況。1924 年 5 月 19 日，教育部因欠薪太久，又以端午節將至，部員生活極爲窘迫，於是召開全體大會，決定由「索薪會」派人輪流赴財政部索薪，如果得不到解決，則全體罷工。〔註 23〕由此可見，自 1921 年 10 月起，魯迅一直立場堅定地參加索薪鬥爭，一直持續到 1926 年他離開教育部。

五、方玄綽：持「差不多」說的「新」知識分子

雖然孫伏園曾明確指出「《端午節》是魯迅先生的自傳作品，幾乎有百分之八十以上是作者自己的材料」〔註 24〕。但決不能因此對號入座，把魯迅和方玄綽等同起來。雖職業相同，都是兼作教員的小官吏，但方玄綽是個表面上進步，骨子裏落後的「新」知識分子形象。方玄綽與魯迅最根本的不同在於他得過且過、自欺欺人、軟弱妥協的性格特徵。有論者指出《端午節》與《阿 Q 正傳》的內在關聯，「《端午節》這篇小說正是在《阿 Q 正傳》之後創作的，表面上看來這篇小說的題材與風格與《阿 Q 正傳》迥然不同的，但在批判懦弱畏縮和自我欺瞞的精神上卻又是一貫的。若說《阿 Q 正傳》批判一般中國人（老百姓和舊派士紳）的麻木精神，《端午節》這篇的批判矛頭則轉向五四的知識分子，魯迅有意藉此發掘中國知識分子身上隱藏的『阿 Q 精神』，從許多方面來看，《端午節》這篇可說是魯迅以知識分子爲主角的《阿 Q 正傳》。」〔註 25〕筆者是很認同這種觀點的。在《吶喊》的「目次」中，《端午節》與《阿 Q 正傳》比鄰，緊隨其後，這恐怕也不單單是一個巧合吧。

（一）自欺欺人的「差不多」說

方玄綽近來愛說「差不多」這一句話，幾乎成了「口頭禪」似的；而且不但說，的確也盤據在他腦裏了。他最初說的是「都一樣」，後來大約覺得欠穩當了，便改爲「差不多」，一直使用到現在。

他自從發見了這一句平凡的警句以後，雖然引起了不少的新感慨，同時卻也得到許多新慰安。譬如看見老輩威壓青年，在先是要憤憤的，但現在卻就轉念道，將來這少年有了兒孫時，大抵也要擺這架子的罷，便再沒有什麼

〔註 23〕陳明遠：《文化人的經濟生活》，陝西人民出版社，2010 年版，第 170 頁。

〔註 24〕孫伏園：《端午節》，《魯迅研究月刊》1994 年第 8 期。

〔註 25〕彭明偉：《愛羅先珂與魯迅 1922 年的思想轉變——兼論《端午節》及其他作品》，《魯迅研究月刊》，2008 年第 2 期。

不平了。又如看見兵士打車夫，在先也要憤憤的，但現在也就轉念道，倘使這車夫當了兵，這兵拉了車，大抵也就這麼打，便再也不放在心上了。他這樣想著的時候，有時也疑心是因爲自己沒有和惡社會奮鬥的勇氣，所以瞞心昧己的故意造出來的一條逃路，很近乎於「無是非之心」，遠不如改正了好。然而這意見，總反而在他腦裏生長起來。

這段文字反映出，方玄綽並非是一個麻木不仁、不諳世事的知識分子，對當時社會上的許多黑暗現象也有所不滿。，但他性格怯弱，向來「沒有和惡社會奮鬥的勇氣」，只好用這種與阿 Q 慣用的精神勝利法相仿的「差不多」說自我排解，尋求一種心理安慰。

方玄綽安於現狀、逃避現實的性格在小說中有多處表現。因一開始當局拖欠的還只是學校教員的薪水，方玄綽因爲有官俸，所以課時費領不到一時不影響自己的生活，因此他雖然同情罷課索薪的教師，但卻不願加入教師的索薪行列。

只要地位還不至於動搖，他決不開一開口；教員的薪水欠到大半年了，只要別有官俸支持，他也決不開一開口。不但不開口，當教員聯合索薪的時候，他還暗地裏以爲欠斟酌，太嚷嚷；直到聽得同僚過分的奚落他們了，這才略有些小感慨，後來一轉念，這或者因爲自己正缺錢，而別的官並不兼做教員的緣故罷，於是就釋然了。

但後來教育部公務員的薪水也開始拖欠了，直接影響到了他的生活質量。當看到太太端到飯桌上的簡陋菜蔬，使得他暫時忘掉自欺欺人的「差不多」論了，聯想到一個大教育家批評索薪的教員「一手挾書包一手要錢不高尙」的言詞，引發了他的滿腹牢騷：

> 「喂，怎麼只有兩盤？」聽了「不高尚說」這一日的晚餐時候，他看著菜蔬說。
>
> 「可是上月領來的一成半都完了……昨天的米，也還是好容易才賒來的呢。」伊站在桌旁臉對著他說。
>
> 「你看，還說教書的要薪水是卑鄙哩。這種東西似乎連人要吃飯，飯要米做，米要錢買這一點粗淺事情都不知道……」
>
> 「對啦。沒有錢怎麼買米，沒有米怎麼煮……」
>
> ……

可見，此時方家的生活已經是三餐不繼，連煮飯的米都是方太太費盡唇舌賒來的，因此方玄綽對「不高尙」說憤憤不平。但即使這樣，他也不肯去參加索薪活動，最主要原因是由於性格怯懦所致。

他既已表同情於教員的索薪，自然也贊成同僚的索俸，然而他仍然安坐在衙門中，照例的並不一同去討債。至於有人疑心他孤高，那可也不過是一種誤解罷了。他自己說，他是自從出世以來，只有人向他來要債，他從沒有向人去討過債，所以這一端是「非其所長」。

在「衙門裏既然領不到俸銀，學校裏又不發薪水」，以致難以應付商家的討債、過不去端午節的情況下，方玄綽也沒有勇氣起來反抗，反而找出種種藉口來爲自己開脫。但他還是有點自知之明的：「這種脾氣，雖然有時連自己也覺得是孤高，但往往同時也疑心這其實是沒本領。」承認自己最不敢見手握經濟之權、主宰「窮小子們的生殺之權」的人物。

（二）「清高」及「強勢」的一面

因政府公務員的薪俸也開始拖欠不發，方玄綽的生活受到了威脅，開始變得同情教員的索薪、贊成同僚的索俸，但他還不肯加入索薪行列。除了性格怯懦外，還因他自恃清高，認爲官俸應由會計科職員送到手上，如上門親領是失身份掉面子的事。所以即使索薪大會代表通知他去領已爭取到的錢，他也不肯屈尊。小說中有一段方玄綽夫妻的對話：

> 「一總總得一百八十塊錢才夠開消……發了麼？」伊並不對著他看的說。
>
> 「哼，我明天不做官了。錢的支票是領來的了，可是索薪大會的代表不發放，先說是沒有同去的人都不發，後來又說是要到他們跟前去親領。他們今天單捏著支票，就變了閻王臉了，我實在怕看見……我錢也不要了，官也不做了，這樣無限量的卑屈……」
>
> 方太太見了這少見的義憤，倒有些愕然了，但也就沉靜下來。
>
> 「我想，還不如去親領罷，這算什麼呢。」伊看著他的臉說。
>
> 「我不去！這是官俸，不是賞錢，照例應該由會計科送來的。」

方玄綽身上體現出的面對金錢問題的「清高」和逃避的態度在知識分子中是具有普遍性的。

但方玄綽並不總是如此膽小怯懦的，他也有「強勢」的一面，比如對他的太太，以及自認爲社會地位在他之下的小店家：

> 然而不多久，他忽而恍然大悟似的發命令了：叫小廝即刻上街

去賒一瓶蓮花白。他知道店家希圖明天多還帳，大抵是不敢不賒的，假如不賒，則明天分文不還，正是他們應得的懲罰。

蓮花白竟賒來了，他喝了兩杯，青白色的臉上泛了紅，吃完飯，又頗有些高興了，他點上一支大號哈德門香煙，從桌上抓起一本《嘗試集》來，躺在床上就要看。

「那麼，明天怎麼對付店家呢？」方太太追上去，站在床面前，看著他的臉說。

「店家？……教他們初八的下半天來。」

「我可不能這麼說。他們不相信，不答應的。」

「有什麼不相信。他們可以問去，全衙門裏什麼人也沒有領到，都得初八！」他戟著第二個指頭在帳子裏的空中畫了一個半圓，方太太跟著指頭也看了一個半圓，只見這手便去翻開了《嘗試集》。

方太太見他強橫到出乎情理之外了，也暫時開不得口。

這段文字給讀者提供了兩個信息：一是賒帳購物已是方家的常事，且因常不如期還款，在店家那裡已失去信譽。第二是反映了方玄綽對小商家的強橫源自他心底的輕商意識，且認定店家還要仰仗他們光顧買賣生存。

（三）讀《嘗試集》的「新」知識分子

胡適的白話詩集《嘗試集》1920 年 3 月由上海亞東圖書館出版後，兩年之內銷售達一萬部。《嘗試集》一度成爲新知識分子的時尚標配讀本。小說《端午節》中先後四次出現《嘗試集》，值得推敲作者用意。筆者認爲魯迅在此並無貶低胡適之意，因此時的魯迅對胡適還是相當尊重的，兩人還有一些交往，如 1919 年 5 月 23 日的《魯日記》記載，「夜胡適之招飲於東興樓，同坐十人」；6 月 19 日，魯迅還同周作人至第一舞臺觀看胡適的《終身大事》。魯迅讓方玄綽用「咿咿嗚嗚」的腔調念《嘗試集》，多半是意在暗示讀者他是一個貌「新」實「舊」的小知識分子。

六、生計問題：五四知識分子價值理想精神的消解

魯迅在小說中採取幽默的筆調嘲諷方玄綽的同時，也展示了他身上可悲的一面，蘊含著小知識分子多少的困苦與無奈。在每天爲衣食奔波的日子裏，知識分子還談何理想抱負，全部精力都耗費在如何把日子維持下去。

「我們可以將《端午節》視爲後來《彷徨》裏《在酒樓上》、《幸福的家

庭》、《孤獨者》或《傷逝》等一系列知識分子小說的開端，可說是魯迅第一篇正視當代知識分子困境的小說。」〔註 26〕魏連殳「躬行先前所憎惡、所反對的一切」，「拒斥先前所崇仰、所主張的一切」，呂緯甫去教自己曾經猛烈抨擊過的「子曰詩云女兒經」，也即是回歸他們曾經叛逆的、試圖改革的一切，其幕後的推手也正是（或主要是）經濟（錢），由經濟敘事所建構的「叛逆—歸來」模式，體現的是魯迅對於經濟（錢）的辯證思考，對人的生存境遇的深切把握。〔註 27〕正是生存所迫消解了五四知識分子的價值理想精神。

那麼，知識分子如何解決生計問題？小說《端午節》借方玄綽夫婦的對話對此做了探討。方太太對「文不像謄錄生，武不像救火兵」的方玄綽提出數種解決家庭經濟危機的方案：一、借錢救急。當即被清高、好面子的方玄綽否定，他對妻子談及借錢碰壁經過，「向不相干的親戚朋友去借錢，實在是一件煩難事。我午後硬著頭皮去尋金永生，談了一會，他先恭維我不去索薪，不肯親領，非常之清高，一個人正應該這樣做；待到知道我想要向他通融五十元，就像我在他嘴裏塞了一大把鹽似的，凡有臉上可以打皺的地迫都打起皺來，說房租怎樣的收不起，買賣怎樣的賠本，在同事面前親身領款，也不算什麼的，即刻將我支使出來了」。平素的吝嗇也是造成他借不到錢的原因，小說描寫了他去年年關如何回絕了一個來借錢的同鄉，「他其時明明已經收到了衙門的領款憑單的了，因爲死怕這人將來未必會還錢，便裝了副爲難的神色，說道衙門裏既然領不到俸錢，學校裏又不發薪水，實在愛莫能助，將他空手送走了。」所以他在遇到經濟困難向同事金永生張口借五十元時，被金婉然謝絕了。魯迅對方玄綽的自私、吝嗇刻畫得入木三分。不得不說，魯迅所描述向人借錢的片段堪稱絕妙：「就像在他的嘴裏塞了一大把鹽似的，凡有臉上可以打皺的地方都打起皺來」，「求人通融經濟的痛苦，有甚於嚓地去斬頭，恐怕這是誰都會有的經驗。」〔註 28〕看來，魯迅借錢通融時也遇到過這樣的面孔，所以才寫得如此生動形象。

第二、作文換取稿費。妻子讓方玄綽給上海的書鋪子寫稿換取稿費，又

〔註 26〕彭明偉：《愛羅先珂與魯迅 1922 年的思想轉變——簡論《端午節》及其他作品，《魯迅研究月刊》2008 年第 2 期。

〔註 27〕壽永明、鄒賢堯：《經濟敘事與魯迅小說的文本建構》，《文學評論》2010 年第 4 期。

〔註 28〕楊邨人：《讀魯迅的〈吶喊〉》，見《1913～1983 魯迅研究學術論著資料彙編》第 1 卷，中國文聯出版公司，1985 年版，第 59 頁。

招致方玄綽的反對，「上海的書鋪子？買稿要一個一個的算字，空格不算數。你看我做在那裡的白話詩去，空白有多少，怕只値三百大錢一本罷。收版權稅又半年六月沒消息，遠水救不得近火，誰耐煩」。妻子轉而提出讓他給本地報館投稿，也被方玄綽斷然否定，「給報館裏？便在這裡很大的報館裏，我靠著一個學生在那裡做編輯的大情面，一千字也就是這幾個錢，即使一早做到夜，能夠養活你們麼？況且我肚子裏也沒有這許多文章」。這也和作爲著作家的魯迅當時的經歷相符，文中所說的報館是北平的《晨報》館，「說到上海書鋪子的賣稿，空格不算數，這原是實在情形。其次是報館寄稿，在很大的報館裏靠著一個學生做編輯的大情面，一千字也就是這幾個錢，這所說的自然也就是那時北京《晨報》」〔註 29〕，文中所說的做編輯的學生就是孫伏園。這段文字既反映出了民國初年的稿酬制度的細節，也揭示了文人賣文爲生的不易。

第三、買彩票。方太太最後提出了買彩票的建議，奢望能碰運氣中個獎：「過了節，到了初八，我們……倒不如去買一張彩票……」，方玄綽表面上的反應很劇烈：「胡說！會說這樣無教育的……」，其實這個主意觸動了他內心深處，「這時候，他忽而又記起被金永生支使出來以後的事了。那時他惘惘的走過稻香村，看店門口豎著許多斗大的字的廣告道『頭彩幾萬元』，彷彿記得心裏也一動，或者也許放慢了腳步的罷，但似乎因爲捨不得皮夾裏僅存的六角錢，所以竟也毅然決然的走遠了。」《端午節》中方太太提出的解決家庭經濟危機的最後一種提議「買彩票」和方玄綽的反應是頗有意味的。因爲當年魯迅自己也買過彩票。《魯迅日記》中 1924 年 4 月 25 日記道：「上午往師大講。午後在月中桂買上海競馬彩票一張，11 元。往北大講，下午從齊壽山借泉百。」魯迅因何故購買「競馬彩票」日記中並未記錄。其第二天的日記載：「下午寄三弟信並競馬券一枚。」這「競馬券」就是頭一天在「月中桂」所購買的「競馬彩票」，在買後的第二天就在寄給三弟周建人的信中隨同寄往。因爲買的是「上海競馬彩票」，周建人當時就居於上海，比較合於情理的解釋應該是讓在上海的三弟給注意一下是否中獎。〔註 30〕那麼，魯迅爲何心血來潮買彩票呢？這應與魯迅當時的經濟狀況有關了。眾所周知，1923 年 7 月 19 日，魯迅與周作人關係決裂，矛盾的導火索是家庭經濟生活問題。8 月 2 日，

〔註 29〕周作人：《魯迅小說裏的人物》，河北教育出版社，2002 年版，第 158 頁。
〔註 30〕林清峰、張桂英：《「房奴」魯迅也買彩票》，《文史博覽》2012 年第 4 期。

魯迅從八道灣寓所遷居至西城磚塔胡同 61 號。魯迅在這裡住了三間朝南房屋，擁擠而嘈雜。10 月 9 日，因要接母親與自己同住，爲讓老人家住得稍微寬敞舒適些，魯迅再次準備購買房屋，1923 年 10 月 30 日，議定購買阜城門外西三條胡同 21 號房屋一所，議價八百元。此時的魯迅因經濟窘迫，向許壽裳和齊壽山各借款四百元。這八百元借款直到魯迅去廈門大學教書時方才還清。就在買彩票的這天下午他還「從齊壽山借泉百」，可見，正是經濟上幾近山窮水盡的情況下，魯迅路過月中桂時，發現了這裡賣競馬彩票，於是，一時衝動懷著一絲僥倖心理購買了一張彩票。

在寫於 1926 年的《〈何典〉題記》及《爲半農題記〈何典〉後，作》兩文中，魯迅曾借劉半農爲維持生計標點出版清末章回小說《何典》爲題，談及當時教育工作者的清苦生活，抨擊了北洋軍閥的黑暗統治：「大學教授要墮落下去。不過有些是別人謂之墮落，而我謂之困苦。……所以有時也覺得教授最相宜的也還是上講臺。然而必須有夠活的薪水，兼差倒可以。這主張在教育界大概現在已經有一致贊成之望，去年在什麼公理會上一致攻擊兼差的公理維持家，今年也頗有一聲不響地去兼差的了。……可是北京大學快要關門大吉了；他兼差卻沒有。那麼，即使我是怎樣的十足上等人，也不能反對他印書賣。」〔註 31〕文中說「北京大學快要關門大吉」的原因是因爲 1926 年春夏間，由於段祺瑞政府長期不發放教育經費，國立九所大學都未能開學。北京大學後雖勉強開學，但因長期欠薪，教員的生活難以維持，每天都有數十人請假。

七、暗含了周氏兄弟「失和」的重要起因

細讀文本可以發現，《端午節》也隱含著魯迅與羽太信子關係日漸惡化的信息。小說中有這樣一段描述：

> 大家左索右索，總算一節一節的挨過去了，但比起先前來，方玄綽究竟是萬分的拮据，所以使用的小廝和交易的店家不消說，便是方太太對於他也漸漸的缺了敬意，只要看伊近來不很附和，而且常常提出獨創的意見，有些唐突的舉動，也就可以了然了。到了陰曆五月初四的午前，他一回來，伊便將一疊賬單塞在他的鼻子跟前，

〔註 31〕魯迅：《爲半農題記〈何典〉後，作》，見《魯迅全集》第 3 卷，人民文學出版社，2005 年版，第 320 頁。

這也是往常所沒有的。

這段文字雖短卻頗有意味，筆者認爲，小說中的方太太應影射周作人之妻羽太信子，而絕非朱安。眾所周知，在八道灣主持家政的是周作人之妻羽太信子，魯迅每月收入均交給其支配。羽太信子雖出身底層，但根本不懂量入爲出爲何物，手頭一有錢就揮霍，僅周作人父子就雇有三部黃包車。羽太信子還雇傭了一個叫徐坤的總管，凡徐坤過手之事，他都要從中取利。不但如此，徐坤的家眷就住在比鄰，只隔一道低矮的牆頭，魯迅曾看到徐坤隔牆把食物送出，用這樣的管家結果自然是越管越窮。

在《所謂兄弟》一文中，魯迅淒涼地感歎過自己的遭遇：「我總以爲不計較自己，總該家庭和睦了罷，在八道灣的時候，我的薪水，全行交給二太太，連周作人的在內，每月約有六百元，然而大小病都要請日本醫生來，過日子又不節約，所以總是不夠用，要四處向朋友借。有時借到手連忙持回家，就看見醫生的汽車從家裏開出來了。」「據魯迅說，那時周作人他們一有錢就往日本商店去買東西，不管是否急需，食的、用的、玩的，從醃蘿蔔到玩具都買一大批，所以過不幾天錢就花光了。花光之後，就來訴說沒有錢用了，這又得魯迅去借債。……起先，每月收入較豐，因此尚可勉強供其揮霍。但是後來欠薪太厲害，請願到半夜餓腹步行的辛苦，一家人中只有魯迅嘗到。有時竟只收到很少幾塊錢，要供他們這種奢侈的用度，怎麼能過得去呢？沒有法子，只得由魯迅四處向朋友借債，而周作人在這種情況下，從來都不聞不問的」。〔註32〕由於欠薪，先前被視爲家庭收入主力的魯迅開始遭到羽太信子的排擠。魯迅曾善意提醒過日子要節約一些的建議換來的是羽太信子的憎恨。作爲丈夫的周作人則完全站在妻子一邊，也對家庭經濟困難漠不關心。母親魯瑞對兩個兒子的評價是：老大有責任感、老二周作人「從幼小時期，一直受到大家的照顧，養成了他的依賴性，事事要依賴家裏人，特別是依賴老大。他對家庭沒有責任感，在他的心裏，家裏的事都要由老大負責，與他無關，他比較自私。」周家因經濟問題引起的家庭矛盾日漸激化。

歐陽凡海也在《魯迅先生在北京的經濟情況》中指出，在政府屢欠薪水後，魯迅「爲了吃飯，賣藏書」，魯迅與周作人夫婦不和，主要是經濟問題。魯迅「最後被逐出了八道灣，從此才眞正主宰了自己的錢途命運，並在一定程度上獲得了新生」。在後來與許廣平談到被八道灣趕出的經歷，魯迅常常

〔註32〕《許廣平憶魯迅》，廣東人民出版社，1979年版，第622～623頁。

感歎地說：「我幸虧被八道灣趕出，生活才得有預算，也比較的不愁生活了」〔註 33〕。話語裏充滿憂傷，但從經濟自主的角度看，魯迅也可以說是因禍得福了。

八、魯迅的態度：否定「不高尚」說

在北洋軍閥統治下的教育界，公教人員因薪金常年拖欠不發，生活難以維持，曾聯合向政府索討欠薪，當時卻出現了以爲教員要薪水就是不高尚的謬論。

小說《端午節》中曾提到一個說教員索薪「不高尚」的大教育家，這是有人物原型的，但到底影射誰尚未有定論，大致有幾個版本：周作人指出「政府說要教員上了課才給錢，學生總會上呈文給政府，說教員不上課不要付欠薪，在當初大概都是實有其事，至於說『教員一手挾書包一手要錢不清高』的一個大教育家，那大抵是汪懋祖吧，他後來在女師大事件的時候也是站在政府一邊，與東吉祥派的『正人君子』是一鼻孔出氣的」〔註 34〕。還有一種說法，認爲此人是曾任過教育總長的范源?，他曾非難過北京各校的教員，說他們一手拿錢，一手拿書包上課的行爲「不高尚」。還有可能是 1919 年代理教育部部務的教育次長傅嶽棻，他曾教導前去索薪的教職員代表要堅守高尚職業，不能爲利忘義。

針對原本是捍衛自身正當權利的「索薪」鬥爭卻遭到種種非議，李大釗曾在 1919 年 12 月發表《生活神聖》一文，聲稱「此次教職員因薪水問題罷業，許多人還是拿冠冕堂皇的話來責備他們。就是他們自己，也有些人覺著因爲吃飯問題罷業不好意思似的。我以爲倒是光明磊落的要求生活權，是一件很體面很正當的事。不要套些假面具，把生活神聖的光華遮蓋了。」李大釗表明了教職員維持教育和自身生存權力的嚴正立場，說明決定罷教和辭職完全出於迫不得已，是軍閥政府逼出來的，指出在世界上，斷絕教育經費，使教育陷入一片黑暗的狀況，除了當時的中國再沒有第二個這樣的國家了。

爲了駁斥要求教育工作者免談薪水「爲社會犧牲」的提議，魯迅還於 1925 年 3 月撰寫雜文《犧牲謨》予以諷刺。謨爲「計劃」之意，犧牲謨即讓別人做犧牲品的計劃。《犧牲謨》裏的「犧牲」二字，即針對汪精衛面對北洋政府

〔註 33〕《許廣平憶魯迅》，廣東人民出版社，1979 年版，第 624 頁。

〔註 34〕周作人：《魯迅小說裏的人物》，河北教育出版社，2002 年版，第 158 頁。

對教育部公教人員常年拖欠薪水而要求大家「爲社會犧牲」的譏諷。魯迅在《犧牲謨》文中巧妙運用了一個官僚與一個九天未吃飯、餓得皮包骨頭的乞丐形象教員的對話的形式，尖銳揭露了鼓吹「犧牲」的官吏們的虛僞本質。」魯迅無情鞭撻了這種假意清高制定計劃讓別人做犧牲品的無恥行徑。

1925 年以後，魯迅已堅定地站在了索薪鬥爭的第一線。魯迅於 1926 年 1 月 15 日下午出席北京女子師範大學教職員代表聯席會議，大會決定女師大參加次日國立八校教職員赴北洋軍閥政府國務院聯合索薪的行動，並推選魯迅、陳啓修代表女師大發言。1 月 16 日，魯迅參加了北大教職員工赴國務院索發欠薪的鬥爭，獲得了勝利。〔註 35〕1 月 16 日日記記載：「上午往北大集合多人赴國務院索學校欠薪，晚回。」發表於 1926 年 2 月 1 日《語絲》週刊第 64 期的雜文《學界的三魂》篇末有作者的《附記》，在《附記》中提到了這次「索薪」活動：「記起一件別的事來了。前幾天九校『索薪』的時候，我也當作一個代表，因此很會見了幾個前『公理維持會』即『女大後援會』中人。幸而他們倒並不將我捆送三貝子花園或運入深山，『投畀豺虎』，也沒有實行『割席』，將板凳鋸開。終於『學官』『學匪』，都化爲『學丐』，同聚一堂，大討其欠帳，——自然是討不來。」〔註 36〕譏諷之情溢於言表。

1926 年 8 月 10 日《莽原》半月刊第 15 期刊發了魯迅《記「發薪」》一文，文中記述了自己本年在教育部僅領取了四次薪水共一百九十元五角，而歷年來政府欠他的薪水共達九千二百四十元，「現在是無論怎麼『索』，早已一文也不給了，如果偶然『發薪』，那是意外的上頭的嘉惠，和什麼『索』絲毫無關。」魯迅一針見血地控告北洋軍閥政府累計欠他應得薪水共兩年半、9240 銀元，自嘲已成爲「精神上的財主和物質上的窮人」，對當局能補發這些欠薪不抱任何希望，對北洋軍閥統治下教職人員生活無法保障的現實給予揭露。

長年欠薪、索薪無果不但暗含了一年之後「兄弟失和」的內在經濟因素，也促成了魯迅下定決心南下。1926 年 7 月 28 日，魯迅收到廈門大學寄來的薪水和旅費，正式接受廈門大學的聘請。魯迅決定去廈門，主要由於他在北京已無法依靠官俸、教薪和寫作爲生，入不敷出。當天《日記》，「收廈門大學

〔註 35〕鮑昌：《魯迅年譜》（上卷），天津人民南出版社，1979 年版，第 286 頁。
〔註 36〕魯迅：《學界的三魂》，見《魯迅全集》第 3 卷，人民文學出版社，2005 年版，第 224 頁。

薪水四百，旅費百。還壽山泉百，又假以百」。

通過上述分析，可以看出小說《端午節》是頗多魯迅「自敘成分」的作品，人物姓名、職業、經歷都有許多魯迅的影子，但又不能簡單對號入座，魯迅是勇於爲經濟權和生存權鬥爭的戰士，而小說的主人公方玄綽雖對當時政界學界的官僚政客不滿，但又從無反抗惡勢力的勇氣，只好用「差不多說」自欺，以求得暫時的心理安慰。魯迅和方玄綽的一個很大的區別是魯迅認爲索要欠薪是捍衛自己的正當權益不受損害的行爲，絕非錙銖必較；而方玄綽卻以索薪爲恥。魯迅在小說中通過對方玄綽複雜心情和微妙心理變化的描寫，剖析了新舊交替時代知識分子身上的人性的弱點。也從一個側面深刻反映了「五四」前後知識分子在精神自由與現實物質生存之間的困境，以及魯迅對知識分子生存之路的思考。

筆者認爲，《端午節》是魯迅作品中一篇被低估了的作品，被冷落的主要原因在於當下的大多數讀者不瞭解小說描寫的時代背景，對那個時代場景中知識分子的生存困境難以有感同身受的認識，不易理解小說中一些細節的深意。因此對小說的價值難免會有認識偏差。

作者簡介：

盧軍，女，70後，聊城大學文學院教授

魯迅《漢文學史綱要》名義重釋
——以「漢文學」爲中心

李樂樂
（四川大學文學與新聞學院）

摘要：

論文將《綱要》文本的生成，及與之相關的「漢文學」、「古代」等關鍵詞，放回當時當地的歷史文化場景中考察，同時結合魯迅本人的知識結構、文學觀念等等，包括講義編寫的具體進度與課程設置情況，證之以同期日記、友人書信等原始材料，對前述「歷史的遺留」，主要是「漢文學」的闡釋問題，給出自己的解答。

關鍵詞：漢文學，漢學，文學

作爲魯迅少有的學術著作之一，《漢文學史綱要》（以下簡稱《綱要》）可說是其直接整理中國「舊文學」的重要文本，同時應該看到，與《中國小說史略》相比，《綱要》本身還存在諸多問題有待解答。首先，是它的未完成性，《綱要》前後十篇，編寫於 1926 年魯迅任教廈大期間，次年他輾轉中山大學，中斷教職後，其實並不缺少續寫的機會。然而，除了 1927 年 9 月份一篇《魏晉風度及文章與藥及酒之關係》的演講，可以看作緊隨其後的餘響外，《綱要》似乎已被著者所遺忘，生前未刊、未改，也再未提起。其次，是《綱要》名稱的反覆，從廈大時期的《中國文學史略》、《漢文學史綱要》，到中山大學一度改稱《古代漢文學史綱要》，著者本人在如何「定名」上就頗費斟酌，到魯迅逝世，1938 年眾人編訂全集時一致通過《漢文學史綱要》，期間仍有不少細節需要追問：何爲「漢文學」？同一份講義，因何中山大學又加上「古代」限定？究竟哪一次命名，最接近《綱要》文本，或魯迅本意？對此，當事人既未留下過隻言片語，編集者事後給出的解釋也缺乏說服力。以上若干「歷史的遺留」問題，雖只表現爲細枝末節上的字面增減，卻是我們今天能更完整理解魯迅，尤其是《綱要》文本的敘述脈絡，並進一步細究其所以然的關鍵，不過時至今日，上述問題始終未得到充分清理。

首先，在對「漢」字的解釋上，主要有兩種代表性觀點，一爲「漢代」，一指「漢族」〔註 1〕。前者以顧農 1986 年《〈漢文學史綱要〉書名辨》等系列文章爲代表，後者直接來自參加過 1938 年版《魯迅全集》編定工作的鄭振鐸〔註 2〕。然而，結合《綱要》內容和範圍來看，「漢代」、「漢族」二者雖互相指責，實際雙方都無法自圓其說，反而使問題的討論一度被擱置，陷入死循環中。〔註 3〕其次，從上世紀 80 年代起，陸續有學者撰文指責《綱要》書名不通，應改回《古代漢文學史綱要》，或沿用最初的《中國文學史略》，與《中國小說史略》也更匹配，這一點直接動搖到「名義」的合法性，也是《綱要》闡釋鏈上一個不斷被重溫的「母題」。〔註 4〕概言之，面對《綱要》的頻頻易名，此前研究注意到了其中問題，並試圖加以補苴，不過，上述觀點只在表

〔註 1〕由後者還可進一步引申，導出「漢族所用的語言文字，即漢字」之意，這一理解實際上更普遍。

〔註 2〕鄭振鐸 1985 年發表《中國文學史的分期問題》，文中首次以「漢民族」（或「漢字」）解釋「漢文學」，「魯迅先生編的《漢文學史》雖然只寫了古代到西漢的一部分，卻是傑出的。首先，他是第一個在文學史上關懷到國內少數民族文學的發展的。他沒有像所有以前寫中國文學史的人那樣，把漢語文學的發展史稱爲『中國文學史』。在『漢文學史』這個名稱上，就知道這是一個『劃時代』的著作。」雖未名言「漢民族文學」，卻對後來這一典型解法有引導作用。

〔註 3〕從廈門大學油印講義看，講義從第四篇起已經更名爲《漢文學史綱要》，如果「漢」指的是「漢代」，那麼就無法解釋第四篇內容還是秦代文學這個問題；至於「漢族」，一方面，《綱要》在內容上並沒有絲毫涉及到「民族」部分，而假若「漢族」這一說法成立，首先便要存在一個「漢族」與「少數民族」共享的參照系，而非對此避而不談，其次，此前此後，魯迅本人也沒有再關注「漢族」、「少數民族」相關話題，甚至從大多數文章判斷，他所理解的「民族」主要還是指「漢族」，而非以「漢族」爲主體的「多民族」構成。基於此，可以說，鄭振鐸 1958 年《中國文學史的分期問題》一文提出的說法，只能被看作孤證，在沒有找到其他直接證據之前，既不能代表魯迅的觀點，實際上，對這一說法本身也應結合他發言的歷史語境，再作考察。

〔註 4〕支持《古代漢文學史綱要》的論者一般認爲，「古代」二字不可省，它特指一段明確的時間範圍，且爲魯迅最後所加，該說法最早見於魯歌 1984 年《對 1981 年出版的〈魯迅全集〉的若干校勘》一文，之後研究者不斷舊事重提，到 2004 年陳福康發表《談談爲魯迅作品代取的題目》，實際上仍是對於前人說法的復述。

面上相異，其將「漢文學」拆解成「漢+文學（或古代+漢+文學）」的圖解模式卻如出一轍，這在很大程度上切斷了魯迅與「漢文學」之間可能擁有的複雜文化關聯。一方面，止步「字面」的拼接，近乎於斷章取義，兼之漢字的多義性、漢語語法結構的靈活，使得問題難有定論；另一方面，偏離研究對象所處的歷史語境，任何解說都難免帶有主觀隨意性，尤其在一種「六經注我」的闡釋思路下，當「我」隨時代而變，觀點本身就容易自相矛盾。〔註5〕

關於《綱要》命名問題，宋聲泉《魯迅〈漢文學史綱要〉命名新解》〔註6〕爲我們提供了一個新的角度，文章結合魯迅編寫課程講義的具體進度，及當時廈大學院文化環境，對「漢文學」得出「漢語言文字的文學」之判斷。不過，從最終的結論來看，仍在鄭振鐸此前言說的範圍內，況且如果「漢文學」體現了魯迅「中國」意識的突破與調整，那麼也就無法解釋此後他再未使用過這一表述，及同一時期手稿、講義命名不同的情況。不過，該文將「漢文學」重新放回歷史現場的闡釋邏輯，有極大的開掘空間，本文論說即此邏輯展開。在寫作這篇論文時，因未能及時見到《魯迅〈漢文學史綱要〉命名新解》一文，該文對講義編寫進度、更名時間點等歷史已有十分詳盡切實的論述，關乎此本無需補充，下文也將儘量避免重合，不過，鑒於兩篇文章在「古代」、「漢文學」等關鍵詞的梳理和解釋上觀點不同，爲充分說明問題，在展開論說時難免會有一部分牽連，在此特別說明。

進入具體的名義探討之前，這裡有必要首先明確《綱要》的文本特性，即，明確論文將要集中探討的對象本身。

一、《綱要》及其特性

上述意見「紛爭」，緣起於對《綱要》文本的生產過程，包括過程中曾用名的「反覆」，缺乏歷史地梳理、辨明，這一方面，1981 年版《魯迅全集》第

〔註5〕1984 年魯歌在《對 1981 年出版的〈魯迅全集〉的若干校勘》一文中，將「古代漢文學」拆解爲「（古代+漢代）+文學」，其中「古代」指「原始社會到漢代以前」，涵蓋前五篇，與後五篇的「漢代」在時間上前後銜接。不過，也許意識到這種時間上疊加的構詞方法，有悖漢語正常習慣，論者後來又修改了方案，《爲〈古代漢文學史綱要〉正名》等文中，重新劃定「古代」爲「上古到漢末」，又以「漢」爲「漢族」，從而得出「古代+漢族+文學」這個新解法。

〔註6〕宋聲泉：《魯迅〈漢文學史綱要〉命名新解》，《首都師範大學學報》2018 年 3 期。

九卷中《漢文學史綱要》提供了一條相對完整的注釋〔註 7〕：「本書係 1926 年在廈門大學擔任中國文學史課程時編寫的講義，題爲《中國文學史略》；次年在廣州中山大學講授同一課程時又曾使用，改題《古代漢文學史綱要》，在作者生前未正式出版，1938 年編《魯迅全集》時改用此名。」只是，這一注釋尚有兩處疏漏，其一，魯迅在中山大學所授，與廈大並非「同一課程」，正是因爲課程的性質不同，中山大學重印講義，才有必要再添一個「古代」限定。這裡需要說明的是，1927 年前後廈門大學、中山大學在國文系（或中文系）推行的一系列課程調整，均有意模範新文學運動時期的北大國文系。〔註 8〕而北大國文系 1920 年之前，文學史課分通史、斷代史兩類，其中通史爲「（中國）文學史要略」，朱希祖講授，講義後來整理爲《中國文學史要略》出版，斷代史則按三段分期，「古代文學史（上古迄建安）」、「中古文學史（魏晉迄唐）」、「近代文學史（唐宋迄清）」三門，分別由朱希祖、劉師培、吳梅負責。

綜合《廈大週刊》、《國立中山大學開學紀念冊》等刊錄教員任課情況〔註 9〕，可知魯迅所授兩門文學史課，本就性質不同，前者稱「文學史總要」，對應北大「（中國）文學史要略」一門，後爲「中國文學史（上古至隋）」，核對上述分期，明顯是合併「古代」、「中古」前兩段的結果〔註 10〕。換言之，「古代」

〔註 7〕相較於 1937 年《魯迅著譯書目續編》、1938 年《魯迅全集》等「初始階段」的注釋，1981 年版參考魯迅在廈大時期的手稿，基本無史實錯誤。2005 年版雖根據廈大油印講義，爲題名情況補充了更多細節，對中山大學這段「歷史」卻隻字不提，比較起來，1981 年版《魯迅全集》中注釋或嫌簡陋，卻相對更完整。

〔註 8〕無論從廈門大學國文系的課程設定，還是林語堂所一力招攬的人手來看，都是有意要以北大國文系爲墶本，重新收拾、整理廈大的國文系。具體到「（中國）文學史總要」一門，明顯對應的是北大國文系一年級必修課「中國文學史概要」。結合《魯迅日記》、《顧頡剛日記》可知，7 月 28 日魯迅曾到沈兼士處，與顧頡剛等人一同商議「廈大國文系課程與研究院進行之計劃」諸事誼。

〔註 9〕《廈大週刊》（1926 年 10 月 9 日《國學系一九二六年至一九二七年度教員擔任科目時數表》）、《國立中山大學開學紀念冊》（1927 年 3 月）

〔註 10〕1927 年 4 月間，魯迅、傅斯年在中山大學所主持預科國文教授計劃，具體分學術思想文、古代文、近代文三門課程（見《國立中山大學校報》1927 年 5 月 9 日《預科第三次國文教務回憶紀事錄》），同時，後來根據傅斯年中山大學時期講義整理出版的《中國古代文學史講義・擬目及說明》中，也有「古代斷代應在唐世」的直接表述。由此看來，中山大學當時採用的文學史分期，應是以唐爲界分「古代」、「近代」二段。實際上，關於「古代」的分期問題看似細小，卻關聯如何梳理「歷代文章變遷」這個整體脈絡的關鍵，考慮到篇幅問題，本文只是約略提及，細節將另外撰文論述。

一詞所直接對應的，是中山大學這門「斷代史」課，並不能代表魯迅本人對《綱要》文本的理解和把握，此外文學史課應還有通史，及「近代史（唐宋迄清）」一門至少也在計劃中。至於廈大這份通史講義，僅敘及西漢，改題後卻可以直接移用。這裡應該留意，民國時期的文學史斷代概念，有異於今天我們理解的「古代」、「近代」，具體到魯迅、傅斯年等人在中山大學所用，分別指上古至隋、唐至清末兩段。參照同時期大學課程、文學史著等的斷代情況，以唐爲界區分中國古代、近代文學，這在當時也是一種通識。〔註 11〕

其次，也是更重要的一點，即便在廈大期間，講義題名也未固定，2005 年版《魯迅全集》對此又有糾正，暫不贅言。〔註 12〕需要說明的是，兩版注釋所以各異，原因在所選取的底本不同。今天我們談到《綱要》，通常對應兩個底本，即魯迅手稿與廈門大學的油印講義，這之後才有中山大學曇花一現的《古代漢文學史綱要》，及 1938 年開始默認通行的《漢文學史綱要》。作爲共同佔據在「起點位置」的兩份底本，手稿、講義內容一致，時間貼近，以往研究多混爲一談，而忽視二者之間的實質差別，及魯迅本人對於這一差別的把握與處理方式。

事實是，手稿、講義雖同爲生成階段的底本，無論就發生順次、題名情況、編寫訴求等方面看，在魯迅那裡一開始就有嚴格區分。據同期日記、友人書信及編寫講義的一般流程可知，魯迅應是先起草手稿，成篇後原樣照抄一份，陸續交文科主任付印，結課時統一裝訂成冊，這也就是手稿、講義的不同來源。在「編講義」的初始階段，魯迅確曾有意沿用《中國小說史略》的模式，授課同時，也將其作爲一部學術著作生產，「認眞一點，編成一本較好的文學史」〔註 13〕。然而，後因種種原因，編寫進展並不順利，爲此他不得不中途改轍。如果說，之前手稿與講義還是一而二、二而一的關係，第四

〔註 11〕這裡暫舉一例，孫俍工 1927 年翻譯出版鈴木虎雄的《支那詩論史》，原著三篇，分先秦、魏晉南北朝、明清各家詩論，孫譯僅翻前兩篇，因此將書名改爲《中國古代文藝論史》，並特地在序言中加以說明。

〔註 12〕2005 年版注釋如下：「《漢文學史綱要》係魯迅一九二六年在廈門大學擔任中國文學史課程時編寫的講義，分篇陸續刻印，書名刻於每頁中縫，前三篇爲「中國文學史略」（或簡稱「文學史」），第四至第十篇均爲「漢文學史綱要」。在作者生前未正式出版，一九三八年編入《魯迅全集》時改用此名。」

〔註 13〕見《兩地書·四一》。魯迅著：《魯迅全集.11》，人民文學出版社 20005 年出版，P119。其後，《兩地書》四四、五〇則等，不斷有類似告白。不過五〇則往後，魯迅提起「編寫講義」，大都只是事務性的進度彙報，少見到最初躊躇滿志的信心。

篇往後，兩種製作之間的平衡正式被打破，這一點具體表現在題名的「對照」上：一樣的內容，魯迅卻同時採用《中國文學史略》、《漢文學史綱要》兩樣題名，以標誌不同。這至少可以說明，即便在內容完成度上不合理想，手稿仍象徵性地存在於魯迅暫時擱置的學術計劃當中，講義則更多依託廈大這門文學史課，同時也包括魯迅正置身其中的現實文化環境。

為能更清晰呈現《綱要》的文本特性，現據已有材料，提煉幾個相關文本或準文本要目如下（分別為 A1：最初設想的《中國文學史略》；B1：單純作為講義編寫的《漢文學史綱要》；B：現在我們看到的《漢文學史綱要》；A：30 年代魯迅醞釀中的文學史著）：

<table>
<tr><th>講義著述
朝代目次</th><th>A1
《中國文學史略》</th><th>B1
《漢文學史綱要》</th><th>B
《漢文學史綱要》</th><th>A
《中國文學史》〔註 14〕</th></tr>
<tr><td>總論</td><td>1 自文字至文章</td><td></td><td>1 自文字至文章</td><td>1 從文字到文章</td></tr>
<tr><td>源頭</td><td>2 書與詩</td><td></td><td>2 書與詩</td><td>2「思無邪」</td></tr>
<tr><td rowspan="2">春秋
戰國</td><td>3 老莊</td><td></td><td>3 老莊</td><td>3 諸子</td></tr>
<tr><td rowspan="8"></td><td>4 屈原及宋玉</td><td>4 屈原及宋玉</td><td rowspan="8">4 從《離騷》到《反離騷》</td></tr>
<tr><td>秦</td><td>5 李斯</td><td>5 李斯</td></tr>
<tr><td rowspan="6">漢</td><td>6 漢宮之楚聲</td><td>6 漢宮之楚聲</td></tr>
<tr><td>7 賈誼與晁錯</td><td>7 賈誼與晁錯</td></tr>
<tr><td>8 藩國之文術</td><td>8 藩國之文術</td></tr>
<tr><td>9 武帝時文術之盛</td><td>9 武帝時文術之盛</td></tr>
<tr><td>10 司馬相如與司馬遷</td><td>10 司馬相如與司馬遷</td></tr>
<tr><td></td><td></td></tr>
<tr><td>魏晉南北朝</td><td></td><td></td><td></td><td>5 酒，藥，女，佛</td></tr>
<tr><td>唐</td><td></td><td></td><td></td><td>6 廊廟和山林</td></tr>
</table>

上表所列，A1、B1 現實中並不「存在」，是從《綱要》裏區分出的兩種單純製作，A 未完成，現存許壽裳等人復述的一份章節提綱，也就是說，上述四文本中，只有 B《綱要》真正「存在」，也只有 B 才是本文將集中探討的對

〔註 14〕參考許壽裳《亡友魯迅印象記》，峨眉出版社 1947 年 10 月，P61～62；增田涉著，鍾敬文譯：《魯迅的印象》P73～74，湖南人民出版社 1980 年 5 月。

象本身。不過，在文本生成、製作方向、名義確認等基本要素上，其他三個準文本與《綱要》彼此牽扯，共存一個參照系中，其間的關聯與分野，對於說明《綱要》相關問題，意義同樣不容忽視。

現以《綱要》爲中心，A1、B1、A 作參照，簡要陳述三組關係如下：一，就生成順次而言，爲 A1—B1—B—A。其中 A1、A 一前一後，同屬於一個未完成的文學史寫作計劃。可作佐證的是，1935 年前後魯迅曾分別向許壽裳、增田涉提起過一部文學史稿的寫作提綱，也就是表中所列 A，與《綱要》目錄對比便可發見，明顯的變動主要也是從第四篇開始；二，A1、B1 兩種製作前後相接，生成《綱要》文本自身的二重性。一定程度上可以說，《綱要》是學術著作與課堂講義兩種製作前後「混生」的結果，二者著力解決的問題並不完全相同，也就帶來文本自身的複雜性和豐富可闡釋的空間；第三，也是最重要的，從構成比重、製作方向上看，B1 都是構成 B 的主體部分，亦即，《綱要》的主體首先乃是一份授課講義，它的大部分特點，包括題名的前後更易與取捨，也都是從這一前提出發。如果無視這一特性，離開廈大國文系的文化環境、課程設置等具體條件，簡單按《綱要》文本探究魯迅對於中國古代文學史的理解，或者相反，都有可能導致誤讀，也就無法眞正地回應《綱要》爲何一再更名這個最基本的問題。

綜上，在《綱要》曾用名這個問題上，本文認爲，「中國文學史略」屬於魯迅對一部文學史著的預期，「古代」削足適履，是爲在中山大學授課方便。前後兩個曾用名和「漢文學史綱要」相比，實則都偏離了《綱要》文本的初始點，不足以涵蓋它可能具有的豐富性。在簡要回應過書名爭論，並明確《綱要》及其文本特性後，論文旨在以「漢文學」爲中心，解決《綱要》闡釋鏈上的兩個問題。第一，「漢文學」從何而來，在把握《綱要》脈絡的前提下，通過還原魯迅本人的知識結構與文學視野，提出「漢文學」來自明治日本的語境，梳理作爲一個完整詞匯的「漢文學」在近現代日本的生成邏輯，重點分析其與「漢學」、「國學」等相關概念之間的反向結構，由此進一步深入，剝開「漢文學」這一層表面硬殼，發掘其內部蘊含的政治、文化資源，或曰「漢文學」的政治性；第二，在充分解決上一問題的基礎上，本文結合上世紀 20 年代中日整體的文化環境，提出魯迅所用「漢文學」是當時所謂「國學」的一個反命題的觀點，這一點將直接切入魯迅與特定歷史概念之間的歷史文化關聯，同時也有助於更準確認知《綱要》的歷史意義。

二、「漢文學」的脈絡

如前所述，《綱要》是魯迅 1926 年任教廈大國文系時，爲一門文學史課編寫的講義，而要解開《綱要》的若干「歷史遺留」，如題名問題，也應首先回歸到當時當地的歷史情境，回歸這一份講義的獨特性。考慮到魯迅在廈大期間是一邊授課，同時編寫講義，因之「題名」的細微變動，最直接反映的是編寫者如何理解、規劃這門文學史課的動態過程，而我們對《綱要》名義的考察，具體到「漢文學」的意義闡發，也不應偏離開這一前提。譬如，在解讀「漢文學」時，應首先要推定出一個相對明晰的時間節點，由此切入，才能根據當時環境、同期材料及對《綱要》的脈絡梳理，把握到「漢文學」一詞何時出現、從何而來等敏感關節，這也是本章將要著力分析的重點。

如果我們不再僅僅停留於「漢文學」字面的拆解，而將它還原到一門課程講義的題名本身，就可以發現，從「中國文學史略」到「漢文學史綱要」看似突兀的演變，其間也有蛛絲馬蹟可循。據《國學系 1926 年至 1927 年度教員擔任科目時數表》〔註 15〕來看，魯迅這門文學史課最早名爲「（中國）文學史總要」，時隔兩個多月，12 月 18 日《廈大週刊》登出《各科教員每週授課時數之調查》中，「文學史總要」一門已經改稱「文學史綱要」。從「總要」到「綱要」一字之差，排除掉印刷錯誤的干擾〔註 16〕，這次學期中途的更換課名，就不僅僅是教員個人「想當然」的行動，至少還須要提交申請、通過學校方面的程序，如告知總務、文科主任等，可見鄭重其事。《魯迅〈漢文學史綱要〉命名新解》一文討論這一變動，並推斷爲廈門大學的官方意志。實際上，一方面，「綱要」更強調內容的簡略、零散，與魯迅最初「編文學史講義，不願草率」，到後來自承「文學史稿編製大草率……掛漏茲多」〔註 17〕的評價大致相符，另一方面，朱希祖在北大講授的同一門課程，也曾使用過「綱要」名目，考慮到以上兩點，則「綱要」改動更有可能出自魯迅的提議。這裡需進一步追問的是，課程易名之後，按慣例，講義題名或者不變，或直接改爲「中國文學史綱要」，「漢文學」的出現則稍嫌突兀了，似也無例可援。

〔註 15〕《廈大週刊》第 158 期，1926 年 10 月 9 日。

〔註 16〕據《廈大週刊》1926 年 10 月 2 日（第 157 期）《國文系改稱國學系之理由草案》中「課程草案」，也作「文學史總要」，與 158 期相互印證，大可排除「總要」爲排印錯誤的可能。

〔註 17〕見魯迅致沈兼士信，《魯迅全集》（第 11 卷），人民文學出版社，2005 年。

廈門大學開學後，魯迅的這門文學史課安排在週一、週三，每週 2 個學時。〔註 18〕在這樣一種編講義與授課幾乎同步的模式中，整個過程都可能發生思路、方向的調整，尤其是當授課者和周圍的文化環境發生錯位時，《綱要》所呈現的整體樣貌，包括敘述重心的偏移，講義題名的調整等等，本身就是院系環境、學生反應和授課者預期三方面衝撞、妥協或對話的結果。具體就魯迅所做調整而言，初到廈大原定教課兩年，趁此也把講義「編成一本較好的文學史」，之後心理預期一再縮短，《兩地書》中斷續提及，10 月 10 日還表示「至少講一年」，經過反覆猶疑，10 月 16 日終於決定「至多在本學期之末，離開廈大」，11 月 11 日已經接受了中山大學的聘書，此後，「編講義」的進度不再構成《兩地書》中的常見話題，從僅有的幾次如「編講義，餘閒就玩玩」、「編編講義，燒燒開水」等日常表述看，卸下文學史著的負擔之後，編講義的態度顯得較爲從容。爲能更清晰說明講義編寫中的「轉折點」問題，現據《兩地書》及同時期其他書信材料，整理出相關事件的進度如下：

事　件	時　間
廈大開學	1926 年 9 月 20 日
起手編講義	9 月 27 日
編完第一篇	9 月 28 日
講授第一篇	10 月 6 日
第二章付印	至遲 10 月 4 日
編完三到五篇	11 月 1 日前
接中大聘書	11 月 11 日
編完六到十篇	12 月下旬
最後一次授課	1926 年 12 月 29 日

〔註 18〕從《兩地書》看，9 月 27 日起手編寫第一篇，正式講授當在 10 月 6 日，此後，講義編寫一般提前授課一到兩週，到 12 月底辭職戛然而止，前後持續近 13 週，授課進度大致爲一週一篇。對此，宋聲泉論文已有可靠論述。
若更精確估算，自 10 月 6 日第一週授課起，到 12 月 29 日最後一次授課止，據《顧頡剛日記》知 11 月 10 日（週三）、22 日（週一）學校放假，假設其他時間課程全勤，且十篇內容全部講完，這樣一種接近理想的情況下，前後 11.5 週，23 節課，授課進度平均 1.15 週 1 篇。考慮到實際授課過程中，受章節篇幅、講義存量、課上發揮等等限制，進度鬆弛還可調整，不過一週一篇，當與實際情況相差不遠。

上表中，有兩個時間點需特別留意：第一，魯迅接到中大聘書後，去意已決，這時他參考此前授課進度推算，才有了一個講義編寫的「臨界點」，即11月20日《兩地書》中首次提到的「大約至漢末止」。〔註19〕此前研究大多引此爲據，將「漢文學」強行拆解作「漢代文學」。而事實上，作爲一門文學通史課的講義，題名首先須與課程性質直接對應，而非臨時截止的某個時段，「漢代」的解釋不合常理；其二，第四篇開始，講義改題「漢文學史綱要」，關於第四篇的油印時間，宋聲泉在《魯迅〈漢文學史綱要〉命名新解》中已確定到10月中下旬，同時，10月底也是魯迅決意學期末離開廈大的一個轉折點，自此而後，編講義的心態也隨之發生變化，對這一時間節點尤有細究的必要，因其很可能牽涉到「漢文學」因何而來這個問題的關鍵。

雖則受時間、環境等條件所限，資料準備得匆促，不過，對於魯迅這樣一個注重「先從作長編入手」的著史者，考察同時期《魯迅日記》中購書記錄，包括具體數量、類型等的起伏變動，應也有助於從一個側面入手，更直觀把握當時正在進行的《綱要》文本的敘述脈搏。從接到廈大聘書到南下之前，魯迅選購的書目還比較零散，相對集中的《文學論》、《東西文學比較評論》、《近代英詩概論》等幾部理論性著作，涉及到東西方文學的比較視野，在這一學術框架下反思中國文學的本質問題，這種思路由來已久。早年《摩羅詩力說》等論文，已在廣泛披覽、消化西人包括日人相關著譯的基礎上，「生湊」出自家文藝萌芽期的理論主張。從《綱要》第一篇來看，《自文字至文章》以小學知識爲起點，從漢字導向文章寫作，首先在語言文字這一文學表達的基本問題上，確認了中國文學的獨特性，這一點上，它和新文學以來，習慣以泰西文學、文體四分等外在標尺論述中國文脈的模式有別；其次，文章從文字出發，又不止於文字，進而提煉出中國「文章」的一個理想界域，即「藻韻」與「人情」，通過劃定邊界的方式，以此區別於章太炎等人過於寬泛的文學觀念，又將文學（或文章）從小學（或學問）的統轄中提升出來。並且，從它切入中國文學問題的準確角度、論述語氣的胸有成竹，及起手到完成不到兩天時間的高效來看，這應該是魯迅一直在反思、也嘗試要回應的重要問題。

〔註19〕同樣，12月19日致沈兼士信中談到這份講義，也是「至正月末約可至漢末」。不過，這一縮水後的計劃仍未完成，實際上，後來編寫到第十章，魯迅於月底辭職，《綱要》也就戛然而止。

作為頗具緒言性質的第一篇，《自文字至文章》暗示出一個宏大的架構，與深入探問中國文學本質的理論野心，同時它所梳理的這一「文章」脈絡，實際也籠罩後文，是貫穿《綱要》前後十篇的重心之一。〔註 20〕只是，在材料準備不足的情況下，這樣的文學史著並不能草草成就，講義編完第一篇之後，魯迅便忍不住感慨「文學史的範圍太大」，第四篇起，因為去意已決，編寫也就不用急急，自覺或不自覺，魯迅也在逐步縮減自己的編著計劃。

到廈大之後，購書計劃主要通過上海的周建人實行，1926 年 9 月 11 日上午匯去一百，「託其買書」〔註 21〕，此外他也曾致信書店，或請孫伏園經廣州時代購，此類購書都有明確的目標，一般是事先擬定書單，交給對方按圖索驥。下表中綜合同期這類購書紀錄，並按時間順序整理如下〔註 22〕：

收到日期	託請日期	書　目
9 月 29 日	9 月 17 日	《石印說文解字》四本、《世說新語》六本、《晉二俊文集》三本、《玉臺新詠》三本、《才調集》三本
10 月 5 日	9 月 23 日	《唐藝文志》兩本、《元祐黨人傳》四本、《眉山詩案廣證》二本、《湖雅》八本、《月河精舍叢鈔》二十三本、《又滿樓叢書》八本、《離騷圖》二種四本、《建安七子集》四本、《漢魏六朝名家集》30 本
10 月 25 日	10 月中旬	《八史經籍志》一部十六本
10 月 30 日	10 月 19 日	《全漢三國晉南北朝詩》一部二十本，《歷代詩話》及《續編》四十本
11 月 5 日	10 月 20 日到月底	《舊晉書》等輯本十本、《補藝文志》等九種九本、《屈原賦注》等三種五本、《少室山房集》十本（孫伏園購自廣州）
12 月 17 日	12 月 5 日	《魏略輯本》二本，《有不為齋隨筆》二本
12 月 24 日	12 月 1 日	費氏影宋刻《唐詩》合本一本，《峭帆樓叢書》一部二十本（蘇州振新書社寄購）

〔註 20〕有理由相信，在編寫這本文學史略的初始階段，編寫者視域之開闊，「志願」之博大，與早年欲借《摩羅詩力說》等論文掀起一場文學觀念的革新，異曲而同工。

〔註 21〕9 月 30 日《兩地書》中說，「我到此之後，從上海又買了一百元書」，「又」字表示，這自然接續南下之前已經著手的資料籌備，據《魯迅日記》載，9 月 4 日抵達廈門，略作安頓，11 日上午即向上海的周建人匯錢一百，「託其買書」。

〔註 22〕同時應該注意，從起意買書，寫信轉託，到順利拿到，之間存在一定的時間差，一般為 12 天上下，下表中的「託請日期」即由此推定。

需要注意的是，10 月 25 日《魯迅日記》有一條「收中國書店所寄《八史經籍志》一部十六本〔註 23〕」的記錄，爲當月中旬去信託周建人購買〔註 24〕。不久，10 月 20 日孫伏園因事赴粵，11 月 5 日又爲魯迅帶回一批廣雅叢書，當年書賬相應記有「補藝文志等九種九本」。質言之，儘管已經心生去意，魯迅仍在爲編寫這份講義添購資料，不過，從 10 月中下旬開始，《八史經籍志》、《峭帆樓叢書》等官私目錄類書的比重穩步上升，尤其上述兩次購買記錄，數量集中，類型明確，且朝代銜接。參照《魯迅手跡和藏書目錄 2》可知，這兩批斷續所收，範圍涵蓋漢、三國、晉、五代、宋、遼金元、明各代，加上此前 10 月 5 日購入《唐藝文志》兩本，自漢至明的各類書籍存目已十分齊備。這批目錄類書表現出一種通史的形態，尤其在同期呈散點狀或偏於個人趣味的購書序列中，更成體系，所以一氣貫通直到明代，一則 11 月之前，魯迅尚未產生編到漢末的想法，二則，作爲一門文學通史課的講義，即便本學期的授課內容有限，局部敘述也要有貫通古今的脈絡。

在此之前，不管文藝理論著述，還是中國古代詩文集等，一定程度上還比較符合當下的純文學（Literature）視野，相形之下，與講義更名「漢文學」同時，魯迅轉而購入的兩批經籍志材料，顯得範圍過寬，其雜亂曼衍，幾乎相當於謝旡量《中國大文學史》的視野，實際後者也正是魯迅《綱要》後來注明的參考書之一。應該看到，中國傳統「文」、「學」不分，作爲一門需要專門學習的知識，文學的重心首在儒家經典，此外才旁及其他。東漢經學相對衰落，文人著述和文集增多，《漢書・藝文志》始將「藝」、「文」並舉，分前人典籍著述爲六藝、諸子、詩賦、兵書、術數、方技六略，總攬一切文化學術流派。此後，歷代史書方志多沿用「藝文志」體例，編寫於唐及五代的《隋書》、《舊唐書》改稱《經籍志》，首次按經、史、子、集爲典籍分類，之後圖書編目大多沿用四部分類，其中「集」部大致相當於現在我們所認可的古代文學範圍。

而到新文藝的合法性已毋庸置疑的上世紀 20、30 年代，透過純文學的篩漏，重寫文學史的《白話文學史》、《中國純文學史》、《中國之美文及其歷史》等，才是趨時也應時的著史思路。至於根據《藝文志》、《經籍志》、《儒林傳》、

〔註 23〕該書全套共 30 卷，彙集自漢至明八朝史書中的經籍志（或稱藝文志）部分，將分散各史的典籍書目合刊，也爲編寫者查找相關資料提供了方便。

〔註 24〕查《魯迅日記》，1926 年 10 月 4 日、6 日，兩次「寄三弟信」，應爲商定購買書目事。

《文苑傳》等，將「文學」重新放回「文化（主要指儒學）」這一完整生存環境中再做辨認，並具體量化成對歷代書目典籍的分類、歸屬等骨架梳理，嘗試拎起一條「文學」如何在「儒學」、「經訓」等思想文化統系下，從萌生、聚散到不斷確認自我的「進化」路徑，所謂辨章學術、考鏡源流，這在治學方法，尤其是工夫上，歸於劉師培《搜集文章志材料方法》、朱希祖《整理中國最古書籍之方法論》等「舊派」的根柢，而明顯偏離時人就「文學（Literature）」言「文學」的常軌。

就「文學（Literature）」而言「文學」的著史模式，屬於倒推式的以今照古，文學史的關注範圍僅限集部，而事實上，古代文學本來就是託身漢文書寫體系內的一個局部，它在正統思想文化的格局生長，同時也在這一「文化」的裂縫中不斷衝撞，謀求自我表達的自由。今天所謂文人、文學、詩文等等，長期就處在以儒學、經訓爲正格的完整書寫文化中，後來新文藝區分出的純、雜，及非文學等，看似言志、載道各行其是，實則歷史中卻是長期扭結在一起的生存狀態，互相給養的同時也彼此施壓，構成一個混沌未分也無需加以區分的文化共同體。忽視了對古代文學這一文化生存景觀的考察，離開歷代典籍書目所構成的參照，任何本著後見之明的「打通」、整理，都表現爲一種忘卻與斷裂，都有簡化和平面化「歷史」之嫌。由是，反觀魯迅購入的這批經籍志材料，至少可以窺見一條文學史敘述的大致脈絡：即從目錄學的角度詳考歷代書類、典籍增補情況，結合正史中《藝文志》及其他目錄類書，在整體性的思想文化場景中，「歷史地」把握到文人、文學（即後來的純文學）這一研究對象的實際生存狀態，及與此同時，提煉古代文學從傳統文化的封閉體系中「破局而出」的「進化」軌跡。

應該看到，從中國傳統文化的封閉體系中破局，這也是近現代以來東方學術文化，包括文學「自覺」的整體趨勢。此前還是一團曖昧物質的傳統「漢學」（「漢學」這個概念，近現代以來較爲纏夾，本文所用如無特別說明，都指日本近現代語境下的「漢學」，指以儒學爲主的中國學問的通稱），包括作爲其神經中樞的儒學、經學等，與諸子學、史學、詩文一道都被重新歸置，這一變化最早是在日本完成，並在客觀上對整個東亞文化圈產生了直接的帶動作用。而就日本近現代學術文化的發展來看，隨著「東洋史學（支那史學）」、「東洋哲學（支那哲學）」、「漢文學（支那文學）」等概念逐步從傳統的「漢學」體系中抽離，中國的傳統學術文化至少在空間結構上，形成與泰西學術相近的樣貌。在這一「進化」過程當中，經、史、子、集的傳統分類及其秩序，被借助外力眞正衝散，最初是在學院體制內部，正式區分出文學、史學、哲學三個相對獨立的學科，傳統「漢學」退守一隅，也被迫要面臨解構、更新的時代變局，並由此衍生出「漢（文）學」與「支那學」的分途。與此同時，更重要的質變發生在各個「部分」自身，亦即文學、史學、哲學對於自身存在意義、言說邏輯的自洽功能，不同知識體系之間互相參照，卻沒有一個建築在自我之外的所謂道德或價值的圓心，單論文學一項，這種自由最集中表現爲，文學包括文學家的存在意義已經不再是，或主要已經不再是載道，代聖人立言，而是可以自由表達心聲。

這裡具體就近現代文學「進化」的內在結構言，傳統詩文包括日後被陸續追認爲俗文學的小說、戲曲等等，脫離了儒學、載道的價值圓心，更靠近突出人情、想像等主體特質的「文學（Literature）」標準，從而順利實現了舊文學到新文藝的「史」的貫通。這一離心傾向，逆向倒推，是就文學（Literature）而言文學（Literature）的邏輯，具體表述則爲「雜文學」向「純文學」的進化，這也是當時著史者的一般思路，而若因勢利導，著眼於中國學術文化的完整語境，大可陳述爲從「國學／漢學」到「文學」的破格路徑，只是傚果不佳，往往容易陷落到本身就雜亂無序的陳列中，這也是謝旡量《中國大文學史》日後被詬病所在。不過，在正視文學經歷過漫長的「去傳統文化前身」這一「史實」上，後者與《綱要》潛在發展出來的一線「漢文學」脈絡，實際上不謀而合。

換言之，魯迅所要描述的中國古代文學，並非「眞空狀態」下的純文學或哪幾樣符合「文學概論」的詩文類別，也不是就文化論文學這樣兩套系統的平鋪直敘，他所關注和格外敏感的，是曾經而且現在還有可能會置身「傳統文化」、古文書寫體系當中的「中國文學」的本體。這裡存在一個東西方，或古今兩種視域的融合問題，正是在兩種視域的參照下，具化出「文化」中的「文學」這一後進國族少數的文學家，對自身文學究竟爲何物的形象化、反思式的描述。這一描述，在與中國傳統文學親緣深厚的夏目漱石那裡，則表述爲「漢學に所謂文學」的相似結構。事實上，走出文學概論的一般範疇，重新質問文學爲何物，尤其是近現代文學範式下中國古典文學究爲何物，這也是夏目漱石《文學論》試圖要解決的問題，是彼時困擾整個東方文化圈的一個普遍疑問。因之可以說，在對中國古典文學現有描述的不滿足，及追究到問題本相的理論野心上，魯迅和明治後期的夏目漱石原本站在一個相似的歷史位置。

三、「漢文學」的淵源：「漢學に所謂文學」

在此之前，有關「漢文學」的闡釋大多忽視魯迅本人的主體性，忽視對《綱要》文本脈絡、主體自身知識結構和外界可能觸發機制的考察，得出的結論往往流於空疏。而當我們暫時拋開「漢+文學」的預設，回到魯迅本人的知識儲備和文化場景中，就會發現「漢文學」概念所攜帶的歷史性，以及與《綱要》文本內容之間的某種呼應。即，「漢文學」很有可能是一個借自日語的既定詞匯，它的生命力即在於概念生成過程的結構性張力，而不宜做簡單拆解，如「漢代的文學」、「漢族的文學」甚或「用漢字書寫的文學」實際都不得其法。想要追究這一問題，並回答魯迅為何起用「漢文學」一詞，還需先從它與《綱要》之間的歷史關係，及概念自身的生成淵源入手。

前文已述，「綱要」一詞對應廈大課程名稱的變動，與魯迅編講義的計劃調整直接相關，弔詭的是，同時現身的「漢文學」與課名並不同調。事實上，它只出現在數量有限的油印講義上，不曾進入也無意要融入學院的公共話語空間，同時也有別於「文章」、「雜文」等魯迅偏愛使用的文論詞匯，不構成一個可以拿來指涉或描述中國文學的穩定概念〔註25〕。這就意味著，「漢文學」的預期受眾相對狹窄，有明顯的排他性，它只面向那些當時當地，有機會接觸這份課堂講義的青年學生，同時自然也包括幾位和魯迅同在廈大的友人。〔註26〕

這裡，可將「漢文學」與《綱要》間的歷史關係簡略陳述為，第四篇講義編好準備付印時，也即 11 月初前後，出於某種考慮，魯迅自己又補加了個「漢」字，生成「漢文學」這字面，且「漢」字不可省，以與一般公共話語、同期個人手稿中的「(中國) 文學」相區別。換言之，雖則「漢文學」的來路尚未明晰，至少可以確定的一點是，這種表達方式更私人化，它來自魯迅的個人話語，傳遞的也是作為個體的魯迅的意見或感受，亦即，「漢文學」的所指溢出了它的字面，這是一次越軌的、帶有文學性的表達，而不再止是授課者對一門課程、或文學史家對他的研究對象所能夠給出的「本分」形容。

〔註25〕既未在講義正文中出現，此後也未見到魯迅有再次應用，因此無法代表魯迅本人對文學、中國文學的看法。

〔註26〕據北京魯迅博物館所藏講義手稿，第一篇手稿第一頁的左上角留有魯迅筆跡，「印三十份。下星期二（陽曆十月五日）下午要」，是為付印前的備註。

因此，雖則和夏目《文學論》處在一個相似的歷史位置和理論言說的起點，《綱要》後來卻日漸偏離它最初所預設的方向。比較起第一篇《自文字到文章》提煉出的「藻韻」、「人情」這兩個理想文章的標準，從後七篇所揀選的文學群落看，文采至少已不是重心所在，「人情」則更多表現爲「激切」或「憤懣」一端。簡言之即，《綱要》在「史」的敘述中，有意無意聚焦古代文學中敢於「反叛」詩教（即後儒之學）」的一脈。而且，愈到後期，《綱要》愈表現出一種表述「過度」的傾向，到第十篇論及司馬相如，遂有「雄於文者，常桀驁不欲迎雄主之意」的評價，突出甚至放大了筆下中國古代「文學」和「文學家」的群像。正是在這一點上，《綱要》有別於《文學論》中「漢學に所謂文學」的概念搏詰，而是直截了當地，爲課堂上的青年學子描述了一個異端如何「反抗」並且終將「戰勝」傳統文化體系的結果，亦即「文學」在「文化（或後儒之學）」之外，或更根本的，「人」在「傳統文化」之外。需要注意的是，《綱要》始終著意區分「儒家」與「後儒之學」，對作爲先秦學術一種的前者，殊無異議，而「文學」所要擺脫的對象，正是後來佔據道德核心的經典教訓，是「後儒之學」及其精心打造維護的「詩教」傳統。也正是在這裡，《綱要》以及「漢文學」的脈絡，恰構成當時20年代興起的「國學」熱，及日本學界「漢學」（一般囊括「漢文學」）復興的一個反命題。

近代日本學界所稱「漢學」，所指範圍，相當於晚清以來中國學人提倡的「國學」（不同時期還有「國粹」、「國故」、「國故學」等表述），二者均是以中國傳統學術文化爲實體，而事實上，章太炎、梁啓超、胡適等人關於「國學」概念的近現代構型，包括內部資源的整合、重置等，一定程度上也受「漢學」這一異域鏡象的啓發與刺激。與此同時，無論「漢學」或「國學」，在西學不斷衝擊下，既有的結構發生鬆動，文學作爲其中一塊，漸有自己的領地和特性，這也是「漢學に所謂文學」，或「漢文學」兩重結構的張力所在。日語當中「漢文學」一詞，現通常特指以漢字書寫的漢詩、漢文等，包括以漢詩文爲研究對象的學問〔註27〕，範圍已經窄化。《廣辭苑》釋作「中國古來の文學。経書・史書・詩文など。また、日本漢詩文も含めてそれらを研究する學問。」這裡又補充了一條最原初的指涉，即包攬經史子集的傳統「文學」，後者始終被視爲日本「漢學」的正格。表面上看，「經史子集」、「漢詩文」、「中國文學研究」三者相互糾纏，尤其前兩者與「漢字的文學」似乎並無太大差

〔註27〕與魯迅對「文章」、「文學」的區分。

別。然而，所謂定義只是後來對於一個概念的篩選與簡化，概念最初形成的一段歷史往往被遮蔽。具體到「漢文學」一詞，直到明治前夜甚至明治初期的日本，都少見其蹤跡。日人習慣用「漢文」、「漢籍」、「漢書」等指代中國傳統典籍，研究這些典籍的學問被統稱「漢學」，至於「漢文學」，則是近代以來日本面臨「Literature」等西學概念衝擊，參照「國學」到「國文學」的生成模式，從「漢學」中逐漸抽離出來的一個不完全形態，而且，這一分離過程其實並不順利，「漢文學」和「漢學」一度難分難解，正是在此過程中，出現了前述三種不同指涉。

1887 年前後，東京帝國大學等高等院校較早出現「漢文學」，與文學（兩年後改稱國文學）、英文學、德文學等學科並列。只是，相較於迅速西化的「和／國文學」，指向一個老弱帝國的「漢文學」，其概念內涵和外延始終未能得到認眞整理，與「漢學」之間的關係長期切割不清。此後，隨著「支那史學」、「支那哲學」等學科相繼獨立，「漢文學」也開始脫離儒家經義爲主的「漢學」範疇，成爲一個相對獨立的，可用來指涉中國古典文學的近現代概念。然而，對於這樣一個經歷「不完全變態」，且在變態途中背負了過多政治文化意味的文學概念，熟悉且親近中國古典文學的夏目漱石，始終保有一份本能的警惕，1906 年他在爲《文學論》所作序中，對「文學」、「英文學」等一般西化概念的使用純熟，指涉中國文學時，仍沿用「漢書」、「漢籍」、「漢詩文」等舊有表達，或「漢學に所謂文學」這種個人化的、明顯冗贅的組合，而未曾使用「漢文學」，尤其當後者事實上已在日本學院內部、及漢學研究界被通用的情形下，這樣一種「缺席」本身也就很能說明問題。

應該看到，與「漢學」被改寫的國家學術背景相似，形成於明治中後期的「漢文學」，從一開始就有明顯的意識形態屬性。而且，事實上這個直接從「漢學」當中提純出來的新製詞，被用來指涉中國文學的歷史十分短暫，幾乎與「漢文學」一詞的造成同步，日人在脫亞入歐思潮的帶動下，指涉中國時，一般都改用「支那」替換「漢」、「清」字眼，「漢文學」因爲有「漢學」的蔭蔽，抽身最晚。到 19 世紀末 20 世紀初，尤其在甲午海戰之後，日本立意要擺脫漢字文化圈的輻射，伴隨一系列冠名「支那」的文學史著密集出版，「支那文學」終於取代了「漢文學」。與此同時，只剩一個空殼的「漢文學」也未消泯，其得以繼續「進化」的路徑，在經史子集的範圍內，正式打通漢詩、漢文這一近現代純文學的疆域，卻是在日本「國文學」的內部演變爲一種現實。1908年到1909年間，東京帝國大學國文學科的教授芳賀矢一較早在大學課堂上開設「日本漢文學史」一課，「漢文學」的近現代轉型才算眞正完成，芳賀矢一是近現代推動日本「國文學」概念形成的代表人物，其所謂「漢文學」具體指日人用漢字書寫、符合近現代純文學標準的文學作品，因之揀選出一個相對清晰的包括漢詩、漢文等品類的文學通史範疇。通過「史」的書寫，芳賀強調「日本的漢詩文理所應當屬於日本文學」〔註 28〕，本意在於擺脫中國傳統「文」的干擾，建構起日本文學（包括「純國文文學」與「日本的漢文學」）天然的整體性與國族屬性。應該看到，近代以來，面對西方文化、西方文學帶來的強大生存壓力，芳賀等明治學人之所以岌岌於塑造國民文化、張揚「國民性」，都是從這一歷史訴求出發，其對「漢文學」的提純，也從屬於這一趨勢。只是，在客觀效果上，提純後的「漢文學」，也參與推動其近鄰——時稱「支那文學」，也就是「中國的漢文學」——身份的新變。

這裡需要注意的是，在「漢文學」概念完成嬗變的前後，恰也是魯迅留學日本、目光轉向文藝的關鍵時期，況且，對於芳賀矢一及其著作，特別是有關「國民性」的論述，周氏兄弟一直都有密切關注。另外，據北岡正子《魯迅：救亡之夢的去向——從惡魔派詩人到〈狂人日記〉》一文考證，1906年3月到1909年8月回國之前，魯迅的學籍一直掛靠在東京獨逸語專修學校，爲能順利畢業每學期須修滿一定學分，在此期間芳賀矢一正是該校「國語」課的特聘教員〔註 29〕。這一歷史細節，雖無法確證二者之間的實存關聯，至少可以說明，對近現代日本「漢文學」這個概念，包括其生成前後的政治文化語境，同樣置身此間的魯迅應也有基本認知。

概言之，「漢文學」一詞的張力結構，本身就是近現代東方文學進化的一段歷史縮影，種種質素，都是東、西兩種異質文化、文學衝撞背景下的產物，更何況，對於這樣一個形成於日本，又在脫亞入歐的大背景下被迅速棄用、改寫的歷史概念，「用」或者「不同」，抑或在何種意義上使用，本身就有更複雜的政治、文化上的言說空間。一定程度上甚至可以說，「漢文學」屬於漢字文化圈的共同記憶，有它特定的時間和空間屬性，只有將之放在20世紀前後「東方」進化史的開端，具體到中國清末民初以來的近代化歷史中，在泰

〔註28〕轉引自趙苗：《20世紀的日本漢文學史》，《經濟研究導刊》2010年13期。

〔註29〕見北岡正子著，李冬木譯：《魯迅：救亡之夢的去向——從惡魔派詩人到〈狂人日記〉》，生活.讀書.新知三聯書店2015年，第29頁。

西、東洋的新世界秩序中，結合兩股文學相互磨損、相互改寫，並重新規劃各自路徑的歷史過程中，才能眞正理解一時代人應用這一詞語的知識背景與概念的眞正意義。

四、「漢文學」的邏輯：一個「國學」的反命題

「漢文學」一詞源於明治日本，概念生成直接移用了近現代「國學——國文學」的演化範式，到20世紀初已經可以指漢詩、漢文等，隨著後來「文學」概念的進一步西化，文體上也兼而包括小說、戲劇各項。也就是說，所謂「漢文學」正是後來通向新文藝的一段「前身」，是借西方文學（Literature）之力從傳統文化格局中「突圍」而出的歷史成果。這裡需要注意的是，近代日本「漢文學」作爲有意和「國文學」對照的文化行爲，本身就帶有明顯的儒教意識形態屬性，與傳統「漢學」（主要表現爲儒學）的關係長期切割不清，時時有被後者再行吞噬的可能〔註30〕，對此魯迅並不隔膜，而且保有相當程度的敏感。〔註31〕因之可以說，日語「漢文學」只能成爲《綱要》更名的一個「隱性」知識結構，至於何時被起用？在何種意義上才能「激活」？上述種種，還需要結合《綱要》與「漢文學」一詞的現實語境，也即廈門大學的文化環境中再做探問。

前已述及，有別於文學史著或準備要出版的雜文、小說，《綱要》呈現出的「漢文學」脈絡，包括「漢文學」一詞內蘊的結構張力，所選擇的接受對象十分有限，具體說，《綱要》最初面向的主要還是1926年在廈門大學選修、旁聽這門文學史課的青年學生。這裡還需做出區分，所謂青年學生，並非是抽象意義上的，整體性的，更多特指在廈門這種文化環境，或相似環境中，仍有志於文學的一群。〔註32〕

對於廈門地區的文化環境，《兩地書》中多次形容爲「沉靜」、「死氣沉沉」，除了地理位置，更重要還是文化心理上的感受。一方面，廈門遠離新文化思

〔註30〕1889年，東京帝國大學文科大學中，「漢文學科」一度改稱「漢學科」。同樣，1926年廈門大學也通過決議，將「國文系」改稱「國學系」，「國文」與「國學」之間左右遲疑，這在上世紀20年代後期的國內大學院校內，也有一定代表性。

〔註31〕這段時期，與他保持書信往還、互贈學術資料的漢學家鹽谷溫、辛島驍等均與斯文會關係密切。值得注意的是，二人都是將魯迅視作一個研究中國傳統文學的學者，現代作家的身份實際並不彰顯。

〔註32〕《漢文學史綱要》最初有明顯的時效性、排他性。因之也就可以理解，中斷教職之後，魯迅再未續寫，臨終所列著作也未收錄。

潮的中心，新文藝萌芽滯後，「本地人文章，則『之乎者也』居多」，另一方面，就廈大學院內的文化環境而言，舊文學或舊文化的影響也仍深厚，不僅國文課以讀經、做古文爲主〔註 33〕，校長林文慶的尊孔主張，在事實上對趨向新文學的學生，造成一種生存空間的擠壓。魯迅自到廈門後，教課同時，也幫助學生出版過幾種新文藝期刊，這些對「思想界權威者」魯迅有所希望的廈大學生，應該也是「漢文學」一詞最初預設的對話主體，師生之間在短時間內結成「同盟」，基於打破文化舊格局、催促新文藝發生這一共同目標，不過，從最後都不得不「逃出」廈門的結果看，至少雙方都沒有達到理想的效果。〔註 34〕與此同時，這種對文化滯後、文學退化的敏感與反撥，還可牽連起從 20 年代初「整理國故」、「青年必讀書」到廈大國學院一連串文化事件中不斷被強化的主體經驗。

1926 年 10 月 14 日，魯迅在廈門大學每週四舉行的學術週會上，做了《少讀中國書，做好事之徒》的演說，演說文字記錄稿在 23 日《廈大週刊》160 期刊出時，「少讀中國書」的部分因爲與「讀古書」、尊儒家的見解相悖，刪節未載。這一「刪節」，卻使我們能夠更真切窺見魯迅與學院文化環境之間，存在不可迴避的意見矛盾。實際上，對於歷史考據，古書整理等，魯迅個人不無愛重，不過當面對「整理國故」、「讀古書」等外界「提倡」，卻始終保有一種「過度」的敏感，這種敏感，來自他對傳統思想，對中國文化思想史的熟稔。頗有意味的是，20 年代學界提倡的「國學」，對應的本是 Sinology，一定程度上也是以日本「支那學」爲參照對象。只不過，當「支那學」被引入中國，更名「國學」後的涵義卻更複雜。也許是爲了求同存異，減少推行時的阻力，胡適在 1923 年 1 月《〈國學季刊〉發刊宣言》中又以「國故學」置換「國學」，「『國學』在我們的心眼裏，只是『國故學』的縮寫。中國的一切過去的文化歷史，都是我們的『國故』；研究這一切過去的歷史文化的學問，就是『國故學』，省稱爲『國學』。」順勢進一步延及正在提倡的「整

〔註 33〕見丁言昭《魯迅和〈波艇〉》、俞念遠《我所記得的魯迅先生》、俞荻《回憶魯迅先生在廈門大學》等相近描述。

〔註 34〕魯迅在 11 月 20 日《兩地書》中，「我對於他們不大敢有希望，我覺得特出者很少，或者竟沒有。但我做事實還要做的，希望全在未見面的人們」，12 月 11 日，「至於有一部分，那簡直無藥可醫，他們整天的讀《古文觀止》，並對廈大青年學生所辦的幾種期刊，也表現出一種悲觀看法。另據卓治《魯迅是這樣走的》一文中回憶，當時授課，「他班裏修功點的學生也有限，並且其中因聽不懂他的話，而在班裏『畫菩薩』的很有其人」。

理國故」運動。〔註35〕1923年前後，「整理國故」在學術研究的口號下，越來越走向「讀古書」，尤其是其核心成果「古史辨」幾成「古書辨」，走向了問題的反面。1924年胡適在東南大學國學研究班講演《再談談整理國故》，國學與中國思想傳統闡釋，甚至與儒學經學之間，其實已經越來越曖昧不明。具體到廈門大學「國學研究院」所展開的實績來看，與其說是北大研究所國學門的後繼，毋寧說，延續的實際是「整理國故」、「辨古史」的路徑。尤其是在廈門大學「沉靜」的文化氛圍中，1926年10月間，魯迅從起初受聘廈大國學院，願意爲之敲邊鼓，到勉力觀望後，終而慨歎「越看越不行了」，當研究國學的學術追求，自覺或不自覺，一點點重新滑向復興儒教的整體氛圍，魯迅難免會感受到一種難以忍受的戟刺，以及「個體」被圍困的逼仄感覺。面對「國學」與「Sinology」的南轅北轍，前者在現實中的提倡效果，在魯迅看來，是有中化無，文學回到儒學，實質上也就成爲「似乎騙人的行爲」〔註36〕，以新文化之名，而越來越滑向文化復古的一面，正是對此前「文學革命」思路的逆寫，亦即1926年11月在《寫在〈墳〉後面》中所言，「新文藝的試行自殺」。

《綱要》此時畫蛇添足，在「文學」之前多加一個「漢」字，使當時當地所謂文學現出「遺形物」的本相，這手法近乎魯迅所慣用的雜文技巧。也就是說，「漢文學」的結構，具體是針對「國學」庸俗化的一個反命題，或者可以說，它是針對後者的破題。魯迅要藉此表達的，是「文學」以及文學所表達的自由、人情，如何在「漢學（在中國歷史中主要指儒學）」統系中逐漸自覺，如何通過一個個個體的反叛，終於擺脫傳統思想桎梏的過程，換用《綱要》中的詞語表述，就是文章如何被詩教、載道壓制，又如何擺脫這雜誌，而與個體的人，與人的感受、情感，直接建立起密切關聯的艱難過程。頗有意味的是，就在10月30日在爲雜文集《墳》所作《題記》中，魯迅重又提到了《摩羅詩力說》和「其中所說的幾個詩人」，傷感於他們已久被忘卻，然

〔註35〕北大研究所國學門中成員，大多都是章門弟子，以「國故」相號召，無疑也能求同存異，凝聚更大力量。然而，從實際效果來看，經過一連串的概念「置換」，所謂「整理國故」既有別於章太炎集中在語言文字、文學、諸子學等領域的「有所爲」的考辨源流，也不同於京都學派強調的現代範式的中國學問研究。

〔註36〕卓治：《魯迅是這樣走的》，《魯迅生平史料彙編 第四輯》，天津人民出版社1983年版，46頁。

而現在「竟又時時在我的眼前出現」。〔註 37〕如前所述，在強調個性、反抗詩教這一點上，《綱要》同樣存在「有所為」的主觀傾向，即以廈大課堂上的青年學生為交流對象，這些青年人同時也是「漢文學」要與打著「國學」招牌，經營的卻是「整理國故」、「尊孔讀經」一類實質的文化權威，或教育界當局爭奪的受眾，是新文藝發展的主體。

在這裡，魯迅所寄望的「新文藝」、《綱要》所書寫的「漢文學」，遭遇的最現實衝突，來自廈門大學包括國學研究院中，倍受推重的「儒學」、「讀經」傾向。《兩地書》中多次提到校長林文慶的「尊孔」，尤其需要注意的是，這一「尊經讀孔」的潮流並未得到所謂「新陣營」的有效抵制。10 月 3 日廈大慶祝「孔子聖誕日」，林文慶、顧頡剛在「恭祝聖誕」的集會上，先後做了題為《孔子學說是否有用於今日》、《孔子何以成為聖人》的演講，兩篇演講雖在具體所為上有質的差別，不過，二者聯袂而來，就客觀效果看，這種基於「聯絡感情」等現實功利考量而做的「委曲」、「節略」〔註 38〕，本身就是新文化對舊傳統的主動幫閒和陪唱，一定程度上佐證了尊孔、讀經潮流的合理化，使其成為廈大國學研究院的常備使命和熱門話題，這對於「新文化」、「新文學」自身不啻是個絕妙的諷刺。

實際上，早在赴廈之前，顧頡剛就曾贈送魯迅一本《民國必要孔教大綱》，魯迅至少曾翻閱過，當年 8 月 5 日《魯迅日記》「得顧頡剛信並《孔教大綱》一本」，應是對方為即將在廈大共事，而聯絡感情，這本《孔教大綱》即是廈大校長林文慶所著，全稱《民國必要孔教大綱》，到次年 1 月魯迅在《海上通信》中又提起，只說是一本「講孔教的書，可惜名目我忘記了」，更多還是有

〔註 37〕《綱要》後七篇突出的《離騷》文脈，與《摩羅詩力說》選擇的拜倫及「摩羅詩派」，二者在事實上可共享一段形容，「今則舉一切詩人中， 凡立意在反抗，旨歸在動作，而為世所不甚愉悅者悉入之，為傳其言行思維， 流別影響……」

〔註 38〕顧頡剛這篇演講，《廈大週刊》158 期就有報導，稱「反覆證明聖人之所以為聖」，此後 160～162 分三期連載，另外，《民鐘報》《江聲報》等同時均有相關報導。查《顧頡剛日記》當年 10 月 2 日所記，底稿原名為《春秋時的孔子和漢代的孔子》，次日演講卻改稱《孔子何以成為聖人》，對此，顧氏後來有「臨時因時間不足，改換題目，刪減若干」的說法，不過，單從客觀效果論，這一調整恰與林文慶前一篇「尊孔」呼應，學術成為尊孔的一個注解，不能說是無心之舉。這之後，顧頡剛又在繼續修改底稿，計劃出版的《國學季刊》中，名為《孔子何以成為聖人和何不成為神人》。直到後來離開廈大，編輯全集出版，才又改回原名《春秋時的孔子和漢代的孔子》。

意輕蔑，略過不談。林文慶在本書序言中，即以「孔教」爲「漢文之學」的正宗，「文慶久信孔教之外，欲立民志，我國定大危機，如失漢文之學，而盛談外國語言文字新名詞，此無異自滅。」這裡應該看到，林文慶對「漢文」、「漢文學」的文化固守，一定程度上源於他站在海外華人視角獲得的文化認同，這一角度和日本、韓國等深受漢文化影響的東亞文化圈的「漢學家」們，有結構上的相似性，即，傾向於將「中國學／漢學」理解爲「漢文學」，「儒教經典」自然佔據在價值的核心，也就是《孔教大綱》中所稱「教漢文，傳聖道」的想像。

值得一提的是，同期 1926 年夏秋間，魯迅開始與日本漢學家鹽谷溫、辛島驍互有通信，二人出身東京帝國大學，與以復興東方文化、提倡尊孔讀經爲宗旨的東京漢學派、尤其「斯文會」之間關係密切，就在當年 10 月 30 日，也即《綱要》改題「漢文學」的前夕，魯迅收到鹽谷的學生辛島驍從東京寄來的三本《斯文》月刊，查《魯迅手跡和藏書目錄 3》〔註 39〕可知，分別爲《斯文》第 8 編 5～7 號，其中第 6 號連續有數頁紅筆批改、增刪，應是魯迅閱讀鹽谷溫《關於明的小說「三言」》一文的批注意見。同時，這三本《斯文》所提供的全貌，也能爲魯迅對當時東京漢學派，及其明顯的「護教」傾向，有一個初步判斷。僅就魯迅讀過的這一期 6 號而論，即刊有一篇宗旨性的《斯文學會開設告文》，認爲在明治以來的西化潮流下，爲「持風教」、「振斯文」，當務之急就是提倡本邦「支那文學蚤傳」的儒學，以求匡救時弊。這一儒學救國的思路，最直觀呈現了「文學——漢文學——儒學」這一條與近現代西化「逆行」的文化軌跡。事實上，無論《斯文》月刊爲代表的東京漢學派〔註 40〕，及其所復興的「文學」，還是廈大國學研究院的上述

〔註 39〕北京魯迅博物館編：《魯迅手跡和藏書目錄 3》，北京魯迅博物館 1959 年版，95 頁。

〔註 40〕以東京帝國大學爲中心的「漢學派」，以「斯文會」爲代表，秉承明治國家「忠君愛國」的儒教意識形態，直接延用了傳統日本「漢學」的名稱，帶有國家官學色彩。

《斯文》月刊，爲東京漢學派「斯文會」的機關雜誌，1919 年創刊，分論說、文苑、雜錄等主要欄目，其中「文苑」刊登漢詩、漢文，「論說」以經學論文爲主，「雜錄」討論漢字、漢文。該月刊由斯文會發行，以東京帝國大學支那哲學科、文學科、東洋史學科的教授、畢業生爲主體構成，斯文會前身爲斯文學會，後與漢文學會、研經會、東亞學術研究會合併，倡導「伸張風教，興隆文學」，試圖補救近代以來日本漢學的頹勢，以回應西學衝擊，是日本近代史上第一個大規模的儒學團體。

傾向，具體都表現爲東方文化圈當時正不斷復現的「尊孔」、「讀經」等文化現象。〔註 41〕當學術研究、文學研究更多只是爲尊孔作一注解，失卻了自身的獨立性，「國學」退化爲「後儒之學」，又回轉身來，重新將「國文」、「文學」納入其中，這實際顛倒了「漢學——漢文學」、「國學——國文學」近現代以來的進化軌跡，新文藝的發展和生存更加無從談起。就這個意義上可以說，「漢文學」一詞，是魯迅基於對現實社會政治、文化生活的觀察，通過置身其中獲得的不斷強化的主體經驗，在「親歷」整個中國、甚而東方世界從「前近代」進化到「近現代」的整個歷史過程中，由上述觀察、經驗所提煉出的一個理性判斷。

前文已經提到，作爲一份擁有固定授課對象、產生於教學互動中的文學史講義，《綱要》的敘述立場根本區別於一般文學史著（包括《中國小說史略》），更具當下性，也就是說，更易受到現實因素帶來的干擾、刺激或影響，同時也更易對這些現實戟刺作出自己的反應。以上所列種種，都有可能成爲重新激活「漢文學」這樣一個前知識結構的現實「戟刺」。不過，在本文最後提煉、總結「漢文學」的意義之前，需要明確的一點是，在魯迅這裡，「漢」於「文學」、於「文」並非一個好的前綴。而且，魯迅對「漢文」的這一「偏見」實際上由來已久，1919 年 1 月 16 日在致許壽裳的一封信中，作爲對老友「來書問童子所誦習」的回答，魯迅卻直言「中國古書，葉葉害人」，提出「古書」與「人生」之間的二元對立，並斷言「漢文終當廢去，蓋人存則文必廢，文存則人當亡，在此時代，已無幸存之道。」這種對「漢文」、「漢文學」的基本判斷，基於魯迅「在此時代」的現實關切，即他自己所言，一要生存，二是溫飽，三要發展，其次才是作文，此後 1925 年「青年必讀書」不過是這一脈絡的延續，所謂文學、文章等等，亦只能發生於特定時代、特定國族環境當中。

換言之，「漢」加諸「文學」之前，雖在事實上，可以追溯到某個時間節點上，某一次戟刺給主體創造的契機，是偶然性的，產生於對周圍文化環境不滿的正繆意識，只是，這樣一種獨異的「構詞法」，及概念背後的對整體文

〔註 41〕同理，魯迅一直拒斥和警惕的，是所謂「國學」，這在當時具體指的也是「尊孔」、「讀經」等文化現象，而非真的「國學」或「國學家」，即如他對王國維與他的甲骨文研究，章太炎的小學、諸子學等，都持一種肯定的態度。這也是魯迅爲什麼不反對北大研究所國學門，事實上一開始也參與到廈大國學研究院籌備過程當中，至少説明，在創辦伊始内心未嘗不懷有期待。

學史的判斷，在魯迅本人卻有長期以來對漢文、文學的基本認知作底子。也就是說，一旦這個來自異域的概念，被主體性特強的創作者借用，它就不再僅僅是一時諷刺的武器，本身就融入主體的生命體驗，成爲血肉豐滿的「這一個」。就在《綱要》改名「漢文學」前後，10 月底到 11 月上旬，魯迅先後爲雜文集《墳》做了一篇題記和跋，其中重又提起「改革文章」、「讀古書」等敏感經驗，「當開首改革文章的時候，有幾個不三不四的作者，是當然的，只能這樣，也需要這樣。他的任務，是在有些警覺之後，喊出一種新聲；又因爲從舊壘中來，情形看得較爲分明，反戈一擊，易制強敵的死命。」在這裡，「人」與「文」都是歷史進化過程中的中間物，在這個主體自我認知上，魯迅和他所使用的這一個「漢文學」是同構的，也可以說，「漢文學」就是「中間物意識」在文學史觀上最簡練的表現形態。因此，魯迅所謂「漢文學」，並非靜態的、概念寬泛的古代文學，也不僅是詩文等文體分門別類的古代純文學，事實上，這裡的「漢文學」是在進化鏈上、切入到現代社會、現代人的文化生活中的古代文學，這是魯迅對描述對象的基本判斷。

一方面，精於小學，對中國文字的愛好終身未改，且輯錄古籍、學術著述等學術著述，成績俱在，這是魯迅難以被後人所忽略的一面。《綱要》第一篇《從文字到文章》就從理論提煉的角度，正面表現出對漢文形式美的敏銳把握。另一方，當他自覺離開「文學是什麼」這樣抽象的理論探討，而回歸某一時代、某一地域、與某一群人相關的文學實體，「漢文」、「漢文學」就是一種接近「不三不四」、「結核」一般的存在，魯迅選擇用「上下四方尋求……最黑的咒文」、「漢文必廢」等幾近惡毒的語言來表達自我的厭棄，以及《綱要》改名「漢文學」產生的反諷效果，也正是基於這樣一種「中間物」在進化鏈上的基本判斷。換言之，「漢文學」是將「文學」放在進化的軌道上試驗，而非就文學言文學。相關知識結構在被激活的同時，也必要受到主體文學觀念的影響而被改寫。在這種試驗的意義上，「漢文學」不僅僅是對「國學」，對古書，對於讀經尊孔，甚而延及對於舊文學死而不僵的一個諷刺，同時更多也是一個朝向自身的反諷。次年 2 月，魯迅在《無聲的中國》、《老調子已經唱完》接連兩篇演講中，把這一層「漢文學」與古偕亡的意思表達的更顯豁，「我們此後實在只有兩條路：一是抱著古文而死掉，一是捨掉古文而生存。」「在文學上，也一樣，凡是老的和舊的，都已經唱完，或將要唱完。」換言之，在中國文學一路進化的軌道上，「漢文學」作爲魯迅對中國古代文學的形象化判斷，是將要唱完的老調子，是通向新文藝、新文學的跳板，也是此後理應被新的文學家、青年文章家們拋之腦後的可怕遺產的一部分。

由此涉及到《綱要》文本的二重性，魯迅在古代文學史中打撈出來的《離騷》詩人群，如前文所述，實際是一群理想的、被誇大的、反抗主流的異端，而事實上，這樣的《離騷》文脈從來不是「漢文學」眞正的主體，魯迅在經籍志、藝文志、等官私目錄書中，所欲尋得、建構的是通向新文藝的一個合乎理想的漢文學，而一旦離開《綱要》文本，論及中國古代文學的時候，這個既產生過《離騷》詩人群，同時更多被一批正宗、載道之文佔據的漢文學，又是應該被否棄的一段存在。在這裡，如果說，《綱要》對於「漢文學」異端文脈的描述和著意突出，是一種積極的、面向青年學生的期待，與此同時，「漢文學」這個後來改換的題名，所表達的卻是指向主體自身的悲觀意識，文本和題名之間一定程度上是二元對立的，即構成一種矛盾悖反的關係，彼此提問，也互相質疑，這本身就是新舊更替時代的中國，文學和文化豐富面影的折射。

作者簡介：

李樂樂（1988～），女，山東淄博，四川大學文學與新聞學院 博士在讀，周氏兄弟散文、文學觀念研究。

附錄一：張中良教授閉幕式學術感言

上海交通大學人文學院　張中良

人們常常把黃河比作母親河，或者擴而言之，把黃河流域和長江流域並稱爲中華文明發祥地，這種認知緣於中古以前華夏政治中心多在黃河流域或長江流域，不能說沒有道理。但是，中華文明並非一成不變而是不斷演進的，並非單一色調而是多元交匯的。遠古創世神話說，共工與顓頊爭爲帝，怒而觸不周之山，天柱折，地維絕。天傾西北，地陷東南。女媧煉五色石以補蒼天，斷巨鼇之足以立四極，聚蘆灰以止滔水，於是天地復原，萬物有序。其實，這一神話正是中華文明多元一體的象徵。中華文化至少由四根支柱共同撐起，這就是黃河文化、長江文化、東北紅石山文化與珠三角—嶺南文化。肇慶市封開縣河兒口鎮洞中岩發現封開人牙齒化石，距今 14.8 萬年，肇慶是早期人類發源地，也是嶺南文化發祥地。嶺南文化早已成爲中華文化的有機組成部分，從先秦到秦漢、唐宋、元明清，綿延不絕，異彩紛呈，以鮮明的特色爲中華文化的博大精深做出了卓越的貢獻。近代出現容閎、鄭觀應、黃遵憲、丘逢甲、孫中山、康有爲、梁啓超等領軍人物並非僅僅是西風東漸所致，實有其本土的文化基礎。1911 年黃花崗起義點燃了辛亥革命的導火索，1926 年 5 月北伐軍葉挺先遣團率先出征，同年 7 月廣州召開北伐誓師大會，1928 年 6 月 3 日張作霖退出北京，6 月 8 日北伐軍開進北京，6 月 15 日，南京國民政府發表宣言，宣布統一完成。此即意味著廣東作爲大本營的北伐戰爭的最終勝利與國民革命的成功。1931 年 5 月 28 日，廣州國民政府宣告成立，同南京政府分庭抗禮，後因九一八事變而於 1931 年 12 月 22 日撤銷。1936 年 6 月，爆發「兩廣事變」(「六一事變」)，兩廣部隊改稱「中華民國國民革命抗日救國軍」，陳濟棠、李宗仁分任正副司令，隨即向湖南舉兵。9 月，兩廣事變和平解決。盧溝橋事變之後，廣東作爲抗戰的堅強堡壘之一，廣東人以堅忍不拔的性格與出色的創造力在戰場與後方發揮著重要作用。

在這樣深厚的歷史背景下，廣東現代文學自然會有鮮明的個性與獨特的貢獻。《國際歌》第一個中文譯本以《勞動歌》爲題連載於廣州《勞動者》週刊第 2～6 號（1920.10.10～12.5），吹響了左翼文學的號角。張資平作爲創造社的發起者之一，寫出了現代文學史上第一部長篇小說；李金髮開了現代派詩歌的先河。1926 年前後，廣東首創國民革命文學。在土地革命期間，廣東湧現出丘東平、歐陽山、草明、洪靈菲、戴平萬等左翼作家。抗戰期間，丘東平先是參加淞滬抗戰、淞滬會戰，繼而參加新四軍，直至 1941 年 7 月 18 日在江蘇建湖敵後戰場壯烈犧牲；鍾敬文、何家槐等作家在韶關第四戰區司令長官部工作；歐陽山、草明等到陝甘寧邊區從事抗戰文藝工作；黃藥眠、黃寧嬰分別寫出了表現桂柳會戰的敘事長詩《桂林底撤退》、《潰退》……

兩天前，我們來到這片熱土上，探討民國時期的廣東文學，現在一定已有新的發現。我感覺無論是史料、思想還是方法上，一支年輕的學術隊伍正在茁壯成長。而無論是研究領域、隊伍規模還是人員構成上，一個民間學術論壇越走越開闊。

附錄二：不閉幕的是時間

黎保榮

由於種種原因，這次會議從申請到會務結束，短短 3 天的會議（10 月 19 到 21 日），卻耗時一年，今年 9 月中旬才正式全面批准下來。之後除了國慶休息了幾天，幾乎都是馬不停蹄地打仗一樣地機器一樣地運轉。看著自己做的 40 多個文檔，不重複的有 30 多個，不禁感慨萬千。閉幕式現在由我主持，並且致歡送詞，根據會務間隙寫的和現在的補充，匯成如下感言，主要是三個詞。

一是「感謝」。

感謝李怡老師和大家的信任，給我這個機會，不遠千里來參會，也鍛鍊了我這個平時不大出書齋的書呆子，讓我看到了我也能做實務。感謝領導同意申報和批准辦會。感謝幫忙做會務的同事和同學，她們是陳豔玲老師、吳丹鳳老師、蘇常老師、陳偉江老師、王少瑜老師、陳少萍老師、陳弟老師、高貫華老師（以及我當時忘記提的方丹老師），以及我們笑容燦爛但名字樸實負責計時等的張樹苗同學（碩士生）和負責拍照的王志浩同學（本科生），以及文秘班的各位同學們（每半天三位）。他們讓前期爲了鍛鍊自己、幾乎一個人在戰鬥的我感受到「你不是一個人在戰鬥」。感謝會議主持人《文學評論》的范智紅老師、四川大學的劉福春老師、暨南大學的賀仲明老師、廈門大學的王燁老師、中山大學的李青果、張均老師、嶺南師院的趙金鐘老師、中國勞動關係學院的王翠豔老師，以及感謝會議的評議人四川大學的周維東兄、西南大學張武軍兄、河北師大王永祥兄、上海交大符傑祥兄、中國社科院李哲兄、中山大學劉衛國兄、江蘇師大邱煥星兄、貴州師大顏同林兄等學界同仁友好。

二是「抱歉」。

很抱歉，大家不遠千里前來，本該跟大家熱乎熱乎，但是我忙得沒時間跟大家聚談拜訪，一個人熱乎去了。很抱歉，開幕式電腦和屏幕不大靈光。很抱歉，我不知道飯菜是否合乎大家北方人的重口味（在廣東人眼裏，廣東之外的人都叫北方人），只能要求酒店每頓飯菜有一半不重複，至少做法不重複，要求有一道肇慶特產裹蒸。很抱歉，19 號將近 23 點，報到完畢，我沒有強制 b 去醫院，只能給她到附近的藥店買藥緩解症狀。諸如此類。

三是「感悟」。

這次「民國廣東與中國現代文學」全國學術研討會讓我學習到很多東西，包括學問，包括辦會，包括交際。會議發言和評議具有純粹嚴肅的學術態度、較爲新穎的研究角度、開闊的學術視野。我提出兩點希望：希望同仁們能保持一種對學術的尊重，不唯利是圖；希望同仁們能夠「從史出論」，提出一種被世界公認或普遍使用的研究範式和學術理論；希望同仁們能將學術關懷與社會關懷適當結合，或者直面現實進行深思，或者學會關懷他人，不冷漠待人。

閉幕的是會議，不閉幕的是時間，能得到大家的肯定，十分榮幸。謝謝大家。

附錄三：「民國廣東與中國現代文學」全國學術研討會會議手冊

主辦單位：肇慶學院文學院
　　　　　肇慶學院嶺南新文學研究團隊
協辦單位：四川大學現代中國文化與文學研究中心
　　　　　北京師範大學民國歷史文化與文學研究中心
指導單位：中華全國文學史料學學會近現代分會
　　　　　2018 年 10 月 19～21 日

目　錄

一、會議日程安排 ………………………… 3

二、會議議程安排

（一）開幕式 ………………………… 4

（二）第一場大會發言 ………………………… 4

（三）第二場大會發言 ………………………… 4

（四）第三場大會發言 ………………………… 5

（五）第四場大會發言 ………………………… 5

（六）第五場大會發言 ………………………… 6

（七）第六場大會發言 ………………………… 6

（八）第七場大會發言 ………………………… 6

（九）第八場大會發言 ………………………… 7

（十）閉幕式 ………………………… 7

三、會議代表名單 ………………………… 8

一、會議日程安排

會議地點：肇慶玉蘭花酒店香樟樓三樓會議室

就餐地點：肇慶玉蘭花酒店風生水起宴會廳

10月19日

14：00～22：00　市外與會學者報到（地點：肇慶玉蘭花酒店接待中心。提前報到可與會務組聯繫）

18：00　晚餐（當天晚餐可延遲到晚上20點，請代表盡早報到）

10月20日

7：20～8：20　早餐；簽到

8：20～12：15　學術研討

12：15～13：00　午餐

13：00～14：00　午休

14：00～17：50　學術研討

18：00　晚餐

10月21日

7：20～8：20　早餐

8：20～11：25 學術研討

11：45　午餐

13：00～17：40　分散深度研討

18：00　晚餐

10月22日

早上學者離會

會務領導小組：

組長：唐雪瑩、陳明華

副組長：蘇文蘭、胡海鵬

會務組：黎保榮、高貫華、陳豔玲、吳丹鳳、蘇常、陳偉江、王少瑜、陳弟、陳少萍、張樹苗、王志浩

連絡人：黎保榮，手機號碼：13717239601，郵箱 lbrong20@126.com

二、會議議程安排

2018 年 10 月 20 日上午

地點：肇慶玉蘭花酒店香樟樓三樓會議室

（一）開幕式（08：20～08：50）

主持人：唐雪瑩（肇慶學院文學院副院長）

肇慶學院校領導致辭：葉崢嶸（肇慶學院黨委副書記）

專家致辭：

李怡（四川大學文新學院院長、北京師大文學院博士生導師，會議主要發起人）

張中良（中國現代文學研究會副會長，上海交通大學人文學院特聘教授）

（二）會議合影、茶歇（08：50～09：00）

（三）大會發言

（提示：每位專家報告不超過 8 分鐘，7 分鐘時鈴聲和舉牌提醒；代表在會場手機請調至靜音狀態。除了開幕式和閉幕式主持人，研討分場由分場主持人主持，請注意把握時間）

第一場研討（09：00～10：05）主題：革命、抗戰與延安文學

主持人：范智紅（《文學評論》）；評議人：周維東（四川大學）

1. 張武軍（西南大學）：《再造民國與作家南下——〈廣州民國日報〉及副刊之考察》
2. 王燁（廈門大學）：《「黃埔生」的革命文學活動初探》
3. 妥佳寧（內蒙古科技大學）：《粵系第四軍與茅盾小說中的革命正統》
4. 楊慧（山東大學）：《「槍一樣地復活」——牛漢抗戰長詩《老哥薩克劉果夫》的白俄敘事》
5. 姜飛（四川大學）：《文學批評視域、有機知識分子與文學話語權鬥爭——論黃震遐的長詩〈黃人之血〉》

6. 田松林（陝西師大）:《統一戰線中「藝術上的政治獨立」與民族主義立場——論抗戰時期延安文學方向的幾次轉變》
7. 李揚（四川大學）:《在「鋤頭」與「筆桿」之間——以延安魯藝詩人勞動書寫爲中心的考察》

10：05～10：10 茶歇 5 分鐘

第二場研討（10：10～11：15）主題：魯迅研究（一）

主持人：張均（中山大學）；評議人：張武軍（西南大學）

8. 符傑祥（上海交大）:《〈野草〉命名來源與「根本」問題》
9. 李哲（中國社科院）:《「社會主義元年」的中國形象建構——以電影〈祝福〉爲中心》
10. 周維東（四川大學）:《邊緣處的表達——再談〈在酒樓上〉的「魯迅氣氛」》
11. 王永祥（河北師大）:《原魯迅：伊藤虎丸與日本魯迅研究的問題與方法意識》
12. 邱煥星（江蘇師大）:《廣州魯迅與在朝革命》
13. 劉衛國（中山大學）:《〈狂人日記〉主題再辨析》
14. 張克（深圳職業技術學院）:《魯迅〈青年必讀書〉一文及其論爭的博弈論分析》

11：15～11：20　茶歇 5 分鐘

第三場研討（11：20～12：15）主題：廣東與中國現代文學（一）

主持人：李青果（中山大學）；評議人：王永祥（河北師大）

15. 顏敏（惠州學院）:《「風景」的重新發現——以黃遵憲爲例看晚清文人的南洋敘事》
16. 布小繼（紅河學院）:《由〈古韻〉看凌叔華的漢英雙語寫作》
17. 趙步陽（金陵科技學院）:《僕僕風塵赴新都，時世紛繁能詩否？——李金髮與民國南京》

18. 康斌（西南民族大學）：《思想「再整合」進程中的超常陟絀——以 1966 年前後的《歐陽海之歌》評判爲中心》
19. 錢曉宇（華北科技學院）：《他的國：梁啓超 1902 年幻想小說譯介與創作漫談》
20. 教鶴然（北京師大）：《民國時期廣東女作家草明的中短篇小說創作》

12：15～13：00　午餐
13：00～14：00　午休

10 月 20 日下午

第四場研討（14：00～15：05）主題：啟蒙、女性與民國文學史論

主持人：賀仲明（暨南大學）；評議人：符傑祥（上海交大）

21. 張均（中山大學）：《搏擊在虛空中——〈呼蘭河傳〉閱讀劄記》
22. 王翠豔（中國勞動關係學院）：《1928～1937 年北平的大學教育與女性寫作——以燕京大學爲中心的考察》
23. 李直飛（雲南師大）：《促進、限制與突破：文學研究會的社會機制透視——兼及對廣州分會的論述》
24. 趙靜（北京師大）：《五四新文化運動與北伐戰爭》
25. 孫擁軍（河南理工大學）：《有關「民國文學」的若干思索》
26. 邱遷益（西南大學）：《「救國—救亡」視野下的茅盾（1931～1936）》
27. 楊洋（北京師大）：《「爲人生」的文學與啓蒙》

15：05～15：15　茶歇 10 分鐘

第五場研討（15：15～16：20）主題：魯迅研究（二）

主持人：王爗（廈門大學）；評議人：李哲（中國社科院）

28. 張冀（華中師大）：《論魯迅之於「五四新文學傳統」的反諷意義》
29. 陳紅旗（嘉應學院）：《廣州體驗、「名士」流風與魯迅的「革命政治學」》
30. 盧軍（聊城大學）：《「五四」前後中國知識分子生存困境的縮影——欠薪、索薪與魯迅〈端午節〉的寫作》

31. 胡余龍（四川大學）:《魯迅與北新書屋》
32. 李樂樂（四川大學）:《魯迅〈漢文學史綱要〉名義重釋——以「漢文學」為中心》
33. 袁少沖（運城學院、北京大學）:《論魯迅在廈門廣州時期的「學院」體驗》

16：20～16：30　茶歇 10 分鐘

第六場研討（16：30～17：50）主題：概念、史料與形式

主持人：趙金鐘（嶺南師院）；評議人：劉衛國（中山大學）

34. 康鑫（河北師大）:《穆時英〈montage 論〉對格里菲斯蒙太奇理論的接受與創新》
35. 黃菊（西南大學）:《從新發現的兩則史料看「吳宓贈書」》
36. 楊潔（貴州師大）:《語言變革視閾中的〈隔膜〉版本考察》
37. 高博涵（重慶師大）:《作為精神「症候」的「鄉愁」——徐訏的童年經歷及其詩歌》
38. 任小娟（西南大學）:《暫時的安穩與永恆的離散——葉聖陶二十年代的戰爭書寫》
39. 王學東（西華大學）:《〈星星〉詩刊「刊名」考論》
40. 陳豔玲（肇慶學院）:《郭沫若民國時期文藝性散文的意象營構》
41. 王棋君（貴州師大）:《九葉詩派詩歌語言的現代化》

18：00　晚餐

10 月 21 日上午

第七場研討（8：20～9：35）主題：廣東與中國現代文學（二）

主持人：王翠豔（中國勞動關係學院）；評議人：邱煥星（江蘇師大）

42. 顏同林（貴州師大）:《〈華商報〉副刊與 1940 年代港粵文藝運動》
43. 蘇常（肇慶學院）:《牢籠與掙脫：新自由主義下「現代包身工」的身體實踐和主體性生成》
44. 胡安定（西南大學）:《病與藥：從吳趼人的「艾羅補腦汁」廣告談起》

45. 陳瑜（四川大學）：《中共中央長江局戰時政策與穆木天的詩歌創作》
46. 陳南先（廣東技術師範學院）：《時代風雲的文學書寫——評南翔的〈前塵·民國遺事〉》
47. 王金玲（中山大學）：《被忽視的與被拔高的——重評碧野小說〈肥沃的土地〉》
48. 曾仙樂（廣東建設職業學院）：《凌叔華小說的錯位現象研究》

9：35～9：45　茶歇 10 分鐘

第八場研討（9：45～10：50）主題：廣東與中國現代文學（三）

主持人：劉福春（四川大學）；評議人：顏同林（貴州師大）

49. 何光順（廣東外語外貿大學）：《被壓制者的敘事：從底層視角看當代女性詩歌的「軟性抵抗」寫作》
50. 張仁香（肇慶學院）：《梁宗岱對「象徵」中國化的獨特解讀》
51. 趙金鐘（嶺南師範學院）：《鄭小瓊：在鄉村與城市的對視中抒情》
52. 張麗鳳（廣東財經大學）：《關於城市的現代性反思——以楊克詩歌爲中心的考察》
53. 吳丹鳳（肇慶學院）：《瞬間詩意與敘述干預——以陳陟雲詩作爲例探討當代抒情詩中的時間敘事》
54. 周顯波（嶺南師範學院）：《民間詩歌獎的獨立性、國際性與經典建構——以「詩歌與人·國際詩歌獎」爲中心》

10：50～11：00　茶歇 10 分鐘

（四）閉幕式（11：00～11：25 ）

主持人：黎保榮

張中良教授（上海交通大學人文學院）學術感言

西川論壇代表致辭：張武軍教授（西南大學文學院）

黎保榮教授（肇慶學院文學院）致歡送詞

11：45～12：40　午餐

（五）代表分散深度研討

13：00～17：40　分散深度研討

18：00　晚餐

三、會議代表名單

序　號	姓　名	單　位	職稱職務
1	張中良	上海交通大學人文學院	教授博導
2	宋劍華	暨南大學文學院	教授博導
3	李怡	四川大學、北京師大文學院	教授博導
4	賀仲明	暨南大學文學院	教授博導
5	劉福春	四川大學、中國社科院	教授博導
6	范智紅（女）	文學評論（中國社科院）	副主編
7	李青果	中山大學學報	副主編
8	王燁	廈門大學文學院	教授博導
9	符傑祥	上海交通大學人文學院	教授博導
10	張均	中山大學中文系	教授博導
11	劉衛國	中山大學中文系	教授博導
12	周維東	四川大學文新學院	教授博導
13	顏同林	貴州師範大學文學院	教授博導
14	張武軍	西南大學文學院	教授博導
15	周西籬（女）	網絡文學評論主編	知名作家
16	王翠豔（女）	中國勞動關係學院文化傳播學院	教授
17	楊慧（男）	山東大學文學院	教授
18	付祥喜	廣州大學文學院	教授
19	趙金鐘	嶺南師範學院文學院	教授
20	顏敏（女）	惠州學院文學院	教授
21	盧軍（女）	聊城大學文學院	教授
22	陳紅旗	嘉應學院文學院	教授
23	陳南先	廣東技術師範學院文學院	教授
24	何光順	廣東外語外貿大學中文學院	教授
25	布小繼	紅河學院人文學院	教授
26	邱煥星	江蘇師範大學文學院	教授

27	李哲	中國社科院文學研究所	副研究員
28	張冀	華中師範大學文學院	副教授
29	王永祥	河北師範大學文學院	副教授
30	姜飛	四川大學文新學院	副教授
31	張克	深圳職業技術學院人文學院	副教授
32	妥佳寧	內蒙古科技大學	副教授
33	袁少沖	運城學院中文系、北大博士後	副教授
34	孫擁軍	河南理工大學中文系	副教授
35	康鑫（女）	河北師範大學文學院	副教授
36	錢曉宇（女）	華北科技學院	副教授
37	黃菊（女）	西南大學圖書館	副研究館員
38	梁建先（女）	暨南大學文學院	副教授
39	康斌	西南民族大學文學院	副教授
40	李直飛	雲南師範大學文學院	副教授
41	趙步陽	金陵科技學院人文學院	副教授
42	張瑛（女）	花城出版社	副編審
43	高博涵（女）	重慶師範大學初等教育學院	講師
44	楊佾凡（女）	嘉應學院文學院	副教授
45	張麗鳳（女）	廣東財經大學文學院	講師
46	陳麗紅（女）	中山職業技術學院	講師
47	曾仙樂（女）	廣東城建技術學院	講師
48	教鶴然（女）	北京師範大學文學院	博士生
49	楊洋（女）	北京師範大學文學院	博士生
50	李樂樂（女）	四川大學文學與新聞學院	博士生
51	李揚（女）	四川大學文學與新聞學院	博士生
52	楊潔（女）	貴州師範大學文學院	博士生
53	王金玲（女）	中山大學中文系	博士生
54	陳瑜（女）	四川大學文學與新聞學院	博士生
55	趙靜（女）	北京師大文學院	博士生
56	田松林	陝西師範大學文學院	博士生
57	邱遷益	西南大學文學院	博士生
58	王棋君（男）	貴州師範大學文學院	博士生

59	胡余龍	四川大學文學與新聞學院	博士生
60	王學東	西華大學文學院	副教授
61	周顯波	嶺南師範學院文學院	副教授
62	胡安定（女）	西南大學文學院	副教授
63	鮑昌寶	肇慶學院文學院	教授
64	張仁香	肇慶學院文學院	教授
65	黎保榮	肇慶學院文學院	教授
66	陳豔玲	肇慶學院文學院	講師
67	蘇常	肇慶學院文學院	副教授
68	王少瑜	肇慶學院文學院	副教授
69	吳丹鳳	肇慶學院文學院	講師
70	陳少萍	肇慶學院文學院	講師
71	王琳（女）	四川師大文學院	副教授
72	謝君蘭（女）	四川大學文新學院	講師
73	任小娟（女）	西南大學文學院	講師
74	黎箏（女）	廈門大學文學院	博士生
75	羅瑩鈺（女）	廈門大學文學院	博士生

附注：（1）其他頭銜諸如會長、院長、長江學者、某江學者、碩導之類不再贅述；
（2）有個別代表沒與會。